Aus Freude am Lesen

Die Lofoten, hoch oben in Norwegen: Kommissar Rino Carlsen hat in Bodø mit einer Serie unerklärlicher und unglaublich grausamer Verbrechen zu tun. Spielende Kinder finden ein Opfer im eiskalten Meerwasser, angekettet an einen Felsen. Ein anderer erleidet, gefesselt an einen Heizofen, schlimmste Verbrennungen. Carlsens Ermittlungen führen ihn bis in die abgelegene Gemeinde Bergland, wo die Polizei ihrerseits mit rätselhaften Ereignissen beschäftigt ist: Immer wieder werden alte Porzellanpuppen an den Strand gespült und geben dem örtlichen Aberglauben Nahrung. Als kurz darauf eine Schwerverletzte und wenig später eine Tote am Strand gefunden werden, die beide die gleichen Kleider wie die Puppen tragen, zeigt sich, dass hinter der harmlosen dörflichen Fassade eine dunklere Wirklichkeit steckt.

FRODE GRANHUS, geboren 1965, lebt und arbeitet auf den Lofoten, einer norwegischen Inselgruppe, die kurz vor dem Polarkreis liegt. Dort spielt auch sein Krimi »Der Mahlstrom«, der in Norwegen wegen seiner Kombination aus idyllischer Landschaft und grausamem Plot für Furore sorgte.

# Frode Granhus
# Der Mahlstrom

Roman

*Aus dem Norwegischen
von Wibke Kuhn*

btb

Die norwegische Originalausgabe erschien 2010 unter dem Titel
»Malstrømmen« bei Schibsted Forlag AS, Oslo.

Verlagsgruppe Random House FSC-DEU-0100
Das für dieses Buch verwendete
FSC®-zertifizierte Papier *Pamo House*
liefert Arctic Paper Mochenwangen GmbH.

1. Auflage
Deutsche Erstveröffentlichung Februar 2012,
btb Verlag in der Verlagsgruppe Random House GmbH, München
Copyright © 2010 by Schibsted Forlag AS
Norwegian edition published by Schibsted Forlag AS, Oslo
Published by agreement with Hagen Agency, Oslo
Copyright © der deutschsprachigen Ausgabe 2012 by btb Verlag
in der Verlagsgruppe Random House GmbH, München
Umschlaggestaltung: semper smile, München
Umschlagmotiv: © Paul Wakefield/Gallery Stock
Satz: Uhl + Massopust, Aalen
Druck und Einband: CPI – Clausen & Bosse, Leck
LW · Herstellung: BB
Printed in Germany
ISBN 978-3-442-74315-5

www.btb-verlag.de

Besuchen Sie unseren LiteraturBlog www.transatlantik.de

*Once in a lifetime
you live and love
once in a lifetime
you die
once in a lifetime
the sun goes down
protect and survive*

C. MACDONALD – RUNRIG

# 1

## Strandgut

In Ermangelung gleichaltriger Spielkameraden unter den vierunddreißig Bewohnern der Insel klebten die beiden Jungs zusammen wie Pech und Schwefel. Und da sie nur eine kleine Insel mit den umgebenden Holmen zum Spielen hatten, mussten sie jeden Quadratmeter nutzen. So kam es, dass sie an diesem Tag zu den Klippen am Strand gingen, um nachzusehen, was seit ihrem letzten Erkundungsgang dort angespült worden war. Die steife Brise, die seit ein paar Tagen aus Nordwest geweht hatte, war plötzlich zu einem milden Wind aus Südost abgeflaut, der eher frisch als beißend kalt war. Die beiden hielten sich in der Mitte zwischen den trockenen Steinen der Klippen und dem glitschigen, algenüberwucherten Gestein, das einen knappen halben Meter über dem Meer lag. Sie trugen Rettungswesten – eine unerlässliche Bedingung dafür, dass sie alleine herumstreifen durften –, denn obwohl sie schwimmen konnten, hätte kein Zwölfjähriger den unberechenbaren Strömungen etwas entgegensetzen können.

»Schau, heute fährt die *Vesterålen*.« Der eine Junge zeigte auf ein Schiff der Hurtigruten, das allerdings so weit entfernt war, dass man seinen Namen nicht lesen konnte.

Der andere sah angestrengt auf das Meer und nickte. »Mit einer Viertelstunde Verspätung«, stellte er fest, bevor er mit einem wohlkalkulierten Sprung über eine einen Meter breite Felsspalte sprang.

Sie setzten ihren Weg fort und balancierten über die glatten Steine, während sie eifrig nach neuen Entdeckungen Ausschau hielten. Als sie den Fuß einer größeren Klippe umrundeten, erweckte plötzlich ein Geräusch ihre Aufmerksamkeit.

»Pssst!«

»Was denn?«

»Hör doch mal, Mann!«

Die Brise trug ihnen einen seltsamen Laut zu.

»Könnte vielleicht 'ne Robbe sein, die zwischen den Felsen eingeklemmt ist, oder?«

Sie blieben stehen und lauschten konzentriert auf das Geräusch, das jetzt deutlicher zu hören war.

»Das ist ganz sicher keine Robbe, Mann.«

Die Jungs rannten so schnell weiter, wie es der Untergrund zuließ, und blieben nur ab und zu kurz stehen, um sich zu vergewissern, dass sie in die richtige Richtung liefen. An einer leichten Anhöhe blieben sie stehen, schnappten nach Luft und sahen sich um. Die seltsamen Laute kamen kurz und stoßweise.

»Das kommt da aus der Felsspalte. Der muss sich irgendwie eingeklemmt haben.«

»Wer ›der‹?«

»Ich weiß nicht, irgendein Tier oder so.«

Sie gingen hinunter ans Meer, bewegten sich jetzt aber vorsichtiger, fast ein wenig widerstrebend. Die Felsspalte teilte die Klippe wie eine klaffende Wunde, und als sie sich dem Rand näherten, mussten sie die letzten Meter auf allen vieren kriechen. Die Geräusche waren inzwischen verstummt. Die beiden streckten die Köpfe vor. Zwischen den Klippen kniete ein Wesen, dem das Meerwasser bis zum Bauch ging. Es machte eine ruckartige Bewegung, begleitet von einem tiefen Stöhnen. Dabei entdeckten die Jungen, dass es auf einem kleinen Stein saß. Bei seiner nächsten Bewegung konnten sie erkennen, dass seine Hände scheinbar unter Wasser festgebunden waren. Dann kamen wieder diese grässlichen Laute, wie von einem Tier in Todesangst. Der Mensch hob den Kopf zum grauen Himmel und versuchte erneut, sich zu befreien, doch vergeblich.

»Hallo?«

Als sie ihn so ansprachen, zuckte er zusammen, dann durchschnitt wieder sein heiseres Gebrüll die Luft.

»Hallo?«

Diesmal erstarrte der Fremde, als wollte er erst ganz sicher sein, dass er sich diese Stimmen nicht einbildete.

»Brauchen Sie Hilfe?«

Verzweifelt sah sich der Mann um. Als er die beiden Jungs aus den Augenwinkeln erspähte, wollte er sich ganz umdrehen, doch bei dem Versuch glitt er aus und fiel ins Wasser. Während er wieder auf den kleinen Stein kroch, erscholl erneut sein jämmerliches Gebrüll. »Helft mir.« Er stieß die Worte hervor, als wäre er bereits am Ende seiner Kräfte.

Vorsichtig kletterten die Freunde in den Felsspalt und näherten sich dem Mann. Mit starrem Blick verfolgte er jeden ihrer Schritte, als hätte er Angst, dass sie sich im nächsten Moment in Luft auflösen könnten wie eine Fata Morgana, wie schon die Wunschbilder seiner Fantasie zuvor. Durch sein Haar, das zusammenklebte wie glitschiges Seegras, sah man die bleiche Kopfhaut durchschimmern.

»Was ist passiert?« Sie blieben einen halben Meter vor ihm stehen.

»Helft mir.« Der Fremde versuchte, die Hände zu heben, fiel aber wieder ins Wasser.

Diesmal stürzten sie zu ihm, um ihm zu helfen, doch beim Versuch, ihn hochzuziehen, entdeckten sie die Kette.

»Wie haben Sie das denn gemacht…?« Sogar in der starken Dünung waren die Handschellen nicht zu übersehen, die unter Wasser am Gestein befestigt waren.

Abermals riss der Mann an der Kette, und sein bläulich

blasses Gesicht verzerrte sich zu einer Grimasse. Er weinte nicht und jammerte nicht, doch sein Gesichtsausdruck sprach von unbändiger Angst.

»Was für ein kranker Wichser hat das denn gemacht?«

Der Mann sah an den beiden Jungs vorbei und deutete mit einer nickenden Kopfbewegung hinter sie.

# 2

# Bergland, 300 Kilometer nördlich von Bodø

Die Brandung wälzte sich träge ans Ufer, während die Schaumkronen das diesige Licht der Herbstsonne reflektierten. Das alte Ehepaar ging über die Klippen ans Meer hinunter, er immer ein paar Schritte voraus, damit er ihr beim Abstieg behilflich sein konnte. Unten am Strand angekommen nahm er ihre Hand, und in sicherem Abstand zu den anbrandenden Wellen schlenderten sie weiter. Hier waren sie schon unzählige Male entlanggegangen, doch sie ließen sich alle Zeit der Welt, um die Nähe zueinander und zu ihrer Umgebung bewusst zu genießen. In regelmäßigen Abständen legte sie ihm den Kopf auf die Schulter und zeigte auf etwas. Dann blieben sie kurz stehen, nickten einträchtig und setzten ihren Weg fort.

Als sie sich der Bucht auf der anderen Seite näherten, unterbrachen sie ihren Spaziergang ein weiteres Mal. Wieder hatte sie etwas erspäht, was sie ihm zeigen musste. Obwohl man unmöglich erkennen konnte, was das Meer da gerade anspülte, war es ihr ins Auge gefallen, und sie blieben stehen.

»Was ist das bloß?«, fragte sie.

»Keine Ahnung.«

Schweigend standen sie am Strand. Immer noch Hand in Hand.

Der Gegenstand kam näher, und er spürte, wie sich ihre Finger fester um seine schlossen.

»Sieht aus wie eine Puppe oder so was«, meinte er.

»Ein vergessenes Spielzeug, das vom Meer weggeschwemmt wurde.«

Er zögerte. »Das hat wohl eher jemand ausgesetzt. Irgendwie sieht das ganz so aus, als würde das Ding auf einem kleinen Floß liegen.«

»Also... haben sie hier letzte Woche nicht schon mal so was gefunden – eine alte Puppe auf einem Floß?«

»Schon.«

Bald hatten die Wellen den Gegenstand die letzten Meter bis zum Strand getragen. Der Mann watete ins Wasser und nahm ihn vorsichtig heraus. Das Floß war aus Bast, mit einer Art Reling und quer darübergespannten Drähten, damit die Puppe nicht über Bord gehen konnte.

Er reichte es ihr. »Eine Puppe auf Reisen.«

Sie blieb stehen und starrte das Spielzeug mit einem Blick an, den er nicht recht deuten konnte. »Eine Porzellanpuppe.«

»Eine alte?«

Sie nickte, ohne die Augen von der Puppe zu wenden. Die Farben waren ausgeblichen. Das vermutlich ehemals schwarze Kleid war zu einem schmutzigen Grau verblasst, und der einst schneeweiße Hut hatte sich zu einem fleckigen Gelb verfärbt. Behutsam nahm sie die Puppe aus dem Bastfloß und hielt sie vor sich hin. »Das gefällt mir gar nicht.«

»Wahrscheinlich wollte da jemand einfach, dass die Puppe einen neuen Besitzer findet.«

Sie musterte die Puppe weiter und drehte sie vorsichtig hin und her. »Solche Puppen kann man heute gar nicht mehr kaufen. Zwei so alte Puppen in einer Woche? Warum? Irgendwie kommt mir das fast vor wie... eine Art Vorwarnung. Ein böses Omen.«

»Ach, Ada, ich bitte dich.«

»Als ob... ich weiß nicht.«

Er legte ihr einen Arm um die Schultern. »Als ob was?«

Sie seufzte und wand sich schaudernd. »Als ob jemand seine Verzweiflung durch diese Puppe herausschreien wollte.«

# 3

# Bodø

*Evil walks behind you*
*Evil sleeps beside you*
*Evil talks arouse you*
*Evil walks behind you*

»Hast du schon mal drüber nachgedacht, was dieser heisere Trottel da eigentlich singt?« Der Junge war fast zwölf und lümmelte auf dem Beifahrersitz.

»Eigentlich nicht. Der Clou an dem Song ist einfach, dass einem davon die Rippen vibrieren.«

»Oh Gott!« Der Junge verdrehte die Augen. »Außerdem sind Kassetten voll out. Und das ungefähr seit zwanzig Jahren.«

»In diesen 214er kommt mir kein CD-Player.« Kommissar Rino Carlsen tätschelte zärtlich das Armaturenbrett und bedachte seinen Sohn mit einem strafenden Blick. »Und weißt du auch, warum?«

Der Junge zog wieder eine Grimasse.

»Weil hier Hip-Hop-freie Zone ist. Demnächst wahrscheinlich die Letzte ihrer Art. Hier drin gibt es keinen Puff Duffy oder Dust Daddy.«

»Puff Daddy. Und der heißt jetzt übrigens P. Diddy.«

»Ist doch egal. Diese ganzen Typen mit schlechter Haltung und Strickmütze und ihren halb heruntergerutschten Hosen können ihre Klagen woanders rausschreien, aber nicht in dieser Karre.«

»Du weißt aber schon, dass die Achtziger inzwischen Geschichte sind, oder?«

»Eines Tages werde ich dich noch bekehren, Joakim. Mach dich drauf gefasst.«

Joakim Carlsen zog sich die Mütze über die Augen und seufzte demonstrativ. Eigentlich war er stolz auf seinen Vater und fand die meisten seiner Ansichten auch ganz lustig. Auf seine etwas schräge Art war er definitiv ein cooler Vater, kein langweiliger Durchschnitt – und das nicht nur, weil er als Polizist arbeitete, sondern auch, weil das Rad der Zeit für ihn vor fünfundzwanzig Jahren stehen geblieben war. Man konnte sich nur schwer vorstellen, dass sein Vater die wilden Achtziger jemals hinter sich lassen würde, und als seine Mutter auszog, hatte sie sich ganz ähnlich geäußert. »Wir haben uns auseinandergelebt«, sagte sie immer, wenn man sie nach dem Grund fragte. »Soll heißen, ich habe mich weiterentwickelt, er klebt in der Vergangenheit fest.« Joakim fiel es nicht schwer, ihr diese Erklärung abzukaufen. Das lag jedoch nicht nur an dem türkisfarbenen Volvo, den sein Vater sei 1985 besaß. Rino Carlsen hatte sein wahres Ich längst gefunden und sah keinen Bedarf für Veränderungen.

»Ich setz dich an der Tanke ab. Ich kann aber nicht sagen, wann ich heute Abend nach Hause komme, wir haben da einen neuen Fall.«

»Mord, Vergewaltigung oder hat einfach jemand in der Öffentlichkeit gepinkelt?«

»Einen Fall«, wiederholte Rino und setzte den Blinker.

»Okay. Ich nehm ein paar Kumpels mit nach Hause, dann können wir die Stereoanlage ein bisschen traktieren.« Joakim stieg aus. »P. Diddy«, fügte er hinzu, bevor er die Tür zuschlug.

Rino drohte ihm mit der Faust und grinste breit. Sein Sohn antwortete mit einer Handbewegung, die er sich vor kurzem zugelegt hatte und die höchstwahrscheinlich aus der Welt des Hip-Hop stammte. Der Junge hatte selbst vorgeschlagen, dass Rino und seine Exfrau sich das Sorgerecht teilen sollten. Im Großen und Ganzen konnte er mit Hilfe dieser Lösung die Scheidung seiner Eltern einigermaßen bewältigen, wahrscheinlich auch, weil sie eher still verlaufen war. Die obligatorischen Konflikte waren ausgeblieben – bis sie Rino vor ein paar Wochen per SMS um seine Zustimmung bat, Joakim mit Ritalin zu behandeln. Da hatte er rot gesehen. Das bedeutete, dass er nicht nur eine eher zweifelhafte Diagnose akzeptieren sollte, daneben sollte der Junge auch noch ein Psychostimulans verabreicht bekommen – und das in einer Phase, in der Eltern doch eigentlich alles taten, was in ihrer Macht stand, um ihre Kinder vor Drogen zu schützen. Es stimmte zwar, dass Joakim Schwierigkeiten hatte, zur Ruhe zu kommen, und dazu gehörte auch, dass er sich nur schwer in den strikten Schulalltag einfand. Aber deswegen eine Behandlung zu beginnen, die das Kind praktisch von morgens bis abends medikamentös ruhigstellte, war bestenfalls eine Überreaktion. Er umklammerte das Lenkrad fester. Wenn Joakim seinen Weg zu innerer Ruhe nur fand, indem er Frisbee mit den Ronan-Keeting-CDs seiner Mutter spielte, dann bitte sehr. Auf Rinos Einwilligung in diese Therapie konnte sie jedenfalls lange warten.

Ein paar Minuten später parkte er vor dem Krankenhaus und ging zur internistischen Abteilung. Nachdem er sich am Empfang gemeldet hatte, wurde er sofort zu einem Büro geführt.

Der Arzt, der aussah, als wäre er eher in der späten Pubertät, dessen Haltung aber von jahrelanger Erfahrung kündete, musterte ihn skeptisch. »Wer sind Sie bitte?«

»Der Polizist.« Entschuldigend zuckte er mit den Schultern und reichte dem Mann die Hand. »Rino Carlsen. Das halbe Polizeikorps ist mit dem Ministerbesuch beschäftigt. Ich mache quasi den Bereitschaftsdienst für den Bereitschaftsdienst.«

Der Arzt nickte, um zu signalisieren, dass er zwar seine Zweifel hatte, aber doch glaubte, dass dieser jeansbekleidete Mensch tatsächlich Polizist war. Dann starrte er wieder bekümmert auf seinen Computer, als wäre alles Leiden vom Patienten auf die Festplatte übergegangen. »Ich muss Sie aber bitten, sich auf das Allernotwendigste zu beschränken. Zehn Minuten maximal. Der Patient war bei seiner Einlieferung in einem äußerst schlechten Zustand, sowohl psychisch als auch physisch. Erfrierungen können in vielen Formen auftreten. Manche spürt man kaum, bis der Schaden angerichtet ist. Zum Beispiel im Gesicht, wo die Haut eher abgehärtet ist. Die Hände sind dagegen viel empfindlicher, als die meisten denken, und Erfrierungen, die man sich in eiskaltem Wasser holt, sind etwas ganz anderes als solche, die man sich bei beißendem Wind zuzieht. Bei der Einlieferung meinte der Kerl zunächst, er hätte die größten Schmerzen seines Lebens durchlebt.«

»Wieso ›zunächst‹?«

»Bis ihm das Blut wieder in die erfrorenen Adern strömte. Millionen von Nadelstichen auf empfindlichen Nervenbahnen.«

Rino wusste, was es hieß, an den Händen zu frieren. Im Winter war sein Volvo launisch. »Können Sie sagen, wie lange er so mit den Händen unter Wasser dastand?«

»Zu lange. Es besteht die Gefahr, dass es zu bleibenden Schäden gekommen ist. Schlimmstenfalls reden wir von Amputation, auch wenn es natürlich noch zu früh ist, dazu etwas zu sagen.«

»Aber wir reden schon von mehreren Stunden?«

»Definitiv.«

Der Kommissar spürte, wie er selbst zu frösteln begann.

»Können Sie mich wohl zu ihm bringen?«

»Da wäre noch etwas. Der Zustand des Patienten bei der Einlieferung war fast schon psychotisch zu nennen.«

»Und jetzt...?«

»Er reagiert adäquat, aber er braucht Abstand zu seinem Trauma, er sollte das jetzt nicht noch einmal durchleben müssen. Wie gesagt, maximal zehn Minuten.«

Sie durchquerten zwei Korridore, bevor ihm der Arzt ein Zeichen gab, stehen zu bleiben, und den Kopf durch eine Tür steckte. Sekunden später huschte eine Krankenschwester mit lautlosem Gruß an ihnen vorbei. Der Arzt tippte noch einmal mahnend mit dem Finger auf seine Armbanduhr und öffnete Rino dann die Tür.

Das Kopfende des Bettes war hochgestellt, so dass sich der Patient in halb sitzender Position befand. Seine Hände waren verbunden und lagen auf einem Gestell. Der Mann, der als Kim Olaussen identifiziert worden war, sah ihm entgegen, doch sein Blick schien durch ihn hindurch in weite Ferne zu gehen.

Rino zog den Besucherstuhl ans Bett und setzte sich.

»Ich heiße Rino Carlsen und arbeite für die örtliche Polizei. Lassen Sie sich von meiner Kleidung nicht täuschen, man hat mich von zu Hause hertelefoniert.«

Der Blick des Mannes blieb unverändert.

»Wäre es okay, wenn ich Ihnen ein paar Fragen stelle?«

Immer noch keine Reaktion.

»Der junge Mann im weißen Kittel hat mir zehn Minuten gegeben. Wenn er ein Prinzipienreiter ist, dann hab ich sogar bloß noch neun. Ist es in Ordnung, wenn ich gleich zum Thema komme? Wenn ja, dann gehen wir doch gleich zur grundlegenden Frage: Wissen Sie, wer hinter diesem Verbrechen steckt?«

Die Unterlippe des Mannes zuckte, bevor er ein heiseres »Nein« ausstieß.

Vor ungefähr drei Jahren war etwas ganz Ähnliches passiert. Auch damals war ein Mann mit den Händen unter Wasser festgekettet worden, nachdem man ihn von zu Hause entführt hatte, in Kapuze und Handschellen. Bis heute war niemand für dieses Verbrechen zur Rechenschaft gezogen worden, und von allen ungelösten Fällen machte Rino dieser am meisten zu schaffen. Daher hatte es sich angefühlt wie eine höhnische Erinnerung, als er erfuhr, was draußen auf Landegode geschehen war.

»Können Sie mir erzählen, was passiert ist?«

Der Blick des Mannes wirkte so abwesend, dass er seine Frage wiederholte.

»Ich bin niedergeschlagen worden...« Die Stimme kam dumpf und schwach. Wahrscheinlich war er bis an die Grenzen mit Schmerzmitteln vollgepumpt. »Wollte gerade Feierabend machen und schließen.«

Erst da begriff Rino, dass der Mann wahrscheinlich Schwierigkeiten beim Sprechen hatte. Seine Stimmbänder waren immer noch strapaziert von seinen verzweifelten Hilfeschreien.

»Wo arbeiten Sie denn?«

»Im Kjelleren.«

Also in einer der etwas finstereren Kneipen von Bodø. »Waren Sie allein?«

Ein unmerkliches Blinzeln und ein trauriger Gesichtsausdruck gaben Rino zu verstehen, dass dieser Mann mutterseelenallein auf der Welt war. »Ich räume nur das Gröbste auf, bevor der Kollege am Vormittag seine Schicht antritt.«

Das Gröbste. Vor Rinos innerem Auge erschienen längst verdrängte Bilder von den Wochenendsauftouren seiner Jugend.

»Mit anderen Worten, es hat sich also jemand im Lokal versteckt?«

Es dauerte ein Weilchen, bis die Antwort kam. »Das muss er wohl so gemacht haben.«

»Haben Sie ihn gesehen?«

»Ich war auf der Stelle weg.«

»Und als Sie wieder aufgewacht sind?«

Wieder dieser weit entfernte Blick. »Mir war schlecht, ich hätte am liebsten gespuckt. Außerdem hatte man mir irgendwas über den Kopf gezogen.«

»Eine Kapuze?«

Ein Zucken ließ das Metallbett knirschen. Der Mann hyperventilierte ein paar Sekunden, bevor sich seine Atmung wieder schrittweise normalisierte. »Vielleicht ein Strohsack oder so. Auf jeden Fall ließ der Stoff genug Luft durch, so dass ich atmen konnte.«

»Aber sehen konnten Sie nichts?«

Verneinende Kopfbewegung.

»Waren es mehrere?«

Das birnenfömige Gesicht war so tief in dem weichen Kissen versunken, dass die Wangen dicker schienen, als sie eigentlich waren. »Nur einer.«

»Sicher?«

Rino deutete das Schweigen als Bestätigung. »Was ist dann passiert?«

»Das meiste hab ich nur verschwommen mitbekommen. Aber ich merkte so allmählich, dass ich in einem Kofferraum lag. Ich bin erst wieder so richtig zu mir gekommen, als man mich rausließ.«

»Wie hat er Sie da raustransportiert?«

»In einem Kanu.«

Mit dieser Antwort hatte der Kommissar nicht gerechnet. »In einem Kanu?«

»Es war eng und schmal. Die Querstreben scheuerten an meinen Schultern und Hüften. Es muss ein Kanu gewesen sein.«

Es dürfte eher eine Seltenheit sein, dass jemand mit dem Kanu nach Landegode hinausfuhr, nahm Rino an, also mussten ein paar wachsame Augen das Gefährt durchaus bemerkt haben. »Haben Sie eine Ahnung, wann genau in der Nacht das Ganze passierte?«

»Wir schließen um halb drei, es muss also irgendwann kurz vor drei gewesen sein. Es dauerte ewig, bis es hell wurde, auf jeden Fall kam es mir so vor. Wenn Sie so dasitzen und drüber nachdenken, wie hoch die Flut wohl steigen wird …« Ein weiterer Schauder ließ keinen Zweifel daran, wie lebhaft sich der Mann erinnerte. »Er ließ das Seil los, und dann sollte ich leise bis tausend zählen, bevor ich die Kapuze abnahm. Ich machte es so, wie er es mir gesagt hatte, und zählte im Sekundentakt, während mir der Schmerz in den Händen tobte. Ich glaube, deswegen kam ich auch nicht in Versuchung, schneller zu zählen. Ich hatte Angst vor dem, was ich entdecken würde, wenn ich die Kapuze abnahm, dass er irgendwas Schlimmes mit meinen Händen gemacht haben könnte. Denn ich spürte meine Hände überhaupt nicht mehr, bloß noch diesen irren Schmerz.«

Rino ballte die Fäuste. »Man hat eine Zeichnung gefunden, die an dem Felsen befestigt war, neben dem Sie saßen. Wir gehen davon aus, dass der Täter sie dort hinterlassen hat.«

Weder Bestätigung noch Verneinung. Nur ein glasiger, leerer Blick.

»Es sieht einfach aus wie ein Wirrwarr aus Strichmännchen, eine Kinderzeichnung. Unter anderen Umständen würde man sich nicht länger damit aufhalten, aber in Verbindung mit einer sadistischen Tat wie dieser …«, er beugte sich zu dem Mann vor, »… liegt die Vermutung nahe, dass es doch irgendwas zu bedeuten hat. Auch die Art, wie das Blatt befestigt war. Am einfachsten wäre es doch gewesen, die Zeichnung auf einen Stein zu legen und sie mit ein paar kleineren Steinen zu beschweren, um zu verhindern, dass das Papier davonweht wird. Aber es so auf den Fels zu kleben …«

»Er wollte, dass ich sie sehe.«

»Der Meinung sind wir auch. Die Frage ist bloß, warum?«

»Irgendwann habe ich nur noch diese Zeichnung gesehen und nichts anderes mehr wahrgenommen. Aber ich versichere Ihnen, ich weiß nicht, wer das getan hat und warum.«

Die Antwort überraschte Rino nicht. Denn auch beim ersten Fall war eine solche Strichmännchenzeichnung gefunden worden, anscheinend identisch. Doch weder das Opfer noch die Ermittler hatten irgendeine Bedeutung herauslesen können. Auch nicht Rino, der sich die Zeichnung an die Wand gehängt und sie monatelang angestarrt hatte, bis auch er irgendwann resignierte.

»Und die Unterschrift?« Auch sie war dieselbe wie letztes Mal: die Initialen D.V., in der Ecke links unten.

Der Mann versuchte, den Kopf zu schütteln.

»Die sagt Ihnen also nichts?«

»Überhaupt nichts.«

Da ging leise die Tür auf. Es war die Krankenschwester. »Doktor Vathne Berg möchte Sie an die Zeit erinnern.«

Rino spürte das dringende Bedürfnis, die Überbringerin der Botschaft mit einer Antwort zurückzuschicken, die den Herrn Doktor von seinem Sockel fegte, doch er riss sich zusammen. Stattdessen wandte er sich wieder dem Patienten im Bett zu. »Wäre es in Ordnung, wenn wir noch fünf Minuten weitersprechen? Meiner Meinung nach wäre das empfehlenswert. Denn wie Sie vielleicht noch aus Ihrer Schulzeit wissen, ist der Vertretungslehrer immer der nettere. Und heute bin ich die Vertretung.«

Zustimmendes Nicken.

»Bitten Sie den Doktor, die Uhr noch mal auf Null zu stellen.« Er schenkte der Krankenschwester ein breites Lächeln. Erfahrungsgemäß schmolzen da selbst die standhaftesten Frauen dahin.

»Ich werde mich kurz fassen. Oft ist es ja so: Wenn einer unserer fünf Sinne außer Gefecht gesetzt ist, in Ihrem Fall also das Sehen, werden die anderen Sinne geschärft, und dann bemerkt man Sachen, die man sonst vielleicht nicht wahrgenommen hätte. Worauf ich hinauswill, ist, dass Sie wahrscheinlich Hinweise auf den Täter haben, ob Ihnen das nun bewusst ist oder nicht. Vielleicht hatte er einen speziellen Geruch, vielleicht können Sie aufgrund der Art, wie er Sie gepackt und getragen hat, schließen, ob es ein großer Mann war. Tonfall und Dialekt wären andere typische Kennzeichen.«

»Er war stark.«

»Das ist schon mal ein Hinweis.«

»Sehr stark.«

»Gut. Wie kommen Sie darauf?«

»Während er ... mich fesselte, hielt er mich fast die ganze Zeit nur mit einer Hand fest.«

Der Kommissar spürte zum ersten Mal eine gewisse Hoffnung aufkeimen.

»Ich habe etwas gestreift, was sich wie Gummi anfühlte, und nahm an, dass es so eine Art Neoprenanzug war.« Der Verletzte schluckte schwer. »Ich hatte Angst, dass er vorhat, mich zu ertränken.«

An manchen Stellen konnte Rino etwas von dem Grauen spüren, das der Mann durchlebt haben musste. Denn wenn es einen Schatten in dem ansonsten so unbekümmerten und harmonischen Gemüt des Kommissars gab, dann war es seine Angst vor dem Ertrinken. Den Tod an sich fürchtete er nicht, vorausgesetzt, er kam erst in ungefähr fünfzig Jahren, und er hatte auch keine Angst davor, wie ihn der Tod ereilen würde. Wenn er nur nicht ertrank. Allein der Gedanke, solche Mengen an Wasser zu schlucken, machte ihn völlig fertig.

»Er sagte etwas ... flüsterte mir was ins Ohr.«

»Und zwar?«

»Irgendwas mit Jus.«

»Was mit Jus?«

»Jus Talons oder Talions. Irgendwas in der Richtung.«

Rino machte sich eine geistige Notiz, dass er einen befreundeten Anwalt anrufen musste. Wenn dieser Ausdruck tatsächlich aus dem juristischen Bereich stammte, wusste er vielleicht, was er zu bedeuten hatte. »Okay, ich werde Sie jetzt nicht weiter quälen. Aber wenn Ihnen noch etwas einfällt, zögern Sie nicht, Kontakt zu mir aufzunehmen. Okay?«

Die Unterlippe des Mannes begann wieder verdächtig zu zucken. Es war nur eine Frage der Zeit, bis die erlittene Ungerechtigkeit ihren Tribut an stillen Tränen fordern würde. »Ich habe gedroht und gebettelt, geweint und geflucht, aber nichts drang zu ihm durch. Er hat mich einfach angekettet und allein dort sitzen lassen … der Wind kam von vorn, aber ich rief ihm nach, dass er den falschen Mann erwischt haben musste, ich rappelte ihm die Namen und Nummern von meinen Eltern und mir herunter, aber er war schon weg.«

Rino stand auf. Der arme Kerl hatte vorerst genug Erniedrigungen einstecken müssen. Aber eines stand fest: Irgendwo musste der Ursprung für diesen Hass liegen, der sich zu einem solch enormen Auswuchs gesteigert hatte. Während er die Tür hinter sich schloss, tauchten die Textzeilen von einer abgespielten Kassette wie ein entferntes Echo in ihm auf.

*Evil walks …*

Die Zeichnung bestand aus insgesamt acht Strichmännchen verschiedener Größe, das größte in der linken Ecke. Je eine Linie oben und unten sollte wohl andeuten, dass die Figuren sich in einem Zimmer befanden. Ansonsten war das Zimmer aber leer, es gab nur ein rechteckiges Fenster, oder vielleicht auch, wie ein Kollege vorgeschlagen hatte, eine Schultafel. Die Figuren waren so vereinfacht gezeichnet, dass man unmöglich feststellen konnte, ob sie Männer oder Frauen darstellen sollten. Ein paar der Figuren standen sich gegenüber, andere abgewandt. Und ganz unten in der linken Ecke – die Initialen D.V.

Rino saß an Bord des Hurtigruten-Schiffes *Norfolda* und war auf dem Weg nach Landegode. Die Zeichnung, die er vor sich auf den Tisch gelegt hatte, war nur eine Kopie. Das Original hatte man zur kriminaltechnischen Untersuchung eingesandt, aber er war nicht besonders optimistisch und erwartete kaum, dass man andere Fingerabdrücke finden würde als die der an der Bergung beteiligten Personen. Schon die erste Zeichnung hatte man damals gründlichst untersucht, ohne dass man irgendetwas fand, was die Ermittlungen weitergebracht hätte.

Er leerte seine Colaflasche, hielt sich die Hand vor den Mund, um einen Rülpser zu unterdrücken, und fischte einen Juicy-Fruit-Kaugummi aus der Tasche, den er fest zusammenrollte, bevor er ihn sich in den Mund steckte. Ein paar Jungs rannten während der Überfahrt ständig an seinem Tisch vorbei, so dass er sich nur schwer konzentrieren konnte. Wahrscheinlich fanden sie seine Polizeiuniform so aufregend, und im Nachhinein kam ihm der Gedanke, dass er ihnen ruhig mal ein kameradschaftliches Lächeln hätte schenken können.

Das Schiff verlangsamte seine Fahrt, und eine blecherne Stimme teilte mit, dass man sich Landegode näherte. Er faltete die Zeichnung zusammen und steckte sie in die Tasche. Dann wartete er kurz ab, um die ungeduldigsten Fahrgäste vorzulassen, bevor er selbst aufstand.

Der Wind war bedeutend frischer als auf dem Festland, und er musste an den armen Kerl denken, der mehrere Stunden in diesem kalten Wind gestanden hatte, die Hände bis über die Ellbogen im eisigen Wasser. Der Arzt hatte wohl kaum übertrieben, als er die Schmerzen des Opfers beschrieb.

Das metallische Geräusch, als er über die Gangway an Land schritt, erinnerte ihn daran, dass er das Büro in seinen ausgelatschten Holzclogs verlassen hatte. Passte sicher nicht so toll zur Uniform, aber jetzt mussten sie eben als Notlösung herhalten.

Auf der Brücke warteten acht Menschen, darunter der ehemalige Leuchtturmwärter der Insel, ein Mann Ende siebzig, der die Leuchtturmwärterwohnung von den sechziger Jahren bis zur Automatisierung des Leuchtturms 1993 bewohnt hatte. Sein rotwangiges Gesicht mit den markanten Zügen zeigte wenige, dafür aber tiefe Falten, und sein Haar war grau wie ein nordnorwegischer Sommertag.

»Anathon Sedeniussen.« Seine Faust hatte die Größe einer mittleren Meeresschildkröte, sein Händedruck war ein Schraubstock aus Fleisch und Blut. »Ich war der, der den Kerl losgemacht hat.«

Mit roher Gewalt, dachte Rino, während er sich aus dem eisernen Griff zu lösen versuchte.

»Das nenn ich mal nachtragend.«

»Bitte?«

»Die meisten von uns waren doch schon mal so wütend auf irgend so einen Blödmann, dass sie ihm am liebsten den Kopf abgerissen hätten. Aber so was wirklich zu tun …«

»Tja, die Natur eines Verbrechers zu verstehen ist uns nicht unbedingt gegeben.«

Der Alte gackerte. »Das will ich glauben. Manchmal versteh ich mich ja selbst kaum.«

Rino sah sich um. Die Straße, die erst 1994 gebaut worden war, sah auf den ersten Blick so aus, als wäre sie von einem besoffenen Ingenieur zusammengestückelt worden, hatte die Eifrigsten aber doch angeregt, sich ein Auto anzuschaffen.

»Nehmen Sie doch Platz.« Sedeniussen zeigte mit einladender Geste auf einen alten Mercedes. »Den hatte ich fast zwanzig Jahre lang auf dem Festland stehen. Aber nachdem mir meine Knochen sagen, dass sie es nicht mehr lange machen wollen, brauche ich ihn jetzt doch hier.«

Sie stiegen ein, der Alte schob den Sitz vor, beugte sich über das Lenkrad und fuhr ruckartig an. »Der schnurrt wie eine überfällige Strohwitwe. Die Karre hat noch nie eine Werkstatt von innen gesehen.«

Rino warf einen Blick auf den Kilometerzähler. 14 000 Kilometer. In über dreißig Jahren. Da war es kaum verwunderlich, dass die Knochen des Alten nicht mehr mitmachen wollten. Er hatte sie offenbar fleißig beansprucht.

»Wir haben Grund zu der Annahme, dass das Opfer in einem Kanu hierhergebracht wurde. Irgendwann im Laufe der Nacht.«

»In einem Kanu?« Das Auto ruckelte erneut.

»Die Fahrt hin und zurück, die Zeit, die er fürs Fesseln gebraucht hat – das alles muss mindestens ein paar Stunden gedauert haben. Das lässt hoffen, dass da vielleicht jemand etwas beobachtet hat.«

Der Alte fuhr von der Straße ab und hielt an. »Ich war gestern Abend oben im Turm. Die Schlösser sind immer noch dieselben, und die Schlüssel hat man mir nie abgenommen. Ab und zu geh ich da noch hin und lauf ein bisschen rum. Nachdem meine Frau gestorben ist ... wissen Sie, ich habe eben ein halbes Leben auf dieser kleinen Insel verbracht.«

Rino nickte verständnisvoll, obwohl er noch nie Sehnsucht nach irgendeinem bestimmten Ort gehabt hatte.

»Sagen Sie, waren Sie schon mal oben in einem Leuchtturm?«

»Nein.«

»Gut. Dann hätten Sie es nämlich auch nicht kapiert. Die meisten laufen zehn Minuten da oben rum, machen eine Bemerkung zur Aussicht und gehen dann wieder runter. Aber

Sie müssen wirklich mal da oben sitzen, zusehen, wie der Tag zur Nacht wird und danach wieder der Morgen graut.«

»Ein Ort für Geduldige sozusagen.«

Der Alte setzte ein schiefes Grinsen auf, das seine tabakgeschädigten Zähne entblößte. »Keine Sorge. Ich werde Ihnen keine halbreligiösen Märchen erzählen. Aber wenn man da oben sitzt, da passiert was mit einem. Man fühlt sich irgendwie unwichtig und mächtig zugleich. Sie entdecken, dass alles, was Ihrer Meinung nach nur da ist, sich in Wirklichkeit ständig verändert. Und Sie müssen mit auf die Reise, ob Sie wollen oder nicht. Hört sich das ärgerlich an?«

»Geht so.«

»Na ja. Deswegen komme ich eben ab und zu noch hierher, und gestern Abend eben auch. Aber ein Kanu... Diese Augen haben ja schon so manches gesehen, aber es wäre wohl ein bisschen zu viel verlangt, dass sie so einen kleinen Eimer auf offener See entdecken.« Der Leuchtturmwärter hob ratlos die Hand. »Und Sie dürfen nicht vergessen, die Nacht war so schwarz wie die Gelüste einer ausgehungerten Pastorengattin.« Wieder das schiefe Grinsen, als würde der Alte aus Erfahrung sprechen. »Wollen wir kurz hingehen? Da müssen wir ein Stückchen hier runter.«

Das erste Stück war moorig, und nachdem Rino ein paarmal ungeschickt aufgetreten war, hatte er schon nasse Beine. Die Klippen lagen wie ineinander verkeilte Riesen oberhalb des Meeresufers. Der Leuchtturmwächter kratzte sich den Kopf durch die zerschlissene Strickmütze, bevor er auf die Klippe kletterte, die am steilsten abfiel. »Treten Sie nicht auf die glitschigen Algen da... Mann, sagen Sie bloß, Sie haben Holzschuhe an?!«

»Reine Vergesslichkeit.«

»Ja, das muss man wohl wirklich Vergesslichkeit nennen. Na ja, hier unten ist es schon.«

Sie gingen über die Steine, bis sie die Felsspalte erreichten, die der Leuchtturmwärter ihm gezeigt hatte. »Hier saß er.« Der Alte atmete schwer. »Auf dem Stein da.«

Rino sah im ersten Moment nur ein paar kleinere, vom Wasser abgeschliffene Steine, bevor ihm dämmerte, dass der Leuchtturmwärter einen Stein meinte, der unter Wasser lag.

»Jetzt ist Flut, aber bei Ebbe ist der Stein deutlich über dem Wasser zu sehen. Da lag er also in der Strömung, mit einer Leidensmiene wie unser Heiland. Ich weiß, was es bedeutet, wenn einem die Finger abfrieren, dass man gar nichts mehr spürt, aber so was wie das... wer ist denn bloß so unglaublich grausam?«

»Das hoffe ich eigentlich rauszufinden.«

»Tun Sie das. So ein Halunke verdient es nicht, weiter frei rumzulaufen.«

Sie kletterten ganz hinunter bis zum Sandstrand, wobei sie sorgfältig darauf achteten, das Gewicht immer zum Berg zu verlagern.

»Der Junge, der mich gerufen hat, war völlig aus dem Häuschen und sagte, da sitzt einer, der unter Wasser festgekettet ist. Gott sei Dank hab ich ihn ernst genommen. Ich hab mir also meine größte Kneifzange geschnappt, mit der kann man Ketten mit einer einzigen Fingerbewegung durchkneifen. Diese Kette war einen knappen Zentimeter dick, und nach ein paarmal Zudrücken hatte ich den Kerl befreit. Aber ich glaube, die Kälte hat etwas mit ihm gemacht. Auf jeden Fall war der im ersten Moment nicht ganz klar im Oberstübchen.«

Rino zerrte sich die Socken von den Füßen, krempelte die Hose hoch und watete hinaus. Der Kälteschock ließ ihn im ersten Moment nach Luft schnappen. Es fühlte sich an, als würden sich Eiszapfen durch seine Füße bohren.

»Bisschen kalt, hm?« Sedeniussen rümpfte vergnügt die Nase.

Rino blieb kurz stehen, bis der pochende Schmerz abnahm, dann umrundete er den Stein. Der Rest der Kette, ungefähr ein halber Meter, lag zusammengerollt auf dem Meeresboden. Aus einem Felsspalt ragte ein Keil heraus, an dem ein Eisenring befestigt war, der wiederum die Kette hielt.

»Der hat schon gute Arbeit geleistet. Der Keil sitzt da drin wie reingegossen.« Der Alte räusperte sich, und im nächsten Augenblick klatschte ein dicker Speichelbatzen auf die Wasseroberfläche.

»Der Keil war also vorher noch nicht hier drin?«

»Wenn der da schon ein paar Wochen drin wäre, würde man das sehen. Salzwasser frisst alles an.«

»Soll er dann etwa in der gleichen Nacht auch noch den Keil da reingehämmert haben?«

Der Alte zuckte mit den Schultern. »Viele Nächte kann es jedenfalls nicht her sein.«

Zwei nächtliche Besuche verdoppelten die Gefahr, entdeckt zu werden. Rino war ganz sicher, dass der Täter den Keil in den Stein gehämmert hatte, während das Opfer mit verbundenen Augen in Todesangst danebensaß. Die Angst war offensichtlich Teil der Bestrafung gewesen.

»Hat er was gesagt?«

Der Alte schien erstaunt über die Frage. »Halbersoffene sagen nicht viel. Was sollte der schon sagen? Er wirkte ja auch ein bisschen runtergekommen. Außerdem zitterte er wie ein wabbeliger Dorsch, der zu lang in der Lauge gelegen hat. Der hat fast bloß unzusammenhängendes Gestöhne von sich gegeben.«

»Gar nichts irgendwie Sinnvolles dabei?«

»*Helft mir.* Das war sicher sinnvoll. Und das hab ich ja auch gemacht – ich hab ihm geholfen, so gut ich konnte.«

»Aber kein Hinweis, wer oder warum?«

»Nichts, was ich hätte deuten können.«

Rino watete wieder an Land und setzte sich auf einen Stein. Es fühlte sich an, als hätten sich seine Füße von ihm verabschiedet. »Können Sie mir zeigen, wo die beiden Jungs wohnen?«

»Ich kann Sie bis vor die Haustür fahren, wenn Sie wollen.«

Rino steckte die Socken in die Tasche, manövrierte seine steifgefrorenen Füße vorsichtig in die Holzclogs und sah sich noch einmal um. Von hier aus nahmen einem die aufragenden Felsen jeden Blick auf bewohntes Gebiet. Nur glatter Fels und offenes Meer.

»Eigentlich schon ein komischer Zufall...« Sedeniussen zupfte an einem roten Ohrläppchen.

»Was denn?«

»Sind Sie aus der Stadt?«

»Geboren und aufgewachsen in Bodø, ja.«

»Dann haben Sie wahrscheinlich von den Schiffbrüchen der Hurtigruten gehört.«

Er nickte.

»Der erste war 1924. Damals sind zwei Schiffe der Hurtigruten kollidiert, sechs Seemeilen nördlich vor Landegode. Der Unfall kostete immerhin nur sieben Menschenleben. Aber dann 1940 kam es wesentlich schlimmer. Die *Prinsesse Ragnhild*, die gerade in nördlicher Richtung unterwegs war, explodierte und sank kurz vor diesem Fjord hier. Die Ursache der Explosion wurde nie festgestellt, aber es deutet vieles darauf hin, dass das Schiff auf eine Seemine gestoßen ist. Dreihundert Menschen kamen ums Leben, und die Überlebenden wurden von Booten aufgesammelt, die schnell zur Unglücksstelle gefahren waren. Am Morgen danach, als man nach Wrackteilen und Toten suchte, wurde einer von den Smutjes hier gefunden, genau an der Stelle, wo wir jetzt stehen. Das war im Oktober. Kein Mensch überlebt mehr als eine halbe Stunde im eiskalten Meerwasser. Der Junge hat es trotzdem geschafft. Der hat überlebt, obwohl er eigentlich gar keine Chance gehabt hätte.«

# 4

# Bergland

Die Morgensonne schien schräg durch das Fenster herein und wurde von einem weiß und schwarz lackierten VW-Käfer reflektiert. Der Polizist Niklas Hultin blickte fasziniert auf das Regal seines Kollegen, auf dem ein Miniatur-Polizeiauto zwischen Pokalen von Schützenwettbewerben und einem Stapel mit alten Rundschreiben stand.

»Ist das unser guter alter Pelle?«

»Jupp. Polizeiauto Pelle höchstpersönlich. Den hab ich mal geschenkt bekommen. Irgendwie finde ich ihn zu schade zum Wegräumen. Der ist doch schön, oder?«

»Da krieg ich richtige Onkel-Polizist-Gefühle.«

»Willkommen in der Welt der Fahrraddiebstähle.«

»Genau das hatte ich mir vorgestellt, als wir hierhergezogen sind.«

Karianne hatte über das letzte Jahr hinweg kleine Hinweise fallen lassen. Erst behauptete sie, dass ihre Wurzeln sie nordwärts zogen, später war es das schlechte Gewissen, weil sie sich eigentlich besser um ihren kränklichen Vater kümmern müsste. Als dann eine Stelle bei der örtlichen Polizei frei wurde – jemand hatte ihr einen anonymen Brief mit einer ausgeschnittenen Anzeige aus der Zeitung *Nordland* geschickt –, gab es im Grunde keinen Weg zurück. Es bestand kaum ein Zweifel, dass ihr Vater selbst der Absender gewesen war, obwohl er sich dumm stellte, wenn sie etwas in dieser Richtung andeutete. Ihre Entscheidung war schnell getroffen.

Niklas arbeitete inzwischen schon ein paar Wochen hier, und bis jetzt gestaltete sich der Job genau so, als wäre er der

Welt von Polizeiauto Pelle entnommen: ein Einbruch und ein Dorffest, das ein bisschen aus dem Ruder gelaufen war. Und im Laufe der Nacht – gleich noch ein Einbruch, diesmal bei dem Polizisten, der ihm gegenübersaß.

»Bist du sicher, dass nichts fehlt?«

Amund Lind zuckte gleichgültig mit den Schultern. Es wäre eine Lüge gewesen, wenn man behauptet hätte, dass man seinem Kollegen die Jahre nicht ansah. Lind war schon fast siebenundvierzig, und obwohl er noch lange nicht abbaute, war nicht zu übersehen, dass da langsam etwas Ältliches durchschimmerte, verstärkt durch seine markanten Gesichtszüge und die beginnende Glatze. Dazu kam die rote, gereizte Haut auf Handrücken und Hals, die Hultin für eine heftige Schuppenflechte hielt. »Hast du eine Garage, Niklas?«

»Hatte.«

»Dann weißt du ja, wie so was irgendwann aussieht, wenn man nicht krankhaft ordentlich ist. Eine Million unnötiger Gegenstände, verstaut auf zwölf Quadratmetern. Wenn jemand einen dieser unnötigen Gegenstände mitnehmen würde...« Lind hob resigniert die Arme. »Ehrlich gesagt habe ich keinen Schimmer, ob irgendwas fehlt. Und wenn, hat der Betreffende mir eher einen Gefallen getan. Ich werde nichts vermissen. Das Einzige, was mir nicht gefällt, ist die Tatsache, dass das der zweite Einbruch innerhalb von drei Tagen war. Ich hoffe, das ist nicht der Auftakt einer ganzen Einbruchsserie.«

»Das sind eher kleine Sorgen.« Niklas hatte vierzehn Jahre bei der Polizei in Oslo gearbeitet und fand die ländliche Kriminalität im Vergleich geradezu charmant.

»Kann schon sein, aber so was ist früher auch schon mal passiert.« Lind bog eine Büroklammer auf und kratzte sich am Hals. »Vor meiner Zeit zwar, aber da hat man damals immer noch drüber geredet. Die meisten hier in der Gegend haben schon mal nächtlichen Besuch gehabt, aber der Sünder wurde nie gefasst. Seltsam ist, dass nie irgendwas gestohlen wurde. Irgendjemand konnte einfach nicht widerstehen, wühlte ein bisschen in den Häusern der Leute herum und verschwand wieder.«

»Hört sich so an, als wäre da jemand auf der Suche nach irgendwas.«

»So muss es auch gewesen sein. Aber die Einbrüche nahmen irgendwann mal ein Ende, also hat der Betreffende vielleicht gefunden, was er gesucht hat.«

»Und was hast du vor? Zeigst du den Einbruch an oder setzt du drauf, dass es damit vorbei ist?«

»Anzeigen und zu den Akten legen.«

»Das nenn ich einfache und effektive Sachbearbeitung.«

»Eben.«

»Ich verstehe fast nicht, warum ich eine Gefahrenzulage bekomme.«

»Die einzige Gefahr, die dir hier droht, ist Langeweile. Gut, dass wir zumindest ein paar Originale haben, die uns in Atem halten.«

Niklas konnte sehr gut ohne solche Herausforderungen wie Mord, Drogentote und Familientragödien leben. »Warum bist du eigentlich Polizist geworden?«, fragte er. Ihm war sehr wohl bewusst, dass er bei seiner eigenen Entscheidung einfach einem spontanen Einfall gefolgt war.

»Um gut aufzupassen.« Lind richtete die Aufmerksamkeit auf einen Papierstapel auf seinem Schreibtisch, was Niklas so deutete, dass er nicht vorhatte, ein oberflächliches Geplauder über das anzufangen, was für ihn eine Berufung gewesen war. Er ließ das Thema fallen und warf einen Blick auf die Uhr. In einer knappen Stunde musste er in der Schule sein und den Kleinen Straßenverkehrsunterricht erteilen. Er warf einen Blick auf das Regal seines Kollegen und die Puppe, die dort an der Wand lehnte. Die Frau, die sie gefunden hatte, hatte darauf bestanden, dass die Polizei das alte Spielzeug in Gewahrsam nahm – nicht nur deswegen, weil sich der Besitzer melden könnte, sondern weil sie absolut überzeugt war, dass diese Puppe irgendetwas zu bedeuten habe. Lind hatte sie ergeben entgegengenommen und sie neben Polizeiauto Pelle gestellt.

»Was hältst du von der Puppe?«

Lind streckte sich. »Kinderstreiche. Entweder das, oder irgend so ein armer Kerl hat sie nicht mehr alle. Irgendjemandem gefällt es eben, alte Puppen ins Meer zu schmeißen, und soweit ich weiß, steht nirgendwo geschrieben, dass das eine strafbare Handlung wäre. Auch wenn sich ängstliche Damen deswegen Sorgen machen.«

»Ja, die war schon ganz schön aufgeregt.«

»Schon extrem, wenn du mich fragst. Aber ich behalte die Puppe erst mal hier.« Lind machte eine halbe Umdrehung mit seinem Bürostuhl. »Was hält übrigens deine bessere Hälfte davon, in heimatliche Gefilde zu ziehen? Gefällt es ihr?«

Niklas zuckte mit den Schultern. »Sieht so aus. Aber manchmal wird ihr die Zeit ganz schön lang. Die Jobs wachsen hier nicht gerade auf Bäumen.«

»Da eröffnen sich schon noch Möglichkeiten. Das ist doch immer so, oder?«

Lind warf einen Blick aus dem Fenster und seufzte demonstrativ. »Ach, ist es mal wieder so weit.«

Niklas reckte den Kopf und erblickte die sagenumwobene Gestalt, die sich mit energischen Schritten näherte. Das war also der Wanderer, der Mann, der die Tage damit verbrachte, endlos Erde zu schaufeln, Quadratmeter für Quadratmeter die Stelle umzugraben, die er sich für den jeweiligen Tag vorgenommen hatte, und wöchentlich seine Berichte an das Polizeirevier schickte.

»Tja, jetzt müssen wir wohl wieder mitspielen«, resignierte Lind. »Erklärungen oder Abfertigungsversuche sind bei dem vergebliche Liebesmüh. Damit würde man die Dinge bloß schlimmer machen.«

Niklas hörte es im Korridor rumpeln, dann klopfte es kräftig an der Tür.

»Ja, herein.« Der Kollege schlug einen strengeren Ton an.

Der Mann, der mit einem alten Spaten in der Hand ins Zimmer kam, mochte etwa Mitte fünfzig sein. Eine ausgeblichene Regenhose schlotterte ihm um den mageren Körper, an den Stiefeln klebte getrocknete Erde. Seinen Haaren nach zu urteilen, die ihm am Kopf klebten, musste er hart gearbeitet haben. Auch der Geruch, der schon nach Sekunden den Raum erfüllte, ließ es vermuten. Der Mann blieb stehen und schnaufte schwer, bevor er die freie Hand hob. »Korneliussen«, murmelte er.

Niklas begriff, dass der Mann sich auf das Namensschild an der Tür bezog, das bis jetzt noch nicht ausgetauscht worden war.

»Korneliussen ist immer noch krankgeschrieben.« Lind hielt an seinem gebieterischen Ton fest. »Das ist Niklas Hultin, der die Vertretung übernommen hat.«

Der Mann maß Niklas mit skeptischen Blicken. Offenbar schien ihm Korneliussen unersetzlich. Seine eng beieinanderstehenden Augen verliehen ihm einen müden Ausdruck, und seine leicht gebeugte Haltung verstärkte den Eindruck von Erschöpfung und Resignation. »Siebzehn Quadratmeter«, sagte er und drehte sich um.

»Und, nichts gefunden?«

Der Wanderer schüttelte den Kopf.

»Auf jeden Fall hatten Sie das Wetter heute ja auf Ihrer Seite.«

»Heute schon.«

»Sie können sich doch auch mal einen freien Tag gönnen, wenn der Südwestwind den Regen reinpeitscht.«

Der Wanderer senkte den Blick und schüttelte verbissen den Kopf. »Zahnwehwetter«, murmelte er.

Lind lächelte und blinzelte seinem Kollegen schelmisch zu. »Ja, so was ist echtes Zahnwehwetter. Deswegen halte ich mich auch nur dann draußen auf, wenn es unbedingt notwendig ist.«

»Das ist es aber.«

»Bitte?«

»Es ist notwendig.«

Einen Moment sah es so aus, als wollte Lind einen Versuch unternehmen, den Mann vom Gegenteil zu überzeugen, doch dann resignierte er. »Verstehe.«

»Ich schaffe es bis Bergmyr, bevor der Frost kommt.«

»Sehr gut.«

Ein rascher Blick zu Korneliussens Vertreter. »Ich hab's ausgerechnet.«

»Was haben Sie ausgerechnet?«, erkundigte sich Lind.

»Ich kann nicht sterben, bevor ich sechzig bin.«

»Ach ja?«

»So lange brauche ich noch, bis ich die Wiesen am Strand erreicht habe.«

Lind nickte verständnisvoll.

»Aber ich werde sie schon vorher finden.«

»Ich drücke Ihnen die Daumen.«

Niklas sah, wie sich die Finger des Mannes fester um den Spatenstiel schlossen. Die Knöchel wurden weiß, und die Muskeln im Unterarm spannten sich. »Sind gerade viele Steine«, sagte er, bevor er sich die Schweißperlen von der Stirn wischte. »Im Moment geht es nicht besonders schnell. Ich könnte wirklich Hilfe gebrauchen.«

»Darüber haben wir doch schon gesprochen.«

»Sie ist da aber irgendwo.«

Niklas fand den ganzen Auftritt äußerst seltsam. Sein Kollege hatte ihn auf die Besuche des Wanderers vorbereitet und ihm erzählt, wie er die Tage damit verbrachte, die Insel umzugraben. Doch niemand hatte ein Wort darüber verloren, wonach der Mann eigentlich suchte.

»Jetzt geh schön nach Hause, Konrad.«

Wieder tupfte sich der Mann den Schweiß ab. »Haben Sie gehört, was ich gesagt habe? Siebzehn Quadratmeter waren es heute.«

»Ist notiert.«

Der Wanderer öffnete die Tür und ging langsam rückwärts hinaus, wobei er sorgfältig darauf achtete, nicht mit dem Spaten anzustoßen. »Sie ist da irgendwo«, wiederholte er, bevor er die Tür schloss.

Lind zog eine Grimasse und machte das Fenster auf. »So, hier muss erst mal gelüftet werden.«

»Was war das denn?«

»Willkommen in Bergland. Jedes Dorf hat sein Original. Der Wanderer ist unseres.«

Gierig sog Niklas die frische Luft ein. »Gräbt er jeden Tag?«

»Jeden Tag, aber wirklich jeden.«

»Bräuchte er nicht mal Hilfe?«

»Womit?«

»Womit wohl?«

»Geistig ist der Wanderer bestimmt etwas minderbemittelt, aber er stört niemanden. Er wohnt allein und kommt bestens zurecht. Wie du gerade merken konntest, ist Hygiene nicht gerade seine stärkste Seite, aber er gräbt den halben Tag fleißig mit seinem Spaten. Ich habe übrigens keine Ahnung, wie viele er davon schon verschlissen hat. Egal, der Mann ist harmlos, und er ist nicht so dumm, dass er nicht wüsste, was er tut. Es ist sein Lebensinhalt, einen Streifen Land vor Nyheim umzugraben, ungefähr sechs Kilometer landeinwärts...«, Lind zeigte vage in die Luft, »...und bis runter zum Strand bei Storvollene. Und wenn ich umgraben sage, meine ich umgraben. Mindestens einen halben Meter tief. An manchen Stellen geht er auch tiefer. Kein Quadratmeter wird ausgespart, wenn er nicht gerade aus kompaktem Fels besteht. Natürlich ist das Problem mehrfach diskutiert worden – ob man nicht eingreifen und ihm das Ganze einfach verbieten sollte.« Lind zuckte mit den Schultern. »Wir von der Polizeistation haben versucht, es ihm auszureden, auch die Leute vom Gesundheitsamt und der Bürgermeister, aber das war alles vergeblich. Und der Gerechtigkeit halber muss man sagen, dass er hinterher alles wieder in seinen ursprünglichen Zustand versetzt, da kommt jedes Grasbüschelchen wieder an seinen Platz wie in einem Riesenpuzzlespiel.«

»Aber wonach gräbt er denn?«

»Da fragst du was...« Lind trat ans Fenster und sah dem Wanderer nach, der gerade die Straße überquert hatte und querfeldein davonstapfte. »Eigentlich ist das wirklich eine traurige Geschichte. Vielleicht macht sich deswegen auch keiner über ihn lustig. Die meisten denken sich wohl ihren Teil, schütteln im Stillen den Kopf, aber keiner macht Witze auf seine Kosten. Dafür sind seine Wunden zu tief.«

Niklas konnte nicht anders, er hatte Mitleid mit dem armen Kerl, der so beharrlich an seiner Lebensaufgabe festhielt. Er streckte sich ein wenig und erhaschte noch einen Blick auf die gebeugte Gestalt, die um einen Hügel bog und verschwand.

»Vor fünfundzwanzig Jahren ist seine Schwester verschwunden. Sie verließ ihr Zuhause bei Nyheim, um dann nie wieder gesehen zu werden. Sie hatte vorgehabt, zum Strand bei Storvollene runterzugehen, eine Strecke von fast sieben Kilometern. Sie war wohl um die vierzehn, fünfzehn damals. Leider dauerte es ein paar Tage, bis man eine Suchaktion startete, ich weiß auch nicht warum. Es war eine ärmliche Familie, aber es ist nicht bekannt, ob sie so lange mit der Vermisstenmeldung zögerten oder ob man sie zunächst nicht ernst genommen hat. Wie dem auch sei, man suchte das Gelände entlang dieser Strecke in beide Richtungen ab, aber das Mädchen war wie vom Erdboden verschwunden. Die Familie lebte natürlich immer noch in der Hoffnung, dass sie eines Tages wieder auftauchen würde, aber ich glaube, es dauerte keinen Monat, bis der Bruder anfing, rastlos immer wieder diese Strecke abzulaufen, hin und her. Deswegen auch sein Name. Erst als er anfing zu graben, begriffen die Leute, dass er befürchtete, seine Schwester könne ermordet worden sein.« Lind strich sich mit der Hand durch das schüttere Haar, das ein verfrühter Alterungsprozess langsam aber sicher ausdünnte. »Eines vorweg: Ich glaube, die meisten dachten, dass das Mädchen in eine Felsspalte gefallen oder einen Abhang hinuntergestürzt sein musste. Doch da sie nie gefunden wurde, tippte man schließlich eher darauf, dass sie einfach ihre kleine gestörte Familie verlassen hatte. Und wenn dem so war, dann kann ich sehr gut verstehen, dass sie ihren Status als Verschwundene aufrechterhalten will. Zu was sollte sie überhaupt zurückkehren? Die Eltern sind tot, der Bruder ein buddelnder Trottel, und die Schwester, die Älteste der Geschwister, kann man wohl guten Gewissens als entwicklungsgestört bezeichnen. Übrigens wohnt sie nicht weit von hier und wird täglich von einem mobilen Pflegedienst betreut.«

»Das ist ja eine Geschichte.« Niklas sah den Mythos vom harmlosen ländlichen Verbrechen schon wieder dahinschwinden.

»Vor allem ist es eine traurige Geschichte. Und die wird erst zu Ende sein, wenn der Wanderer mal abdankt.«

# 5

## Bodø

Rino Carlsen beugte sich über seine Mindmap, auf der die Verzweigungen noch recht spärlich waren. Die Jungen hatten sich durchaus angestrengt, zum Teil mit einem ziemlich deftigen Vokabular, doch im Grunde hatten sie nicht viel zu sagen. Bis jetzt war der Tatort definitiv das Interessanteste. Er hatte auch den Untergang des Hurtigruten-Schiffes von 1940 auf seiner Skizze notiert, wenn auch vorerst nur in Klammern.

Abermals wurde sein Blick von den Kokos-Schokoküssen und der Colaflasche angezogen, die er strategisch geschickt in der Ecke des Schreibtischs positioniert hatte. Umgekehrte Strategie hieß so was. Kill sugar before it kills you. Ein geradezu revolutionärer Effekt, wenn man den Schlankheitsbeilagen der Wochenzeitung glauben sollte. Bis jetzt war der einzige Effekt eine wachsende Lust auf Süßigkeiten.

Die Methode stand kurz vorm Scheitern, als Selma, das treue Mädchen für alles, den Kopf durch die Türöffnung steckte.

»Hier ist die Hölle losgebrochen.«

Für ihn war sie schon seit einer Weile losgebrochen.

»Ich hab gerade einen Anruf von einem der Hafenarbeiter unten am Amundsen-Kai bekommen. Da hat jemand versucht, einen Menschen bei lebendigem Leibe zu verbrennen.«

Er zog die Hand von den Süßigkeiten zurück.

»Der Notarzt war schon da.«

»Bei lebendigem Leibe verbrennen?« Er schlüpfte bereits in seine Jacke.

»So hat er sich ausgedrückt.«

Rino war schon aufgestanden, als ihn seine Reflexe einholten und er nach dem Kokosbällchen griff. »Haben Sie den Namen des Hafenarbeiters?«

»Nachname Welle.«

»Okay.«

»Vorname Hagbard mit d.«

Er hob den Kokos-Schokokuss zum Abschiedsgruß und biss hinein.

»Dann geh ich jetzt mal.«

»Hast du diesen Klebkram denn nie satt?«

»Eigentlich nicht.«

Selma verdrehte die Augen, machte einen Schritt zur Seite und hielt ihm die Tür auf. »Du versuchst es am besten zuerst im Krankenhaus. Wenn es wirklich so schlimm ist, wie der Hafenarbeiter meinte, dann werden sie hier nicht viel für ihn tun können und fliegen ihn geradewegs nach Haukeland.«

»Selma, du bist ein Genie. Hab ich dir schon mal gesagt...«

»Schon viel zu oft.«

»Du meinst, wenn ich zehn Jahre jünger wäre...«

»Kommt das nicht aufs Gleiche raus?«

»Jetzt hau schon ab. Bezirz lieber eine von den Krankenschwestern.«

»Selma, have faith.« Seine Stimme klang nicht besser als das, was aus den Lautsprechern seines Volvo 214 kam.

Er machte sich direkt auf den Weg zur Notaufnahme, an deren Empfang eine pensionierungsreife Matrone saß. Ihr Gesichtsausdruck war grimmig, und die enge Uniform, die jeden Fettwulst offenbarte, rief Assoziationen zu blassen Bratwüsten hervor. Hier konnte man mit Charme nichts ausrichten, also bat er sie einfach freundlich darum, mit dem Arzt sprechen zu dürfen, der für das Verbrennungsopfer zuständig war.

»Sie befinden sich in der Notaufnahme. Das bedeutet, dass der Patient hier gerade behandelt wird... in diesem Augenblick.« Ihre Stimme kam nasal und hohl aus den Nebenhöhlen.

Er versuchte es mit einem Lächeln, doch die Frau hatte den Blick schon wieder gesenkt.

»Sie können sich setzen. Ich werde sehen, was ich tun kann.«

Nachdem er ungeduldig eine Viertelstunde gewartet hatte, tauchte eine Ärztin auf und stellte sich mit einem schlaffen Händedruck vor.

»Der Patient hat sehr starke Schmerzen und bekommt intravenös Schmerzmittel. Wir machen ihn gerade fertig für die Überführung ins Krankenhaus von Haukeland.«

»Wäre es möglich, ganz kurz mit ihm zu sprechen?«

Die Ärztin, die er auf Anfang dreißig schätzte, setzte eine strenge Miene auf. »Ich muss das noch mal präzisieren: Er hat *sehr starke* Schmerzen, außerdem ist er benommen von den Medikamenten. Es wäre vom medizinischen Standpunkt her unverantwortlich...«

»Es ist das A und O jeder Ermittlung, möglichst früh anfangen zu können. Wenn er verlegt wird, bevor wir mit ihm sprechen können, verlieren wir mindestens einen Tag. Und am Ende muss ein Ermittler der Polizei Bergen das Verhör führen...«, er imitierte kurz den kehligen Bergener Dialekt, »...was gelinde gesagt ungünstig ist. Zehn Minuten könnten in diesem Fall den Unterschied zwischen Erfolg und Fiasko ausmachen.«

Er sah, wie sich der Zweifel auf dem bleichen Gesicht breitmachte. Sie vergrub die Hände tief in den Kitteltaschen und fingerte nervös an etwas herum, wahrscheinlich ein Schlüsselbund. »Ich werde ihn fragen. Sie können kurz hier warten.«

Ein paar Minuten später war sie zurück. »Er wird in einer knappen halben Stunde abtransportiert. Sie haben ein paar Minuten.«

Als man ihn ins Zimmer ließ, schlug ihm ein ekelhaft süßlicher Geruch entgegen. Das Opfer lag auf einem Tisch mit einem Paravent in Schulterhöhe. Seine Arme ruhten auf einem kleinen Tischchen. Eine Krankenschwester saß neben ihm und legte einen Verband an. Man konnte ein Stück von den Fingern hervorschauen sehen, die zum Teil aber auch von einer plastikartigen Folie bedeckt waren.

Die Schwester sah ihn vorwurfsvoll an, dann beendete sie ihre Arbeit und verließ das Zimmer zusammen mit der Ärztin.

Er setzte sich auf einen Hocker mit Rollen und manövrierte sich in die Nähe des Behandlungstisches. »Können wir uns wohl ein bisschen unterhalten?«

Der Verletzte, den er um die dreißig schätzte, musterte ihn skeptisch, bevor er nickte. Seine Augen wirkten trübe, was Rino den Schmerzmitteln zuschrieb.

»Ich werde mich kurzfassen.« Er beugte sich vor, obwohl er bei diesem Geruch viel lieber auf Abstand gegangen wäre. »Können Sie mir eine Kurzfassung dessen geben, was hier passiert ist?«

Das Gesicht, das anscheinend grundsätzlich einen Ausdruck unausgesetzten Erstaunens trug, verzog sich zu einer verbissenen Grimasse. »Das hier.« Er wies mit einer kleinen, ruckartigen Bewegung auf den Paravent.

»Das müssen Sie wohl etwas genauer...«

»Ich weiß nicht«, kam es abgehackt.

»Sie wissen es nicht?«

»Behaupten Sie bitte nicht, dass es einen Grund gibt, dass ich das irgendwie verdient hätte.«

»Das behaupte ich nicht im Entferntesten.«

»Verdammter...« Ein paar trockene Schluchzer zwischen zusammengebissenen Zähnen.

Rino konnte nicht heraushören, ob die Beschimpfung auf den Täter oder ihn gemünzt war.

Der Mann schnaufte schwer. »Ich bin zwei Mädchen hinterhergegangen, ich wollte wissen, ob sie ein Paar sind.«

Rino warf einen Blick auf den Tropf mit dem Schmerzmittel und versuchte festzustellen, ob die Dosis zu verantworten war. Infusionen mit zentralwirksamen Schmerzmitteln, die die Weiterleitung von Impulsen zum Gehirn blockierten und die Auffassung der Wirklichkeit vorübergehend verändern konnten, erinnerten ihn an die Situation von Joakim. Instinktiv ballte er die Fäuste.

»Plötzlich hat es geknallt. Mir ist das Fernglas aus der Hand geglitten, und es hat sich angefühlt, als würde ich meinen eigenen Schädel schlucken. Ich riech jetzt noch den Geruch des Lappens, den er mir aufs Gesicht gedrückt hat. Kampfertropfen und Pisse. Das ist das Letzte, woran ich mich erinnern kann.«

»Bis ...?«

Der Verletzte zog eine Grimasse und wand sich. »Bis ich merkte, dass ich über den Boden geschleift wurde, wie ein Stück Schlachtvieh. Es roch nach Kreosot und Teer, und ich bekam mit, dass ich über den Kai gezogen wurde.«

Ein Täter, der Risiken eingeht, dachte Rino und fasste Hoffnung, dass jemand den Vorgang beobachtet haben könnte. »Diese beiden Mädchen, dieses Paar... wo genau befanden Sie sich da?«

»Bei einem kleinen See oben in Bodømarka.«

»Sind Sie oft da?«

Der Blick des Mannes zeigte deutlich, dass er sich wunderte, was diese Frage mit der Sache zu tun hatte. An seinem schmerzverzerrten Gesichtsausdruck änderte das aber kaum etwas. »Ab und zu.«

Somit hatte der Täter gewusst, wo er ihm auflauern musste.

»Sie wurden also am Kai entlanggeschleift.«

»Zuerst dachte ich, dass er mich in ein Boot bringen will. Stattdessen schmiss er mich plötzlich eine Treppe hinunter.«

Eine neuerliche Zuckung ließ die sowieso schon vorstehenden Augen noch etwas weiter aus den Höhlen treten. »Ich verlor wieder das Bewusstsein und bin davon aufgewacht, dass meine Arme brannten.«

Rino wurde wieder der Geruch von verbranntem Fleisch bewusst.

Der Verletzte holte schluchzend Luft. »Es dauerte einen Moment, bis ich kapiert habe, dass das, was ich da sah und fühlte, kein Traum war, dass ich tatsächlich auf einem Zementboden saß und mit den Armen an einen Scheiß-Heizstrahler gefesselt war.«

Der Kontrast zwischen eisiger Kälte und brennender Hitze sprang Rino sofort ins Auge, und die Assoziationen gefielen ihm überhaupt nicht. »Und Sie haben keine Ahnung, wer das getan haben könnte?«

»Glauben Sie mir, wenn ich gewusst hätte ...«

»Nicht mal ein schwacher Verdacht?«

Ein erneuter Versuch, Rino einen vorwurfsvollen Blick zuzuwerfen. »Kann es Gründe geben, so etwas zu tun?«

»In meiner und Ihrer Welt – nein. In der Welt eines ausreichend verrückten Wichsers – definitiv ja, und da reden wir von wohldurchdachten Perversionen. Und das bedeutet, dass da wohl irgendwer glaubt, einen Grund gefunden zu haben.«

Die folgende Grimasse zeigte, dass die Schmerzen einen neuen Höhepunkt erreicht hatten. »Was wollen Sie damit sagen?«

»Dass Sie Feinde haben. Zumindest einen. Wenn die Kriminaltechniker diesmal nicht mehr finden als sonst, sind wir darauf angewiesen, dass Sie uns einen Namen nennen.«

»Oh Gott.«

»Fangen Sie doch einfach mit der Stimme an.«

»Der hat keinen Ton gesagt.«

»Vielleicht geflüstert?« Rino deutete das Schweigen als Verneinung. »Er hat nicht zufällig eine Zeichnung in Ihrer unmittelbaren Nähe abgelegt?«

Einen Augenblick war der Mann völlig verdattert darüber, dass der Polizist davon wusste. »Acht verdammte Strichmännchen hat er an die Wand geklebt.«

»Hat Ihnen das Bild irgendwas gesagt?«

»Gesagt?«

»Er fesselt Ihre Arme an einen Heizstrahler und lässt Sie mit einer Strichmännchenzeichnung vor der Nase sitzen. Sie müssen sich doch gedacht haben, dass diese Zeichnung irgendeinen Sinn haben muss.«

»Sinn...« Das Lachen ging fast schon in Weinen über.

»Gar nichts?«

Er zog wieder eine Grimasse, dann ging die Tür auf, und die Krankenschwester kam herein. »Wir sind dann fertig zum Transport.«

Rino hob einen Finger, doch die Schwester übersah die Andeutung und bedeutete ihm demonstrativ, dass er jetzt zu gehen hatte. Er ließ den Finger sinken und stand auf. »In nächster Zeit wird ein Kollege von der Polizei Bergen Kontakt mit Ihnen aufnehmen. Sollte Ihnen in der Zwischenzeit noch etwas einfallen...«

Die Krankenschwester setzte sich mit dem Rücken zum Kommissar auf den Hocker und machte sich am Verband zu schaffen.

»Er hatte Gummihandschuhe an. Entweder Gummihandschuhe oder irgend so einen Taucheranzug.«

Der Amundsen-Kai war eine Anlage aus den Nachkriegsjahren mit fünf Anlegern auf drei Ebenen – drei davon waren gerade renoviert worden, während von den heruntergekommenen anderen beiden die orange Farbe abblätterte. Auf dem Kai saßen zwei Arbeiter, die sich an senkrecht aufgestellte Fischkisten lehnten. Die Männer, die Selma für Hafenarbeiter gehalten hatte, waren wohl eher die Schreiner, die mit der Aufgabe betraut waren, die alten Gebäude wieder zum Leben zu erwecken. Die ganze Anlage sah so aus, als sollte sie noch die Stürme des Jüngsten Gerichts überstehen, mit soliden Pfählen so dick wie Ölfässer und einem Deck, das noch ein paar Jahrhunderte so überdauern würde, bevor es verrottete. Ein paar kleine Kutter lagen hier vor Anker, doch der neue Besitzer hatte sich offenbar vorgenommen, die Fischverarbeitung wieder stärker zu fördern.

Einer der Schreiner stand auf, als Rino sich dem Kai näherte, und rückte seinen Werkzeuggürtel zurecht, wahrscheinlich damit er wusste, wohin mit seinen Händen. Der Schock hatte die Arbeitsmoral wohl etwas gedämpft, oder vielleicht hatte Selma sie auch gebeten, ruhig zu bleiben, bis ein Polizist auftauchte.

»Herr Welle?«

»Das bin ich.« Der Schreiner, der Sommersprossen und rostrote Haare hatte wie ein waschechter Ire, vergewisserte sich noch einmal, dass sein Hammer noch hing, wo er hingehörte, bevor er Rino zögernd die Hand reichte.

»Sie haben also den Verletzten gefunden?«

»In einem der Keller hier.«

»Sie führen hier Renovierungsarbeiten durch, oder?«

»Wir sind demnächst mit dem dritten Anleger fertig. Ich hab die Schreie gehört.«

»Wann war das?«

Der Schreiner warf einen raschen Blick zu seinem Kollegen. »Wir fangen immer um acht an. Ich war etwas früher da. Vielleicht so zehn vor.«

Rino sah sich um. Das nächste Gebäude lag hundert Meter entfernt, ebenfalls ein Anlegerkomplex. »Können Sie mir den Weg zeigen?«

Der Schreiner steuerte einen der verfallenen Anleger an, schob eine Tür auf, die schief in den Angeln hing, und ließ den Polizisten zuerst eintreten. Es roch nach altem Keller, gemischt mit einem Hauch von versengtem Fleisch. Abgesehen von einem Stapel verschiedener Baumaterialien und ungefähr zehn Fischkisten war diese Ebene leer.

»Hier unten ist es.« Eine Luke im Boden stand offen, und als sie die Treppe hinuntergingen, verstärkte sich der Geruch. Der Keller, dessen Deckenhöhe eher für Bucklige ausgelegt schien, war mit grobem Holz verkleidet, der Zementboden trug Spuren von den Wasserschäden der Vergangenheit. Der Rothaarige ging weiter zu einer angelehnten Tür und betrat den angrenzenden Raum. Hier schlug ihnen der Geruch ungehindert entgegen. Als Erstes bemerkte Rino, dass das Holz an den Wänden geschwärzt war, als hätte das ganze Zimmer gebrannt. Dann sah er den Radiator, ein Relikt der siebziger Jahre, der seine Wärme durch rotglühende Heizspiralen schickte. Sein Großvater hatte ein nahezu identisches Gerät gehabt, und als kleiner Junge hatte Rino beim Spielen gern die Füße davorgehalten. Doch das hatte er nie länger als ein paar Sekunden ausgehalten. Der Heizstrahler war an ein Rohr montiert, das quer durch den Raum verlief. Auf dem Boden lagen Stückchen von etwas, das aussah wie bräunlich angesengter Stahldraht.

»Ich hab ihn losgeschnitten.«

»Er war an das Rohr gefesselt?«

»Von den Handgelenken bis zum Ellbogen. Die andere Hand war nach hinten gebunden.«

Rino konnte es sich bildlich vorstellen. Schon allein die Stellung musste schmerzhaft gewesen sein, und indem der Täter die Arme seines Opfers auf der anderen Seite des Rohres fesselte, konnte er den Radiator so nah heranstellen, wie er wollte. »Stand der Heizstrahler direkt vor dem Mann?«

»Mit allerhöchstens fünf Zentimetern Abstand. Der wurde buchstäblich gegrillt.«

Rino drehte sich um und sah die Zeichnung, die in einem halben Meter Höhe an der Wand hing. In Gesichtshöhe. Die Figuren waren anscheinend dieselben wie auf der anderen Zeichnung, die Signatur ebenso.

»War die Rauchentwicklung sehr stark?«

Der Schreiner schien erstaunt über die Frage. »Na ja, ein bisschen schon. Ich hab ganz instinktiv gehandelt, hab den Ofen ausgestellt und seine Arme losgemacht, bevor ich losgerannt bin, um einen Notarzt zu rufen. Hier unten hat man kaum Netz.«

»Ich frage nur, weil die Wände so verrußt sind.«

»Ach so, wegen den Wänden. Nein, das stammt von einem Brand, nehme ich an. Irgendwann in den sechziger Jahren. Damals mussten Teile der Anlage renoviert werden. Aber die Dachbalken haben keinen Schaden genommen, sehen Sie?«

Er hatte recht.

»Ich wage mir gar nicht auszumalen, wie es ausgegangen wäre, wenn das gestern passiert wäre.« Der Schreiner fuhr sich mit der Hand durchs Haar, das ihm etwas struppig vom Kopf abstand. »Da hatte ich nämlich einen Termin beim Zahnarzt. Mein Kollege Ingar kommt immer gern eine Viertelstunde zu spät. Noch fünfzehn Minuten länger in dieser Hitze...«

Allein bei dem Gedanken spürte Rino ein unangenehmes Prickeln auf der Haut. »Arbeiten Sie hier jeden Tag?«

»Seit Oktober letzten Jahres.«

»Laufen auf der Anlage viele Leute herum?«

»Der eine oder andere Spaziergänger, aber manchmal kriegt man auch wochenlang keinen zu Gesicht.«

»Und in letzter Zeit?«

Der Mann fummelte wieder an seinem Werkzeuggürtel. »Ich glaube nicht. Ich kann ja noch mal Ingar fragen, aber ich bin ganz sicher, dass es fast eine Woche her ist, dass wir hier unten zum letzten Mal jemand gesehen haben. Ein altes Ehepaar, wenn ich mich richtig erinnere.«

Rino zweifelte keine Sekunde daran, dass der Täter die Kaianlage in- und auswendig kannte. Seltsam war nur, dass er die Opfer immer an so sorgfältig ausgewählte Tatorte brachte. Das Risiko, entdeckt zu werden, hätte er auch mit Leichtigkeit halbieren können, und es deutete ja auch nichts darauf hin, dass es zu seinem Plan gehörte, seine Taten möglichst sichtbar auszuführen. Also musste es die Inszenierung selbst sein, die ihm wichtig war.

»Dann sperre ich den Raum hier unten bis auf Weiteres ab. Sie können wieder an Ihre Renovierungsarbeiten gehen.«

Auf einmal wurde der Geruch noch intensiver. Wieder sah Rino die Szene vor sich – die rotglühenden Heizdrähte, Haut, die zischte wie das Fett in der Bratpfanne, schmolz und auf den Betonboden tropfte. Wahrscheinlich waren sämtliche Nerven und Blutgefäße verkohlt und für immer zerstört. Vielleicht würde es sogar auf eine Amputation hinauslaufen, ein Schicksal, das auch dem ersten Opfer drohte.

Amputation.

Konnte dahinter etwas stecken? Sein Handyklingelton – *Back in Black* – riss ihn aus seinen Gedanken. Dann gab es hier unten also doch Netz. Auf dem Display stand *Thomas*. Sein Kollege und einziger naher Freund.

»Wo bist du?«

»In einem Keller am Amundsen-Kai.«

»Dachte ich mir schon. Glaubst du, es ist derselbe Täter?«

»Ja.«

»Schlicht und einfach.«

»Schlicht und einfach.«

»Ich hab mit Selma gesprochen, das scheint ja eine echt hässliche Sache zu sein.«

»Ekelhaft.«

»In jeder Hinsicht.«

»Ich habe übrigens ein paar Nachforschungen angestellt.« Sein Kollege biss von etwas ab, was nach einem Apfel klang. »Wegen diesem Olaussen. Ich habe den Eindruck, dass sein Job absolut seiner Persönlichkeit entspricht. Sieht so aus, als würde der Kerl ganz gut in dunkle verqualmte Lokale passen und seine Klamotten so lange anlassen, bis sie von selbst in die Waschmaschine marschieren. Der sagt der Welt Guten Morgen, wenn normale Menschen gerade ausstempeln.«

»Das alles hast du herausgefunden?«

»Nein. War nur so ein Eindruck.« Wieder hörte man ihn herzhaft abbeißen. »Oder was meinst du? Ich schätze, der wohnt in einer kümmerlichen möblierten Bude und zapft bis spät in die Nacht Bier für die Zahnlosen und Besoffenen dieser Stadt. Teilzeitangestellter und verschuldet bis über beide Ohren, was wohl bedeutet, dass er regelmäßig auf dem Sozialamt ist. Weder beliebt noch unbeliebt, wie es aussieht. Eine kleine graue Persönlichkeit, die sich ihrer Umgebung anpasst. Hat ein Kind – das selbstverständlich bei der Mutter wohnt.«

»Selbstverständlich?«

»Ich hab die Fassade von seinem Unterschlupf gesehen, und ich hab auch die Bewohner gesehen.«

»Wo ist die Wohnung?«

»In Langstranda.«

»Wo genau?«

»Gegenüber vom Widerøe-Kai. Ich hab mit drei Nachbarn gesprochen. Keiner hat was bemerkt.«

»Das hab ich irgendwie geahnt.«

»Jupp. Diesmal kriegen wir wirklich überhaupt nichts geschenkt.«

»Okay. Ich muss den Tatort jetzt absperren lassen, obwohl

hier natürlich schon Schreiner und Notärzte rumgetrampelt sind.«

»By the way – dieses Kokosdings in deiner obersten Schublade ...«

»Iss es auf, in Gottes Namen«

Er drehte sich um und betrachtete den Tatort noch einmal.

Verrußte Wände, Boden mit Wasserflecken.

Beklemmend.

Ein Heizstrahler, der zur Mordwaffe umfunktioniert worden war.

Sich selbst und einem langsamen, qualvollen Tod überlassen.

Hier ging es definitiv um Hass.

Er war schon halb die Treppe hoch, als das Telefon nochmals klingelte. Diesmal war Richard Nordmo dran, Anwalt und Freund der eher peripheren Art.

»Hier ist Richard. Ich rufe an wegen deiner Frage zu diesem Ausdruck – ›jus talos‹ ...«

Das hatte er schon ganz vergessen. Als er Richard anrief, war dem Anwalt auf Anhieb nichts dazu eingefallen, aber er hatte ihm versprochen, noch einmal nachzuschlagen.

»... das soll wohl eher ›jus talionis‹ heißen.«

»Ich versteh bloß Bahnhof.«

»Ich hab rausgefunden, was es bedeutet.«

»Und zwar?«

»Sieht so aus, als hättest du es da mit einem Rächer zu tun.«

# 6

# Bergland

»Mir ist erst jetzt klar geworden, dass ich Bergland vermisst habe.« Karianne Hultin saß neben ihrem Mann und hatte den Blick auf den Horizont geheftet. Der leichte Wind, der für die Jahreszeit ungewöhnlich mild war, blies ihr Haarsträhnen ins Gesicht, doch sie schien es gar nicht zu bemerken. Wahrscheinlich hatte es sie die ganze Zeit in den Norden und die Natur hier gezogen. Sie hatte wieder Farbe auf den Wangen – keine glühende Frische, eher ein blassroter Schimmer, als ließe sich die Krankheit nicht verbergen.

»Allmählich verstehe ich schon, dass man einen Ort wie diesen vermissen kann.« Niklas lächelte sie neckend an.

Sie saßen auf einem Hügelkamm, schräg vor dem Haus, das sie in der Eile gemietet hatten, ein gelber Bau aus der Vorkriegszeit. Es hatte schon ein paar Jahre leer gestanden, was man ihm deutlich ansah. Sie wollten sich auf jeden Fall rasch etwas Neues suchen, sobald sich die Gelegenheit bot.

In all den Jahren hatten gutmütige Sticheleien zu ihrem ganz normalen Umgangston gehört, aber seit einiger Zeit hatte sie keinen Sinn mehr für ihre alten Kabbeleien. Es hatte ein paar Monate vor ihrem Umzug begonnen, als ihr erst ein Knöchel anschwoll. Sie selbst tat es zunächst als unbedeutend ab, doch es war nicht zu übersehen, dass sie sich Sorgen machte. Inzwischen waren auch der andere Knöchel und ein paar Finger geschwollen. Er versuchte, den Wetterumschwüngen die Schuld zu geben, dem Wechsel von Hoch- zu Tiefdruckgebieten, die die Flüssigkeiten im Körper durcheinanderbrachten. Doch ihr Lächeln zeigte eher, dass sie ihm dankbar war für seinen Versuch, die Sache herunterzuspielen, als dass es wirklich etwas genutzt hätte.

»Vielleicht sollten wir einfach hierherkommen. Egal, was ihm fehlt, *wenn* ihm den überhaupt etwas fehlt – ich glaube, er braucht mich hier.«

Sie sprach von ihrem Vater, der in den letzten Monaten immer wieder gekränkelt hatte und kaum noch seinen bequemen Sessel verlassen konnte. Es hatte mit diffusen Magenschmerzen begonnen, um sich dann wie ein böser Virus über den restlichen Körper auszubreiten. Doch eine Ursache hatte man bis jetzt nicht nachweisen können. Niklas vermutete, dass diese Kränklichkeit auf jahrelange Sehnsucht nach Karianne zurückzuführen war. Sie glaubte es auch, wiederholte aber immer, dass es ihm so gar nicht ähnlich sah, nachdem er ein Leben lang selbst die Last der Welt geschultert hatte. Vielleicht gerade deswegen.

»Es sieht so aus, als würde das ganze Dorf die *Hjemmet* lesen.« Sie zog die Beine an und umfasste die Knie. »Alle reden von dieser Reportage.«

»Vergiss nicht, dass du hier die einzige Berühmtheit bist.«

Man hatte sie zur Weihnachtszeit angerufen, und nachdem sie ein paar Wochen darüber nachgedacht hatte, hatte sie sich überreden lassen. Das Wochenblatt hatte am Ende eine tränentreibende Story daraus gemacht – von einer Jugend voller Leid und Einsamkeit zu einem neuen Leben als glücklicher und geheilter Mensch. Auch Niklas hatte seinen Platz in dieser Geschichte gefunden: Man präsentierte ihn als die Liebe ihres Lebens – was er ja durchaus zu sein hoffte, doch als er den Artikel las, war er verlegen und beklommen. Solchen Maßstäben konnte kein Mensch genügen.

»Das war ich damals auch. Nur unter umgekehrten Vorzeichen.« Sie schüttelte sich. Die Brise war jetzt etwas kühler geworden. »Papa war so fantastisch. Er hat sich mit den Lehrern über den Stoff abgesprochen und mich anderthalb Jahre lang zu Hause unterrichtet. Und wenn ich so zurückdenke, muss ich sagen, er ist es nie leid geworden und war nie ungeduldig mit mir. Papa war Rohrleger, kein Lehrer, und er hatte nur eine eher mäßige Volksschulausbildung, auf die er zurückgreifen konnte. Trotzdem war er der geduldigste Lehrer, den ich jemals hatte.«

»So ziemlich einmalig. Wenn man bedenkt, dass er sich die ganze Zeit allein um dich kümmern musste.«

»Nicht nur ziemlich.«

Sie hatte das Gefühl, in der Schuld ihres Vaters zu stehen, dass sie zurückzuzahlen musste, was sie von ihm bekommen hatte, selbst wenn sich herausstellen sollte, dass seine Krankheit im Grunde nichts anderes war als die Sehnsucht nach ihr.

»Und die Briefe waren auch seine Idee?«

Sie nickte. »Dreizehn-, Vierzehnjährige haben Pflichtbesuche schnell über, und die Abstände zwischen den Besuchen wurden immer länger. Am Ende waren sie für mich und meine Klassenkameraden nur noch peinlich und seltsam. Mit den Briefen funktionierte das einfach besser. Papa forderte meine Schulkameraden auf, mir zu schreiben, das konnten Briefe sein, aber auch Zeichnungen oder Geschichten, die sich die ganze Klasse ausgedacht hatte. Du weißt schon, wenn einer anfängt, und der Nachbar muss den nächsten Satz erfinden und so weiter.«

Er hatte das alles schon gehört. Oft sogar. Und ab und zu merkte er, wie er im Schatten ihres Vaters zusammenschrumpfte. Aber er nahm an, dass sie im Moment das Gefühl hatte, sich rechtfertigen zu müssen. Immerhin hatte sie Niklas hierhergeschleppt und ihn überredet, sich von einem Arbeitsplatz beurlauben zu lassen, den er eigentlich gerne mochte. »Aber bei einem war das Mitleid noch größer als bei den anderen«, sagte er, um ihr zuvorzukommen.

»Einer von den Schülern. Natürlich blieb er anonym, man konnte ihn unmöglich ausfindig machen, weil mir ja alle schrieben. Aber dieser Junge... wurde irgendwie fast so was wie meine erste Liebe.«

»Aber nicht die größte?«

Sie fing seinen Blick auf und lächelte. »Nein, nicht die größte. Aber das bewirkt schon etwas in einem Mädchen in dem Alter, das immer nur krank und ausgeschlossen zu Hause liegt, und dann hat es plötzlich einen heimlichen Freund, der sich aufrichtig um ihr Wohlergehen sorgt und lange einfühlsame Briefe schreibt.«

»Hast du alle Briefe beantwortet?«

»Nur die ersten zwei, drei. Mehr schaffte ich nicht, bis schon wieder die nächsten im Briefkasten lagen. Papa fand das nicht so toll. Er hat nie etwas gesagt, aber ich hab es ihm angesehen. Er fand wahrscheinlich, dass es ein bisschen zu viel des Guten wird.«

»Vielleicht war dieser heimliche Freund genau das, was du damals gebraucht hast.«

»Er war ein Lichtblick, ja, obwohl es sich im Laufe der Zeit ein bisschen komisch anfühlte, irgendwie... ich weiß nicht.«

»Spooky?«

»Vielleicht. Es wurde einfach ein bisschen zu viel. Aber es war ja nicht das erste Mal, dass ich mich so bewundert fühlte.«

»Ach nein?«

Sie schenkte ihm ein schiefes Grinsen. »Da war damals ein Mädchen, das ging in die siebte oder achte Klasse, als ich in die Schule kam. Aus irgendeinem Grund war sie total begeistert von mir, sie nannte mich einen Charmekobold. Einmal hat sie was gesagt, was ich nie wieder vergessen werde, vielleicht weil es mir dann eben später so ergangen ist. Sie sagte, sie wünschte, sie könnte eines Morgens aufwachen und in meinem Körper stecken. Dass wir einfach Plätze tauschen. Unglaublich süß, oder?«

»Jetzt verstehe ich auch, warum du dich nach Hause gesehnt hast. Hier bewundern dich alle. Das verheißt ja nichts Gutes.«

»Du Blödmann.« Sie drohte ihm mit der Faust. »Aber ein bisschen war es schon so, ja. Später, nach der Operation, zeigte einer ganz deutlich sein Interesse.«

»Und, ist was draus geworden?«

»Niklas!«

»Ich meinte doch bloß, ob er dein Freund geworden ist?«

Sie lächelte schelmisch. »Ich glaube, das Schicksal hatte dich schon auserkoren. Der Arme brach sich ein Bein und musste mehrere Wochen im Bett liegen. Danach war sein Interesse einfach weg. Leider. So langsam aber sicher hatte ich mich nämlich doch für den Kerl interessiert.«

»Übrigens...« Er rückte näher. »Lind hat da gestern so was erwähnt, als er vom Wanderer sprach.«

»Konrad, ja. Puh. Der tut mir echt leid.«

»Er hat gesagt, dass seine Schwester abgehauen ist.«

»Hat er das gesagt?«

»Nicht direkt. Er ließ es aber durchblicken, obwohl er gesagt hat, dass sie verschwunden ist. Er hat etwas von einer gestörten Familie erwähnt, und dass Ausreißen vielleicht einfach die am wenigsten schmerzliche Alternative gewesen wäre.«

»Ich weiß nicht. Ich habe immer gedacht, dass sie irgendwo abgestürzt ist und ihre Leiche einfach nie gefunden wurde. Aber Gott bewahre, nichts wäre schöner, als wenn es ihr heute wunderbar ginge – obwohl ich da so meine Zweifel habe.«

»Trotzdem, wirklich eine heftige Geschichte.«

»Konrad macht sie so heftig. Wenn jemand Tag für Tag, Jahr für Jahr so gräbt, sieht das schon nach einer starken Verbindung zwischen den Geschwistern aus.«

Sie schwiegen eine Weile, dann sagte sie: »Glaubst du, du kannst dich hier wohlfühlen?«

»Es wird sicher eine Umstellung. Von blutigen Abrechnungen zwischen irgendwelchen Gangs zu Puppen, die mit der Flut an Land geschaukelt kommen. Bis jetzt kommt es mir schon noch so vor, als hätte es sich zum Besseren verändert.«

Sie lächelte schwach. »Ich meine es ernst, Niklas.«

»Ich auch.« Er hob ratlos die Arme. »Mir tut es nicht leid. Höchstens um dich, weil du dich hier den ganzen Tag langweilen musst.«

Sie hatte ein übertriebenes Bedürfnis, in jeder Hinsicht allein zurechtzukommen. Er schrieb diesen Drang all den Jahren zu, in denen sie kränklich und hilflos gewesen war. Jetzt hatte sie keine Arbeit, und die Aussichten, demnächst eine zu finden, waren nicht gerade die besten.

»Das kommt schon in Ordnung«, sagte sie. »War bis jetzt doch immer so, weißt du nicht mehr?«

Sie hatte schon öfters erwähnt, dass sie irgendeine Hand über sich spürte, die sie beschützte. Die Theorie hatte neue Nahrung erhalten, nachdem ein Hobbyastrologe behauptete, sie sei zu einem besonders günstigen Zeitpunkt geboren.

»Dein Glücksstern?«

»Vielleicht. Ich glaube aber eher, dass mein Glücksstern Reinhard Sund heißt.«

Ihr Vater war zum Witwer geworden, als sein einziges Kind gerade zwei Jahre alt war. So etwas hinterließ eben seine Spuren.

»Inwiefern?«

Sie zuckte mit den Schultern. »Ich war die Dritte auf der Warteliste für die Handelsschule. Das waren damals noch andere Zeiten, sowohl was die Aufnahmebedingungen als auch die Menge der Bewerber anging. Es gab kaum Alternativen, und Leute, die sich für eine weiterführende Schule bewarben, wollten auch wirklich auf eine weiterführende Schule gehen.

Drei Tage vor Schulbeginn bekam ich einen Bescheid, dass ich aufgenommen war.«

»Sind andere zurückgetreten?«

»Es gab da so Gerüchte von einem Extraplatz.«

»Du meinst, da ist getrickst worden?«

»Schätze mal.«

»Egal, das muss man ihm schon verzeihen. Du hattest den Platz verdient.«

»Vielleicht. Aber ich befürchte, dass er jetzt auch schon wieder das Ruder übernommen hat.«

»Hast du mal wieder Phantomschmerzen im Einbildungsnerv?«

»Ich kann nicht wirklich glauben, dass er nur simuliert, aber trotzdem habe ich das Gefühl, er hat sich schon seit einer Weile gewünscht, dass ich endlich heimkomme, koste es, was es wolle. Kannst du dich an die Broschüre erinnern, die im Winter gekommen ist?«

Er konnte. Ein marktschreierisches Blatt über eine Gemeinde im Wachstum, das potenziellen Zuzüglern versprach, dass sie sich hier unglaublich wohlfühlen würden. »Wahrscheinlich schreiben die einfach ganz gezielt die Leute an, die von hier mal weggezogen sind.«

»Da bin ich mir eben nicht so sicher.«

»Glaubst du, dass er dahintersteckt?«

Sie senkte den Kopf, als würden ihr die Worte schwerfallen: »Ja, eigentlich glaube ich das.«

»Ganz schön schlau.«

»Und auch die Sache mit dem Haus der Witwe Gabrielsen.«

Einer der Hinterbliebenen hatte sie angerufen, weil er meinte gehört zu haben, dass Karianne Pläne habe, wieder nach Hause zu ziehen, und an niemand verkaufe man doch so gern wie an einen Einheimischen, nicht wahr? Sie hatte das Angebot höflich abgelehnt.

»Glaubst du, das war auch er?«

»Ich denke mal.«

Neuerliches Schweigen. Der Gedanke, dass die Krankheit ihres Vaters möglicherweise erfunden sein könnte, fiel ihr schwer.

Niklas' Handy vibrierte in seiner Tasche. Es war sein Kollege.

»Ich bin grade unterwegs nach Storvollan. Hast du Lust mitzukommen?«

»Was ist denn passiert?« Er hatte eigentlich Überstunden abbauen wollen, um mehr Zeit mit Karianne verbringen zu können.

»Um ehrlich zu sein, ich muss zum Strand.«

»Eine neue Puppe?«

»Du findest dich ja schon bestens zurecht. Vor einem Monat hättest du das noch nicht erraten.«

Er setzte einen schuldbewussten Blick auf, doch Karianne bedeutete ihm mit einer Geste, dass sie es schon verstand.

»Okay. Wann bist du hier?«

»In fünf Minuten.«

»Ich brauche aber so zehn bis zwölf. Wir sind gerade ein bisschen bergwandern.«

»Hügel, Niklas. Du bist hügelwandern. Wenn du in den Bergen wärst, würdest du länger als zehn Minuten brauchen, um runterzukommen. Es sei denn, du springst. Ich warte auf dich.«

»Ich dachte mir, du willst vielleicht mitfahren.« Amund Lind lehnte sich an die Tür. Leichter Parfumduft erfüllte das Coupé. »Es ist mir wichtig, dass du mitkriegst, was so passiert. Ich will nicht, dass du mir hier verkümmerst.«

Niklas war den ganzen Weg gerannt und atmete immer noch so heftig, dass das Seitenfenster beschlug.

»K. o.?«

»Das ist so eine Zwangshandlung. Wenn ich sage zehn bis zwölf Minuten, dann erlaube ich mir nicht, dreizehn zu brauchen.«

Lind grinste breit und entblößte eine Zahnreihe, die so schief war wie ineinandergeschobene Eisschollen im Polarmeer. »Zwangshandlungen werden unterschätzt.«

»Du hast gesagt, es wurde eine neue Puppe gefunden?«

»Gleicher Ort, gleicher Finder. Er hat angerufen, aber ich hab sie im Hintergrund gackern hören. Wahrscheinlich ist sie die Urheberin dieses ganzen Aufstands.«

»Was meinst du? Ich meine, es ist immerhin schon die dritte Puppe.«

Lind zog an seiner schlaffen, gereizten Gesichtshaut. Sie glänzte, und Niklas vermutete, dass sein Kollege irgendeine Spezialcreme aufgetragen hatte, ebenso an der Kopfhaut, die am Haaransatz grellrot leuchtete. »Im Grunde komme ich schon ein bisschen ins Zweifeln, was ich glauben soll. Dieses Frauenzimmer hat natürlich überreagiert, aber gleichzeitig ist es schon ein seltsamer Fund. Irgendjemand entsorgt alte Puppen, macht sich die Mühe, jedes Mal ein Floß zu bauen, und überlässt es dann der Meeresströmung, wo es an Land gespült wird.« Lind ließ seine Wange los, woraufhin sie langsam wieder ihre normale Form annahm. »Aber anstandshalber müssen wir der Sache schon ein gewisses Interesse entgegenbringen.«

Niklas kam die ganze Situation schrecklich unwirklich vor. Nun waren sie also unterwegs zu einem Tatort – dem Fundort einer Puppe. Der Übergang von Stadt zu Land schien ja drastischer zu sein, als er sich vorher ausgemalt hatte.

»Vielleicht war es dumm von mir, euer Idyll zu stören. Du hast gesagt, ihr seid beim Bergwandern?«

»Hügel. Mit Karianne, meiner Frau.«

»Karianne, genau. Die Heimgekehrte. Nach dem Motto *Zu Hause ist es immer noch am schönsten*, was?«

»Die Umstände sind schon recht speziell. Ihr Vater ist krank, wir wohnen in einer nicht besonders komfortablen Bude, und ihr wird die Zeit sehr lang so ohne Arbeit.«

»Ihr habt auf Strømmen gewohnt, oder?«

»M-hm. Die letzten vierzehn Jahre.«

»Da ist es schon schön.«

»Warst du schon mal da?«

»Ein paar Mal. Ich hab in der Nähe Urlaub gemacht.«

»Du machst Urlaub in Norwegen?«

»Immer.«

»Freiwillig oder …?« Niklas hatte schon selbst erlebt, in welchen Fragen Männer dazu verurteilt waren, die zweite Geige zu spielen.

»Freiwillig. Ich lebe allein und mache auch allein Urlaub.«

Niklas fragte nicht näher nach, weil er spürte, dass sein Kollege das Thema lieber fallen lassen wollte.

Der Strand lag an einer Stelle, an der zwei hoch aufragende Klippen eine Schlucht bildeten. Die Sandmassen krochen unablässig weiter ins Binnenland, da die Erosion Jahr für Jahr mehr Erdboden abtrug.

Das alte Ehepaar stand am Meeresrand, als wollten sie die Puppe nur ungern anfassen oder unbedingt zeigen, wo genau sie sie gefunden hatten.

Als sich die Polizisten näherten, legte der Mann seiner Frau den Arm um die Schultern, als würden die uniformierten Männer bedrohlich auf sie wirken. Niklas bemerkte, dass nur zwei Spuren im Sand zu sehen waren, die bei den Klippen endeten.

»Neue Puppe und neues Bastfloß?« Lind schlug einen jovialen Ton an, merkte dann aber, dass er schlecht zur Situation passte, und versuchte, ihn mit einem bekümmerten Gesichtsausdruck zu kompensieren.

Der Alte sah ihm vorwurfsvoll entgegen, als wäre er für die unangenehme Situation des Ehepaares verantwortlich. »Wie beim letzten Mal«, sagte er und trat einen Schritt beiseite.

Wieder war es eine Porzellanpuppe, wieder eine Puppe aus einer längst vergangenen Zeit. Lind löste sie aus ihrem Netz aus Bast und hielt sie hoch, um sie zu mustern. Diesmal handelte es sich um eine rotgekleidete Schönheit. »Seltsam. Aber nicht unbedingt mehr als das.«

»Das ist besorgniserregend, *höchst* besorgniserregend sogar.« Der alte Mann versuchte, eine barsche Miene aufzusetzen, obwohl man ihm die Jahre der Unterwerfung deutlich ansah. »Sagen Sie, gehören Hilferufe nicht zu den Dingen, die die Polizei besonders wichtig nehmen sollte?«

»Kommt drauf an.« Lind drehte die Puppe in den Händen. »Was sagst du dazu, Niklas?«

Niklas hätte nicht sagen können, ob sein Kollege die ganze Angelegenheit als Witz betrachtete oder ob Lind tatsächlich nicht ganz entscheiden konnte, was er hiervon halten sollte. »Wenn ich das richtig verstanden habe, ist das die dritte Puppe innerhalb kurzer Zeit, und alle sind in sorgfältig geflochtenen Booten aus Bast ins Wasser gesetzt worden. Ich hoffe und glaube, dass es eine natürliche Erklärung dafür gibt, aber vielleicht sollten wir doch etwas unternehmen, um der Sache auf den Grund zu gehen.«

Der Alte nickte und bedachte Lind mit einem strengen Blick. »Wir gehen hier seit fast dreißig Jahren spazieren, im Frühjahr und im Herbst – im Sommer bleiben wir tunlichst weg, denn dann scheint das hier ja ein Ort für Besäufnisse und Streitereien zu sein...« Wieder ein strenger Blick auf den Hüter des Gesetzes. »Aber hier ist noch nie etwas angespült worden, was uns Grund zur Sorge gegeben hätte. Bis heute. Die Puppen sind nicht ins Meer geworfen worden, sie sind auch nicht versehentlich von der Strömung mitgerissen worden. Jemand hat sich die Mühe gemacht, ihnen ein Floß zu bauen, das so konstruiert ist, dass es den einen oder anderen Windstoß aushält – da handelt doch jemand ganz bewusst.«

»Daran zweifelt auch niemand«, sagte Lind trocken.

»Sie teilen also unsere Sorge?«

»Dinge, die man nicht versteht, sind oft ein Nährboden für Ängste.«

Der alte Mann nahm seine Gattin noch fester in den Arm, als ob er zeigen wollte, dass die Zurückhaltung des Polizisten mehr schadete als nützte.

Angesichts eines solchen Beschützerinstinkts spürte Niklas einen Stich seines schlechten Gewissens. Der Mann, den er auf Anfang siebzig schätzte, gehörte zu der Sorte Mensch, der sich für seine Liebste jederzeit in schäumende Wogen stürzen würde. Oder sich ohne zu zögern aufschneiden ließe, um ihr welches Organ auch immer zu spenden. Niklas wurde ganz schlecht bei dem Gedanken an Umstände, die für ihn selbst bald Realität werden könnten. Karianne und er hatten nie offen darüber gesprochen, vielleicht weil dieses Thema Spannungen zwischen ihnen aufbrachte. Sie erkannte die Symptome wieder. Zu Anfang waren es geschwollene Knöchel, das Gefühl, dass die Schuhe zu klein wurden, dass die Beine, die sie trugen, nicht mehr zu ihr gehörten. Danach kamen die Finger. Sie waren so dick geworden, dass ihre Hand zum Schluss wie eine kräftige Männerfaust aussah. Wenig später kam die Diagnose, dann die Dialysebehandlung. Und schließlich die Operation.

»Aber sehen Sie das denn nicht?« Die Frau sah die Polizisten völlig entgeistert an.

Lind hob die Puppe höher, um sie genau mustern zu können.

»Ihre Arme...«

Niklas konnte nichts sehen, was die Reaktion der Frau gerechtfertigt hätte.

»Sie hat die Arme ausgestreckt wie zu einer Umarmung.«

Jetzt sah Niklas es auch. Die Arme waren erhoben, der rechte etwas höher als der linke, als wäre die Puppe wenige Sekunden vor der Umarmung in der Bewegung erstarrt.

»Es gab zwei davon. Sie haben sich umarmt.«

Niklas begriff immer noch nicht, was die Frau daran so aufregte, und nach Linds Gesichtsausdruck zu schließen, haperte es auch bei ihm mit dem Verständnis.

»Eine Trennung.« Ihre Stimme war dünn und zittrig, als fürchtete die Frau, dass ihr Gatte gleich dasselbe tun würde wie die Puppe – seine Umarmung lösen und sie verlassen.

»So kann man es sicher deuten.« Lind schien jedoch Schwierigkeiten mit solchen Interpretationen zu haben.

Die Frau holte tief Luft und nahm ihre ganze Kraft zusammen, bevor sie sagte: »Ich glaube, diese Puppe soll uns etwas sagen!«

»Und zwar?«

»Dass jemand auf der Suche ist. Und zu einer letzten Reise aufgebrochen ist.«

# 7

## Bodø

*Das Recht auf Vergeltung*
Rino starrte auf die handgeschriebenen Worte und war ganz sicher, dass es bei diesem Fall um Hass ging. Bodenlosen Hass. Kim Olaussen, der Schankkellner, hatte keine einzige Person nennen können, die ihm eine baldige Heimkehr zu seinem Schöpfer wünschen würde. Doch die Worte, die der Täter ihm ins Ohr geflüstert hatte, sprachen eine andere Sprache. Denn Olaussen war nur wenige Stunden von einem langsamen und qualvollen Tod entfernt gewesen, und nur pures Glück hatte ihn gerettet. Also war das Verbrechen auch keine Warnung, und das legte die Vermutung nahe, dass eine Wiederholung nicht auszuschließen war.

Keiner von Olaussens Kollegen hatte irgendwelche zwielichtigen Gäste bemerkt, abgesehen von der Tatsache, dass man von Natur aus zwielichtig sein musste, um einen Ort wie den Kjelleren zu frequentieren. Thomas hatte sich in der Zwischenzeit darangemacht, ein paar der Stammgäste aufzuspüren, in der Hoffnung, dass ihnen trotz ihres Vollrauschs noch irgendetwas Ungewöhnliches aufgefallen war.

Das andere Opfer, Nils Ottemo, das sich gerade im Krankenhaus Haukeland befand und im Moment wahrscheinlich Haut von irgendeinem dickhäutigeren Körperteil transplantiert bekam, konnte sich nicht erinnern, eine ähnliche Botschaft gehört zu haben, doch die Vergeltung war bei ihm deswegen nicht milder ausgefallen.

Die Kopien der drei Zeichnungen hingen links neben Rinos Schreibtisch. Die Motive waren identisch, nur marginale Unterschiede verrieten, dass sie von Hand gezeichnet worden waren. Und da die Signatur den Opfern nichts sagte, half sie auch den Ermittlern nicht weiter, wenngleich es an kreativen Beiträgen nicht mangelte.

Rino steckte seinen Bleistift in einen monströsen Anspitzer, der mit einer Schraubzwinge am Schreibtisch befestigt war. Er gab Bleistiften den Vorzug vor Kugelschreibern, nicht zuletzt wegen des Anspitzens, ein Ritual, das verfahrene Gedanken wieder ins Rollen brachte. Er suchte sich ein weißes Blatt Papier und schrieb *gemeinsame Nenner* darauf. Einen halben Bleistift später hatte er vier Stichpunkte. Alle Opfer waren mittleren Alters, obwohl er bei Olaussen vermutete, dass sein Alterungsprozess durch den Lebensstil beschleunigt worden war. Alle hatten Kinder, und keiner von ihnen wohnte mit der Mutter des Kindes zusammen. Zwei von ihnen bezogen Sozialhilfe, und er nahm sich vor, noch genauer zu untersuchen, ob das letzte Opfer seinen Lebensunterhalt etwas aufbesserte, indem es ein wenig von seinem Stolz herunterschluckte – wobei das heutzutage auch nicht mehr so schwer war. Unter diese Punkte schrieb er *Hass*, ohne eine unmittelbare Verbindung zu sehen. Stattdessen griff er zum Handy und suchte sich Joakims Nummer heraus. Nach dem zweiten Klingeln kam das Besetztzeichen. Das sah Joakim gar nicht ähnlich, wo er doch sonst jede Sekunde des Tages erreichbar war, als hinge die Sicherheit des Landes von seiner Anwesenheit ab. Wenige Sekunden später bekam er eine SMS.

*Kann nicht antworten. Treffe mich grade mit Mama und dem Typen. Ruf dich später an.*

Der erste Gedanke, der ihm kam, war der, dass Joakim ausnahmsweise einmal alle Hausaufgaben gemacht hatte und der Rektor vor lauter Freude ein Treffen angesetzt hatte. Denn wenn es eines der üblichen Treffen war, bei denen der Vertrauenslehrer sich mal wieder darüber auslassen musste, dass

Joakim sich nicht richtig konzentrieren konnte, wären sie zu zweit hingegangen, so lautete ihre Absprache. Also kam er zu dem Schluss, dass es um etwas ging, das kurzfristig aufgekommen war. Er holte wieder seine Liste mit den gemeinsamen Nennern hervor. Wenig später gab er auf, ging stattdessen auf den Flur und klopfte an die Tür seines Kollegen. Wie immer roch es nach einer Mischung aus Shampoo und Seife, was daran lag, dass Thomas Bork jeden Morgen zur Arbeit joggte und daher eifrig die Gemeinschaftsdusche nutzte. Außerdem machte er dreimal die Woche Krafttraining, was weiteres Duschen nach sich zog. Mangelnde Hygiene konnte man Thomas Bork weiß Gott nicht vorwerfen.

»Unser Freund Ottemo ...«

»Der heute früh gebrannt hat?« Thomas grinste breit über seinen schwarzen Humor.

»Genau der. Du solltest mal in Bergen anrufen.«

»Nach halb zwei.« Thomas schwang seinen Bürostuhl herum, faltete die Hände über der muskulösen Brust und spreizte die Beine.

»Kannst du sie bitten, dass sie ihn nach einer ganz bestimmten Sache fragen sollen?«

»Was immer du willst.«

»Ich will wissen, ob er schon mal Sozialhilfe bezogen hat.«

»Bist du wieder bei deinen gemeinsamen Nennern?«

»Es gibt Grund zur Hoffnung.«

»Schön. Aber um es mal offen zu sagen – ich glaube nicht, dass eines der Opfer mit dem goldenen Löffel im Arsch geboren wurde.«

»Im Mund«, korrigierte Rino.

Sein Kollege wurde sofort wieder ernst. »Kurzfristige Unterstützung durch die öffentliche Hand kommt wahrscheinlich häufiger vor, als wir glauben.«

»Wahrscheinlich.« Rino konnte sich erinnern, dass Thomas

vor ein paar Jahren nach der Trennung von seiner Freundin über seine finanzielle Lage geklagt hatte, und er hoffte, dass er nicht ins Fettnäpfchen getreten war.

»Ich habe übrigens mit Kurt gesprochen ...«

Rino fiel auf, wie rasch Thomas das Thema wechselte.

»Keine Abdrücke auf Heizstrahler und Rohr.«

»Super.«

»Dafür umso mehr auf dem Türriegel ... sehr viele sogar.«

»Aber nicht von unserem Mann?«

»Das wissen wir streng genommen noch nicht.«

»Streng genommen schon. Er hat es vermieden, Spuren am Tatort zu hinterlassen, also wird er auch nicht die Tür mit seinen fettigen Fingern angetatscht haben.«

»Wohl kaum.«

Das Handy klingelte, und als er wieder in seinem Büro war, sah er auf dem Display *Joakim* aufleuchten. »Der Vater«, meldete sich Rino mit autoritäter Stimme.

»Der Sohn«, erwiderte Joakim, bevor sie beide im Chor schlossen: »Und der Heilige Geist.«

»Was für eine Besprechung hattest du da? Und mit was für einem Typen denn bitte?«

»So ein Blödmann.«

Er hörte, dass der Ton seines Sohnes an Keckheit verloren hatte. »Mit welchem Blödmann bitte, wenn ich fragen darf?«

»Einen, der auf Kumpel gemacht hat.«

»Jetzt komm schon, Joakim. Spuck's aus.«

»Einen, der Fragen gestellt und jeden möglichen Scheiß ausgegraben hat.«

Rino spürte ein ungutes Gefühl in der Magengrube. »Und wo hat das Ganze stattgefunden?«

Der Junge zögerte. »Bei den Psychotypen.«

»In der psychiatrischen Poliklinik? Hat Mama dich zu einem von den Therapeuten dort gebracht?«

»M-hm.«

*Verdammt!* Er biss die Zähne so heftig zusammen, dass es in der Emaille knackte. »Darüber muss ich mit Mama reden.«

»Okay. Sie hat gesagt, sie muss auch mit dir reden.«

*Das hätte sie verdammt noch mal vorher tun müssen.* »Worüber habt ihr gesprochen?«

»Über die Schule.«

»Und sonst?«

»Fängst du jetzt auch schon an?«

»Ich fange überhaupt nicht an, im Gegenteil, ich muss gleich aufhören. Wir haben hier noch einen Fall dazugekriegt.«

»Mord oder ...«

»Frag nicht, Joakim. Also, über die Schule und worüber noch?«

Der Junge seufzte tief. »Du weißt schon, worüber halt auch die Lehrer immer nörgeln.«

Er ahnte, worum es ging. Ein ganz normales Phänomen bei Jungs in diesem Alter – die Gedanken waren oft woanders als im Klassenzimmer.

»Okay. Ich rede dann mit Mama.«

»Dann mach's gut.« So ein Abschied sah Joakim auch nicht ähnlich, so unbeholfen und ohne Gewitzel. Dieser Scheißtherapeut hatte es bereits geschafft, Joakims sowieso schon wackeliges Selbstvertrauen zu erschüttern.

Die Fassade des schmutzig grauen Gebäudes kündete von beginnendem Verfall, doch verglichen mit so einigen Nachbargebäuden stand es immer noch ganz gut da.

Am Eingang befanden sich vier Klingeln, von denen jedoch nur eine beschriftet war. Rino drückte auf gut Glück, bekam aber keine Reaktion. Nachdem er weitere Versuche unternommen und innerlich geduldig bis zehn gezählt hatte, betrat er das Haus und klopfte an die erstbeste Tür.

Der Kerl, der den Kopf aus dem Türspalt streckte, sah so überrascht aus, als wären Besuche hier eher die Seltenheit.

»Jjj… jjja.«

»Ich suche Kim Olaussen.«

Der Mund des Mannes formte ein O und bekam nach und nach Unterstützung von den restlichen Muskeln seines bleichen Gesichts, bis er in einem Kraftakt schließlich die Worte hervorpresste: »Im ersten Stock.«

»Danke. Rechts oder links?« Er bereute seine Frage im nächsten Moment. »Ich finde es schon raus«, fügte er schnell hinzu und begann die Treppe hinaufzusteigen.

»Rechts«, ertönte es überraschend unangestrengt hinter ihm.

Er klopfte, meinte ein gedämpftes »Ja« zu hören, deutete es als »Herein« und trat ein.

»Olaussen?«

»Bin im Wohnzimmer.« Seine Stimme war immer noch heiser.

Es kam Rino vor, als hätte er eine Zeitkapsel betreten, die ihn dreißig Jahre zurückgeworfen hatte. Die Schiebetüren in der Küche waren braun gestrichen und hingen schief, das Kreismuster auf der orangefarbenen Tapete war wie gemacht für Selbsthypnose. In dem Raum, der wohl das Wohnzimmer darstellen sollte, stand ein kleiner Raumteiler, dessen Farbe an schmutzigen Schnee erinnerte. Kim Olaussen lag auf einem Stressless-Sessel mit vier Fernbedienungen auf dem Schoß. Vom Fernsehbildschirm leuchteten die Teletext-Seiten mit den Lotto- und Totozahlen.

Olaussen machte einen halbherzigen Versuch aufzustehen, doch da er die Hände nicht recht zu Hilfe nehmen konnte, blieb es bei einer schaukelnden Bewegung.

»Bleiben Sie ruhig sitzen.« Rino machte eine einladende Geste, als wäre er der Gastgeber und Olaussen der Besucher.

»Ich habe gehört, Sie sind aus dem Krankenhaus entlassen worden.«

Olaussens Blick zuckte zwischen Rino und dem Bildschirm hin und her. »Ich muss mich ruhig halten. Das kann ich genauso gut zu Hause.«

»Ja, dann doch lieber zu Hause.« Rino ließ demonstrativ den Blick schweifen. »Darf ich mich setzen?«

»Natürlich.«

Der lederne Zweisitzer, der mit allerlei Essensresten gesprenkelt war – zumindest hoffte Rino, dass es sich um Essensreste handelte –, war so durchgesessen, dass er ebenso gut gleich auf dem Boden hätte Platz nehmen können.

»Das Sofa ist ein bisschen durchgesessen.«

»Geht schon in Ordnung.« Er setzte sich mühsam zurecht. »Was sagen die Ärzte?«

Olaussen hob die Hände, als wollte er demonstrieren, weswegen er ins Krankenhaus gekommen war. »Es ist noch zu früh, als dass sie etwas sagen könnten. Sie sind noch ein bisschen taub, aber ich hab schon wieder ganz gut Gefühl in den Fingern.«

»Sehr gut.«

Olaussen nickte stumm.

»Ich habe wegen dieser Worte nachgeforscht ... jus talons ... das sollte anscheinend eher jus talionis heißen.«

»Kann schon sein«, sagte Olaussen, als er merkte, dass der Ermittler auf eine Bestätigung wartete.

»Das bedeutet ›Recht auf Vergeltung‹.«

Olaussen starrte ihn fragend an.

»Vergeltung kann alles Mögliche sein, aber in diesem Fall bin ich sicher, dass wir es nicht mit der gutartigen Sorte zu tun haben.«

»Ich verstehe das nicht.«

»Unter anderen Umständen hätte ich Sie gebeten, genau

nachzudenken, ob in der Arbeit irgendetwas passiert ist – ein Gast, dem Sie kein Bier mehr gegeben haben, oder vielleicht einer, den Sie hochkant rausgeschmissen haben. Aber es geht wahrscheinlich tiefer. Und zwar so tief, dass es mich fast wundert, warum es bei Ihnen nicht klingelt.«

Der Ausdruck in dem birnenförmigen Gesicht verriet ihm, dass es hier nur ganz selten klingelte. Kim Olaussen hatte es sich anscheinend zum Ziel gesetzt, das Werk seines göttlichen Schöpfers zu ruinieren: Sein Teint erinnerte an eine Pizza von gestern, das Haar hing ihm herab wie verwelktes Gras im Spätherbst, und sein Schmerbauch war beachtlich. »Ich habe keine Ahnung, wer oder warum. Ich schwöre.«

Rino war absolut nicht überzeugt. »Die Kette, mit der Sie gefesselt waren, war an einem Keil befestigt. Hat der Täter den an Ort und Stelle in den Stein getrieben?«

Olaussen senkte den Blick, als wäre das eine Erinnerung, die er am wenigsten von allen brauchte. »Ich habe gehört, wie er etwas in den Stein hämmerte, und hab versucht ihn zu fragen, was er da macht, aber er hat mir nicht geantwortet. Ich dachte schon, dass er mich liegend fesselt, so dass ich in der steigenden Flut langsam ertrinke.«

Es war so, wie Rino es sich gedacht hatte. Dieser Schritt war ein Teil der Bestrafung gewesen.

»Wenn dieser Kerl beschließt, noch einen Versuch zu unternehmen, und wenn Sie mir jetzt nicht erzählen, was hinter einer solchen Rachsucht stecken könnte ...«

»Verdammt noch mal, ich *weiß* es nicht, hören Sie mir denn gar nicht zu, Mann? Glauben Sie, ich spiele mit meinem Leben?«

Rino war schwer versucht, mit Ja zu antworten, denn was er hier sah, war der lebende Beweis dafür, doch er verkniff es sich. »Ich glaube, dass Sie lügen. Normalerweise lügen ja die Täter, nicht die Opfer. Ich kapier das einfach nicht.«

»Sie verdammter...« Olaussen machte eine Bewegung mit den Händen, doch dann fiel ihm rasch wieder ein, dass seine Arme mehr oder weniger unbenutzbar waren. »Ich *weiß* es nicht, geht das denn nicht in Ihren Schädel? Wenn Sie frustriert sind, weil Ihre Ermittlungen nicht vorankommen, dann lassen Sie das gefälligst an jemand anderem aus.«

»Okay. Ich wollte bloß sichergehen, dass wir hier nicht unnötig Zeit verschwenden.«

»Sie finden ihn nicht, stimmt's?«

»Wie kommen Sie darauf.«

»Diese blinde Gewalt. Kein Motiv, einfach nur Gewalt um der Gewalt willen.«

*Das Recht auf Vergeltung.*

»Wenn Sie ›kurzsichtige Gewalt‹ sagen würden, könnte ich mich Ihnen anschließen. Aber blind ganz bestimmt nicht. Der Kerl wusste sehr genau, was er tat. Vielleicht haben Sie ja einen Doppelgänger hier in der Stadt.«

Olaussen grunzte abfällig, anscheinend fand er den Gedanken absurd. »Kann schon sein«, sagte er, nachdem er sich ein wenig besonnen hatte.

»Was kann schon sein?«

»Das er mich für jemand anderen hielt. Er hatte so was Verbittertes und Hasserfülltes. Er wirkte total... ich weiß nicht, eiskalt berechnend.«

»Ist das also Ihre Theorie? Dass er Sie mit jemand anderem verwechselt hat?«

»Das ist nicht nur *meine* Theorie, das ist die einzige Theorie überhaupt. Ich habe mit niemandem eine Rechnung offen.«

»Schön. Dann war's das für heute.« Rino brauchte ein paar Anläufe, um aus dem Sofa hochzukommen, und verfluchte insgeheim seine Bauchmuskeln, die sich hinter einer wachsenden Fettschicht versteckten. Er musste wirklich zusehen, dass er seine Zuckersucht in den Griff bekam. »Ich wollte Sie noch fragen…«

Olaussens Blick war schon wieder zum Fernseher und den Trabrennen gewandert, als hoffte er, dass das Schicksal ihn gnädigerweise für das brutale Erlebnis entschädigen würde.

»…ob Sie einen Nils Ottemo kennen.«

»Sollte ich das?«

»Sagen wir mal so: Es würde die Dinge ein bisschen erleichtern.«

»Der Name sagt mir gar nichts.«

»Er wurde heute Morgen gefunden, nachdem ihm etwas Ähnliches passiert war wie Ihnen. Nur dass sich der Täter diesmal für Hitze entschieden hat. Ottemo liegt gerade im Krankenhaus Haukeland, wo man versucht, seine Arme zu retten.«

»Was zum Teufel…«

»Wir suchen nach irgendeiner Verbindung.«

»Glauben Sie, dass es derselbe Täter ist?«

»Es deutet alles darauf hin.«

»Ottemo…« Er kramte offensichtlich angestrengt in seinem Gedächtnis. »Haben Sie ein Bild von dem Kerl?«

»Ich arbeite dran.«

Olaussen setzte sich mit aufrichtig verzweifelter Miene auf. »Glauben Sie mir, ich suche schon die ganze Zeit nach einem Grund.«

In diesem Moment hatte Rino keine Zweifel mehr an der Ratlosigkeit des Mannes. Er bedankte sich und ließ den Verletzten mit seinen Wetten allein. Als er sich gerade ins Auto gesetzt hatte, klingelte sein Handy. Es war Thomas.

»Du hattest recht«, sagte er. »Ottemo hat vor ein paar Jahren eine Weile Sozialhilfe bezogen.«

Rino schob die Glastüren des vielgescholtenen Arbeits- und Wohlfahrtsamtes auf, suchte den Weg zur Sozialabteilung und musste feststellen, dass er sich völlig falsche Vorstellungen gemacht hatte. Das Gebäude war hell und freundlich, und an der Anmeldung saß auch keine verbiesterte Frau mit würdevollem Blick. Ganz im Gegenteil, ein hübsches Mädchen lächelte ihm freundlich entgegen. Sie trug ein rosa T-Shirt mit der Aufschrift »HAVE FAITH«. Er nahm an, dass die Wahl ihrer Kleidung keinen tieferen Sinn haben sollte.

Rino stellte sich vor und bat darum, mit einem Abteilungsleiter sprechen zu dürfen.

»Wir haben hier keine Abteilungsleiter, wir arbeiten im Team. Aber ich befürchte, im Moment sind alle in der Sitzung.« Sie reckte den Hals und warf einen Blick in die Korridore. »Ich kann ja mal kurz nachschauen ... Even!«

Ein Mann Mitte zwanzig, tadellos gekleidet mit schwarzem Poloshirt und adrettem Blazer, blickte vom Kopierer auf, griff sich einen Stapel Papier und steuerte auf den Empfang zu.

»Hier ist einer von der Polizei, der ein paar Fragen hat. Weißt du, wann die Teamsitzung zu Ende ist?«

Der Mann, dessen hohläugiges Gesicht mit den markanten Zügen verriet, dass er frühzeitig altern würde, nickte ihm kurz zum Gruß zu. »Teamsitzungen kann man immer ganz schlecht vorhersagen.« Er grinste den Polizisten schief an, als wollte er zu verstehen geben, dass er keinen Sinn für diese neumodische Art der Betriebsorganisation hatte. »Aber Sie können gern stören. Es sind keine Klienten drin.«

Der Mann verabschiedete sich mit einem erneuten Nicken, während das Mädchen über den Korridor wackelte und an eine Tür klopfte. Eine halbe Minute später reichte eine Frau in Rinos Alter ihm eine magere Hand zum Gruß.

»Lisbeth Tollefsen. Wie kann ich Ihnen helfen?«

»Haben Sie ein Büro, in dem wir ungestört reden können?«

»Natürlich.«

Er bemerkte, dass *Teamleiterin* an der Tür stand, eine Bezeichnung, die sicher symbolisieren sollte, dass hier alle am gleichen Strang zogen und dass die Frau, die jetzt geschmeidig hinter ihren Schreibtisch glitt, die Aufgabe hatte, den Kurs zu korrigieren, wenn ein bisschen zu planlos gezogen wurde.

»Worum geht es?« Die Frau faltete die Hände auf dem Tisch, sah ihm in die Augen und setzte eine bekümmerte Miene auf, als würde schon eine Polizeiuniform an sich schlimme Neuigkeiten bedeuten.

»Haben Sie vielleicht von dem Vorfall auf Landegode gelesen?«

»Von dem Mann, dem einer die Hände unter Wasser festgekettet hat?«

»Genau. Er ist Sozialhilfeempfänger und heißt Kim Olaussen.«

Ihr Gesichtsausdruck wurde noch verbissener.

»Wir hatten vor zwei, drei Jahren schon einmal einen ähnlichen Vorfall. Und heute früh noch einen. Die Ermittlungen stehen noch ganz am Anfang, was bedeutet, dass wir erst mal nach einer Verbindung zwischen diesen Fällen suchen. Und eine haben wir gefunden.«

Ihrem Blick war zu entnehmen, dass sie wusste, was jetzt kommen würde.

»Sie waren alle Sozialhilfeempfänger.«

Sie streckte den Rücken durch. »Worauf wollen Sie hinaus?«

»Um ehrlich zu sein, das weiß ich selbst nicht so genau. Es könnte natürlich ein Zufall sein, aber darauf wollen wir nicht wetten. Deswegen bin ich jetzt bei Ihnen.«

»Hören Sie ... ich glaube, ich habe Ihren Namen nicht mitbekommen ...«

»Carlsen. Rino Carlsen.«

»Herr Carlsen, wir unterliegen ...«

»... der Schweigepflicht. Ich weiß. Ich habe auch gar nicht vor, Sie um persönliche Auskünfte zu bitten. Was diese drei an Leistungen bezogen haben, ist wahrscheinlich ganz irrelevant.« Er veränderte seine Sitzposition. »Sie haben sicher Ordner für jeden Klienten, oder?«

»Wir bewahren Kopien von allen Beschlüssen und Anlagen auf.«

»Genau. Was ich suche, beziehungsweise was ich zu suchen glaube, ist ein roter Faden welcher Art auch immer zwischen diesen Ordnern, irgendein Anhaltspunkt, der mir etwas über die Gründe verrät, warum diese Männer in wirtschaftliche Schwierigkeiten geraten sind.«

»Ich befürchte, Sie machen sich falsche Vorstellungen von unseren Akten. Wir geben finanzielle Beihilfen im Notfall, und wir helfen unseren Klienten, vernünftige Absprachen mit ihren Gläubigern zu treffen. Die Gründe für den Bedarf analysieren wir nicht, wir versuchen nur herauszufinden, ob Spielsucht oder Alkoholprobleme eine problematische Rolle gespielt haben.«

Er hob die Arme, um zu signalisieren, dass er genau so etwas im Sinn gehabt hatte.

»Aber nichts davon wird schriftlich festgehalten. Wenn ich Ihnen die Ordner auf den Tisch legen würde und Sie ungestört darin blättern ließe – was ich nicht beabsichtige –, würden Sie nichts anderes finden als Aufstellungen von Forderungen, Beschlüsse und ähnliche Schriftstücke, mit anderen Worten: die nackten Fakten.«

»Angenommen, es hätten sich alle drei über irgendeine Form von Schikane beklagt oder sie hätten von Erpressungsversuchen berichtet – wäre das schriftlich festgehalten worden?«

»Eventuelle Erpressungsversuche wären bei Ihnen angezeigt worden. Andere... nennen wir es mal Unannehmlichkeiten sind Teil des Dialogs zwischen Klient und Sachbearbeiter und unterliegen der Schweigepflicht.«

»Ich verstehe. Sie sagen also, dass Ihre Akten keine Antwort darauf haben würden, ob es irgendeinen gemeinsamen Nenner gibt.«

»Genau das sage ich.«

»Trotzdem, lassen Sie uns mal mit Kim Olaussen anfangen. Sowohl der Vorfall als auch sein Name sind aus den Zeitungen bekannt. Könnten Sie nicht mit Ihren Mitarbeitern sprechen und nachfragen, ob sich einer von ihnen an die Gespräche mit Olaussen erinnert? Dann könnten Sie selbst einschätzen, inwieweit Sie diese Informationen an mich weitergeben können.«

Die Körpersprache der Teamleiterin verriet ihm ganz deutlich, dass sie nicht gewillt war, ihm die Sache einfach zu machen.

»Wir reden hier von einem Mordversuch, der sich eventuell wiederholen könnte.«

»Ich werde mit seinem Sachbearbeiter sprechen. Aber machen Sie sich keine allzu großen Hoffnungen.«

»Es ist unsere einzige Verbindung.«

Sie nickte, wenn auch ohne große Überzeugung.

Er verließ ihr Büro und rannte prompt den falschen Korridor entlang, doch die Teamleiterin selbst rief ihn zurück. »Sie müssen in die andere Richtung. Da geht's zum Jugendschutz.«

Er bedankte sich höflich, ärgerte sich aber über ihren schulmeisterlichen Ton. Seine Verärgerung hielt auch noch an, als er sich zehn Minuten später in seinem Büro an den Schreibtisch setzte. Er verspürte das dringende Bedürfnis, ein wenig Aggressionen abzubauen, und wählte die Nummer eines passenden Opfers.

Sie nahm beim dritten Klingeln ab. »Helene hier.«

»Ich bin's. Du hast Joakim ohne mein Einverständnis zu einem Psychologen gebracht.«

Sie seufzte tief, nach dem Motto *Nicht schon wieder.* »Du nimmst Joakim auch an alle möglichen Orte mit, ohne dir vorher mein Einverständnis einzuholen.«

»Das ist etwas völlig anderes, und das weißt du auch.«

»Joakim hat wirklich Schwierigkeiten.«

»Verdammt, natürlich hat er Schwierigkeiten. Ich hatte auch Schwierigkeiten, als ich dreizehn war, in dem Alter haben alle Jungs Schwierigkeiten.«

»Die Schule schickt uns seit einem Jahr Briefe, weil sie mit Joakim solche Probleme haben, Rino. Wenn wir leugnen, dass er verhaltensauffällig ist, tun wir dem Jungen auch keinen Gefallen.«

»Herrgott noch mal!« Er ballte die Faust und stellte sich vor, wie er damit sämtliche Gegenstände vom Tisch fegte.

»Joakim kann sich nicht viel länger als eine halbe Minute auf irgendetwas konzentrieren. Seine Gedanken sind ständig anderswo, er ist zappelig von morgens bis abends. Siehst du das denn nicht, Rino? Oder willst du es nicht sehen?«

»Verdammt noch mal! Seine Hormone kochen über, natürlich sind seine Gedanken dann woanders. Deswegen muss er noch lange nicht krank sein. Ich habe ab meinem zwölften Lebensjahr Tag und Nacht nur noch an Mädchen gedacht, bis ich mich als Sechzehnjähriger endlich beweisen durfte. Ich war nur dann und wann in der richtigen Welt zu Besuch.«

»Zieh das nicht ins Lächerliche, Rino.«

»Lieber das, als gleich eine Krankheit daraus zu machen.«

»Du musst die Realität sehen. Wenn es so wäre, wie du meinst, dass er nämlich wie alle anderen Dreizehnjährigen ist, dann hätte die Schule wohl kaum reagiert.«

»Die Schule passt eben nicht für jedes Kind gleich gut.«

Sie seufzte demonstrativ, um ihm zu zeigen, dass das Gesprächsniveau indiskutabel für sie war.

»Alles deutet auf ADHS hin«, sagte sie.

»Sagt wer? Irgend so ein Scheißpsychologe hat eine Dreiviertelstunde mit dir geredet und dem Jungen gerade mal Guten Tag gesagt.«

»Es ist nicht der erste. Alle sehen die Anzeichen.«

»Joakim wird mir nicht auf Ritalin gesetzt, verdammt!«

»So weit sind wir noch lange nicht.«

»Allerdings, so weit sind wir wirklich noch lange nicht. Tschüss.« Er warf das Handy auf den Tisch und griff nach den Zeichnungen. Er nahm sie zwischen Daumen und Zeigefinger und ließ sie langsam hin und her baumeln. Inzwischen hatte die Sonne seinen Schreibtisch erreicht und damit auch das Bild, das er in der Hand hielt. Es war auf dünnem Papier gezeichnet, so dünn, dass man fast hindurchsehen konnte. Er starrte auf das Blatt, als wollte er die Umgebung durch das Papier erkennen, als ihm plötzlich ein Gedanke kam. Er legte die Zeichnungen übereinander, trat ans Fenster und hielt die Blätter gegen das Licht.

Sie waren identisch.

Fast.

Die obere und untere Linie sowie das rechteckige Fenster entsprachen einander bis ins letzte Detail, ebenso sieben der Strichmännchen. Doch die Strichfiguren im Fenster saßen in unterschiedlicher Höhe.

Da fiel es ihm wieder ein. Alle Opfer hatten Kinder. Jeder hatte ein Kind.

»Thomas!«

Im nächsten Moment tauchte sein Kollege auf.

»Alle Opfer hatten doch ein Kind, oder?«

»Laut Einwohnermeldeamt, ja.«

»Hast du das Alter der Kinder?«

»Glaub schon.«

»Kannst du mir die Angaben jetzt gleich besorgen?«

»Gib mir eine Minute.«

Es dauerte ungefähr zwei.

»Mal sehen. Unser Freund der Schankkellner ...«

»Fang mit dem ersten Opfer an.«

»Eine vierjährige Tochter.«

»Damals vier oder heute?«

»Äh ... damals.«

»Gut. Dann Olaussen.«

»Achtjähriger Sohn. Acht Jahre und vier Monate.«

»Und Ottemo.«

»Sechsjähriger Sohn.«

»Bingo!« Triumphierend schwenkte Rino die Zeichnungen vor seinem Kollegen. »Das Strichmännchen im Fenster, das eher ein Strichkindchen ist, steht für das Kind des Opfers.«

»Wenn es Strichkindchen sind, sind es jedenfalls viele.«

»Aber nur eins im Fenster. Und das ist auch die einzige Figur, die sich in der Größe unterscheidet. Olaussens Sohn ist der Älteste, deswegen ist er am größten. Die Vierjährige ist die kleinste Figur, siehst du?«

Sein Kollege kam näher und musterte blinzelnd die Zeichnungen. »Das Alter muss nicht unbedingt etwas über die Größe eines Kindes aussagen.«

»Die tatsächliche Größe ist ja auch irrelevant. Der Täter wollte ein Zeichen geben, dass sich das Ganze um die Kinder dreht. Wie du siehst, sind die Fenster ganz identisch, damit man den Unterschied in der Größe der Kinder deutlich erkennen kann.«

»Vielleicht.«

»Und noch was. Der Erwachsene hier links. Der steht abgewandt. Wir haben nicht darauf geachtet, weil mehrere von den kleinen Figuren auch abgewandt stehen. Hätten wir mal drauf achten sollen, denn er dreht sich weg von dem Kind im Fenster. Wir haben es, Thomas.«

»Ach ja?«

»Wir haben es mit einem Rächer zu tun, und jetzt wissen wir endlich, wen er rächt.« Rino warf die Zeichnungen auf den Tisch. »Die Kinder«, sagte er und wünschte sich, selbst einen Rachefeldzug zu unternehmen. Falls es ihr gelingen sollte, Joakim runterzudopen.

# 8

# Bergland

Julian Hermansen hatte vorgeschlagen, durch den Wald zu wandern, doch sie bestand darauf, zum Strand zu gehen. Sie weigerte sich hartnäckig, ihre täglichen Gewohnheiten durch die Puppen ruinieren zu lassen. Widerwillig gab er nach, doch immerhin erreichte er, dass sie zu einer weiter südlich gelegenen Bucht gingen.

Der Wind brachte feinen Nieselregen mit, und sie band sich ein Kopftuch um.

»Wollen wir noch kurz abwarten?« Er hatte ihr die Tür aufgemacht, wie immer.

»Das bisschen Regen wird uns schon nicht schaden, oder?«

Sie folgten einem der vielen Trampelpfade, neben denen sich die Schafe die besten Weiden auf dem nährstoffarmen Boden suchten. Da inzwischen auch der letzte kleine Hof aufgegeben hatte, war der Pfad zu einer schmalen Linie verkümmert, und sie gingen beide mit gesenktem Blick, um nicht zu straucheln.

Ungefähr nach der Hälfte des Weges blieb er stehen, und sie meinte erst, dass er sich vergewissern wollte, ob sie auch noch hinter ihm war. Doch er drehte sich nicht um, sondern blieb stehen und spähte zum Strand hinunter. Sie hob den Blick und entdeckte sofort die Gestalt oberhalb der Flutlinie.

»Ada...«

Ihr Mann schien noch bekümmert zu sein, doch sie selbst war nicht mehr so verstört wie am Vortag. Auch wenn das Wesen dort unten völlig unbewegt dalag und es ganz so aussah, als wäre etwas nicht in Ordnung, wollte sie ihm einfach nur zu Hilfe kommen. »Beeil dich, Julian.«

»Verdammt, dass so was passieren muss...«

»Morgen nehmen wir den Waldweg, versprochen. Aber jetzt beeil dich.«

Die beiden atmeten schwer, als sie endlich auf den festen Sand traten, auf dem ihre schnellen Schritte kaum Spuren hinterließen.

»Ich befürchte, da stimmt was nicht, Ada. Niemand liegt so da...«

Sie hatte gehofft, dass ihr beginnender Altersstar ihr vielleicht einen Streich gespielt hatte, dass das Wesen in Wirklichkeit nur dalag und aufs Meer blickte, doch nun sah sie genau, dass dem nicht so war.

Julian blieb in zwanzig Meter Entfernung stehen. »Sie rührt sich nicht.«

Erst da begriff sie, dass es sich um eine Frau handelte. Sie hatte die Beine angezogen, als hätte sie sich zum Schlafen zusammengerollt. Ada bemerkte das enge Kleid.

Sie drückte die Hand ihres Mannes, als wollte sie ihm sagen, dass sie jetzt stark sein wollte, und dann ging sie die letzten paar Meter. Aus irgendeinem Grund schlich sie sich lautlos an, obwohl sie sich inständig wünschte, die Frau möge aufwachen und sich zu ihr umdrehen.

Die Frau war barfuß, als hätte sie am Strand getanzt, bis sie zusammenbrach. Ihre Zehen und Fersen waren weiß vom getrockneten Sand. Das Kleid war bis über die Knie hochgezogen und entblößte Haut, die diesen Sommer anscheinend nicht viel Sonne gesehen hatte. Das halblange Haar, das auf dem Sand lag wie dünne Tangschlingen, wirkte unnatürlich schwarz. Sie lag auf der Seite, den einen Arm am Körper, den anderen vor sich ausgestreckt.

Ada kniete sich hinter sie und legte ihr vorsichtig eine Hand auf die Schulter. Keine Reaktion. Sie griff fester zu und schüttelte sie leicht, doch die Frau blieb unbeweglich.

»Ich glaube, sie ist tot.« Sie wandte sich zu Julian um, der unmerklich neben sie getreten war.

Seine sehnige, für sein Alter noch sehr kräftige Hand fasste die Frau bei der Schulter und drehte sie auf den Rücken. »Du lieber Gott!« Er riss die Hand zurück.

Die eine Hälfte des Kopfes war von einer klebrigen Masse bedeckt, die zu einer Rose aus Blut geronnen war.

»Oh Gott!« Er suchte fieberhaft in seinen Taschen, bis er endlich zitternd sein Handy hervorholte. Das Mobiltelefon hatte er sich angeschafft, weil ihm irgendwann klar geworden war, dass sie gar nicht schnell genug Hilfe rufen konnten, wenn einer von ihnen einmal zusammenbrechen sollte. Er hatte auch ihr gezeigt, wie sie die Nummern fand, die er eingespeichert hatte, denn es war ja nicht abzusehen, wen von ihnen es zuerst treffen würde. Jetzt hatte er selbst große Probleme, die Nummern zu finden, und sie stellte fest, dass sie ihn in den fünfundvierzig Jahren ihrer Ehe noch nie so verängstigt gesehen hatte.

Schließlich hatte er gewählt, und sie wandte sich wieder der Frau zu. Auf einmal war ihr, als käme ihr die Frau irgendwie bekannt vor. Sie nahm ihren Mut zusammen und legte ihr vorsichtig zwei Finger an den Hals, doch ihre Hand zitterte so stark, dass sie unmöglich feststellen konnte, ob da noch ein Puls zu fühlen war oder nicht. Doch die Haut der Frau war immer noch warm.

»Ich glaube, sie lebt noch, Julian.«

Doch ihr Mann stotterte aufgeregt in sein Handy und hörte sie gar nicht.

Wieder legte sie die Finger an den Hals und meinte nun tatsächlich einen schwachen Puls zu spüren. Die Erleichterung, die sie hätte fühlen müssen, wurde von dem Gefühl überlagert, dass ihr Unterbewusstsein ihr etwas mitzuteilen versuchte. Abermals warf sie einen Blick auf das blutige Gesicht, versuchte sich auf die Gesichtszüge hinter der Maske aus Blut zu konzentrieren, doch trotz eines vagen Gefühls von Wiedererkennen konnte sie es nicht einordnen. Ihr Unbehagen wuchs, bis ihr auf einmal aufging, was ihr Unterbewusstsein entdeckt hatte. Sie fuhr zurück und versuchte ihr Gesicht hinter zitternden Händen zu verbergen, doch ihr Aufheulen konnte sie nicht zurückhalten.

»Eine letzte Reise, befürchte ich.« Reinhard Sund zog eine schmerzliche Grimasse und veränderte seine Stellung. Er hatte abgebaut, das musste sie zugeben, und die Haut in seinem knochigen Gesicht sah alles andere als gesund und frisch aus. Er lag auf dem Sofa, das er sich mit zusätzlichen Kissen aufgepolstert hatte.

»Mit mir geht's steil bergab.« Er hustete vorsichtig. Anscheinend hielten seine Lungen die große Anstrengung nicht mehr aus. »Dabei hatte ich doch gedacht, ich hätte meine zweite Jugend noch vor mir.« Er legte die Hand tröstend auf ihre, aber sie konnte immer noch nicht so recht glauben, dass ihr Vater ernstlich krank sein könnte. Eine innere Stimme sagte ihr, dass Einsamkeit und Selbstmitleid in ihm die Oberhand gewonnen hatten und dass er sofort wieder aufblühen würde, sobald er sicher sein konnte, dass sie wirklich hierbleiben würde.

»Die Ärzte haben dich von Kopf bis Fuß untersucht, Papa.«

»Phh. Die Ärzte…« Er versuchte den Kopf zu schütteln, doch die Kissen waren im Weg. »Auf die Grünschnäbel geb ich doch keinen Pfifferling.«

»Sie tun, was sie können.« Sie drückte seine Hand und stand auf. »Soll ich mal Kaffee aufsetzen?«

»Natürlich, nehmt euch, was ihr braucht. Ich lieg hier und

wimmere...« Er machte eine wegwerfende Geste, um sich über seine eigene Selbstbezogenheit lustig zu machen. »Sag überhaupt mal, Niklas, gefällt dir dein neuer Job?«

Niklas, der auf einem Stuhl am Fußende saß, hatte sich noch nicht an den Szenenwechsel gewöhnt. Er kannte Reinhard Sund seit knapp fünfzehn Jahren und hatte ihn immer als unerschütterlichen Fels in der Brandung gesehen, nicht nur aufgrund seiner körperlichen Kraft, sondern auch wegen der Ruhe, die er ausstrahlte. Jetzt wirkte es, als würden ihn nicht nur seine Kräfte verlassen, sondern sein Seelenfrieden gleich mit.

»Ich fühl mich wie die Made im Speck.«

»Ich hatte schon Angst, dass es dir ein bisschen langweilig werden könnte, wo du doch so ein Stadtkind bist.«

»Bis jetzt hab ich mich noch nicht gelangweilt.«

»Das ist schön zu hören.« Reinhard wirkte aufrichtig erleichtert, und Niklas warf seiner Frau einen verstohlenen Blick zu. Doch sie gab ihm nur mit einem Schulterzucken zu verstehen, dass sie genauso wenig wusste wie er.

»Wir möchten wirklich hierbleiben«, sagte er und hoffte, dass sein Mitleid nicht allzu offensichtlich war.

»Und du, Karianne? Du hast immerhin einen guten Job aufgegeben, als du hierhergezogen bist.«

»Da findet sich schon noch was. Außerdem hab ich das letzte halbe Jahr sowieso schon langsam genug gehabt. Die Arbeit hat mich langsam aber sicher aufgefressen.«

»Stress. Soll ja die neue Volkskrankheit sein. Aber wenn sie so weitermachen mit den Umstrukturierungen des öffentlichen Angebots, der Privatisierung überall... wenn sogar Arschabwischen noch als Dienstleistung ausgeschrieben wird, muss es ja so kommen. Ich bin sicher, unser guter alter Ministerpräsident Gerhardsen würde sich im Grab umdrehen...«

Das Klingeln von Niklas' Handy unterbrach die Moralpredigt. Das Display verriet, dass es Lind war.

»Hallo, hier Niklas.«

»Hier Amund. Bist du zu Hause?«

»Wir sind bei Reinhard, Kariannes Vater.«

»Okay. Bin in fünf Minuten da.«

»Was ist denn? Eine neue Puppe?«

»Schön wär's. Ich befürchte, diesmal ist es ernst. Ich erzähl's dir dann.«

Die Puppen hatten einen Keim von Besorgnis in ihm gesäht, als wären sie Vorboten kommender Verbrechen. Jetzt wuchs sein Unbehagen schlagartig.

Vielleicht ließ sich auch Amund Lind manchmal von dem einen oder anderen zwanghaften Gedanken leiten, denn er tauchte nach exakt fünf Minuten auf. Es war nichts mehr zu sehen von dem halben Lächeln, das sonst immer seine Lippen umspielte und dem Niklas entnahm, dass sein Kollege es genoss, ihn durch diese Welt der harmlosen Quasi-Verbrechen zu führen. Doch jetzt war es plötzlich ernst.

»Dasselbe Ehepaar«, sagte Lind, während er auf die Bundesstraße brauste. »Sieht so aus, als würde alles Übel der Welt eine magnetische Anziehungskraft auf sie ausüben.« Er ließ die Sirene ein paar Sekunden aufheulen, während er einen Traktor überholte. »Sie haben eine Frau am Strand gefunden. Es steht noch nicht fest, ob sie noch am Leben ist. Wir wurden erst vom Notarzt benachrichtigt, danach hat der alte Mann sich bei uns gemeldet.«

»Ist denn sicher, dass da ein krimineller Hintergrund besteht?«

»Mehr oder weniger. Wenn sie sich den Schädel nicht grad selbst eingeschlagen hat.«

»Ach so.«

»Den Angaben des alten Mannes zufolge, wohlgemerkt. Aber da wäre noch was, wenn wir der Beobachtungsgabe seiner Frau trauen wollen.« Lind versetzte dem Lenkrad einen imaginären Faustschlag. »Die Frau trug das gleiche Kleid wie eine der Puppen, und sie hatte sogar dieselbe Haarfarbe.«

Niklas spürte, wie ihm kleine Schauer mit Lichtgeschwindigkeit über den Rücken jagten. Hinter den Kulissen drollig dörflicher Vergehen zeigte sich langsam eine dunklere Wirklichkeit.

»Also haben wir diese verdammten Puppen doch zu leicht genommen.« Lind reagierte seinen Ärger ab, indem er noch fester aufs Gaspedal trat.

Sie parkten direkt oberhalb des Strandes. Niklas bemerkte, dass sich auch der schwarze Cherokee des örtlichen Lensmanns unter den an der Straße parkenden Autos befand. Auch der Notarzt war vor Ort, und er sah eine Bahre und Sanitäter zwischen den Menschen, die sich am Strand versammelt hatten. Sie trabten den Abhang hinunter und über den kompakten Sand. Niklas merkte, dass das alte Ehepaar ihnen entgegensah – denselben Polizisten, die tags zuvor nichts von der Theorie hatten wissen wollen, dass hinter den gefundenen Puppen eine Bedrohung steckte.

Der Arzt, der sich über die Frau beugte, gab den Sanitätern ein Zeichen, und Sekunden später standen sie mit der Bahre parat. Die Frau lag auf der Seite, so dass man ihr Gesicht durch die Menschenmenge nicht sehen konnte, doch Niklas erkannte das Kleid sofort wieder. Schwarz. Wie bei der Puppe.

Lensmann Bergithon Brocks schüttelte den Kopf. »Sie lebt«, flüsterte er, bevor er sich umsah und hinzufügte: »Aber ich glaube nicht, dass Harald besonders optimistisch ist.«

Damit war der Arzt gemeint, der den Sanitätern mit geschickten Bewegungen half, die Frau auf die Bahre zu heben.

»Ich glaube, ich erkenne sie wieder.« Der Lensmann flüsterte immer noch. »Von der Bank. Ellen Sowieso.«

Der Überfall war mit Vorsatz ausgeführt worden, dachte Niklas, und die Vorwarnung hatte sie in Form einer Puppe erreicht, die sich jetzt gerade im Büro seines Kollegen befand, neben dem Miniatur-VW-Käfer hübsch auf dem Regal drapiert.

»Höchste Zeit, den Tatort zu räumen.« Brocks scheuchte die Schaulustigen mit gebieterischer Geste zur Seite. Der Duft von Aftershave hing in der Luft wie Nebel, und das würde sicher noch einen Moment so bleiben, es sei denn, die leichte Brise wuchs sich noch zu einem Orkan aus. Brocks roch grundsätzlich nach Aftershave, obwohl Niklas es bei diesem Anlass ziemlich unpassend fand.

»Unwirklich.« Lind starrte stumpf auf einen braunroten Krater, den die Unmengen von Blut im Sand hinterlassen hatten.

»Sie wurde hier abgelegt.« Im festen Sand waren keine Spuren eines Kampfes zu erkennen.

Lind überlegte, ohne zu signalisieren, ob er diese Meinung teilte oder nicht.

Niklas fuhr in seiner Argumentation fort. »Es sei denn, sie kannte den Täter und ist ihm freiwillig zum Strand gefolgt.«

»Und hat freiwillig das Kleid angezogen?«

»Eben, deswegen glaube ich ja auch, dass der Täter sie hier abgelegt hat.«

Die Sirene des Notarztwagens gellte durch die Luft. Der Fahrer gab Gas – noch bestand Hoffnung, ein Leben zu retten.

»Hier sind massenweise Leute drübergetrampelt.«

»Ich glaube nicht, dass das so viel ausmacht. Die Abdrücke sind kaum zu sehen, und wie du siehst, kann man keine Muster von den Sohlen erkennen.«

»Sie hat ganz schön viel Blut verloren.« Lind starrte immer noch auf den blutigen Krater im Sand.

Niklas ging in die Hocke und strich mit dem Finger vorsichtig über einen dunkleren Fleck.

»Was ist das?«

»Das versuche ich gerade rauszufinden.« Niklas spürte, dass der Sand zwischen den Fingern klumpte. Er holte eine Tüte aus seiner Uniformtasche, steckte die Hand tief in den Sand, griff eine Faustvoll heraus und stopfte sie in die Tüte.

Lind hob den Blick. »Der Ort ist wohl kaum zufällig gewählt worden. Hier wohnt niemand, der den Strand einsehen könnte.«

»Ich befürchte, dass hier wenig bis gar nichts auf Zufall beruht. Wenn es so ist, wie es aussieht, dass die Frau nämlich wie eine der Puppen gekleidet ist, dann haben wir es mit einer Person zu tun, die lange und gut im Voraus plant.«

Lind schien ihm schweigend zuzustimmen.

»Brocks meinte, sie zu erkennen. Ellen Sowieso.«

»Wenn sie das ist, dann weiß ich auch, wer sie ist.«

»Wenn?«

Lind zuckte mit den Schultern. »Ich wollte nicht sagen, dass sie es ist, aber nach Bergithons Andeutung... vielleicht. Das könnte sie sein.«

»Aber du glaubst es nicht so recht?«

Neuerliches Schulterzucken. »Ellen Steen ist blond. War sie zumindest, als ich das letzte Mal in der Bank war.«

# 9

## Bodø

»Die Kinder!«

»Hä?«

»Er rächt die Kinder, in diesem Fall Ihren achtjährigen Sohn.«

Kim Olausson sah aus, als wäre er auf dem falschen Planeten zwischengelandet.

»Tommy?«

»Fragen Sie mich nach dem Namen Ihres eigenen Sohnes?«

»Warum sind Sie so aggressiv, Mann?«

Rino stand breitbeinig vor ihm. »Weil sich jemand in Tommys Namen an Ihnen rächt, und ich will wissen, warum.«

»Das ist doch total krank.« Olaussen zog sich in seinem Sessel hoch. Auf seinem Schoß lagen Wettscheine und Zeitschriften mit Wettstatistiken.

»Selbst im scheinbar unmotiviert Kranken gibt es oft eine rationale Logik.«

Olaussen schluckte schwer. Entweder konnte er die ganzen Fremdwörter nicht verdauen, oder aber seine Alarmlämpchen gingen an.

»Wir haben die Zeichnung deuten können. Das Kind im Fenster ist Ihr Sohn.«

»Wer hat die Zeichnung gedeutet? Sie?« Der Ton war unverhohlen spöttisch.

Rino hatte große Lust, den randvollen Aschenbecher über den Kopf dieses menschlichen Wracks auszuleeren. »Erzählen Sie mir von Tommy.«

»Halten Sie Tommy da raus.«

»Wenn wir das tun, bleibt der Täter auf freiem Fuß. Ich schätze, dass er es wieder versuchen und dass er nicht aufgeben wird, bis Sie nur noch zwei amputierte Armstumpen haben und sich den Arsch nicht mehr selbst abwischen können.«

Es sah ganz so aus, als würde sich Olaussen dieses Szenario bildlich vorstellen. »Was wollen Sie wissen?«

»Alles.«

»Er ist ein ... munterer Junge.«

Rino blieb abwartend stehen, und Olaussen zuckte mit den Schultern.

»Ist das alles?«

»Was soll ich denn sagen?«

»Er ist acht, stimmt's?«

Olaussen fühlte sich sichtlich unwohl.

»Das heißt, er geht jetzt in die ... zweite Klasse, oder?«

»Wahrscheinlich.«

»Wahrscheinlich?«

»Verdammt noch mal, wird das hier ein Verhör, oder was?«

»Nein, es überrascht mich nur, dass Sie sich da nicht sicher sind.«

»Wieso soll denn das wichtig sein, ob der Junge in der ersten oder zweiten Klasse ist?«

»Vielleicht ist es wichtiger, als Sie denken. Auf welche Schule geht er denn?«

»Er wohnt in Hunstad.«

»Das war nicht meine Frage.«

»Dann wird es wohl die Hunstad-Schule sein, verdammt.«

»Heißt die so?«

»Das ist doch verrückt!« Olaussen fegte trotzig ein paar Wettscheine zu Boden.

»Sie waren noch nie dort, oder?«

Olaussen schielte zu Rino. »Vielleicht war ich ja nicht erwünscht.«

»Und was könnte der Grund sein?«
»Die Zicke hasst mich.«
»Ich nehme an, Sie meinen Tommys Mutter?«
»Sie ist kein guter Mensch.«
»Offensichtlich bildet sich hier aber irgendjemand ein, dass Sie derjenige sind, der nicht gut ist ...« Rino setzte sich auf das sterbende Sofa. »... ja, tatsächlich hält er Sie sogar für ziemlich schlecht – in Ihrer Rolle als Vater.«

Olaussens Körpersprache verriet, dass er protestieren wollte, doch Rino hob abwehrend die Hand. »Es gehört nicht zu meinen Aufgaben, hier Noten zu vergeben, aber mir schwant, dass Sie ein ... wie soll ich es formulieren ... ein wenig interessierter Vater sind.«

»Da liegen Sie aber falsch.«

»Ich bin ziemlich sicher, dass ich da richtigliege. Alles deutet darauf hin, dass irgendjemand Sie bestrafen will, weil Sie sich von Ihrem Kind abgewandt haben.«

»Abgewandt?«

»Verstehen Sie das bildlich. Wenn Sie sich nicht so wirklich interessieren, haben Sie ihm den Rücken zugewandt.«

»Aber die Ziege hat mir doch selbst gesagt, ich soll abhauen. Die ist zufrieden, solange nur der Unterhalt kommt.«

»Wie heißt sie?«

»Renate Øverlid.« Er spuckte die Worte aus wie Erbrochenes.

»Dann nennen wir sie doch einfach mal Renate.«

Das Grunzen sollte wohl eine Antwort sein.

»Hat sie Ihre Beziehung beendet?«

»Welche Beziehung?« Olaussen entblößte eine Heinekenfarbene Zahnreihe. »Einen Monat Chaos, that's it.«

»Sie waren also nicht mehr zusammen, als Tommy zur Welt kam?«

»Nach einem Monat wollte sie nicht mehr. Heutzutage

haben die Frauen ja das Sagen, falls Ihnen das noch nicht aufgefallen sein sollte.«

Rino hätte ihm da bedingt zustimmen können, aber er nahm an, dass Olaussen mit dieser Äußerung schon genug Zustimmung in diversen lustigen Runden geerntet hatte.

»Soll das heißen, dass Sie danach wenig oder gar keinen Kontakt mehr hatten?«

»Sie hat halt angerufen, als sie entdeckte, dass sie schwanger ist. Nur um mich darauf vorzubereiten, dass mich der Fick noch was kosten würde.«

»Hat sie das so gesagt?«

»Nicht direkt.«

Rino bezweifelte, dass sein Gesprächspartner besonders begabt darin war, zwischen den Zeilen zu lesen. »Und nach Tommys Geburt?«

»Da fand sie plötzlich, dass wir uns wie Erwachsene benehmen sollten.«

»Und?«

»Sie wollte, dass ich ihn sehe ... also, ab und zu.«

»Haben Sie das gemacht?«

»Ein bisschen.«

»Ein bisschen was?«

»Sie war nicht interessiert.«

»Jetzt kann ich Ihnen nicht ganz folgen.«

Olaussen packte einen Spielschein, knüllte ihn zusammen und hielt ihn demonstrativ in die Höhe. »Geld, Geld, Geld. Dafür leben wir doch alle, oder?«

»Wollen Sie andeuten, dass sie Sie um Geld erpresst hat?«

»Erpresst, erpresst ... was heißt schon erpresst.« Der Spielschein flog in die Küchenecke. »Sie hat nur betont, dass ich zahlen muss. Und dass ... also nee, nee.« Der große Körper bebte vor gespieltem Gekicher. »Sie meinte, ich könnte gerne mal vorbeikommen und ab und zu den Kinderwagen schieben.«

»Haben Sie das gemacht?«

Olaussen schüttelte vehement den Kopf, als wäre dieser Vorschlag völlig wahnwitzig. »Kommen Sie, das bringt doch nichts. Die Zicke hat nichts damit zu tun.«

»Es kann auch sein, dass Renate nichts damit zu tun hat, aber wir machen trotzdem weiter. Haben Sie jemals den Kinderwagen geschoben?«

»Werden Sie nicht albern.«

»Antworten Sie mir.«

»Sie hatte einen neuen Typen. Sollte ich den Kleinen hin und her schieben, während er dasteht und blöd glotzt, hä?«

Rino war kurz in Versuchung, ihn um ein bisschen mehr Kreativität zu bitten, aber dann ließ er es bleiben. »Und später? Wie oft haben Sie Ihren Sohn gesehen?«

»Ab und zu.«

»Bei welchen Gelegenheiten?«

»Wenn ich sie in der Stadt getroffen habe.«

»Sonst nicht?«

Olaussen zögerte. »Ich hab's versucht. Sie hat mir gesagt, ich soll mich verpissen.«

»Wann war das?«

Wieder nur Schulterzucken. »Vielleicht vor ein paar Jahren.«

»Das heißt, Sie haben Tommy nur dann gesehen, wenn Sie sich mehr oder weniger zufällig über den Weg gelaufen sind?«

»So hat es angefangen. Wir sind uns zufällig begegnet, oder besser gesagt: Sie ist mir zufällig begegnet.«

»Haben Sie es noch mal versucht?«

»Ein paar Mal. Ich hätte ihn ja ins Café mitnehmen können oder so was.«

»Aber sie hat abgelehnt?«

»M-hm.«

»Womit hat sie das begründet? Dass es zu spät wäre?«

»So was in der Art.«
»Und jetzt haben Sie keinen Kontakt mehr?«
Olaussen schüttelte den Kopf.
»Wann haben Sie zum letzten Mal mit ihr geredet?«
»Letzten Herbst. Sie hat mir gesagt, ich soll mich verpissen.«
»Keine weiteren Erklärungen?«
»Sie hat gesagt, dass er einen ordentlichen Vater braucht, dass er ein Mensch aus Fleisch und Blut ist und keine verdammte Zeichentrickfigur.«

# 10

## Bergland

»Jetzt ist es also ernst.« Lensmann Bergithon Brocks schälte sich aus seiner Jacke und hielt den Schlips von der Tischkante weg. Sie saßen wieder im Büro, und alle vier Polizisten waren anwesend. »Wir haben es anscheinend mit einem Mordversuch zu tun.«

»Versuch?«, fragte Norvald Bøe, ehemaliger Lensmann – bevor er freiwillig zurücktrat – und mit seinen einundsechzig Jahren auch der Dienstälteste.

»Sie war noch am Leben, als sie abtransportiert wurde. Und als ich vor fünf Minuten mit dem Krankenhaus telefoniert habe, war sie es auch noch.« Brocks fuhr sich mit der Hand über die Wange, als wollte er prüfen, wie weit sein Bartwuchs seit der letzten Rasur schon wieder fortgeschritten war. »Wir haben Grund zu der Annahme, dass es sich bei dem Opfer um Ellen Steen handelt, allerdings unter Vorbehalt. Wir stehen in ständigem Kontakt mit dem Krankenhaus, und wenn es so ist, wie wir glauben, werden wir bald Kontakt mit den Angehörigen aufnehmen können, um die Frau eindeutig identifizieren zu lassen. Ich habe auch schon mit dem Landeskriminalamt gesprochen. Wenn sie zu Bewusstsein kommt und den Tathergang schildern kann, können wir wohl nicht mit Verstärkung rechnen. Aber andernfalls bekommen wir Hilfe von einem ihrer Ermittlungsteams. Soweit ich weiß…«, er fing den Blick seines Vorgängers auf, »…ist das der erste Mord oder Mordversuch in Bergland in neuerer Zeit, oder?«

»Ganz sicher. Wir hatten mal einen, der sich mit einem Gewehr verschanzt und gedroht hat, seiner Frau den Kopf abzuschlagen, aber kaum war sein Rausch verflogen, hat er um Verzeihung gebettelt.« Der ehemalige Lensmann hatte eine Stimme, die wie geschaffen war für Hörbücher der düsteren Art – gedämpft und rau.

»Das ist also für uns alle eine neue Situation.« Brocks sah den Männern am Tisch in die Augen. »Das bedeutet, dass wir auch entsprechend handeln müssen. Der Tatort ist abgesperrt, und wenn ich das recht verstanden habe, ist eine erste Untersuchung vorgenommen worden?« Der Blick, den er Lind zuwarf, schien zu bestätigen, was Niklas zu spüren glaubte, dass es nämlich mit der Chemie zwischen den beiden eine holprige Angelegenheit war.

Lind nickte. »Niklas und ich haben eine Stunde lang die Umgebung abgesucht. Haben aber nichts gefunden außer Treibholz und Müll.«

Niklas nickte zustimmend, bevor er die Tüte mit dem Sand auf den Tisch legte. »Das ist Sand von der Fläche rund um ihren Kopf. Darin befindet sich irgendeine klebrige Masse, die ich gern analysieren lassen würde.«

»Gut.« Brocks schien sofort erleichtert, als er hörte, dass es einen ersten zaghaften Ansatz gab. »Bevor wir mit der Organisation und der Einteilung in Arbeitsgruppen anfangen... Wir wissen ja alle von diesen Puppen, die haben sicherlich Anlass zu einigen Scherzen gegeben. Aber es wäre übertrieben zu behaupten, dass wir ihnen besondere Aufmerksamkeit geschenkt hätten. Wenn ich das richtig verstanden habe, kann ein Zusammenhang nicht ausgeschlossen werden, stimmt das?«

Lind hob zwei Puppen vom Boden auf und hielt sie hoch. »Diese ist zuerst gekommen. Diese gerade erst gestern. Aber noch interessanter ist...«, theatralischer Auftritt der nächsten Puppe, »... die Puppe, die dazwischen angeschwemmt wurde. Wollen wir mal annehmen, dass diese Schönheit Japanerin ist?

Auf jeden Fall ist ihr Kleid nahezu identisch mit dem Kleid, in dem Ellen Steen gefunden wurde. Ich glaube aber, wir sollten die Sache noch mit etwas Vorsicht genießen. Keiner von uns kann wohl behaupten, wirklich ein Auge für Kleider zu haben.«

Niklas widersprach. »Die Farbe ist dieselbe, und sie hat auch diese Dinger hier oben am Hals. Ich bin ziemlich sicher, dass das Kleid identisch ist, oder besser gesagt: dass es so gemeint war.«

»Wenn das alles ist, was wir bis morgen haben, würde ich vorschlagen, dass diese Theorie vorerst unter uns bleibt.« Bøe sah gelinde gesagt skeptisch aus.

»Drei Puppen, die auf selbstgebastelten Flößen losgeschickt werden, sind schon ganz schön auffällig. Und dass in ihrem Kielwasser das folgte, was sich als Berglands erster Mordfall herausstellen könnte, qualifiziert den Vorfall wohl zumindest als beunruhigend.« Niklas sah seinen kritischen Kollegen an. »Es ist Frühherbst, und die Temperaturen laden nun wirklich nicht zu Wanderungen in luftigen Kleidchen ein. Ich glaube, die Theorie ist alles andere als dünn.«

»Ich schließe mich an.« Lind kratzte sich diskret durch sein Hemd.

»Unsere größte Priorität liegt jetzt erst mal auf der sicheren Identifizierung. Dann müssen wir eine Menge Leute befragen – ich befürchte, diese Befragungen könnten sehr umfangreich ausfallen.« Brocks zog ein Etui aus seiner Jackentasche und putzte seine Brille kurz, bevor er sie auf die Nase setzte. Da klingelte das Telefon am Empfang. »Ich bin wohl am nächsten dran.« Brocks verließ das Zimmer mit einem angedeuteten Lächeln, als wollte er zeigen, dass er immer noch ganz ruhig war. Als er eine knappe halbe Minute später zurückkam, lächelte er nicht mehr. »Das war das Krankenhaus.«

»Ist sie tot?«, fragte Lind.

»Sie sind nicht besonders optimistisch, aber nein, tot ist sie noch nicht. Sie haben da allerdings etwas entdeckt, das sie uns zeigen wollen.«

Dunkle Wolken zogen von Süden herauf und brachten einen peitschenden Regen mit, der den letzten Rest von Tageslicht erstickte. Lind ließ die Scheibenwischer auf der schnellsten Stufe laufen, konnte aber auch nicht verhindern, dass ein dünner Wasserfilm die Sicht behinderte. Niklas glaubte zu sehen, dass sein Kollege erschüttert war, dass die Ruhe, die er nach außen zeigte, nur aufgesetzt war. Er hatte die seefahrenden Puppen mit einem schiefen Grinsen und einem Schulterzucken begrüßt, doch jetzt war er offenbar absolut sicher, dass es eine Verbindung zu der Frau gab, die gerade zwischen Leben und Tod schwebte.

»Wenn es wirklich Ellen Steen ist, also, soweit ich weiß, ist die kinderlos.« Er klang, als wollte er sich selbst trösten. »Dass es jemandem einfallen kann, einem anderen Menschen den Schädel einzuschlagen, ist an und für sich ja schon erschreckend genug, aber aus irgendeinem Grund finde ich das mit dem Kleid am schlimmsten. Dadurch wirkt es irgendwie so ...«

»Vorsätzlich«, sagte Niklas.

»Nicht nur vorsätzlich, sondern so richtig eiskalt.«

»Und kompliziert.«

»Und kompliziert«, bestätigte Lind, obwohl er streng genommen ja gar keine Vergleichsmöglichkeiten hatte.

»Alles deutet auf einen Mordversuch hin, der lange im Voraus geplant wurde. Es muss eine Weile gedauert haben, die Puppen vorzubereiten, und die Strände scheinen ja auch bewusst gewählt worden zu sein. Nicht zuletzt der, an dem die Frau gefunden wurde. Wie du schon gesagt hast, keiner der Anwohner kann den Strand einsehen. Außerdem muss er sie auf jeden Fall längerfristig beobachtet haben. Dieser Kerl war über jede ihrer Bewegungen im Bilde und wusste genau, wann er zuschlagen musste.«

»Trotzdem ist ihm da buchstäblich ein Fehlschlag passiert. Sie lebt, und wenn wir Glück haben, kann sie uns etwas erzählen.« Lind klammerte sich offenbar an die Hoffnung, einen einfachen Ausweg zu finden.

»Darum können wir wirklich beten.« Der Anblick der peitschenden Scheibenwischer hatte eine geradezu hypnotische Wirkung, und Niklas schloss die Augen. »Vor allem wenn man daran denkt, dass es noch zwei andere Puppen gibt«, fügte er hinzu.

Das Krankenhaus mit seinem Sammelsurium an Anbauten ähnelte einem riesigen Insekt, dessen ursprüngliches Gebäude den Körper bildete, während die Anbauten die Fangarme darstellten.

Sie meldeten sich am Empfang und wurden in ein Büro im zweiten Stock geführt, an dessen Tür ein Schild mit der Aufschrift DIENSTHABENDER ARZT NOTAUFNAHME hing. Niklas bemerkte, dass auf einem Stahltisch ein Paar zusammengeknüllter Gummihandschuhe und im Abfalleimer blutige Tücher lagen. Offenbar war es eine ereignisreiche Schicht gewesen.

»Ivar Bergstuen.« Der Arzt, der ungefähr Mitte fünfzig sein mochte, begrüßte Niklas mit Handschlag und bedachte Lind mit einem kurzen Nicken. Anscheinend hatten sie sich schon bei früheren Gelegenheiten kennengelernt. »Sie wird jetzt beobachtet, wird aber so schnell wie möglich nach Tromsø überführt. Wir haben einen Flug organisiert, der Helikopter müsste jeden Augenblick hier sein.«

»Wird sie überleben?« Lind schluckte schwer und hörbar.

»Wenn man das wüsste.« Der Arzt warf einen Blick auf seinen Computerbildschirm, wo wahrscheinlich die Krankenakte der Frau zu sehen war. »Sie muss operiert werden, und mit dieser Art Eingriff haben wir wenig bis gar keine Erfahrung. Also möchte ich lieber keine Prognosen abgeben, aber ich glaube, ich kann sagen, dass wir froh sein dürfen, wenn sie überlebt. Sie hat einen Schädelbruch, und sie hat viel Blut verloren. Das waren viele, sehr harte Schläge.«

»Sie haben etwas gefunden, oder?« Niklas deutete mit einer nickenden Kopfbewegung auf den Computer. Doch der Arzt stand auf und trat an den Untersuchungstisch, wo er sorgfältig das ausgebreitet hatte, was einmal ein Kleid gewesen war. Jetzt war es derart zerschnitten, dass es eher einer von Wind und Wetter zerfetzten Flagge ähnelte.

»Mal sehen... also, das ist das Oberteil. Wir haben das Kleid natürlich auch stellenweise aufschneiden müssen, aber das hier war nicht unser Werk.« Der Arzt schob die Hand unter den Stoff, so dass die Handfläche durch die Risse zu sehen war. Das Kleid wies fünf vertikale Risse auf, von denen vier ungefähr zwanzig Zentimeter lang waren, der fünfte nur halb so lang. »Schon seltsam. Fünf Risse so dicht nebeneinander. Das fällt natürlich in Ihren Bereich, aber sollte man nicht meinen, dass der Täter tiefer schneiden würde?«

»Wir haben einfach nur auf die Kopfwunde geschaut.« Lind steckte prüfend einen Finger in einen der Risse.

Niklas bemerkte, dass das Kleid Blutflecke hatte und am Ausschnitt die Farbe eher ins Dunkelrote überging.

»Aber ich befürchte, dazu gibt es noch mehr zu sagen. Wenn Sie kurz mal ins Krankenzimmer mitkommen wollen...«

Der Arzt führte sie in einen Raum auf demselben Korridor. Eine Krankenschwester saß neben der Verwundeten, die man inzwischen gewaschen hatte, so dass ihr Gesicht deutlicher zu sehen war, obwohl die Schläuche, die ihr aus Nase und Mund kamen, ihr Aussehen verfremdeten.

»Das muss Ellen Steen sein«, flüsterte Lind.

»Zwei von unseren Schwestern hier sind sich da auch ganz sicher«, sagte der Arzt, während er die Decke der Frau so weit beiseiteschlug, dass man den Bauchbereich sehen konnte. Und tatsächlich verliefen unter der linken Brust fünf längliche Kratzer in der Haut, von denen aber keiner besonders tief zu sein schien. »Ich habe schon so manchen Kratzer und Schnitt zu sehen bekommen.« Der Arzt deckte sie wieder zu. »Aber so was noch nie.«

»Was wollen Sie damit andeuten?«, fragte Niklas, als sie wieder auf dem Korridor standen.

Der Arzt seufzte, als fiele ihm das Eingeständnis schwer. »Es ist möglich, dass ich mich täusche, aber für mich sehen diese Kratzer so aus, als wären sie von Tierklauen verursacht.«

# 11

## Bodø

Rino spürte die Unruhe im ganzen Körper, als er mit seinem Volvo gerade aus der Stadt hinauszockelte, und schlug mit der Handfläche ungeduldig auf das Lenkrad. Er hatte Renate Øverlid angerufen und nach ihren Angaben eine provisorische Straßenkarte angefertigt. Er konnte sie gar nicht schnell genug sprechen. Sein Gefühl, endlich eine Fährte zu haben, wurde immer stärker. Denn es ging um die Kinder – ja, im Moment ging es sogar hauptsächlich um die Kinder. Beim Gedanken an das, was Joakim passiert war, sah er einfach nur noch rot. Nach dem Gespräch mit dem Therapeuten hatte sein Sohn einen verschlossenen und beschämten Eindruck gemacht. Es schien wie ein Vorgeschmack auf das, was man aus dem wahren Joakim machen konnte, wenn seine Mutter ihren Willen bekam: einen gefügigen und identitätslosen Jungen.

Nach dem Rimi-Supermarkt bog er links ab. Mit einem schnellen Blick auf seine selbstgezeichnete Karte fand er bis zu einem Einfamilienhaus im Stil der siebziger Jahre, das man mit einem rosa Anstrich vorsichtig etwas moderner hatte gestalten wollen. Mit der Erwartung, gleich auch noch einer großen Ausgabe von Barbie gegenüberzustehen, klingelte er. Die Frau, die ihm öffnete, war alles andere als ein hübsches Püppchen, und er bezweifelte auch, dass sie das jemals gewesen war. Im Gegensatz zu ihrem Exfreund war sie eine gepflegte Erscheinung, doch ihre Gesichtszüge waren zu markant, um sie feminin wirken zu lassen.

»Sind Sie der Polizist?« Sie reichte ihm eine knochige Hand, an der klirrende Armbänder hingen.

Es fühlte sich an, als würde man einem Skelett die Hand schütteln – nicht nur, dass die Finger dünn waren, der Händedruck war auch schlaff wie der einer Fieberkranken.

Entweder hatte sie vor seinem Besuch aufgeräumt, oder sie mochte es gerne ordentlich, denn nichts deutete darauf hin, dass hier ein Achtjähriger wohnte.

»Kaffee?«

Auf dem Tisch standen zwei saubere Tassen und eine Schale Kekse, und er konnte nicht ablehnen.

»Wie ich schon am Telefon sagte, es geht um Kim Olaussen«, begann er, nachdem er einen vorsichtigen Schluck von seinem Kaffee genommen hatte.

»Das ist wirklich alles ganz schrecklich, aber ich weiß nicht recht, was mich das angehen soll.« Sie streckte die Hand nach einem Keks aus, den sie erst sorgfältig musterte, bevor sie ihn mit winzigen Bissen aufknabberte. Dabei vermied sie die ganze Zeit jeden Blickkontakt, doch er beschloss, das vorerst seinem forschen Auftreten zuzuschreiben. Er wäre nicht das erste Mal gewesen, dass eine Frau in seiner Gegenwart unsicher und schüchtern wurde.

»Sie haben einen gemeinsamen Sohn.«

»Was um alles in der Welt sollte Tommy denn damit zu tun haben?«

»Vielleicht nichts, vielleicht aber auch alles.«

Diesmal wagte sie ihm in die Augen zu sehen.

»Wie würden Sie Ihr Verhältnis zum Vater des Kindes beschreiben?«

»Zu Kim? Eigentlich als nicht existent. Letzten Herbst stand er mit einem Geburtstagsgeschenk vor der Tür, zu Weihnachten war's ihm schon wieder egal.«

»Woran liegt das?«

Sie starrte ihn an, als fühlte sie sich durch seine Frage ins Unrecht gesetzt. »Er war noch nie interessiert.«

»Nach seinen Angaben haben Sie ihm gesagt, er solle abhauen.«

»Irgendwann erreicht man eben mal einen gewissen Punkt«, entgegnete sie und knetete sich die Hände.

»Könnten Sie das bitte näher ausführen?«

»Wie gesagt, er hatte kein Interesse. Der Gedanke, er könnte eine Verantwortung als Vater haben, ist ihm nie gekommen.«

»Vielleicht ist es ja besser, wenn jemand es spät begreift als nie. Manche von uns fühlen sich erst mal blockiert. Ich meine, die Vaterrolle kann einen vorübergehend schon in einen bedauerlichen Zustand werfen.«

»Bedauerlich? Sagten Sie bedauerlich?« Jetzt war dem zierlichen Körper kein bisschen Schüchternheit mehr anzusehen.

Sein Versuch, den Kindsvater zu verteidigen, hatte also eine Reaktion hervorgerufen, genau wie gewünscht.

»Ich kenne viele großartige Väter, die im ersten Jahr echte Versager waren. Ich sage nicht, dass es so sein sollte, ich stelle nur fest, dass Menschen sich auch ändern können.«

Sie zog eine angeekelte Grimasse, als würde ihr allein der Gedanke an den Kindsvater Brechreiz verursachen. »Kim hat sich nie geändert. Was ihm da passiert ist, ist ganz schrecklich, aber einmal Bettler, immer Bettler.«

»Bettler haben auch ein Lebensrecht.«

»Tommy hat etwas Besseres verdient.«

»Mit dieser Meinung stehen Sie nicht allein da.«

»Inwiefern?« Sie nahm sich noch einen Keks. Entweder hatte sie große Lust auf Zucker, oder sie wollte verzweifelt dafür sorgen, dass ihre knochigen Finger beschäftigt waren.

»Ich will es mal so ausdrücken: Wir haben deutliche Hinweise darauf, dass der Täter, der Kim misshandelte, das getan hat, um Tommy zu rächen.«

Sie wirkte aufrichtig verwirrt und ließ den Blick erschüttert über die Keksschale wandern. »Das verstehe ich nicht.«

»Sind Sie momentan mit jemandem zusammen? Gibt es in Tommys Leben eine männliche Person, die er als Stiefvater betrachtet?«

»Nein.«

»Keinen ... Freund?«

»Was soll das?« Sie stand mit einem Ruck auf und wandte ihm demonstrativ den Rücken zu.

»Wir ermitteln hier in einem besonders ernsten Verbrechen. Die Frage ist relevant, und ich möchte Sie bitten, sie zu beantworten.«

»Das geht zu weit. Das ist meine Privatsphäre«, beharrte sie trotzig.

»Ich habe Sie nicht gefragt, mit wem Sie schlafen, sondern ob Sie einen Freund haben, der Umgang mit Tommy hat.« Er bereute seine Wortwahl im nächsten Augenblick, denn er hörte selbst, dass das nicht besonders gut klang.

»Habe ich nicht«, sagte sie.

»Gut.«

»Und meiner Meinung nach ist Kim ein biersaufender, egozentrischer Drecksack.« Sie drehte sich zu ihm um. »Aber es gibt Väter, die ihren Kindern Schlimmeres antun. Solche Männer hätten so etwas definitiv verdient.«

»Aber Kim nicht?«

Sie schüttelte den Kopf. »Ich habe nichts mit dem zu tun, was da passiert ist. Ehrenwort.«

Rino musste ein leises Lächeln unterdrücken. Es war schon lange her, dass jemand ihn mit einem Ehrenwort überzeugen wollte. »Und Sie haben auch keine Ahnung, wer es gewesen sein könnte?«

Erneutes Kopfschütteln.

»Das hatte ich eigentlich gehofft.« Er stand auf. »Wie gesagt, wir sind ziemlich sicher, dass der Täter das getan hat, um Tommy zu rächen. Und Sie stehen Tommy eben am nächsten.«

»Seltsam, dass die Dinge sich gern wiederholen.«
»Wie meinen Sie das?«
»Da wird Tommy wieder ein Steinchen in den Spielen der Erwachsenen, genau wie vor acht Jahren. Tommy hat nicht um die Eltern gebeten, die er bekommen hat, und das Schicksal gab ihm einen Vater, der nie für ihn da war, der ihn mehr oder weniger beiseitegeschoben hat. Tommy wurde von seinem eigenen Vater verlassen. Ich wiederhole: verlassen. Wo waren da die Handlanger des Gesetzes? Wer nimmt die Rechte der verlassenen Kinder wahr? Keiner.«
»Was wollen Sie damit andeuten?«
»Ich deute an, dass der Junge die ganzen Jahre unter der Abwesenheit eines Vaters gelitten hat, und das ist immer noch so. Es ist einfach ein Verbrechen gegen Tommy, ihn so beiseitezuschieben.«
»Für mich hören Sie sich an wie eine verbitterte Frau.«
»Da haben Sie richtig gehört.«
»Verbittert genug, um dem Kindsvater zu schaden?«
»Ich habe nichts mit der Sache zu tun. Aber Sie können mir nicht verbieten, dass ich ihm das gönne. Ich bin froh, dass es nicht schlimmer für ihn ausgegangen ist, aber was er bekommen hat, das hat er schon lange verdient.«

Rino verließ Renate Øverlid mit dem Gefühl, dass sie eine Beteiligung eingeräumt hatte, obwohl ihr Leugnen glaubwürdig schien. Sie war definitiv eine verbitterte Frau, und irgendetwas sagte ihm, dass der Groll, der sich über Jahre hinweg aufgebaut hatte, alles andere als leicht zu verdauen war.

Auf dem Heimweg dachte er die ganze Zeit über ihr Gespräch nach, suchte nach Lücken, die sein Bauchgefühl bestätigten, legte die Grübelei jedoch auf Eis, als er vor dem Haus einbog und Joakims Fahrrad in einem der Rosenbüsche entdeckte. Zu Joakims Verteidigung musste man sagen, dass sich um die Büsche den ganzen Sommer über schon niemand richtig gekümmert hatte, so dass man den unorthodoxen Fahrradstellplatz vielleicht als stillen Protest gegen den mangelnden väterlichen grünen Daumen hätte deuten können. Viel wahrscheinlicher war er aber Ausdruck für Joakims unterdrückte Gefühle, die er endlich herauslassen musste.

»Joakim! Hier liegt ein Fahrrad in den Rosenbüschen und schreit nach dir.«

Er predigte tauben Ohren. Aus dem Jungenzimmer im ersten Stock hämmerte der Bass durch die Balken und ließ die Wände im Takt vibrieren. Er klopfte anstandshalber an, weil er fand, das müsse er tun, seit Joakim das Teenageralter erreicht hatte – doch der hätte ihn wohl nicht mal gehört, wenn er sich mit einer Motorsäge Zugang zum Zimmer verschafft hätte. Die Tür war glücklicherweise offen, und ein leicht verwirrter Joakim stellte fest, dass irgendjemand plötzlich die Musik leiser gestellt hatte.

»Himmel Herrgott! Ist dir nicht klar, dass hundertfünfzig Dezibel die Inkontinenzprobleme von Oline Gundersen noch verschlimmern?«

»Wer ist das denn?«

»Eine arme Frau auf der anderen Seite der Stadt.«

»Hä?«

»Vergiss es. Ich hab ein Rad gefunden.«

»Ach, das.«

»Warum hast du das da so brutal hingefeuert?«

»Ich hatte es eilig.«

»So eilig ja wohl auch wieder nicht, oder?«

»Sorry.«

Er blieb auf der Schwelle stehen. Joakim fummelte mit der Fernbedienung herum, wobei er jeden Augenkontakt tunlichst vermied, und Rino merkte, dass der Junge verlegen war.

»Alles in Ordnung?«

Der Junge nickte.

»Komm, Joakim, wir legen eine Aerosmith-CD ein, und dann reden wir drüber, okay?«

»Scheiße, nein. Kein Aerosmith.«

»Okay. Kompromiss: City Boy. Ich verspreche dir ein quasi-religiöses Erlebnis.«

Joakim verdrehte die Augen, doch Rino deutete den stummen Protest als Aufforderung, also holte er *The Day the Earth Caught Fire* aus seinem Arbeitszimmer. »Ich dachte mir, die passt zum Anlass.«

Joakim musterte ihn mit unergründlichem Blick, sagte aber nichts.

»Lol Mason ist einfach ein göttlicher Sänger. Hör mal.«

»Vielleicht wäre es ganz gut gewesen, wenn die Erde tatsächlich Feuer gefangen hätte«, seufzte Joakim, als der Refrain aus den Lautsprechern tönte, pompös und im Halbfalsett. »Dann hättest du mit all deinen 80er-Jahre-Kumpels Zuflucht auf einem anderen Planeten nehmen müssen.«

»Toll, oder?«

»Total Panne.«

»Okay. Was liegt dir auf der Seele?«

»Wie?« Wieder vermied Joakim den Blickkontakt.

»Geht's um diesen Therapeuten?«

Der Junge zuckte mit den Schultern.

»Mama macht sich bloß ein bisschen Sorgen.«

Schweigen.

»Es sieht so aus, als wärst du mit den Gedanken nie so wirklich bei der Sache.«

Er veränderte seine Sitzposition, so dass er seinem Vater ein Stückchen mehr von seinem Rücken zuwandte.

»Wir werden drüber reden. Alle drei.«

»Ich scheiß auf diesen Psychologenarsch.«

»Okay. Immer noch besser, als wenn du auf uns scheißt.«

»Außerdem ist die Musik voll ätzend.« Joakim schnappte

sich die Fernbedienung und drehte die Lautstärke so weit herunter, dass kaum noch etwas zu hören war.

»Vielleicht nicht ganz der richtige Anlass.«

Neuerliches Schweigen.

»Hör mal, Joakim. Vielleicht geht es ja einfach nur darum, dass du am richtigen Ort abschaltest beziehungsweise im richtigen Moment dein Hirn dann wieder einschaltest.«

»Hä?«

»Hier zu Hause zum Beispiel. Hier schaltest du ab, schmeißt dein Fahrrad in die Büsche, wenn's sein muss. Das mach ich ja auch so, ich pell mir die Socken von den Füßen und schmeiß sie gegen die Wand. Aber in der Arbeit geht das eben nicht, da muss ich meine Arbeitsmaske auflassen. Verstehst du? Bei dir ist es dasselbe. In der Schule erwartet man von dir, dass du dem Lehrer zuhörst.«

»Die reden doch alle bloß Scheiße.«

»Nicht nur.«

»Zu neunzig Prozent.«

»Okay, dann hast du die weniger wichtigen Dinge schon aussortiert. Konzentrier dich doch einfach auf die restlichen zehn Prozent.«

Joakim konnte ein widerwilliges Grinsen nicht ganz unterdrücken. »Okay.«

»Deal? Dann nehme ich die City-Boy-CD wieder mit, und du bemühst dich morgen mal, es so zu versuchen?«

»Das nenn ich mal 'n guten Deal.« Joakim drückte energisch auf die Stopptaste.

»Du hättest ihr eine Chance geben sollen. Das ist ein Konzeptalbum. Über den Untergang der Welt.«

»Erzähl mir lieber, wie es ausgeht. Ist einer entkommen, oder mussten alle sterben?«

Es kam ihm vor, als hätten Joakims Worte einen doppelten Sinn. »Ehrlich gesagt, ich weiß es nicht mehr.« Sein Unterbewusstsein trat ihm heftig gegen die Hirnrinde, das Gefühl hielt an.

Erst später, als er sich etwas zubereitete, was Helene ein Abendessen für Faule genannt hätte, fiel ihm ein, was sein Unterbewusstsein da herausgefiltert hatte. Er ließ die Bratpfanne stehen und griff nach dem Handy.

»Ja?« Sein Kollege hörte sich müde an.
»Mach dich fertig, Thomas.«
»Was ist denn los?«
»Ich weiß jetzt, wofür D.V. steht.«

# 12

# Bergland

Ellen Steen wohnte in dem Haus, das sie von ihren Eltern geerbt hatte. Die Fassade zeigte Zeichen einer kürzlichen Renovierung; die Wand, deren verblichene und gesprungene Eternitplatten als Nächstes in Angriff genommen werden sollten, war eingerüstet.

»Ich glaube, ich schaffe es nicht, mit Ihnen da reinzugehen. Es ist einfach so schrecklich.« Ellen Steens Tante und zugleich nächste Verwandte drückte sich ein zerknülltes Taschentuch unter die Nase.

In Absprache mit dem Krankenhaus hatten sie beschlossen, sich mit Ellen Steens Verwandten in Verbindung zu setzen, und so kamen sie zu dieser Frau, die Lind jetzt widerwillig den Hausschlüssel überreichte. Ellen Steens Eltern waren tot, und nach Angaben der Tante gab es auch keinen Mann im Leben ihrer Nichte.

»Am liebsten wäre es mir, wenn Sie mit reinkommen. Wir möchten ungern mehr herumwühlen als absolut notwendig.«

Als die Tür aufging, wandte die Frau sich ab, als hätte sie einen Verrat begangen.

Das Haus war geschmackvoll eingerichtet und wurde offenbar von einem sehr ordentlichen Menschen bewohnt.

»Wonach suchen Sie denn?«

»Puppen.« Lind ließ den Blick durch ein Wohnzimmer wandern, das vor Nostalgie nur so triefte.

»Um Gottes willen, ich dachte, Sie wollen herausfinden, wer Ellen das angetan hat.«

»Das gehört zusammen«, warf Niklas ein.

Die Frau wirkte entsetzt. Die gestrandeten Puppen waren ihr offenbar nicht unbekannt.

»Wissen Sie, ob sie Puppen im Haus hat? Das sind ja keine ungewöhnlichen Sammelobjekte.« Niklas bemühte sich, seine Frage so unverfänglich wie möglich klingen zu lassen.

»Ellen hat doch keine Puppen.« Es klang eher wie eine Frage als wie eine Feststellung.

»Sicher nicht?« Lind war bereits dabei, sich in der Küche umzusehen.

»Ich bitte Sie! Ellen ist ein erwachsener, klar denkender Mensch.« Die Tante zog die offene Strickjacke fester um den Körper, bevor sie fast flüsternd hinzufügte: »Sie ist eine der Abteilungsleiterinnen in der Bank.«

»Führen Sie uns weiter durchs Haus?«

Die Frau warf einen unsicheren Blick auf Lind, als wüsste sie nicht recht, ob sie seinen Tonfall als freundlich oder gebieterisch auffassen sollte. Niklas fühlte mit ihr, denn er fand, dass sein Kollege die Situation ziemlich ungeschickt handhabte. Lind konnte einen ganz schön ungehobelten Eindruck machen, als fehlte bei einer seiner Antennen die Feineinstellung.

Sie hatten sich rasch davon überzeugt, dass in beiden Geschossen dieselbe Ordnung herrschte und Ellen Steen keine Puppen besaß.

»Habe ich doch gleich gesagt.« Sie waren wieder unten im Wohnzimmer, und die Tante erholte sich langsam von ihrem Schrecken.

»Ich nehme an, dass sie als Kind mit Puppen gespielt hat, wie die meisten Mädchen.« Lind wollte sich nicht geschlagen geben.

»Aber was um Himmels willen...«

»Vielleicht mit Porzellanpuppen?«

Die alte Frau starrte ihn an. Offensichtlich ging ihr die Verbindung zwischen ihrer Nichte und den gestrandeten Puppen sehr gegen den Strich. »Damals hat sie mit Barbiepuppen gespielt, wie die meisten. Ich habe sie nie mit einer Porzellanpuppe gesehen.«

Niklas, der merkte, dass die Tante schon wieder kurz davor stand, sich aufzuregen, griff ein. »Haben Sie engen Kontakt zu Ihrer Nichte?«

»Natürlich. Ich bin ja die Einzige, die sie hat.«

»Haben Sie in letzter Zeit irgendetwas an ihr bemerkt, irgendetwas Auffälliges in ihrem Benehmen vielleicht?«

»Nein, was sollte das denn sein? Ellen ist ein sehr beständiges Mädchen.«

»Daran zweifeln wir auch gar nicht, aber wir können die Augen nicht vor der offensichtlichen Tatsache verschließen, dass ihr jemand etwas antun wollte.«

»Das muss einer von diesen Leuten gewesen sein, die bei ihr einen Kreditantrag gestellt haben.« Wieder flüsterte sie. Sie hörte sich an, als wäre es schon ein halbes Leben her, dass sie selbst jemandem Geld geschuldet hatte. »Ja, so einer, der nicht bekommen hat, was er wollte«, fügte sie hinzu. »Das ist ja ihr Job. Sie muss dafür sorgen, dass die Dinge da glattlaufen.«

»Hat sie etwas in der Richtung gesagt?«

»Oh nein, Ellen doch nicht. Sie tratscht nicht.« Sie hob die Stimme, damit die beiden auch ja verstanden, was sie ihnen sagen wollte.

Niklas ahnte, dass so schnell nichts an dem Bild rütteln würde, das die Tante von ihrer großartigen Nichte hatte. »Wenn Ihnen noch etwas einfallen sollte...«

»Was sollte das denn sein?«

Er spürte den Drang, ihr zu erklären, dass es noch eine reale Welt außerhalb ihres selbstgebastelten Idylls gab, doch er verbiss es sich. »Denken Sie einfach daran, dass Dinge, die weniger wichtig erscheinen, oft das Detail sein können, das zur Lösung eines Falls führt.«

Die Frau schluckte. »Sind Sie hier jetzt fertig?«, fragte sie und ging demonstrativ zur Tür.

Niklas musste im Stillen zugeben, dass er ein wenig voreingenommen gewesen war. Der Mann, den alle den Wanderer nannten, wohnte überhaupt nicht so, wie er es sich vorgestellt hatte. Das Haus war zwar klein, doch offensichtlich gepflegt und gut instand gehalten, ebenso wie das kleine Gärtchen.

Brocks hatte darauf bestanden, dass sie sich, um Zeit zu sparen, aufteilten und vorgeschlagen, dass Niklas den Wanderer aufsuchen sollte. Vielleicht bringt es ja etwas, meinte er, wenn Konrad ein neues Gesicht vor sich sieht. Denn gerade zu Korneliussen, dem Polizisten, den Niklas vertrat, hatte der Mann ein gewisses Vertrauensverhältnis aufgebaut, während er allen anderen Polizisten gegenüber ein tief verwurzeltes Misstrauen zu hegen schien.

Doch dann stand er vor verschlossener Tür, obwohl es aus Kübeln schüttete. Es war also keine Übertreibung gewesen: Der Wanderer grub ohne Rücksicht auf Wind und Wetter. Niklas ging hinters Haus und bemerkte eine Reihe von Vogelkästen unter dem Dach, mindestens fünfzehn Stück. Er warf einen Blick durch eines der Fenster, das auf der windgeschützten Seite lag. Sein Eindruck bestätigte sich, der Wanderer schien sehr ordentlich zu sein.

Er beschloss, sich in sein Büro zurückzuziehen, setzte sich in das Auto und ließ den Motor an. Die Scheibenwischer schaufelten das Regenwasser von der Scheibe und verschafften ihm für wenige Zehntelsekunden einen freien Blick, bevor ein neuer Wasserschwall die Scheibe übergoss. Gleichzeitig meinte er jedoch, oben am Waldrand jemanden auftauchen zu sehen. Und ganz richtig, es war der Wanderer, wie einem klassischen Horrorfilm entstiegen: Der Spaten pendelte in der einen Hand, sein Gesicht war unter einer übergroßen Kapuze verborgen. Mit zielsicheren Schritten näherte er sich dem Haus, wobei ihn das davor geparkte Polizeiauto anscheinend nicht ins Stutzen brachte. Erst als er die Vortreppe erreichte, drehte er sich zum Auto um, bevor er sich bückte und die Hand unter die Holzvertäfelung steckte. Auch ein Ort, wo man den Hausschlüssel aufbewahren konnte.

Niklas ließ das Fenster halb herunter. »Dürfte ich wohl kurz mit Ihnen sprechen?«

Der Wanderer blieb unbeweglich stehen, während er offenbar das Für und Wider abwägte, doch dann machte er eine Bewegung, die sich mit etwas gutem Willen als zustimmendes Nicken deuten ließ.

Niklas blieb sitzen, bis er ganz sicher sein konnte, dass die Tür offen war, bevor er durch den Regen rannte.

Der Wanderer stand im Flur, zog mit ruhigen, bedächtigen Bewegungen seine Regenjacke aus und hängte sie auf einen Haken. Niklas bemerkte, dass das Hemd an den Ärmeln und rund um den Kragen nass und die lange Unterhose mehr oder weniger ganz durchnässt war. Gleichzeitig schlugen ihm die Ausdünstungen entgegen, und die waren bedeutend übler als das, was er vor ein paar Tagen im Büro gerochen hatte. Er konzentrierte sich darauf, durch den Mund zu atmen. Schließlich drehte sich der Wanderer um. »Sind Sie gekommen, um mir beim Graben zu helfen?«

Niklas konnte nicht abschätzen, ob die Frage ein Scherz oder ernsthaft gemeint war. Er war überhaupt nicht sicher, ob es im Leben des Wanderers Raum für Späße gab. »Ich bin gekommen, weil ich Sie bitten möchte, sich etwas anzusehen«, sagte er.

Der Wanderer blickte skeptisch auf die Tasche in Niklas' rechter Hand.

»Darf ich vielleicht reinkommen?«

Der Wanderer nickte und stapfte schweren Schrittes nach drinnen, als würde er immer noch durch gurgelnden Moorboden waten.

In der Küche zog er einen Pullover an, der über einem Stuhl hing, und legte das nasse Hemd über den Stuhlrücken. Sein Oberkörper war sehnig und muskulös, seine Haut mit Muttermalen übersät. Ohne seine nasse Unterhose auszuziehen, ging er ins Wohnzimmer und setzte sich. Niklas folgte ihm und nahm auf einem Stressless-Sessel Platz, der zwar zu den älteren Semestern gehörte, aber kaum Spuren von Abnutzung zeigte.

»Heute sind es vierzehn Quadratmeter geworden.« Der Wanderer richtete den Blick auf den Boden.

»Sind Sie sicher, dass sie da irgendwo ist?«, fragte Niklas vorsichtig.

Der Wanderer setzte sich in seinem Stuhl zurecht und seufzte tief, als wollte er ausdrücken, dass die Mühen des Tages jetzt überstanden waren. »Ja.«

»Das könnte Ihr halbes Leben lang dauern.«

»Sie ist dort irgendwo.«

Der Tonfall ließ keinen Spielraum für Diskussionen, und Niklas beschloss, direkt zum Thema zu kommen. »Haben Sie vielleicht schon von diesen Puppen gehört, die hier an Land gespült worden sind?«

Der Wanderer schwieg, und Niklas dachte sich, dass ihm die Nachricht wohl noch nicht zu Ohren gekommen war. Schließlich war er völlig einsam und verbrachte seine Zeit in der verlassenen Berglandschaft.

»Die Puppen, ja«, kam es schließlich.

»Wir haben uns ein bisschen gewundert. Inzwischen können wir sagen, dass sie ziemlich alt sind.«

Nichts deutete darauf hin, dass der Wanderer begriff, worauf dieses Gespräch abzielte.

»Wir wissen noch nicht, wem sie gehören oder warum sie übers Meer geschickt wurden. Es ist sozusagen ein Schuss ins Blaue, aber wir dachten uns, vielleicht könnten Sie sich die Puppen mal ansehen.«

Immer noch keine Reaktion.

»Zumindest um auszuschließen, dass sie Ihrer Schwester gehört haben könnten.«

Das war Brocks' Vorschlag gewesen – während er zugleich gemeint hatte, dass es keinen Sinn machen würde, Kontakt mit der anderen Schwester aufzunehmen. Wenn der Wanderer nichts weiß, weiß sie auch nichts, hatte er gesagt, in kaum verhohlener Anspielung auf ihre mangelnden geistigen Fähigkeiten.

Ohne eine Antwort abzuwarten, machte Niklas die Tasche auf und legte die erste Puppe auf den Tisch. Der Wanderer rührte sich nicht und starrte noch eine Weile in die Luft, bevor er widerstrebend einen Blick auf die asiatische Schönheit warf. Fast im gleichen Moment sah er wieder weg, als würde die Puppe schmerzliche Erinnerungen in ihm wecken, doch dann streckte er schließlich die Hand nach ihr aus. Er drehte sie in seinen schwieligen Fingern und musterte sie eingehend.

»Das ist nicht ihre«, sagte er dann und setzte sie zurück auf den Tisch.

»Sicher nicht?«

Der Wanderer nickte stumm, und Niklas holte die beiden anderen Puppen hervor.

»Die auch nicht.« Die Antwort kam rasch, als wollte er am liebsten, dass Niklas die Puppen so schnell wie möglich wieder einpackte.

»Na, dann wissen wir da schon mal Bescheid.« Niklas steckte die Puppen wieder in die Tasche.

»Wann kommt Korneliussen zurück?«

Die Frage überraschte Niklas. »Das weiß ich nicht. Aber ich

befürchte, das könnte schon noch eine Weile dauern. Wenn ich das richtig verstanden habe, ist er sehr schwer krank.«

»Korneliussen ist nett.«

Niklas hatte den Mann, den er vertrat, nie kennengelernt. »Gut«, sagte er und stand auf. »Dann bedanke ich mich für Ihre bereitwillige Hilfe.«

Der Wanderer blieb schweigend sitzen. Sein Gesicht mit der niedergeschmetterten Miene war wie versteinert. Die schütteren Haare hatte er sich scheinbar selbst geschnitten, auf der Haut zeichneten sich die Ränder eingetrockneter Körperflüssigkeiten ab, und die Strapazen hatten ihre Zeichen in Form tiefer Falten hinterlassen.

»Ich finde selbst hinaus.« Niklas unternahm noch einen erfolglosen Versuch, Blickkontakt herzustellen, bevor er sich bedankte und ging. Auf der Vortreppe blieb er noch einmal stehen und sammelte seinen Mut, bevor er in die Wand aus Regen hinaustrat. Er warf einen Blick auf den Spaten, der deutlichen Verschleiß zeigte. Kein Zweifel, diese Geschwisterliebe ging tief.

Er hatte sich gerade in sein Auto gesetzt, als das Telefon klingelte. Es war Bøe, der ihn aus dem Büro anrief.

»Wir haben Antwort vom Labor. Ich dachte mir, das willst du bestimmt gleich erfahren.«

»So schnell?«

»Entweder höchste Priorität oder einfache Aufgabe – keine Ahnung, woran das lag. Aber egal, das Zeug, das du da im Sand gefunden hast, war nichts anderes als Haarfärbemittel.«

Ihm war sofort klar, was das bedeutete. Ellen Steens Haare waren gefärbt worden, damit sie der Puppe ähnelte.

»Damit noch nicht genug – man hat einen Stoff gefunden, der sich Lawson nennt, das ist anscheinend eine Komponente von Henna.«

»Und was heißt das?«

»Henna ist krebserregend und wurde deswegen schon 2005 für alle Haarfärbemittel verboten. Das bedeutet wahrscheinlich, dass dieses Mittel alt ist. Oder im Ausland gekauft wurde.«

Niklas bezweifelte, dass diese Erkenntnisse die Ermittlungen wesentlich weiterbrachten, doch das Färben der Haare war immerhin eine Bestätigung dafür, dass das Verbrechen mit den auf dem Meer ausgesetzten Puppen zu tun hatte.

»Okay. Danke für die Info. Ich komme übrigens gerade vom Wanderer. Er glaubt ganz bestimmt, dass die Puppen nicht seiner Schwester gehört haben.«

»Das ist doch gut. Alles andere hätte die Dinge gelinde gesagt verdammt kompliziert gemacht.«

»Wahrscheinlich, ja. Also, danke noch mal.«

Als er das Auto in der Auffahrt wendete, meinte er noch einmal das Gesicht des Wanderers hinter einer Gardine zu sehen, und wieder beeindruckte ihn die unbeholfene Liebe dieses Mannes zu seiner kleinen Schwester. Sein eigenes pechschwarzes Gewissen meldete sich und erinnerte ihn an seine abwehrende Haltung – er würde sich nicht gerade leichten Herzens von einer seiner Nieren verabschieden. Der Wanderer hingegen hätte bestimmt mit Freuden sämtliche Organe geopfert, um seine Schwester zurückzubekommen.

Auf halbem Weg kam ihm ein Gedanke. Er blieb an einer Abfahrt stehen, machte die Tasche auf und nahm die schwarz gekleidete Puppe heraus. Er warf einen Blick unter die niedlichen Füßchen, in der Hoffnung, eine Information über den Hersteller zu finden, doch dort stand nur eine Produktionsnummer. Die sagte ihm natürlich nichts, doch sobald er im Büro war, suchte er sich Spielzeuglieferanten heraus. Er kam rasch dahinter, dass die meisten Firmen ihre Produktion erst in den letzten zehn bis zwanzig Jahren begonnen hatten, also erst, nachdem diese drei Puppen verkauft worden waren. Daher beschloss er, unter den mehr oder weniger unbekannten Herstellern zu suchen. Er notierte sich drei Alternativen, und beim zweiten Anruf hatte er Glück.

»Die Geishas, ja, an die kann ich mich gut erinnern. Die haben sich eine Weile ganz gut verkauft, aber heute gibt es für so was keinen Markt mehr. Jetzt sollen die Puppen trinken und pinkeln und was weiß ich noch alles. Aber was um alles in der Welt hat diese alten Puppen denn wieder zu Ehren gebracht?«

Niklas hörte, dass der Mann am anderen Ende der Leitung rauchte, und er sah vor seinem inneren Auge ein enges Büro mit der Atmosphäre einer alten Kohlengrube. »Das versuchen wir im Grunde gerade herauszufinden. Vorläufig kann ich leider nicht mehr sagen, als dass wir hier drei Puppen haben, über die wir gerne etwas mehr wissen würden.«

»Hatten Sie da was Bestimmtes im Sinn?« Wieder inhalierte der Mann tief.

»In erster Linie würde ich gern wissen, ob es viele Puppen dieser Art gibt.«

»Wenn wir von denselben Puppen reden, von denen haben wir damals wohl ein paar hundert Exemplare importiert, bis wir dann gemerkt haben, dass die Käufer kein Interesse mehr hatten. Produziert in Hongkong, wirklich billig. Ich glaube mich zu erinnern, dass wir an denen sehr gut verdient haben.«

Niklas hatte die bizarre Vision eines Strandes, der ganz mit kleinen Bastflößen übersät war. »Auf den Puppen steht eine Produktionsnummer. Hilft Ihnen die weiter?«

»Tja, ich habe die Kataloge hier sicher irgendwo liegen. Wenn ich mich nicht irre, symbolisierten die auch irgendwas. Das ist oft so bei seriell produzierten Spielsachen. Gehörte zu den Verkaufstricks, verstehen Sie?« Die Worte kamen schon leiser, als hätte er sich nebenbei schon auf die Suche nach den Katalogen gemacht.

Niklas gab ihm die Nummern durch, bat ihn, jede noch einmal vorzulesen, um sicherzugehen, dass er auch alles richtig notiert hatte, und bedankte sich im Voraus für seine Hilfsbereitschaft. Eine Viertelstunde später war der Importeur schon wieder am Telefon. »Sie haben sich doch vor allem für diese Schönheit in Schwarz interessiert, oder? Also, die heißt Tawana, was wohl kaum ein echt japanischer Mädchenname sein dürfte. Ich schätze, er wurde an den europäischen Markt angepasst. Sie war wohl so eine Art Geisha light. Aber egal – Tawana war die eine Hälfte eines sehr beliebten Puppenpaares, das sich gut verkauft hat. Ihr Freund Tabo und sie sind zwar zwei einzelne Puppen, sind aber so gemacht, dass sie sich umarmen können. Die Botschaft ist Zusammengehörigkeit und ewige Liebe.« Der Importeur machte wieder eine Pause, um sich die nächste Zigarette anzustecken. »Und dann war da noch Itamo, die mit dem roten Kleid. Sie steht für die reine, vorbehaltlose Liebe. Und die grün gekleidete, Naoko, steht für ewige Freundschaft.«

»Sie sagten, Sie hätten ein paar hundert verschiedene Puppen importiert. Ist der Symbolwert immer ungefähr derselbe?«

»Jupp. Diese Puppen symbolisierten nur Gutes. Wie bei Tawana zum Beispiel. Sie hat ein unauflösliches Band mit Tabo geknüpft. Ist doch süß, oder?«

# 13

## Bodø

Als Rino ins Büro kam, knabberte Thomas gerade demonstrativ an einem gemopsten Kokos-Schokokuss. Vielleicht fand er, dass Rino das verdient hatte, nachdem er ihn ohne weitere Erklärungen hatte warten lassen.

»Es ist so, wie wir gedacht haben: Es geht um die Kinder.«

»Gut.« Sein Kollege schien gar nicht zu merken, dass noch ein paar Kokosflocken in seinem Mundwinkel hingen.

»D. V. ...«, Rino warf die Jacke in ein Regal, aus dem Thomas ein paar seiner säuberlich aufgereihten Ordner genommen hatte, »... ist nichts anderes als ein Gruß von *Den Verlassenen*.«

»Von den Verlassenen?«

»Genau, von den Verlassenen. Und Renate Øverlid weiß definitiv mehr, als sie vorgibt.«

»Erzähl.«

»Sie hat mir ihr Ehrenwort gegeben.«

»Das ist doch Beweis genug«, meinte Thomas trocken.

»Zu Anfang wirkte sie glaubwürdig, obwohl sie großen Wert darauf legte, Olaussen als den größten Drecksack aller Zeiten hinzustellen. Aber sie hat noch mehr gesagt – obwohl es den Sarkasmus eines hormongebeutelten Teenagers brauchte, dass es mir aufging.«

Fragend lupfte Thomas eine Augenbraue.

»Frag nicht. Joakim ist jeden Tag wieder eine echte Prüfung. Egal, sie hat darüber geklagt, dass ihr Sohn mehr oder weniger beiseitegeschoben wurde, dass der Vater nie für ihn da war, und dann seufzte sie, dass einfach keiner die Rechte der Kinder wahrnimmt – *der verlassenen Kinder*.«

»Der verlassenen...« Thomas hatte endlich bemerkt, dass ihm etwas im Mundwinkel hing.

»Die erwachsene Person auf der Zeichnung steht von dem Kind abgewandt. Wir reden hier von einer Kinderzeichnung, besser gesagt, von einem Bild, das eine Kinderzeichnung darstellen soll. Also ein Gruß von den Kindern. Von den verlassenen Kindern.«

»Und du meinst, dass Renate Øverlid die Zutaten für diese Suppe zusammengemischt hat?«

Rino rief sich das Bild der dünnen Frau ins Gedächtnis, die ihn so ruhig empfangen hatte, ihre Bitterkeit aber doch nicht ganz verbergen konnte. »Ich glaube schon.«

»Ich hatte den Eindruck, dass du dir ziemlich sicher bist.«

»Am Anfang war ich kurz geneigt, ihr zu glauben, aber ich bin ganz sicher, dass sie sowohl das Zwangsbad als auch die Wassertemperatur guthieß. Ihr Ehrenwort und ihre Moralpredigt über die verlassenen Kinder brachten mich dann aber ins Zweifeln. Sie hat mir die Lösung für die Signatur geliefert, und ich glaube nicht, dass das ein Zufall ist.«

»Und was hast du jetzt vor? Mit der Ex von Nils Ottemo reden?«

»Vielleicht.«

»Vielleicht? Es ist doch wohl wahrscheinlicher, dass die beiden unter einer Decke stecken und Renate Øverlid sich nicht allein darangemacht hat, alle Männer zu entstellen, die ihre Vaterrolle nicht ernst nehmen.«

»Wenn dem so sein sollte, dann ist sie jetzt schon gewarnt.«

»Und das heißt?« Thomas zog eine Schreibtischschublade auf und begann darin zu wühlen.

»Ich könnte mir vorstellen, sie observieren zu lassen.«

»Da kannst du aber eine Nacht lang überlegen, was für einen überzeugenden Grund du dafür angeben willst.«

»So lange wollte ich gar nicht warten.«

Thomas erstarrte in seiner Bewegung. »Oh nein. Rino, heute ist Freitag. Da kommen meine ganzen Lieblingsserien.«

»Findest du was in dieser Schublade?«

»Nein, mein Proviantlager ist leer.«

»Willkommen im Club. Kill sugar before it kills you.«

»Hä?«

»Ach, das ist nur so eine revolutionäre Theorie. Aber scheiß drauf, funktioniert sowieso nicht. Du kannst dich bei mir bedienen.«

»Du hast doch auch schon fast nichts mehr.«

»Betrachte es als Vorschuss für eine späte Abendschicht.«

»Das muss mal wieder einer deiner umwerfenden Witze sein.«

»Hör zu, Thomas: Die Zeichnungen waren sozusagen ein bitterer Gruß von Kim Olaussens achtjährigem Sohn und Ottemos sechsjährigem Sohn, ebenso wie die erste Zeichnung der Gruß eines vierjährigen Mädchens war. Sind wir uns da einig?«

»Bis auf Weiteres, ja.«

»Dann nehme ich an, wir sind uns auch darüber einig, dass die Kinder selbst nichts von diesen Zeichnungen wissen?«

»Wären sie nicht alle fast identisch gewesen, hätten sie tatsächlich von Kinderhand gezeichnet sein können.«

»Genau. Und das hätte es wahrscheinlich noch interessanter gemacht.« Rino streckte sich und entblößte ein beginnendes Schmerbäuchlein mit bescheidener Behaarung. Rasch zog er sein Hemd wieder darüber. »Und bei wem wäre es naheliegend, dass er diese Väter im Namen der unschuldigen Sprösslinge hasst?«

»Wird *Friends* wohl wiederholt?«

»Ganz sicher.« Rino grinste vergnügt. Das war eines der Dinge, die er an Thomas mochte. Er ließ sich überreden, auch wenn das in anderen Zusammenhängen vielleicht nicht immer von Vorteil war. So hatte er zum Beispiel seine Freundin zum fünften oder siebten Mal wieder bei sich aufgenommen, nachdem sie jedes Mal tränenreich Abschied genommen und ihm mitgeteilt hatte, dass sie den Richtigen gefunden hatte und dass der nicht Thomas hieß.

»Die Frauen müssen etwas wissen.«

»Die wissen auch was. Aber ich bezweifle, dass sie uns das so einfach erzählen. Ich werde jedenfalls Renate Øverlids kleines rosa Nest im Auge behalten. Was wiederum bedeutet, dass du Glück hast – Ottemos Ex wohnt im Zentrum, oder?«

»Vielleicht schau ich einfach mal bei ihr vorbei. So gegen neun.«

»Sollte Joey mal ausscheiden, werde ich dafür sorgen, dass du eine Rolle in *Friends* bekommst.«

Eine Dreiviertelstunde später parkte Rino vor einer Sporthalle, von der er freien Blick auf Renate Øverlids Haus hatte. Nach einer halben Stunde bekam er die Bestätigung, dass sie zu Hause war. Wahrscheinlich gießt sie gerade die Blumen, dachte er, als ihr Gesicht zwischen den Grünpflanzen im Fenster auftauchte. Aus irgendeinem Grund hatte er gemischte Gefühle. Es war durchaus schön zu wissen, dass er seine Zeit nicht mit der Beobachtung eines leeren Hauses verschwendete, aber andererseits war es nicht sehr logisch, dass ein Mensch, der den Atem der Polizei schon im Nacken spürte, solchen banalen Alltagserledigungen nachging.

Es schlug sieben Uhr, Zeit für die Abendnachrichten, als plötzlich Tommy aus dem Haus trat. Der Junge blieb stehen und hielt sich kurz am Geländer fest, bevor er um die Hausecke ging, sein Rad holte und ruhig durch die Siedlung davonfuhr. Gegen halb acht war er zurück. Rino hatte die halbe Stunde genutzt, um darüber nachzudenken, warum er eigentlich hier war. Er kam zu dem Schluss, dass er wegen des vagen Gefühls gekommen war, dass Renate Øverlid sich unter Druck gesetzt fühlte und irgendetwas unternehmen würde.

Um halb neun rief Thomas an.

»Meine macht jetzt einen Spaziergang«, sagte er.

»Folg ihr.«

»Ich komm mir ganz schön blöd vor. Wie so 'n kranker Voyeur.«

»Genau das bist du heute Abend. Wir hören uns.« Rino legte auf, bevor sein Kollege protestieren konnte.

Es wurde halb zehn, ohne dass Thomas zurückrief, und Rino schlenderte ein Stückchen hin und her, um seine steifen Gliedmaßen zu lockern. Als er wieder im Auto saß, konnte er seine Neugier nicht mehr zurückhalten und wählte die Nummer seines Kollegen.

»Mittlerweile hat meine Lieblingstalkshow angefangen«, sagte Thomas mit Grabesstimme.

»Tröste dich damit, dass es dieselben Gäste sind wie letztes Mal. Und vorletztes Mal. Passiert irgendwas bei dir?«

»Ziemlich wenig. Ich steh jetzt wieder vor ihrem Haus.«

»Wo ist sie denn hingegangen?«

»Nur einkaufen.«

»Okay.«

»Wollen wir's damit gut sein lassen für heute Abend?«

Rino warf einen Blick auf die Uhr. Dieses Wochenende hatte er Joakim, und diese Spätschicht war definitiv kein guter Start. »Um halb elf machen wir Schluss.«

»Ich kann mir zwar nicht vorstellen, dass sie noch mal rausgeht, aber okay.«

Die letzte Stunde verging äußerst zäh. Um Viertel nach zehn schickte er Thomas eine SMS, dass sie Schluss machen konnten. Es kam keine Antwort, und er hegte den Verdacht, dass sein Kollege ihm schon zuvorgekommen war.

Joakim hatte einen Freund eingeladen, und nach dem DVD-Stapel zu urteilen, hatten sie sich vorgenommen, über das Wochenende einen Filmmarathon hinzulegen. Rino bemerkte, dass Joakim gereizt wirkte, er meckerte über die Auswahl der Filme und die schlechten Schauspieler, als hätte René die DVDs alleine ausgesucht. Rinos Versuch, die Situation mit Witzen zu retten, schuf nur peinliches Schweigen. Er setzte sich eine Weile zu ihnen, nicht weil er Horrorfilme mit zweitklassigen Schauspielern sonderlich unterhaltend fand, sondern weil er die Stimmung auflockern wollte. Es wurde zwölf, ohne dass sich die Atmosphäre verbessert hätte, und er beschloss, ins Bett zu gehen.

Was er beim Aufwachen sah, ähnelte der Wüstenlandschaft nach einem Junggesellenabschied: leere und halbleere Flaschen und Gläser, Chipsreste auf dem Sofa und auf dem Boden und die Filme überall verstreut. Er räumte das Schlimmste auf, ließ das Staubsaugen aber für Joakim übrig. Dann wählte er Thomas' Nummer.

»Hallo«, rief Thomas über das Stimmengewirr.

»Ich bin's. Wo bist du?«

»Im Einkaufszentrum.«

Rino glaubte, im Hintergrund Thomas' Freundin zu hören, und er wusste, dass die Fahrt in die Stadt ein festes Ritual war, wenn Thomas nicht gerade zum Dienst eingeteilt war. »Wann machen wir weiter?«

Es dauerte einen Moment, bis Thomas antwortete. »Meinst du damit, dass wir heute auch wieder ranmüssen?«

»Wenn wir einen Schokokuss pro Schicht rechnen, stehst du immer noch in meiner Schuld.«

Er hörte Thomas seufzen. »Es reicht aber, wenn wir um sechs anfangen, oder?«

»Ich dachte eigentlich an sofort. Wann seid ihr fertig mit Einkaufen?«

»Warte mal kurz.«

Das Stimmengewirr verstummte. »So, jetzt hör ich wenigstens, was ich selbst sage. Also, vor zwei Uhr komm ich hier nicht weg. Die Kinder freuen sich aufs Café, das ist immer der Höhepunkt.«

Rino spürte einen Stich seines schlechten Gewissens, und plötzlich kam ihm eine Idee. »Okay. Dann sagen wir einfach sechs Uhr.«

Er holte den Staubsauger, erledigte die Arbeit, die streng genommen Joakims gewesen wäre, und ging nach oben, um ihn zu wecken. In seinem Zimmer roch es nach Schlaf, und Rino kippte das Fenster. Joakim schlief tief und fest.

»Los, raus aus den Federn. Es ist schon halb zwölf.«

Joakim drehte sich um und zog sich die Decke halb über den Kopf.

»Jetzt komm schon, du Faulpelz.«

Keine Reaktion.

»Vater an Sohn, Vater an Sohn!«

»Brennt's, oder was?«

»Ich dachte, wir könnten in die Stadt fahren, einen Kaffee trinken oder so.«

Joakim setzte sich im Bett auf und zeigte dem Tag sein verschlafenes Gesicht. »Was ist los?«

»Quality Time heißt der Fachausdruck, aber ich würde vorschlagen, wir nennen es einfach familiäre Samstagsgemütlichkeit.«

»Jesus!« Joakim ließ sich aufs Kissen zurückplumpsen.

»Jetzt komm, in zwanzig Minuten ist Abmarsch. Ich spendier dir eine CD, wenn du mitkommst. Aber nur unter einer unumstößlichen Bedingung ...«

»Ich weiß. Ich darf sie nicht abspielen, wenn du in der Nähe bist.«

Die Samstagsgemütlichkeit stellte sich als ziemlich anstrengende Angelegenheit heraus. Sämtliche Cafés waren überfüllt, und als sie die Hauptstraße ein paar Mal rauf- und runtergelaufen waren und endlich einen freien Tisch ergatterten, stand Joakim die Quality Time bis obenhin, und er wollte nur noch zu seinen Kumpels. Seine Unruhe wurde irgendwann unübersehbar, und Rino musste seinen Kaffee mehr oder weniger herunterschütten und zum nächsten CD-Laden traben, wo Joakim sofort eine CD aus dem Regal fischte, auf die er offenbar schon lange ein Auge geworfen hatte. Doch bevor sie zu Hause waren, hatte er das Booklet schon kaputtgemacht, und es sah ganz so aus, als wäre sein Interesse bereits wieder verflogen. Die CD blieb im Auto liegen, während Joakim auf seinem Fahrrad verschwand, das zwar noch nagelneu war, aber schon wieder reichlich gebraucht aussah.

Rino aß seine Grütze allein, während seine Gedanken um die Bedeutung der Zeichnungen kreisten.

Die Verlassenen.

Er stellte sich Renate Øverlid vor, wie sie, fest überzeugt davon, dass Tommy einen aufopfernden, präsenten Vater verdiente, versuchte, diesen Mangel zu kompensieren, vielleicht indem sie dem Kleinen gut gemeinte Lügen auftischte, bis die Lügen irgendwann zurückschlugen und sie zum Rückzug zwangen. Und dann sah sie, wie der Kindsvater einfach so davonkam, obwohl er sich um seinen Sohn immer nur einen Dreck geschert hatte. Natürlich waren das alles Rinos Fantasiebilder, aber sie passten gut zusammen. Und sein Bauchgefühl sagte ihm, dass er auf der richtigen Fährte war.

Um fünf Uhr stand er wieder vor ihrem Haus, am selben Fleck wie gestern. Tommy hatte offenbar einen Freund zu Besuch, und sie rannten aus dem Haus und wieder hinein, bis der Junge gegen sieben Uhr auf sein Rad stieg und nach Hause fuhr. Rino begann langsam schon an seiner eigenen Theorie zu zweifeln und rief Joakim an, um sein immer noch schlechtes Gewissen zu beruhigen. Doch er musste feststellen, dass er ganz bestimmt nicht vermisst wurde. Im Hintergrund dröhnte die grässliche neue CD, und René war offenbar auch wieder vorbeigekommen. Um halb neun kam eine SMS von Thomas, der ihm mitteilte, dass Ottemos Ex Besuch von einem älteren Ehepaar hatte, woraus er schloss, dass sie heute Abend sicher nicht mehr aus dem Haus gehen wollte. Rino sah vor seinem inneren Auge, wie Thomas' Freundin ungeduldig vor dem Fernseher saß und die Kinder herumtobten, während sie auf die Samstagspizza warteten. Er simste »Mach Schluss für heute«, auch deswegen, weil er selbst gern Schluss gemacht hätte. Trotzdem blieb er noch sitzen. Er war fest entschlossen, noch eine Stunde auszuhalten. Nach vierzig Minuten wurde das Warten belohnt. Die Tür ging auf, und Renate Øverlid kam heraus. Sie sah sich kurz um, bevor sie sich in einen alten Lada setzte. Hat wohl ihre Beiträge nicht bezahlt, dachte er, als er ihr nachfuhr. Nach ungefähr einem Kilometer bog sie ab zu einem Areal, das früher mal als wachsendes Gewerbegebiet gegolten hatte, jetzt aber einer Geisterstadt ähnelte. Ein Autohaus und ein Blumenladen hielten noch aus, die anderen Gebäude standen bereits leer. Sie parkte den Lada und ging auf einen Backsteinbau in der Nähe des Sees zu, dessen eine Wand ganz von einem Werbeschild für einen längst geschlossenen Lebensmittelladen bedeckt war. Rino hielt diskret Abstand und wartete ab. Nach ungefähr einer Viertelstunde war sie zurück, und er folgte ihr weiter. Enttäuscht musste er feststellen, dass sie sich auf den Heimweg machte, und er beschloss, ebenfalls nach Hause zu fahren. Gerade hatte er das Auto in der Auffahrt geparkt, als ihm etwas einfiel, das Thomas gesagt hatte. Er wählte seine Nummer, aber es dauerte eine ganze Weile, bis sein Kollege zögernd abnahm. Er hatte ihn im Verdacht, dass er sich taub gestellt hatte, weil er befürchtete, den Rest des Abends wieder in einem feuchtkalten Auto verbringen zu müssen.

»Du hast doch gestern so was erwähnt, dass die Ottemo einkaufen gegangen ist, oder?«

»Ja.«
»Was war das für ein Laden?«
»Wie meinst du das – welche Ladenkette?«
»Das auch. Aber war der in der Stadt, in Mørkved oder in Hunstad?«
»Unten am Bodø-See. Aber ehrlich gesagt bin ich gar nicht sicher, welche Kette das war – gibt es eine, die FM heißt?«
»Hast du gesehen, ob der Laden noch in Betrieb war?«
»Worauf willst du eigentlich hinaus?«
»Antworte mir einfach, Thomas.«
»Ich war nicht drin, wenn du das meinst. Aber das Schild war unmöglich zu übersehen, das nahm die ganze Wand ein.«
»Ein großes Backsteingebäude unten am See, mit einem riesigen rot-weißen Schild?«
»Könnte sein.«
»Dann können wir wohl Bingo schreien. Ich habe Renate Øverlid gerade zum gleichen Gebäude verfolgt. Irgendetwas sagt mir, dass dieses Gebäude leer steht. Ich glaube, das schau ich mir jetzt mal näher an.«
»Allein oder ...?«
»Ich guck mich nur kurz um. Mach dir noch einen schönen Samstagabend.«

Eine Viertelstunde später stand er wieder vor dem Gebäude. Tatsächlich warb das Schild für einen FM hundert Meter weiter die Straße hinunter. Er ging um die Ecke und erfuhr, was früher einmal in diesem Haus untergebracht gewesen war: KARLSENS SCHREINEREI. Das Schild sah aus, als wäre es selbstgetischlert, und wenn es repräsentativ für die Arbeit dieser Firma war, dann war es kein Wunder, dass sie hatte schließen müssen. Dicke Sperrholzplatten bedeckten die Fenster und die Glasscheibe in der Tür. Er warf einen Blick um die Ecke und sah, dass die südliche Mauer nur aus Beton bestand. Wie zu erwarten, war die Tür abgeschlossen. Die Sperrholzplatten waren so gut festgenagelt, dass sie einige Stürme überstehen würden. Natürlich hätte er eine mit einem Brecheisen aufstemmen können, aber dann würde er Spuren hinterlassen. Blieb nur ein letzter Ausweg. Er ging hinter das Haus und entdeckte einen Meter über dem Boden einen Deckel, der wahrscheinlich zu einer Belüftungsanlage gehörte. Rino steckte den Kopf hinein. Wie erwartet, befand sich dahinter eine weitere Sperrholzplatte, aber sie hing schief – wahrscheinlich war die Versuchung für die eine oder andere Bande zu groß gewesen. Er tastete sich an der Kante entlang und zog einmal kräftig daran. Die Platte gab sofort nach. Er ging zurück zum Auto und holte die Taschenlampe aus dem Handschuhfach. Dann steckte er den Kopf unter den Deckel des Schachts und machte die Lampe an. Was er zuerst für einen Lüftungsschacht gehalten hatte, hätte ebenso gut ein Absaugrohr für Späne und Splitter sein können. Die Reste eines großen spiralförmigen Schlauches steckten immer noch in der Wand. Offenbar war er abgeschnitten worden, als die Gebrüder Karlsen ihre Firma dichtmachten. Er steckte die Hände in die Öffnung und zog sich mit dem Körper hinein. Der Kanal hatte einen Durchmesser von vierzig, fünfzig Zentimetern, und er musste mühsam robben, um vorwärtszukommen. Schließlich hatte er Kopf und Schultern hindurchgezwängt und konnte mit der Lampe den Innenraum ausleuchten. Innen standen fünf khakigrüne Monster, drei Sägen und zwei Hobelmaschinen. Unter dem Kanal lagen Materialstapel mit grau verfärbtem Holz, und er ließ sich vorsichtig auf die grob zugehauenen Bretter hinunter. Der Geruch von Fäulnis und Beton stieg ihm in die Nase. Er ließ den Lichtkegel der Taschenlampe noch einmal umherwandern, bevor er vom Stapel kletterte und prüfend eine Tür anfasste, die wahrscheinlich zu einem Wohnzimmer in den siebziger Jahren gehört hatte. Die Tür war unverschlossen und führte in einen Raum, der früher wohl das Büro gewesen war, den man jetzt aber heimelig einzurichten versucht hatte: mit Teppichen auf dem Boden, Bildern an den Wänden und zwei Ecksofas, die so arrangiert waren, dass sie einen verschlissenen Lehnsessel umrahmten. Eine Tür führte weiter, wahrscheinlich auf einen Flur, und an der Wand gegenüber stand ein altes Buffet. Rino fiel ein, dass er hier im Nest zweier verbitterter Mütter stand, und den Möbeln nach zu urteilen, mochten es durchaus noch mehr sein. Er stellte sich vor, wie sie hier saßen und ihren Frust und ihren Hass auf die Männer abließen, die sich kaum erinnerten, dass sie Kinder in die Welt gesetzt hatten, und wie die Mütter gleichzeitig versuchten, ihre Gedanken in eine kreative Richtung zu lenken, und sich die makabersten Repressalien ausdachten. Als er sich vor das Buffet kniete, stellte er fest, dass es abgeschlossen war. Er war ziemlich sicher, dass der Schlüssel irgendwo in diesem Raum lag, und begann zu suchen. Doch nach fünf Minuten war er schon nicht mehr so sicher. Vielleicht lag er in einem Versteck in der Schreinerwerkstatt? Er beschloss, zuerst noch einen Blick in den Korridor zu werfen, doch die Tür war abgeschlossen. Da hörte er auf einmal Stimmen von draußen. Er erstarrte in der Bewegung und wartete, dass die Stimmen verebbten und sich entfernten, doch stattdessen wurden sie lauter, und bald hörte er das unverwechselbare Geräusch eines Schlüssels, der sich im Schloss drehte. Sie waren hier. Die Rächer waren hier.

# 14

# Bergland

Niklas Hultin hatte von dem Tier geträumt. Ein Monster von einem Raubtier, das sich tagsüber vor den Menschen verbarg und nachts herauskam, um seine Beute zu jagen. Er hatte die ganze Zeit gespürt, wem das Tier auflauerte, konnte aber nichts anderes tun als hilflos zusehen. Und erst als es mit seiner ganzen Muskelkraft absprang und wie ein geschmeidiger Panther durch die Luft segelte, war Niklas mit einem Ruck aufgewacht, das letzte Bild seines Traumes immer noch vor Augen. Die Klauen.

Sie hatten den Vormittag mit weiteren Vernehmungen zugebracht, mit der Tante und den Arbeitskollegen, wobei sie sich diesmal auf Ellen Steens Vergangenheit konzentrierten, und dabei primär auf die Männer, die darin eine Rolle gespielt hatten. Ihr Liebesleben schien von der wohlgeordneten Sorte gewesen zu sein. Geheiratet mit zweiundzwanzig, geschieden zehn Jahre später, und danach nur ein Verhältnis, das seit einem Jahr vorbei war. Ihr Exmann wurde mit warmen Worten beschrieben, und es hieß, die beiden hätten sich einvernehmlich getrennt, so dass es im Nachhinein auf keiner Seite bittere Gefühle gegeben hatte. Der Mann wohnte jetzt in Sundsvall, was bedeutete, dass die Ermittler seinen Namen von der Liste strichen, auch wenn seine schwedische Adresse ihn nicht vollkommen aus dem Kreis der Verdächtigen ausschloss. Das letzte Verhältnis war angeblich von selbst zu Ende gegangen, und nichts deutete auf Groll oder verschmähte Liebe hin. Also war es nicht gelungen, jemanden zu finden, der ein Motiv haben könnte. Außerdem war der

Angriff auf Ellen Steen angekündigt worden, in Form kleiner Porzellanpuppen, die auf der anderen Seite des Erdballs produziert worden waren und Zusammengehörigkeit und ewige Liebe symbolisierten.

Niklas beschloss, zu Hause Mittag zu essen, und schickte eine SMS, in der Hoffnung, dass Karianne irgendetwas auf den Tisch bringen würde. Die Taktik ging einwandfrei auf, denn es duftete schon nach Omelett, als er die Küchentür aufmachte. Karianne empfing ihn wie immer mit einem Lächeln und einer irgendwie aufgeräumten Stimmung, doch er sah sofort, dass dahinter noch etwas anderes auf der Lauer lag.

»Bin gleich fertig«, sagte sie und drehte sich wieder zum Herd.

Er legte von hinten die Arme um sie und versuchte sie zu sich zu drehen, doch sie wehrte sich.

»Jetzt komm, die Eier werden von selbst gar.«

»Mach keinen Blödsinn, Niklas.«

»Ich mach keinen Blödsinn, ich will es mir ganz ernsthaft gemütlich mit dir machen.«

»Hör auf.« Ihr Ton war so bestimmt, dass er sie losließ.

»Was ist denn los?«

Sie zuckte mit den Schultern. »Ich rieche.«

»Hä?« Er drückte die Nase gegen ihre Achsel und schnüffelte demonstrativ. »Mmm. Du riechst lecker. Wie immer.«

»Aus dem Mund.« Sie griff nach der Bratpfanne, stellte sie mit einem Knall auf den Küchentisch und setzte sich.

»Hey, das ist doch wohl kein Grund, sich so aufzuregen, oder?« Er setzte sich vorsichtig auf den Stuhl.

»Es riecht nach Urin«, sagte sie und zerteilte das Omelett mit wütenden Schnitten, mit denen man einen Ochsen hätte töten können.

»Was?«

»Mein Atem riecht nach Pisse. Ich weiß es, weil ich die

Symptome wiedererkenne. Es schmeckt nach Pisse, deswegen riecht es auch nach Pisse.«

»Ich merke nichts.« Doch er war schon in der Defensive.

Sie kaute sorgfältig ihr Omelett, bevor sie ihm in die Augen sah. »Glaub es mir einfach. Ich möchte es dir ungern beweisen.«

»Was bedeutet das?«, fragte er, obwohl es ihm allmählich dämmerte.

»Das bedeutet, dass meine Nieren das Blut nicht mehr richtig filtern. Was wiederum heißt, dass die Hölle auf mich wartet. Übelkeit und Erbrechen, unter anderem. Einen Tag könnte ich gerade mal einen Eierbecher füllen mit meinem Urin, am nächsten Tag einen halben Eimer. Aber am schlimmsten finde ich, dass ich durch die Gegend laufe und weiß, dass ich nach Pisse rieche.«

Seine Lust auf ein warmes Mittagessen war ihm vergangen. Ein unangenehm stechendes Gefühl breitete sich von seiner Brust nach unten in den Bauch aus, und es fühlte sich an, als ob er Seitenstechen hätte.

»Und das jetzt, wo sich gerade eine Jobmöglichkeit auftut«, fügte sie hinzu.

Daher also die Aufgeräumtheit, die er zu bemerken geglaubt hatte. »Eine Jobmöglichkeit? Erzähl!«

»Tja, Ironie des Schicksals. Die Bank hat mich angerufen. Die Frau, die da überfallen wurde, steckte gerade mitten in ihrem Monatsbericht. Sie haben angefragt, ob ich wohl ein paar Wochen aushelfen könnte.«

»Aber das ist doch spitze«, rief er, obwohl die gute Nachricht einen bitteren Beigeschmack hatte.

»Ja...« Sie zögerte. »Ich muss am Neunzehnten zur Kontrolle. Danach weiß ich nicht, was kommt. Aber immerhin ist es ein Anfang.«

»Wann fängst du an?«

»Ich habe versprochen, morgen vorbeizukommen und mir

einen Überblick zu verschaffen.« Sie beugte sich hastig vor und pustete ihm ins Gesicht. »Riecht es nach Pisse?«

Ihr Atem roch säuerlich metallisch. »Nein. Nach Omelett.«

»Sicher?«

»Und nach Metall, aber ich würde da weiter nichts merken. Wenn du also nicht unbedingt vorhast, deinen Kollegen zur Begrüßung ins Gesicht zu pusten...«

Sie lächelte das Lächeln, für das er sie so liebte – halb frech, halb schüchtern. »Iss auf. Du musst noch einen Verbrecher fangen.«

Die Sache gefiel Niklas immer weniger. Die Attacke auf Ellen Steen war scheinbar unmotiviert, nichtsdestoweniger hatte ihr der Täter die Haare gefärbt und ihr ein Kleid angezogen, damit sie einer Puppe ähnelte, die ein paar Tage zuvor an Land getrieben war. Das Ganze sah aus wie ein Theaterstück, das absichtlich übertrieben inszeniert war, damit auch noch die Zuschauer in der letzten Reihe kapierten, was man ihnen sagen wollte. Doch Niklas sah nichts als zusammenhanglose Bruchstücke.

Die Ermittler begannen sich langsam im Kreis zu drehen, weswegen Niklas sich vorgenommen hatte auszubrechen, und sei es nur für eine Weile. Er fuhr zum Strand, an dem man die Puppe gefunden hatte. Der Sandstreifen lag in einer kleinen Bucht, in der die Vegetation langsam an den Fuß der Berge zurückwich. Die Häuser sahen alle so aus, als wären sie von der letzten Generation erbaut worden, und er stellte überrascht fest, dass die meisten von ihnen bewohnt schienen. Er folgte dem Kiesweg, der parallel zum Strand verlief, bis er eine kleine Ausfahrt erreichte. Dort parkte er und nahm einen Schafstrampelpfad, der sich am Ufer entlangschlängelte. Die leichte Brise hatte sich zu einem beißenden Wind ausgewachsen, der schwere Wogen gegen die großen Steine am Strand donnern ließ. Niklas beugte den Nacken, stemmte sich gegen die Vorboten des Herbstes und heftete den Blick fest auf seine Füße, um auf seinem Weg zum Wasser nicht zu stolpern.

Unten setzte er sich auf eine kleine Landzunge. Die Wellen brandeten ans Ufer. Wenn er irgendwo ein kleines Bastfloß zu Wasser lassen würde, würde es bestimmt auch hier an Land treiben. Doch sobald sich die Windrichtung änderte, würden die Wellen das Floß zu einem der Strände in den vielen anderen Buchten tragen. Hatte der Täter vielleicht hier gesessen und auf die richtige Windrichtung gewartet, bevor er seine Floße ins Wasser setzte? Nicht ganz von der Hand zu weisen. Ein Boot hätte mehr Aufmerksamkeit erregt und hätte sich hinterher auch leichter aufspüren lassen.

Niklas drehte sich um und nahm die Häuser näher in Augenschein. In acht brannte Licht. Also bestand auch die Möglichkeit, dass der Täter beobachtet worden war. Er zückte sein Handy und wählte Linds Nummer.

»Niklas? Wo bist du?«

»Ich weiß nicht, wie das hier heißt – der Strand, an dem die schwarz gekleidete Puppe gefunden wurde.«

»Kleivan. Was machst du da?«

»Ich sitze auf einer kleinen Landzunge. Ich glaube, dass er die Puppen hier ins Wasser gesetzt hat.«

»Und?«

»Das bedeutet, es könnte sein, dass er beobachtet wurde.«

Lind wartete auf die Fortsetzung.

»Es ist halb drei. Ich glaube, in ein paar Stunden treffen wir alle zu Hause an. Es wäre sicher von Vorteil, wenn wir jemanden schicken würden, den sie kennen. Außerdem möchte ich zu Ellen Steens Tante gehen und mir den Hausschlüssel noch mal geben lassen.«

»Haben wir was übersehen?«

»Kann sein. Er hat sie nicht grundlos so angezogen wie diese Tawana.«

»Okay. Ich sprech mal mit Norvald, der kennt da draußen jeden. Außerdem bekommen wir im Laufe des Abends noch Unterstützung vom Landeskriminalamt. Brocks will, dass der Sache so schnell wie möglich ein Ende gesetzt wird.«

»Irgendwas Neues von Ellen Steen?«

»Ich befürchte, am Status quo hat sich nichts geändert.«

Die Tante sah ihn vorwurfsvoll an, als er eine knappe halbe Stunde später bei ihr klingelte.

»Es tut mir leid, aber ich muss wohl noch mal in das Haus Ihrer Nichte.«

»Haben Sie denn noch nicht genug herumgewühlt?«

»Bald.« Er streckte demonstrativ die Hand aus.

Mit einem resignierten Seufzer nahm sie den Schlüssel von einem Haken hinter der Tür und zog einen Mantel vom Kleiderbügel.

»Ich würde das lieber alleine machen.«

Sie erstarrte. »Und warum, wenn ich fragen darf?«

»Ermittlungsarbeit ist zu siebzig Prozent Intuition, und wenn man möchte, dass das Unterbewusstsein voll mitarbeitet, muss man alleine sein.« Eine spontane Lüge, doch sie wirkte. Widerwillig hängte sie ihren Mantel zurück. »Das gefällt mir gar nicht«, sagte sie.

»Mir auch nicht. Aber es muss sein.«

Fünf Minuten später stand er wieder in Ellen Steens Wohnzimmer. Ordnung war der massive erste Eindruck, und gerade deswegen wollte er nach einem Riss in dieser Fassade suchen. Wieder machte er eine Runde von Zimmer zu Zimmer. Er ließ sich Zeit, öffnete alle Schubladen und Schränke und suchte, ohne etwas zu zerwühlen. Zum Schluss war er wieder dort, wo er angefangen hatte, im Wohnzimmer. Er hatte das Gefühl, dass der Ausgangspunkt der falsche gewesen war, dass die Antwort hier irgendwo lag, er sie aber nicht sah. In dem

Moment dämmerte es ihm, und es war so selbstverständlich, dass er es vielleicht gerade deswegen übersehen hatte. An den Wänden hingen keine Familienfotos, nicht mal von der herzensguten Tante. Auch wenn Ellen Steen kinderlos war, gehörte sie doch zum Zweig einer Familie. Er drehte noch eine Runde, diesmal auf der Suche nach einem Fotoalbum, doch verewigte Erinnerungen schienen nicht Ellen Steens Sache zu sein, und so kehrte er mit leeren Händen zu ihrer Tante zurück.

»Ich kann mir vorstellen, wie es da drüben jetzt aussieht«, sagte sie mit grimmiger Miene.

»Ich habe alles an seinem Platz belassen.« Er reichte ihr den Schlüssel. »Ich habe kein Fotoalbum gefunden. Ich dachte immer, so was gehört zum festen Inventar in jedem Zuhause.«

Die Tante verschränkte demonstrativ die Arme vor der Brust. »Ich habe ihr Album.«

Wahrscheinlich hatte sie es entfernt, damit die Polizisten nicht in die Privatsphäre ihrer Nichte eindringen konnten. »Könnte ich vielleicht mal einen Blick hineinwerfen?«

»Wozu soll das gut sein?«

»Es gehört zur Ermittlungsarbeit, dass man sich mit den Menschen aus dem Umfeld des Opfers vertraut macht.«

»Das sind bloß Verwandte und Freunde.«

»Die uns vielleicht bei den Ermittlungen weiterhelfen könnten.«

»Na gut.« Sie drehte sich um und ging resigniert nach drinnen.

Er folgte ihr in eine mit Nippes überladene Küche, wo sie ein Album aus einer Schublade zog. »Ellen hat sich nie groß damit abgegeben, Fotos zu knipsen«, sagte sie, als wollte sie entschuldigen, dass es nur ein Album war. Während ihm die Tante gegenübersaß, blätterte er es langsam durch. Abgesehen von der Tante und dem verstorbenen Onkel waren auf den meisten Bildern nur die Männer ihres Lebens zu sehen. Außerdem gab es Fotos von einer Reise in den Süden mit einer Freundin. Aber den erstaunlich exakten Zeit- und Ortsangaben der Tante nach zu urteilen, gab es auf jeden Fall auch Jahre, von denen keine Fotos existierten. In einem Umschlag ganz hinten lagen Bilder schlechterer Qualität, manche vergilbt, manche mit matten Farben. Die Tante zog ein trauriges Gesicht, als sie ihm auf den Bildern die Eltern zeigte. Aus Anstand überblätterte er rasch die Bilder, die nicht relevant waren. Ein Klassenfoto schloss die Bilderserie ab. Die Tante schwelgte mit glänzenden Augen in Erinnerungen, bevor sie das Album resolut wieder an sich nahm und zuschlug. Niklas dachte, dass er nicht wirklich weitergekommen war, aber dann kam ihm doch noch ein Gedanke. »Das Klassenfoto …«, sagte er.

»Was ist damit?«

»Das war von der siebten Klasse, oder?«

»Ja, hab ich Ihnen doch gesagt.«

»Wohnt einer von den Mitschülern heute noch hier?«

»Das kann ich mir nicht vorstellen. Nicht alle bleiben ihren Wurzeln so treu wie Ellen.«

»Könnten wir das Bild bitte noch einmal ansehen?«

»Du lieber Himmel, Ellen liegt im Koma, und Sie quengeln hier herum wegen einem alten Klassenfoto.« Die Alte zog eine Grimasse und sackte in sich zusammen. Ihr magerer Körper wurde von stillen Schluchzern geschüttelt.

»Irgendetwas sagt mir, dass das Motiv für dieses Verbrechen weit in der Vergangenheit liegt. Ich dachte mir, wenn einer von ihnen immer noch hier wohnt …«

Die Tante machte eine Bewegung, als wollte sie die Verzweiflung abschütteln, dann sah sie sich das Klassenfoto noch einmal näher an. Auf dem Bild waren insgesamt sechs Kinder zu sehen, einschließlich dem, in dem Niklas Ellen zu erkennen glaubte.

»Nur Lilly Marie. Eine ziemlich zweifelhafte Person, wenn Sie mich fragen. Die wohnt ganz allein draußen bei Leite. Ich hab gehört, dass sie solchen Wahrsagerinnenunfug treibt.«

»Wahrsagerinnenunfug?«

»Na, so am Telefon eben«, sagte sie und putzte sich die Nase.

Er musste sich zu dem kleinen Holzhaus durchfragen, das ganz allein an einem Abhang stand. Es gab keine Klingel, doch er ging davon aus, dass sie sein Auto gesehen haben musste und daher nur auf das Türklopfen wartete. Doch niemand forderte ihn zum Eintreten auf. Er versuchte die Klinke herunterzudrücken, und die Tür glitt mit einem trockenen Knarren auf. Schwebende Meditationsmusik waberte ihm entgegen. Er wagte sich in den Flur, entschied sich für die rechte Tür und klopfte erneut. Im nächsten Moment verstummte die Musik. Aus irgendeinem Grund hatte er sich Lilly Marie als eine hochgewachsene Walküre mit wildem Strubbelhaar und ausgeflippten, knallbunten Kleidern vorgestellt. Doch die Frau, die die Tür öffnete, war klein und dünn und ihre Kleidung überraschend normal.

»Ja?«

»Lilly Marie?«

»Wer fragt?« Sie legte den Kopf auf die Seite.

»Niklas Hultin.« Er nahm an, dass seine Uniform für sich sprach.

»Kommen Sie rein, Niklas.«

Lilly Maries Zuhause war eine Huldigung an das Farbspektrum. Ein Innenarchitekt wäre sicher schockiert zurückgeprallt, doch Niklas folgte ihr in das kleine, enge Wohnzimmer mit knallgrüner Decke und orangefarbenen Wänden. Sie bot ihm einen Ledersessel an, bevor sie auf dem dazugehörigen Zweisitzer Platz nahm. In einer Ecke stand ein schwerer

Ohrensessel. Über einer Armlehne hing ein Headset, und auf einem kleinen Tisch stand ein Telefon.

»Tee?«

Sie hatte ihm bereits eine kleine Tasse mit asiatischem Muster hingestellt, und er nahm an.

»Was führt Sie her?«

»Ellen Steen.« Er hatte beschlossen, direkt zum Thema zu kommen.

»Ja, Ellen. Ganz schrecklich, was da passiert ist.« Ihre Stimme war sanft, aber gleichzeitig aufreizend neutral, als könnte sie ihre antrainierte Telefonstimme nicht richtig ablegen.

»Sie gingen mit ihr in eine Klasse, stimmt's?«

»M-hm.« Sie ließ allerlei seltsame Sachen in ihre Tasse rieseln, bevor sie umrührte.

»Haben Sie heute noch Kontakt mit ihr?«

»Wir grüßen uns, wenn wir uns begegnen, aber mehr nicht. Dass in kleinen Ortschaften jeder jeden kennt, ist ein Mythos. Es ist eher umgekehrt.«

Er ahnte eine unterschwellige Bitterkeit und erinnerte sich daran, wie abfällig Ellen Steens Tante über die Berufswahl von Lilly Marie gesprochen hatte.

»Können Sie sich noch gut daran erinnern, wie sie als Schulkind war?«

Sie runzelte die Stirn. »Ob ich mich gut erinnern kann? Ich weiß nicht, worauf Sie hinauswollen, aber ich erinnere mich an einzelne Ereignisse, wie die meisten Leute.«

»Bevor sie überfallen wurde, haben wir ein paar Puppen gefunden.«

Sie nahm einen Schluck von ihrem Tee. »Ich hab davon gehört.« Sie vermied es, ihm in die Augen zu sehen.

»Es sind alte Puppen, und ich dachte mir, dass die irgendwie mit ihrer Vergangenheit zu tun haben müssen. Sie sind zusammen in die Schule gegangen, vielleicht waren sie ja auch in der Freizeit befreundet?«

»Wir waren nicht wirklich beste Freundinnen, aber es kam schon mal vor, dass eine die andere besuchte. Ich bin erst hergezogen, als ich in die zweite Klasse kam, deswegen war ich in den ersten Monaten sehr beliebt. Danach verlief das Interesse aber wieder im Sande.«

Er machte seine Tasche auf und stellte die Puppen auf den Tisch. Es war nicht zu übersehen, dass sie sie wiedererkannte. Lilly Marie versuchte, ihre neutrale Maske zu wahren, doch sie konnte den Blick nicht von den Puppen losreißen. Die beiden Impulse kollidierten in einer Art fieberhaft gespielter Nonchalance.

»Sie haben die Puppen schon mal gesehen?«

Sie schüttelte den Kopf, bevor sie nach ihrer Teetasse griff und sie mit beiden Händen dicht vors Gesicht hielt.

Er wartete. Lilly Marie wandte den Blick nicht von ihrer Tasse.

»Sie müssen es mir erzählen.«

Sie starrte weiter in ihre Tasse.

»Waren das Ellens Puppen?«

Sie blieb unbeweglich sitzen, und er dachte sich, dass sie wahrscheinlich verzweifelt nach einem Ausweg suchte. Schließlich schüttelte sie den Kopf.

»Wem gehörten sie dann?«, fragte er.

Lilly Marie stand auf, ging zum Telefon und drückte eine Taste. Der Anrufbeantworter, dachte er. Sie setzte sich und hob die Tasse wieder an den Mund, bevor sie den Kopf senkte, als wollte sie im Stillen um Verzeihung bitten. Als sie schließlich den Blick hob, spiegelten sich darin Erinnerungen, die nur traurig sein konnten. »Das ist die Geschichte einer Familie«, flüsterte sie.

# 15

## Bodø

Es waren mehrere. Und es waren ausschließlich Frauen. Er verkroch sich hinter einer der riesigen Sägen. Von dort glaubte er mindestens vier Stimmen unterscheiden zu können, auch wenn er nur einzelne Worte verstand, und das waren bis jetzt auch nur Höflichkeitsfloskeln. Irgendwann hörte es auf zu rumoren, und die Stimmen klangen gedämpfter. Er nahm an, dass sie sich jetzt an den Tisch gesetzt hatten, und wagte sich bis zur Tür vor. Es war noch immer schwierig, mehr als vereinzelte Wörter aufzuschnappen, doch als er einen lauten Wortschwall hörte, drückte er das Ohr gegen die Tür.

»Bei dir zu Hause? Er war bei dir zu Hause?«

»Er hat nach Kim gefragt. Und nach Tommy. Er meinte, derjenige, der Kim überfallen hat, hat das getan, um ihn dafür zu bestrafen, dass er so ein Drecksack von Vater gewesen ist.« Das war Renate Øverlid.

»Hat er das so gesagt?«

»Mehr oder weniger.«

»Und was jetzt?« Eine andere Stimme.

»Nichts. Wir haben nichts Böses getan.«

»Trotzdem. Das gefällt mir nicht.«

Erneutes Rumoren. Eine oder mehrere von ihnen liefen im Zimmer umher. Er ging definitiv ein Risiko ein, wenn er hier sitzen blieb, andererseits verpasste er eine Chance, wenn er sich jetzt wieder hinter die Maschinen schlich. Er beschloss, sitzen zu bleiben.

Neue Bruchstücke drangen an sein Ohr.

»Und mit den Schlüsseln sind wir immer noch sicher?«

Er bemühte sich, etwas Verständliches aus dem folgenden Gemurmel herauszufiltern, aber es schien, als diskutierten sie, inwieweit eine von ihnen unvorsichtig mit den Schlüsseln umgegangen war. Er war der lebende Beweis dafür, dass es keine Schlüssel brauchte, um bei ihrem Treffpunkt einzudringen, und der Versuch, den Lüftungsschacht abzudecken, verriet, dass er mit seiner Idee nicht der Erste gewesen war.

Sie redeten noch eine Weile über die Schlüssel, dann meinte er, den Duft von Kaffee zu riechen. Wieder plauderten sie über dieses und jenes, bis sie schließlich auf die Misshandlungen zu sprechen kamen.

»Unser unsichtbarer Rächer.« Das folgende Gelächter verriet deutlich, dass sie ihre Exfreunde nicht bedauerten.

Während er weitere Bruchstücke aufschnappte, wurde ihm klar, dass die Frauen so redeten, als wüssten sie nichts. Das verwirrte ihn.

Eine scharfe Stimme drang an sein Ohr. »Renate, heute bist du dran.«

Das Gemurmel verstummte, und er ahnte, dass sich jetzt alle Blicke auf Renate Øverlid richteten.

»Was fühlst du?« Wieder diese scharfe Stimme, nasal und durchdringend.

»Das mit diesem Polizisten setzt der Sache einen Dämpfer auf.«

»Das ist verständlich. Aber denk doch mal zurück an die Zeit davor.«

Stille.

»Er ist trotz allem doch Tommys Vater... Und vielleicht habe ich den Gedanken nie ganz aufgegeben, dass...«

Neues Gemurmel.

»Aber gleichzeitig... verdient er es absolut.«

Diesmal wuchs das Gemurmel an wie zu einem kollektiven Mantra.

»Ich ...«, Renate fing an zu weinen, und er ahnte, dass ihre Kumpaninnen sich jetzt um sie scharten, um sie zu trösten, »... es ist doch erschreckend, dass jemand sozusagen unseren Frust und unsere Verachtung in die Tat umsetzt. Am Anfang hat es mir Angst gemacht, denn es muss ja jemand sein, den ich kenne, jemand, der gesehen hat, wie Tommy gelitten hat unter der Abwesenheit von ...« Weitere Tränen. »Aber er hat es verdient, er hat es so absolut verdient.« Sie schrie die Worte fast heraus, bevor sie schluchzend die Kontrolle über ihre Stimme wiederzugewinnen versuchte. »Und ich hoffe, er hat jede Sekunde, die er dort saß, an Tommy gedacht.«

»Glaubst du, das ändert ...«

»Nicht Kim. Dieser Drecksack wird sich nie ändern. Außerdem ist es zu spät. Wenn er jetzt versuchen würde, Tommy näherzukommen ... Tommy ist ein toller Junge geworden. Es wäre nie gegangen.«

Rino spürte, dass eines seiner Beine langsam einschlief, und er versuchte, mit kontrollierten Bewegungen die Durchblutung wieder anzuregen.

»Außerdem weiß ich nicht, ob ich mir das gewünscht hätte, dass er jetzt plötzlich ankommt und den Superpapa spielt. Ich glaube auch nicht, dass Tommy wüsste, wie er damit umgehen soll. Er weiß, dass sein Papa ein Schnorrer ist.«

»Hat er jetzt Kontakt mit dir aufgenommen, nachdem das passiert ist?«

Neuerliches Schweigen. Er schätzte, dass Renate Øverlid den Kopf schüttelte. »Es ist so wahnsinnig ... professionell.« Das war eine der anderen Frauen. »Ich meine, wie die Zeichnungen so positioniert wurden, dass sie sie einfach ansehen mussten.«

»Als wären sie von den Kindern selbst gemalt worden«, stimmte eine andere zu.

»Ich weiß nicht ...«

»Was denn, Vigdis?«

Rino nahm an, dass es sich um Vigdis Zakariassen handelte, die Exfreundin von Nils Ottemo.

»Ehrlich gesagt, ich finde nicht, dass Nils es verdient hat, auf Lebenszeit entstellt zu werden. Außerdem ist es noch nicht mal sicher, ob sie beide Arme retten können. Ich finde, das geht zu weit. Was kommt als Nächstes, habt ihr darüber schon mal nachgedacht? Ina? Ist als Nächstes vielleicht Gunnar dran? Was, wenn dieser Rächer ihm den Arm abschneidet, würdest du das für eine passende Strafe halten?«

»Denk an die Kinder, Vigdis.«

»Christer geht es nicht besser, wenn sein Vater wie eine Missgeburt durch die Gegend laufen muss. Und wenn die Polizei schon bei Renate vor der Tür stand... ich befürchte, dass sich das Ganze am Ende gegen uns wenden könnte. Vielleicht stehen sie morgen vor meiner Tür, und was dann?«

»Ja, was wäre denn dann, Vigdis? Hast du ihm etwa die Arme verbrannt?«

»Nein, aber vielleicht muss ich am Ende dafür büßen. Dann wäre ich ja doppelt gestraft.«

»Was willst du damit sagen?«

»Ich weiß nicht, vielleicht wäre es am besten, wenn wir alle zusammen zur Polizei gehen und die Karten auf den Tisch legen.«

»Welche Karten denn, Vigdis? Welche Karten sollen wir auf den Tisch legen? Von uns hat doch keine etwas mit diesen Misshandlungen zu tun.«

Schweigen.

»Oder? Vigdis?«

»Ich weiß nicht. Ach, was weiß ich.«

Auf diese Andeutung folgte mehrstimmiger Protest. Er hörte, dass die Frauen sich in dem Raum bewegten, und dann öffnete eine von ihnen plötzlich die Tür zur Schreinerwerkstatt.

# 16

## Andreas Geschichte

*Der Mann hieß Edmund. Er war ein Streuner und Gelegenheitsarbeiter, und bei einem dieser vorübergehenden Arbeitsverhältnisse lernte er sie kennen, Andrea, die Frau, die er später heiraten sollte. Er hatte einen Job als Viehhüter auf dem Hof angenommen, auf dem auch das schüchterne Mädchen als Haushälterin arbeitete. Und eben diese offensichtliche Zurückhaltung weckte in ihm Eroberungsdrang und Jagdinstinkt, und vom ersten ausweichenden Blick an wusste er, dass sie sein war, dass sie nicht fähig sein würde, ihm zu widerstehen. Hin und wieder fühlte er auch so etwas wie Hass ihr gegenüber, weil sie ihre täglichen Gewohnheiten änderte und es ihm auf diese Art schwerer machte, sie abzupassen. Doch sowie sie sein Lächeln widerstrebend erwiderte, kannte er kein anderes Ziel mehr. Er vernachlässigte seine Arbeit, verfolgte sie stattdessen auf Schritt und Tritt von morgens bis abends, und wann immer sich eine Gelegenheit bot, war er der Zärtliche, Verständnisvolle, bei dem sie sich entspannte und von dem sie sich schließlich auch verführen ließ. Sie versuchte nicht mehr, ihm auszuweichen, stattdessen verfiel sie in eine kränkliche Resignation. Der Hofbauer und seine Frau gingen so weit, ihr nahezulegen, sie möge ihr Glück anderswo suchen, wobei sie ihr versicherten, dass sie sie für ihr sanftes Wesen liebten und nur ihr Wohl im Sinn hatten, wenn sie sie fortschicken wollten. Sie empfahlen sie dem Eigentümer eines Fischereibetriebs im Nachbarort, gaben ihr noch einen ganzen Monatslohn mit und nahmen tränenreich Abschied. Und Andrea, die schon mit siebzehn Jahren Mutter geworden war, nahm ihre kleine Tochter und verließ den Hof. Am nächs-*

*ten Tag ging auch Edmund. Als er die Kälber fütterte, warf er auf einmal die Heugabel hin und ging. Der Bauer konnte sich selbst zusammenreimen, dass sein Knecht den Dienst aufgekündigt hatte. Ein paar Wochen später fand er sie und beobachtete sie ein paar Tage, bevor er sich zu erkennen gab. Es war immer noch die alte Andrea, ganz ohne Zweifel, aber sie war gereift, oder besser gesagt, er hatte sie reifen lassen, denn sie ging nicht mehr gesenkten Blickes umher, damit sie ja unsichtbar für ihre Umgebung blieb. Ganz im Gegenteil, sie hatte eine ganz neue Selbstsicherheit, wenn sie den Arbeitern Kaffee und Waffeln servierte, ihre Komplimente lächelnd entgegennahm und ihre Scherze schlagfertig parierte. Er gab vor, Berufserfahrung zu haben, und wurde probeweise angestellt, und als sie mit dem Serviertablett daherkam, grüßte er sie mit dem Fischmesser. Kaffee und Tassen polterten auf den Betonboden, als ihr klar wurde, dass er ihr gefolgt war, und in diesem Moment erlosch etwas in ihr, verwelkte wie das Gras im Spätherbst. Ihr Lächeln wurde seltener und verhaltener, und die Witzeleien der Arbeiter blieben unerwidert, als würde sie sie plötzlich nicht mehr lustig finden. Andrea war wieder schüchtern und unsicher und verfiel in ihre alte Rolle als Edmunds kleines Spielzeug, obwohl diesem Spiel immer mehr Zwang innewohnte, ein Spiel, das fünf Wochen später seinen Höhepunkt fand, als sie auf frischer Tat in einem Büro ertappt wurden. Man kündigte beiden fristlos, und sie hätte schwören mögen, dass Edmund in diesem Moment ein zufriedenes Lächeln unterdrückte. Vier Wochen später merkte sie, dass sie schwanger war. Und dass ihr Leben in seinen Händen lag.*

*Sie gebar drei Kinder in fünf Jahren, und sie machte es zu ihrer Lebensaufgabe, sie zu beschützen und mit Liebe zu überschütten. Doch vor allem glich sie aus, dass der Vater seinen Kindern niemals Interesse entgegenbrachte und sie für ihn eher eine Bedrohung für ihre ohnehin schwierige wirtschaftli-*

*che Lage waren. Sie hingegen trug in ihrem Herzen immer noch eine traurige Sehnsucht nach dem Kind, das sie hatte weggeben müssen, das Kind, das Edmund vom ersten Tage an gehasst und ausgeschlossen und als Hurenkind bezeichnet hatte.*

*Edmunds Dämonen wuchsen im Laufe der Jahre, und er musste sich immer wieder nach einer neuen Arbeit umsehen, weil er seinen Zorn gerne an Arbeitgebern und Kollegen ausließ. Die Zeiten, in denen er arbeitslos war, waren eine Prüfung für alle, nicht nur weil das Geld nicht reichte, sondern auch weil Edmund zu Hause wie eine tickende Bombe war, kalt und kontrollierend. Doch Andrea wusste sich anzupassen und wich geschickt allem aus, was zu einem Konflikt führen könnte. Bis zu dem Tag, an dem es kein Essen mehr im Haus gab. Edmund war nicht die Art Mensch, der seine Fehler zugibt. Stattdessen ging er ihr an die Kehle und ließ keinen Zweifel daran, dass sie für diese Notlage verantwortlich war. Er gab ihr eine Stunde, um Essen auf den Tisch zu bringen.*

*Sie schaffte es nicht innerhalb einer Stunde, aber schließlich erfüllte der Geruch von Essen die Küche, und er zeigte eine seltene Regung, so etwas wie Reue, denn er sagte nichts. Stattdessen begann er mit dem ältesten Kind zu reden, Heidi, die ihm stotternd einsilbige Antworten gab. Andrea war zu ihrer nächsten Nachbarin gelaufen, um beschämt um die Zutaten für eine einfache Mahlzeit zu bitten. Die Nachbarsfrau hatte schon immer gewusst, wie es um Andreas häusliche Umstände bestellt war, und sie gab ihr Essen für mehrere Tage mit. Sie aßen schweigend. Besser gesagt, Edmund aß, die anderen stocherten in ihren bescheidenen Portionen, während sie die Blicke kaum von ihren Tellern zu heben wagten. Abends glaubte er, eine Belohnung für seine Leistung zu verdienen, und war brutaler denn je zu ihr.*

*Danach sorgte Andrea dafür, dass Edmund immer einen gedeckten Tisch vorfand, und Heidi war ihr eine große Hilfe, indem sie am Fenster Ausschau nach dem grauen VW-Bus hielt.*

*Es war unklar, ob es an diesem außergewöhnlichen Timing lag, dass ihm der Verdacht kam, etwas könnte nicht ganz stimmen, oder ob es daran lag, dass Andrea glücklicher als je zuvor wirkte. Doch plötzlich stand er eines Tages mitten am Vormittag in der Tür, nur um zu entdecken, dass das perlende Lachen, das er auf der Treppe gehört hatte, seiner Frau gehörte, die mit der zehn Jahre älteren Nachbarsfrau kicherte wie ein junges Mädchen. Er murmelte etwas von einem vergessenen Messer und wandte sich wieder zum Gehen. Als er ein paar Stunden später heimkam, konnte er ihr mitteilen, dass er gekündigt hatte und außerdem vorhabe, Haus und Dorf zu verlassen, bevor in drei Tagen die Miete fällig wurde. Sie sah die neugewonnene Freundschaft so schnell verschwinden, wie sie entstanden war, und versuchte, ihm zu widersprechen. Er starrte sie aufrichtig verwundert an. Wahrscheinlich fiel es ihm schwer zu begreifen, dass sie zu so etwas wie Widerstand fähig war. Dann holte er ein paar leere Kartons, die er demonstrativ auf den Küchenboden stellte.*

*Edmund wollte in den Norden, und sie versuchte, ihre Niederlage in einen Sieg zu kehren, indem sie ihm Bergland vorschlug, den Ort, an dem ihre Großmutter ihr Leben lang gewohnt hatte, bis sie vor ein paar Jahren gestorben war. Er antwortete nicht, und sie fürchtete schon, dass er nun zur Strafe einen Ort aussuchen würde, der besonders weit von dem kleinen Küstendorf entfernt lag. Trotzdem wagte sie noch zu sagen, dass viele Einwohner ausgewandert waren und die Wohnungen deshalb günstig zu haben waren, und die Fischereibetriebe bräuchten dringend Mitarbeiter. Ob ihn diese Hinweise überzeugten oder ob ihn das bis dato unentdeckte schlechte Gewissen schlug, erfuhr sie nie, aber einen Tag später, nach einer kalten, schlaflosen Nacht im Auto, kamen sie in Bergland an. Und schon wenige Stunden später eröffnete er ihnen, dass ihr neues Heim schon auf sie wartete. Wie er das Haus gefunden hatte, fand sie nie heraus, auch nicht, was er dafür bezahlt hatte, doch sie hörte nie wieder etwas von Miete, also musste er es wohl gekauft haben.*

*Obwohl sie es schon seit einer Weile geahnt hatte, bemerkte sie erst in diesem Herbst, dass Heidi nicht nur in ihrer motorischen und sprachlichen Entwicklung zurückgeblieben, sondern wirklich krank war. Sie lernte erst als Zweijährige das Laufen, fiel oft hin, wie die meisten Kinder, doch sie schien nie sicherer zu werden. Die Erkenntnis traf Andrea gnadenlos, als Heidi eines Tages über die Türschwelle stolperte und kopfüber auf den Küchenboden stürzte. Es war nicht das erste Mal, dass so etwas geschah, und wie schon früher stand sie alleine wieder auf, doch als sie sich mühsam wieder auf die Füße rappelte, sagte ihr Blick alles: Er sprach von der traurigen Erkenntnis, anders zu sein.*

*Edmund traute den Banken nicht, daher wurde sein Lohn in einem Kästchen im Schlafzimmer aufbewahrt. Wenn sie einkaufen sollte, schickte er sie mit einem oder zwei Hundertkronenscheinen los und achtete darauf, dass das Wechselgeld wieder in dem Kästchen landete. Doch das war noch zu Zeiten, als es in kleinen Kolonialwarenläden keine Kassenbons gab, und Andrea schummelte immer ein paar Kronen beiseite, die sie entweder in einem Schuh oder irgendwo in der Kleidung versteckte. Dieses Geld verwendete sie, um Spielsachen für die Kinder zu kaufen, kleine Porzellanpuppen, die sie als Geschenke von Tanten und Cousinen ausgab. Und Edmund schöpfte keinen Verdacht, zumindest zu Anfang nicht.*

*Die Sehnsucht nach Thea, der Nachbarin, die sich ihrer erbarmt hatte, als sie mit gesenktem Kopf gekommen war, um sich ein paar Lebensmittel zu erbetteln, wurde täglich stärker, und nach einem Monat beschloss Andrea, ihr zu schreiben. Sie rechnete sich aus, wie lange es dauern mochte, bis die Freundin ihr zurückschrieb, und kam auf eine Woche. Es vergingen zwei Wochen, ohne dass sie etwas von Thea hörte, und sie schickte einen zweiten Brief, mit einer kaum verhohlenen Bitte um eine*

*Antwort. Und die Antwort kam. In Form eines Faustschlags. Ohne Vorwarnung ging er auf sie los, als er von der Arbeit zurückkam, überschüttete sie mit Anschuldigungen und Schimpfworten, während sie benommen versuchte, sich auf den Beinen zu halten. »Herrschsüchtig nennst du mich also? Pass bloß auf, Weib!«*

*Sie hob die Hand, um weitere Schläge abzuwehren, doch sie konnte nicht verhindern, dass Tritte ihren Bauch und ihren Unterleib trafen. »So siehst du mich also? Einen herrschsüchtigen Alkoholiker?« Die Anklagen gingen auf sie nieder, und als er sich endlich fing – vielleicht weil Heidi und Konrad hereinkamen und ihn ablenkten –, hatte sie sich auf dem Boden zusammengerollt. Er hatte ihre Briefe an Thea also geöffnet und gelesen. Es kam ihr vor, als stünde die Zeit still. Er stand schweigend über ihr und atmete schwer. Sogar das kleinste Kind hielt vor Angst den Atem an, und als er endlich die Tür aufmachte, kamen die Worte, die sie härter trafen als alle Schläge: »Ab jetzt bleibst du im Haus.«*

*Um des lieben Friedens und der Kinder willen tat sie im Großen und Ganzen, was Edmund befohlen hatte, doch nicht immer. Einmal im Monat stahl sie sich davon und vertraute der Frau vom Nachbarhof ihre Kinder an. Sie hatte Heidi und Konrad genau instruiert und ihnen erklärt, dass der Vater schrecklich wütend werden würde, wenn sie sich verrieten, und dann wäre auch für immer Schluss mit den Puppen. Obwohl Konrad erst zweieinhalb Jahre alt war und Heidi geistig auf einem ähnlichen Stand, sagten ihre aufgeregten Blicke, dass sie nur zu gut verstanden. Und sie verrieten sich nie.*

*Es dauerte drei Monate, bis Edmund auch noch vom vierten Fischereibetrieb gefeuert und in sämtlichen anderen Betrieben für unerwünscht erklärt worden war. Da kehrte die Not wieder bei ihnen ein. Da sie aus Schaden klug geworden war, schnitt sie die Brotscheiben dünner, halbierte den Aufschnitt und meinte, sie würde es schon aushalten, wenn sie ein paar Kilo verlor. In den nächsten Monaten lebten die Kinder und sie gefährlich nah an der Grenze zum Verhungern. Nach einer Woche verdrossenen Schweigens warf Edmund ihr eines Tages zwei blutige Hasen auf den Tisch. »Zieh ihnen das Fell ab und brat sie«, befahl er und verschwand wieder. Während sie die Tiere häutete, liefen ihr die Tränen über die Wangen. Mit abgewandtem Blick und hysterischem Weinen hackte sie ihnen die Köpfe ab. Heidi kam herbeigelaufen und starrte ihre Mutter an, die zitternd und blutverschmiert mit dem Messer in der Hand dastand. »Mama blutet«, sagte sie, bevor ihr Blick auf die abgeschnittenen Köpfe fiel und sie selbst anfing zu heulen. Und so heulten sie im Chor, bis Andrea sich neben sie kniete und sie in die Arme nahm. So weinten sie zusammen. Über zwei tote Tiere und das Leben, das sie lebten.*

*Nach einer Weile beschloss Edmund, der Seekrankheit zu trotzen, und mietete sich ein altes Ruderboot. Mit seinem Fang ging er von Tür zu Tür und bot neben seinen Fischen auch Wild an, das er erlegt hatte. Manchmal wachte sie nachts auf, weil sie den verzweifelten Todeskampf eines Tieres vernahm, ein herzzerreißendes Geheul, das sie auch noch hörte, wenn sie sich das Kissen über den Kopf zog. Die ersten Monate zwangen sie fast in die Knie – die Schlaflosigkeit, die versteinerten Blicke, das Schlachten und Häuten. Doch schließlich glitt sie in einen gleichgültigen Dämmer, schnitt Tierköpfe ab, als hätte sie nie etwas anderes getan, ohne Gefühl und ohne Widerstand. Es hielt sie am Leben, wenn auch nur so gerade eben.*

Das Klingeln von Niklas' Handy unterbrach Lilly Maries Geschichte. Es war Lind. »Wir sind hier gerade über die Fortsetzung gestolpert«, sagte er.

## 17

## Bodø

Rino handelte ganz instinktiv und kroch rasch zurück hinter die Säge, während er sich auf das große Geschrei gefasst machte. Zu seiner Überraschung erreichte er sein Versteck, ohne etwas anderes zu hören als das Hämmern seines eigenen Herzens. An der Wand und an der Decke sah er einen Streifen des durch den geöffneten Türspalt einfallenden Lichts, und er hörte die Stimmen jetzt deutlicher. Dann wurde die Tür wieder geschlossen, und bald erfüllte der Geruch von Zigarettenrauch den Raum. Er hörte Schritte näher kommen, riskierte es aber nicht, noch weiter unter die Maschine zu kriechen. Er spürte sie jetzt, sie war so nahe, dass er sie hätte berühren können. Sie war stehen geblieben, und er nahm an, dass sie sich gegen die Maschine lehnte. Der Rauch legte sich wie feuchte Luft über nachtstilles Wasser, soweit man ihn im mageren Schein des einzigen Fensters erkennen konnte.

»Verdammt!« Ein leiser Fluch zwischen zusammengebissenen Zähnen.

An der Art, wie sie rauchte, hektisch inhalierte und den Rauch hastig wieder ausstieß, hörte er, dass sie aufgeregt war. Das Geräusch einer Sohle, die über den Betonboden scharrte. Sie trat die Zigarette aus. Nach einem weiteren Fluch ging sie wieder zu den anderen zurück. Die Kälte des Stahls war ihm unter die Kleider gekrochen. Er versuchte, ganz rational zu denken. Wenn noch mehrere von ihnen rauchen würden, wären sie höchstwahrscheinlich zusammen rausgegangen. Raucher sind soziale Wesen. Und wenn sie es zwanzig Minuten ohne Zigarette ausgehalten hatte, schaffte sie es bestimmt noch einmal genauso lang, bis sie die nächste brauchte. Also wagte er sich wieder zur Tür vor.

»Du kannst doch unmöglich diese Demütigungen entschuldigen, die sie uns zugefügt haben.« Das war wieder die mit der nasalen Stimme. »Ich wäre bestens ohne dieses Erlebnis klargekommen. Ich habe mich noch nie so klein gefühlt wie damals, als ich mit Tuva auf dem Schoß im Wartezimmer saß. Er war auf See, verdiente fünfhunderttausend im Jahr, ging in jedem Hafen an Land, vögelte herum und warf mit den Tausendern um sich. Und ich saß da mit seiner Tochter, in Kleidern, aus denen sie schon längst herausgewachsen war, und musste um unser Essen betteln. Verdammt, was ich den Kerl gehasst habe. Damals hätte ich keine müde Träne vergossen, wenn irgendjemand ihm einen Arm abgeschnitten hätte, no way.«

»Und jetzt?«

»In solch schlimmen Momenten denkt man so einiges, aber ... nein. Mir gefällt das nicht. Das ging zu weit.«

»Er musste doch nicht um Geld für Lebensmittel betteln. Als es ums Vergnügen ging, war er gern dabei, aber sobald es darauf ankam, Verantwortung zu übernehmen ...«

»Trotzdem. Als ich von Kim hörte, habe ich zuerst gedacht, dass der Scheißkerl die Strafe verdient hätte. Sorry, Renate, aber das fand ich wirklich. Aber nach der Sache mit Nils ... nein, das ging definitiv zu weit.«

»Hast *du* denn viel Geld über, wenn deine Fixkosten gedeckt sind, Siri? Wie viel kannst du für dich selbst ausgeben?«

»Nichts.«

»Und was verdient Jan? Sechs-, siebenhunderttausend?«

»Hättest du einen Arm für sechshunderttausend Kronen geopfert?«

»Herrgott, Siri, jetzt mach sie doch nicht zu Opfern. Es gab einen Grund, warum wir diesen Club gegründet haben, vergiss das nicht. Kannst du dich noch erinnern, wie wir uns zum ersten Mal getroffen haben?«

Ein paar Sekunden schwiegen sie, und Rino stellte sich vor, wie sie jeden am Tisch ansah, als wollte sie dem, was sie gleich sagen würde, besonderen Nachdruck verleihen. »Wir saßen auf den Sofas im Wartezimmer, so nahe beieinander, dass wir nur die Hand hätten ausstrecken müssen, um uns zu berühren. Stattdessen saßen wir da und starrten auf den Boden, in der Hoffnung, er könnte sich auftun und uns mitsamt der Schande verschlingen. Sie haben sich vor ihrer Verantwortung gedrückt, Siri, diese Widerlinge haben sich vor ihrer Verantwortung gedrückt.«

»Trotzdem. Irgendjemand ist uns auf der Spur.«

»Was willst du damit andeuten?«

Rino spürte, wie sich die Stimmung veränderte. Der Ton der Frage war anders. Man rutschte unruhig hin und her.

»Ich befürchte, dass sich eine von uns gegenüber der falschen Person verplappert hat. Derjenige, der das alles macht, muss von uns wissen, von unserem Club, und wie wir ... die Väter unserer Kinder hassen.«

»Wir hassen sie doch nicht ...«, kam vorsichtiger Protest.

»Was denn sonst, Vigdis?«

»Wir hassen sie nicht. Wir sind nur wütend.«

»Das ist eine Frage der Definition.«

»Hey, Mädels!« Eine von ihnen klatschte in die Hände, um die Aufmerksamkeit der anderen zu bekommen, und er glaubte die Stimme von Renate Øverlid zu erkennen. »Wir dürfen nicht vergessen, warum wir diesen Club gegründet haben. Wir teilen ein Schicksal, nicht wahr? Deshalb können wir die Drecksäcke, die uns überhaupt erst in diese Situation gebracht haben, nicht plötzlich unterstützen. Liegt es nicht an Jan, dass wir uns an diesem gottverlassenen Ort verabreden müssen? Hätte der seinen Terror nicht fortgesetzt, wenn er von unseren Treffen wüsste?«

»Er bildet sich nun mal ein, dass meine Freundinnen mich gegen ihn aufhetzen.«

»Also kontrolliert er dich immer noch, Siri, und uns mit.«

»Renate hat recht.«

»Trotzdem, wir können nicht so tun, als wäre nichts geschehen. Die Polizei richtet schon ihre Suchscheinwerfer auf uns. Was sollen wir in der Sache unternehmen?«

»Nicht alle sind gegen uns.«

Bei diesen Worten hielt Rino den Atem an. Das Ausbleiben von Reaktionen deutete darauf hin, dass sie schon einmal darüber geredet haben mussten.

»Ich saß mit meinem Kleinen auf dem Schoß da. Verdammt, ich hatte solche Angst, ich hab ihn richtig krampfhaft umklammert. Und als ich meinen ganzen Frust rausließ ... da begriff ich, dass er mit mir litt, dass er meine Bitterkeit teilte.«

»Vielleicht.«

»Nicht nur vielleicht. Er meint es gut mit uns.«

»Vielleicht«, wiederholte dieselbe Stimme.

# 18

## Bodø

Als Rino nach Hause kam, sah es aus, als hätten ein paar Köche der Koch-Nationalmannschaft geübt. Joakim hatte sich offenbar nicht mit einem einfachen Abendessen zufriedengeben wollen und sich kreativ ausgetobt. Vielleicht war dieser Schweinestall der letzte Gruß vorm Schlafengehen, gerichtet an einen Vater, der seinen Job über das Zusammensein mit seinem Sohn gestellt hatte. Rino räumte das Schlimmste auf, während er versuchte, die Eindrücke dieses Abends zu sortieren. Eine Weile hatte er schon erwogen, sich zu erkennen zu geben, doch dann kam er zu dem Schluss, dass er mehr davon hatte, wenn er sich nicht verriet.

Trotzdem begriff er immer noch nicht ganz, was er da mitangehört hatte, denn nicht in seinen wildesten Fantasien wäre ihm eingefallen, dass es einen Club der verbitterten Mütter geben könnte. Er fasste in Gedanken zusammen, was er bis jetzt wusste. Erstens hatten sich alle Opfer über einen gewissen Zeitraum in finanzieller Not befunden. Des Weiteren wurden sie beschuldigt – anscheinend mit Recht –, dass sie im Leben ihrer Kinder keine Rolle übernehmen wollten. Die Mütter der Kinder oder zumindest zwei von ihnen hatten sich verbündet und in ihrer Verbitterung einen Club gegründet. Und wenn er das glauben durfte, was er vorhin gehört hatte, dann war den Müttern die Identität des Täters nicht bekannt, der die Rolle des Kinderrächers übernommen und dazu einen makabren und wohldurchdachten Plan durchgeführt hatte. In vielerlei Hinsicht hatte dieser Rächer einen wesentlich größeren Hass an den Tag gelegt als die Mütter, die trotz allem fanden, dass die Strafen für das Verbrechen unangemessen waren. Die mageren Beschreibungen der Opfer ließen sich auf den Nenner zusammenfassen, dass der Täter stark war und wohl einen Taucheranzug getragen hatte. Zu Anfang hatte Rino geglaubt, es handle sich um eine Vorsichtsmaßnahme, für den Fall, dass es auf See zu einer Rangelei kam und sie ins Wasser fielen, doch inzwischen war er nicht mehr so sicher. Irgendetwas sagte ihm, dass er dem Taucheranzug nicht genug Beachtung geschenkt hatte, wenn es denn überhaupt einer gewesen war.

Er wälzte sich im Bett hin und her. Die Geschehnisse der letzten Tage kreisten in seinem Kopf. Er warf einen Blick auf die Uhr. Zehn nach eins. Er wählte die Nummer seines Kollegen, der nach dem fünften Klingeln abnahm.

»Schläfst du eigentlich nie?« Thomas' Stimme war anzuhören, dass man ihn aus dem Schlaf gerissen hatte.

»Nicht bevor ich ein paar überschüssige Gedanken loswerden konnte. Und da musst du jetzt leider herhalten.«

Sein Kollege stöhnte. »Was gibt's denn?«

»Unsere zwei O's, Olaussen und Ottemo, haben die schon mal Bilder voneinander gesehen?«

»Ja, aber die kannten sich nicht.«

»Und gibt's von der Polizei in Bergen irgendwas Neues?«

»Wir haben einen Kurzbericht bekommen...« Sein Kollege flüsterte jetzt. »...Banalitäten in neuer Verpackung.«

»Und keine neuen Beobachtungen?«

»Ein paar, aber eher von der lauwarmen Sorte.«

»Warum sind die so verdammt schweigsam? Man möchte doch meinen, eine Sache von diesen Ausmaßen würde einigermaßen Aufsehen erregen.«

»Der Einzige, den man mit dem Tatort in Verbindung bringen kann, ist ein Kerl, der heute Vormittag am Amundsen-Kai eingebrochen ist, aber den müssen wir wohl eher auf die Liste der Opfer setzen.«

»Jetzt komm ich nicht ganz mit.«

»Der wollte die Brücke besichtigen, bevor sie renoviert wird. Er hat da 1964 wohl einen Brand überlebt. Wenn du mich fragst, hat ihn einfach die Nostalgie überkommen.«

»Hat er noch mehr gesagt?«

»Er erwähnte irgendetwas, dass er in einen Keller gefallen sei und ihn das gerettet habe.«

»Weißt du noch, wie der hieß?«

»Der Mann ist über siebzig, Rino.«

»Von mir aus kann er hundertsiebzig sein. Wie heißt er?«

»Winther. Den Vornamen hab ich vergessen.«

»Bleib mal kurz dran.« Rino lief ins Wohnzimmer und holte das Telefonbuch, das einmal im Jahr im Briefkasten lag. »So viele Winthers gibt es ja nicht hier in der Stadt. Ich les dir mal schnell vor.«

Schon beim zweiten Namen rief der Kollege Stopp. »Herleif war es. Herleif Winther.«

»Dann kannst du jetzt weiterschlafen, Dornröschen. Nacht!«

Er weigerte sich, an diese Häufung von Zufällen zu glauben, er wusste instinktiv, dass dieser Brand etwas zu bedeuten hatte, genauso wie das gesunkene Hurtigruten-Schiff noch seine Bedeutung enthüllen würde. Er wählte die Nummer von Herleif Winther, in der Hoffnung, dass er eher ein Nachtmensch war, doch es läutete lange und gründlich, bis endlich abgenommen wurde. »Ja?«

»Herleif Winther?«

»Wer fragt, und wissen Sie, wie spät es ist?«

»Mein Name ist Rino Carlsen, ich bin Kommissar der Polizei Bodø. Tut mir leid, dass ich Sie um diese Uhrzeit anrufe, aber wenn ich das richtig verstanden habe, besitzen Sie Informationen, die für einen Fall, in dem wir gerade ermitteln, von Bedeutung sein könnten.«

»Und es konnte Ihnen nicht ein bisschen früher einfallen, dass Sie mich dafür anrufen müssen?«

»Früher wusste ich noch nicht, dass Sie in den sechziger Jahren einen Brand am Amundsen-Kai überlebt haben.«

»Wenn Sie sich für die lokale Geschichte interessieren würden, hätten Sie es gewusst.«

»Tut mir leid. Das habe ich nicht mitbekommen.«

»Gut. Jetzt bin ich wach, und ich werde wohl nicht so schnell wieder einschlafen. Wie kann ich Ihnen helfen?«

»Ich will mehr über den Brand wissen. Nicht zuletzt, was Ihnen damals passiert ist.«

Der Alte seufzte schwer. »Das Interesse dafür war in den letzten vierzig Jahren eher mäßig. Kommt zwar ein bisschen spät, aber bitte. Die Brandursache ist nicht bekannt, aber es war eine Art Schwelbrand. Innerhalb kürzester Zeit war die ganze Brücke voller Rauch. Dazu ging ein frischer Wind, und es konnte sich nur noch um Minuten handeln, bis das Ganze lichterloh brannte. Sie konnten alle Leute evakuieren, glaubten sie jedenfalls, aber den Mann, der im Keller die Fässer stapelte, hatten sie vergessen. Ich hab auch überhaupt nichts gehört. Als ich den Rauch bemerkte, der zu mir runterwallte, und zu fliehen versuchte, entdeckte ich, dass man die Luke nicht mehr öffnen konnte. In der ganzen Aufregung hatten sie eine Palette mit Fischkisten darübergeschoben. Ich hatte keine Chance, und es gab auch keine Fluchtwege. Also rollte ich mich in einer Ecke zusammen und machte mich auf den Tod gefasst. Ich hatte zwei Kinder... das verändert einen Menschen schon, wenn er so zusehen muss, wie der Tod langsam näher kommt. Im Nachhinein habe ich dem lieben Herrgott für diesen Augenblick gedankt, denn er hat meine Perspektive auf das Leben definitiv geändert.«

»Wie haben Sie überlebt?«

»Tja, ich weiß auch nicht. Vielleicht war es eine Hand von

oben, keine Ahnung. Ich atmete den Rauch ein und war nur noch knapp bei Bewusstsein, aber hinterher konnte ich mich entsinnen, dass ich gestürzt war, daran erinnert mich heute noch meine kaputte Hüfte. Wie sich herausstellte, befand sich unter dem Keller noch einmal ein kleiner Kriechgang. Man konnte den Brand löschen, bevor er sich noch weiter ausbreitete, und dann fiel ihnen auch wieder der Mann ein, der die Fässer stapelte. Sie zogen mich mehr tot als lebendig da unten raus. Meine Lungen sind seitdem ein glucksender Schwamm. Aber ich lebe, und ich hatte von da an auch ein gutes Leben. War es das, was Sie hören wollten, Herr Ermittler?«

»So was in der Art.«

»Dann sagen wir jetzt vielleicht endlich gute Nacht?«

»Sie waren heute unten an der Brücke?«

»Ich war im Laufe der Jahre öfters dort. Ich wollte es nur noch ein letztes Mal sehen, bevor sie da renovieren.«

Rino entschuldigte sich für die Störung und bedankte sich für die Auskünfte. Der Täter hatte seine Opfer also an Orte gebracht, an denen junge Männer gegen alle Wahrscheinlichkeit dem Tod entronnen waren. Herleif Winther war dem Feuertod entgangen, der Smutje dem Tod durch Erfrieren. Damit war die Wahl der Tatorte geklärt, worüber Rino nämlich als Allererstes gestolpert war – warum der Täter sich die Mühe gemacht hatte, seinen bizarren Plan auf Landegode durchzuführen, wo er sich doch viel leichter zugänglichere Orte aussuchen und das Risiko des Entdecktwerdens hätte halbieren können. War das Ganze ein perverses Spiel, bei dem er die Opfer denselben Leiden aussetzen wollte, die der Smutje und Winther durchgestanden hatten? Oder war es sein Plan gewesen, ihnen eine Lektion zu erteilen, und die Tatorte waren nur ein Hinweis? Er dachte an die Jungs, die Kim Olaussen gefunden hatten. Sie waren über die Klippen gewandert, ein Zufall, der ihn vor dem Erfrierungstod gerettet hatte. Sie hatten die Rufe gehört, die der Wind ihnen zutrug. Olaussen hatte in seiner Verzweiflung nach dem Täter gerufen, nur um zu erleben, wie seine Worte im Wind untergingen. Also musste sich der Wind gedreht haben. Ein Gedanke streifte Rino, doch er nahm sich vor, ihn erst am nächsten Morgen zu Ende zu denken.

Er war schon gegen acht Uhr wach, leerte nur kurz seine Blase und wählte dann die Nummer der Wetterstation. Die Frau, mit der er sprach, war äußerst entgegenkommend, obwohl sie kaum damit gerechnet hatte, an einem Sonntagmorgen so früh schon gestört zu werden. Er fragte nach der Vorhersage für den Tag, an dem Olaussen gefunden worden war, und seine Ahnung wurde bestätigt. Der Wetterwechsel war erwartet und auch angekündigt worden. Erst kam der Wind zwei Tage lang von Nordwest, und nachdem die Meteorologin ein paar atmosphärische Knalleffekte vom Stapel gelassen hatte, gelangte sie zu der abschließenden Feststellung, dass dem Wind gar nichts anderes übrig geblieben sei, als sich zu drehen. Und so waren Olaussens Schreie Richtung Land getragen worden, was Rino zu der Schlussfolgerung brachte, dass der Täter die Männer gar nicht hatte ermorden wollen, obwohl er seine Opfer in diesem Glauben ließ. Folglich hatte er auch das Grillfest am Amundsen-Kai sorgfältig geplant, wohl wissend, dass der Schreiner um acht Uhr auftauchen musste. Das Einzige, was Rino störte, war der Taucheranzug. Der musste doch ein Hemmnis gewesen sein und ihn in seiner Beweglichkeit eingeschränkt haben. Wenn er seinen Opfern Angst machen wollte, dass er sie ertränken würde, hätte er das doch wesentlich einfacher bewerkstelligen können. Also hatte der Anzug eine andere Funktion. War er irgendwie darauf angewiesen? Vielleicht auf Landegode, aber wohl kaum auf dem Festland.

Das Pflegeheim lag um einen hufeisenförmigen Hof herum. Jedes der grauen Gebäude bestand aus drei Wohnungen. Glücklicherweise trugen sie alle ein Namensschild, so dass Rino die richtige rasch gefunden hatte. Er klingelte und hörte die Glocke dröhnen wie einen großen Gong.

Er hatte gedacht, dass nur die gebrechlichsten Leute Anspruch auf einen Platz im Pflegeheim hatten, doch der Mann, der ihm die Tür aufmachte, stand auf seinen eigenen Beinen und sah ihn mit einem Blick an, der von geistiger Frische sprach.

»Ja?«

»Sind Sie Sevald Liland?«

Der Alte warf einen kurzen Blick auf das Namensschild, als wollte er Rino zu verstehen geben, dass er seine Zeit mit Selbstverständlichkeiten vergeudete, aber dann nickte er.

»Das ist das erste Mal in meinem neunzigjährigen Leben, dass die Polizei bei mir vor der Tür steht. Wenn ich eines Vergehens beschuldigt werde, hoffe ich, es spricht für mich, dass es so lang gedauert hat, bis ich zum ersten Mal gegen das Gesetz verstoßen habe.«

»Ich bin ausschließlich aus Neugier hier.« Rino stellte sich vor, und der Alte überraschte ihn mit einem festen Händedruck.

»Neugierig worauf? Auf die Endstation des Lebens?«

»Den Untergang eines Hurtigruten-Schiffes.«

Der Alte grinste schief und zog dabei die Lippen über die Zähne, so dass nur die leere Mundhöhle zu sehen war. »Eine gute Geschichte stirbt nie. Für mich ist diese Geschichte ja glimpflich ausgegangen, obwohl es zwischendurch wirklich düster aussah. Aber ich möchte hier lieber nicht länger in der Zugluft stehen. Sie verstehen sicher, dass ich sehr ungern friere.«

Sevald Liland führte ihn in eine sparsam möblierte Wohnung, und Rino dachte, dass der Mann sich bestimmt von vielen Dingen hatte trennen müssen, als er hier einzog.

»Ja, der Schiffbruch.« Liland manövrierte sich auf einen Lehnsessel, der leicht vornübergekippt war, als hätte er den Mann aus dem Sitz katapultiert, als es klingelte. »Im Grunde genommen brauche ich das Ding gar nicht.« Liland drückte auf einen Knopf unter der Lehne, und der Stuhl fuhr ihn mit leisem Surren in eine komfortable Ruheposition. »Die Zentrale Vergabestelle überflutet einen mit diesen Hilfsmitteln. Dieses Ding hat mir ein übereifriger Ergotherapeut geradezu aufgedrängt.« Der Alte zog sich eine Decke über die Beine und stellte die Position des Sessels noch einmal genauer ein. »So, jetzt. – Ab und zu kommt es noch vor, dass mich einer bittet, von diesem Schiffbruch zu erzählen, obwohl das letzte Mal schon eine ganze Weile her ist. Aber wenn ein Polizist in dieser Angelegenheit vor der Tür steht, dann werde ich gelinde gesagt neugierig. Stellt sich nur die Frage: Wollen Sie mir den Grund erzählen?«

Rino betrachtete den Menschen, der ihm gegenübersaß. Sevald Liland war ein dünner, kleiner Mann, so dass man sich nur schwer vorstellen konnte, wie er sich im Sturm abkämpfte, um den Kopf über Wasser zu halten, während ringsherum seine toten Kameraden schwammen. »Es geht um die Misshandlung draußen auf Landegode.«

Liland runzelte eine Stirn, auf der streng genommen schon fast keine Runzel mehr Platz hatte. »Schön, wenn man sich darauf verlassen kann, dass die Polizei die richtigen Prioritäten setzt. Ich dachte, Sie hätten sich schon längst wieder anderen Dingen zugewandt.«

»Die Sache hat allerhöchste Priorität«, log Rino.

»Gut. Solche sollte man für immer einsperren oder, noch besser, selbst festketten. Wenn Sie schon mal erlebt haben, wie es ist, sich um ein Haar zu Tode zu frieren…«

»Er wurde an derselben Stelle angekettet, an der man Sie damals gefunden hat.«

Es schien, als verstünde Liland nicht gleich, was Rino ihm da sagte.

»In einer kleinen Schlucht zwischen zwei Klippen am Strand. Anathon Sedeniussen, der da viele Jahre Leuchtturmwärter war, hat erzählt, dass Sie dort an Land gespült wurden. Exakt an der gleichen Stelle.«

»Und deswegen …?«

»Ganz ähnlich war es bei dem Vorfall am Amundsen-Kai. Den Mann, der dort gequält wurde, hat man genau dort gefunden, wo in den sechziger Jahren ein Hafenarbeiter wider alle Erwartungen einen Brand überlebte.«

»Immerhin, da ist einer geschichtlich ja bestens informiert.«

»Jetzt suchen wir eben nach der Ursache, die dahintersteckt.«

Der Alte zuckte unter seinem viel zu weiten Hemd mit den Schultern. »Ich befürchte, ich kann Ihnen da nicht weiterhelfen. Ich bin Gott weiß wie viele Jahre nicht mehr da draußen gewesen, ich bin nicht mal sicher, ob ich die Stelle noch finden würde. Es ist natürlich schade, dass jemand den Ort zum Schauplatz eines Verbrechens gemacht hat, aber in meinen Augen wird es dadurch weder besser noch schlimmer. Ich habe das Ereignis hinter mir gelassen, oder besser gesagt: Ich habe die Angst und den Schmerz hinter mir gelassen. Damals ist es mir gelungen, eine Niederlage in einen Sieg umzuwandeln, und ich konnte meinem Schöpfer für diese Nacht im eisigen Seewasser danken.«

Rino glaubte zu wissen, was der alte Mann jetzt erklären würde.

»Sie haben sicher schon mal gehört, dass im Augenblick des Todes das ganze Leben vor Ihren Augen Revue passiert, oder? Das kann ich Ihnen hiermit weitestgehend bestätigen. Ich erlebte, wie meine Kräfte langsam versagten, und spürte meine Lungen brennen, während ich resigniert Seewasser zu schlucken begann. Und mit erstaunlich klarem Blick sah ich mein noch junges Leben vor mir, wie ich es damit vergeudet hatte, mich über gewisse Einschränkungen zu ereifern, die nicht mal wirklich Einschränkungen waren. Tatsächlich begriff ich, dass ich sie zum Großteil selbst geschaffen, sie sozusagen heraufbeschworen hatte. Der 23. Oktober 1940 war in vielerlei Hinsicht der Tag meiner Wiedergeburt, obwohl es eine Weile dauerte, bis ich das begriff. Seitdem habe ich versucht, anderen zu vermitteln, was ich aus diesem Erlebnis gelernt habe, aber der Mensch ist nun mal so, dass er selten etwas aus dem lernt, was man ihm erzählt. Er muss es selbst erfahren.«

»Was meinen Sie mit ›vermitteln‹?«

»Haben Sie Ihre Hausaufgaben denn nicht gemacht?« Der Alte setzte eine strenge Miene auf. »Die Hochschule setzt mich seit Mitte der siebziger Jahre als Gastdozent ein. In Philosophie. Die Vorlesungen heißen bei den Studenten *Leben und Tod*, obwohl sie damit nur zeigen, dass sie das Wesentliche nicht verstanden haben. Denn diese Vorlesungen handeln ausschließlich vom Leben – ja, sie sind eine rückhaltlose Huldigung an das Leben und unsere Chance, das Leben zu gestalten. Ich war und bin ein glücklicher Mann, Herr Ermittler. Dieser schicksalsschwere Herbsttag hat mich zu einem besseren Menschen gemacht.«

Auf dem Heimweg dachte Rino über die mageren Beschreibungen des Täters nach. Sowohl Olaussen als auch Ottemo hatten von einem gummiartigen Kleidungsstück gesprochen – aber hatten sie das tatsächlich gesagt? Sie hatten etwas *gestreift*, was sich wie Gummi anfühlte, und daraufhin *angenommen*, dass es sich um einen Taucheranzug handelte, oder? Jemand hatte sie mit eisernem Griff festgehalten, und sie glaubten,

Gummi auf der Haut zu fühlen, aber vielleicht waren ja nur die Hände gummigepolstert gewesen.

Die Hände? Wie bei den Opfern? Hände unter einer gummiähnlichen Kleidungsschicht. Um etwas zu verstecken? Oder um sich gegen Kälte und eisiges Seewasser zu schützen? War der Täter Ähnlichem ausgesetzt gewesen? Hatte er dauerhafte Schäden von Erfrierungen... oder, was wahrscheinlicher war, von Verbrennungen davongetragen? Auf einmal sah er die Gestalt vor sich, erinnerte sich, wie der Mann die Hand hinter einem Stapel Papiere verborgen hatte. Hatte er das getan, damit der Polizist seine vernarbte Haut nicht zu sehen bekam?

# 19

# Bergland

Während Niklas der Geschichte von Edmund und Andrea lauschte, hatte er seine Umgebung für eine Weile völlig vergessen. Er merkte nicht, dass der Wind immer stärker wurde und prasselnden Regen aus Westen mitbrachte. Nachdem Lilly Marie ihm versichert hatte, dass er jederzeit wiederkommen dürfe, begab er sich hinaus in den Sturm. Er stellte die Scheibenwischer auf die höchste Stufe, und es kam ihm vor, als würde er eine Luftspiegelung der winkenden Lilly Marie sehen. So kam ihm inzwischen auch diese ganze Angelegenheit vor: dunkel und schwer zu deuten, und alles, was das Auge sah, musste entfernt werden, um die Wirklichkeit zu enthüllen, die sich dahinter verbarg.

Der nasse Asphalt schluckte alle Geräusche des Autos, und es fühlte sich an, als würde man durch eine Landschaft fahren, in der sich die Fahrbahn von selbst gebildet hatte. Es wurde etwas besser, als er die Bundesstraße erreichte, obwohl mehrere Straßenlaternen den Geist aufgegeben hatten, während andere so windschief standen, dass sie einfach nur irgendwohin leuchteten. Wieder war er auf dem Weg zu einem Strand, diesmal auf der anderen Seite der Halbinsel. Lind hatte ihm den Ort grob beschrieben und ihn gewarnt, dass er sich nur allzu leicht verfahren konnte. Doch zehn Minuten später sah er schon die Scheinwerfer von zwei Autos, die so geparkt waren, dass sie einen Strandabschnitt beleuchteten, mitsamt den Leuten, die dort standen. Obwohl der Regen etwas nachgelassen hatte, holte er seine Regensachen aus dem Kofferraum. Während er auf seine Kollegen zuging, hatte er das absurde Gefühl, dass ihm das Böse auf dem Fuße folgte.

Brocks, der die Hände in den Taschen vergraben hatte, folgte mit dem Blick seinen Schritten auf den letzten Metern.

Die Frau lag mit abgewandtem Gesicht auf dem Bauch. Niklas bemerkte sofort das Kleid, ein rotes diesmal.

»Sie ist tot.« Brocks war sichtlich erschüttert. Bei Ellen Steen war es immerhin nur ein Mordversuch – bis jetzt jedenfalls. Doch jetzt ermittelten sie endgültig in einem Mordfall. »Sie ist noch warm. Aber kein Puls mehr zu fühlen.«

Niklas schluckte. »Wissen wir, wer sie ist?«

Brocks tauschte einen betrübten Blick mit Lind, der ein paar Meter neben der Toten in der Hocke saß. »Sara Halvorsen. Unsere örtliche Lebenskünstlerin.«

Niklas hatte sie nie gesehen, nur ihr Haus, eine lokale Attraktion, das idyllisch auf einem kleinen Holm gelegen war. Es war zum Teil aus Naturstein gebaut und sah aus, als wäre es von selbst aus dem Meer emporgewachsen. Ein Haus aus Träumen und für Träume gebaut.

»Wieder das Kleid«, bemerkte Niklas.

»Rot.« Lind stand auf und strich sich den Sand von den Knien. »Wie bei der Puppe«, fügte er hinzu.

»Aber diesmal war es nicht das alte Ehepaar, oder?« Niklas deutete mit einer nickenden Kopfbewegung auf den Mann, der etwas abseits stand und offenbar noch mit dem Schock zu kämpfen hatte.

»Er wohnt gleich hier in der Nähe.« Lind deutete in eine unbestimmte Richtung. »Die Scheinwerfer seines Autos glitten über den Strand, als er hier um die Ecke bog.«

»War sie noch am Leben, als er sie fand?«

»Wahrscheinlich, aber er hat nicht nach ihrem Puls gefühlt, nur nach ihrem Atem gehorcht. Er hat nichts gehört, aber das muss bei diesem Wind natürlich nichts heißen.«

»Die Leute denken in solchen Situationen selten rational. Aber das hätte sie so oder so nicht mehr retten können«, kam es von Brocks.

»Ist der Krankenwagen schon unterwegs?« Niklas warf einen Blick über die Schulter.

»Müsste jeden Augenblick hier sein.«

»Und einer von der Kripo?«

»Norvald ist schon losgefahren, um sie abzuholen.«

»Ich hätte gern, dass du die Sanitäter noch einen Moment zurückhältst.«

Brocks setzte eine fragende Miene auf.

»Letztes Mal war das ein bisschen ungünstig für uns«, erklärte Niklas. »Ellen Steen wurde bewegt, bevor wir eintrafen, und abtransportiert, bevor wir den Tatort richtig untersuchen konnten. Außerdem ist das halbe Dorf durch den Sand getrampelt. Solche Fehler dürfen uns nicht noch mal passieren.«

»Es ging um Leben und Tod«, gab Brocks zu bedenken.

»Diesmal eben nicht.« Niklas kniete sich neben die Tote. Sie war natürlich dunkelhaarig, eine asiatische Schönheit mit blondem Haar wäre ja auch etwas völlig Neues gewesen. »Hat jemand hier eine Lampe?«

Lind reichte ihm eine kleine Taschenlampe, und er richtete den Strahl auf ihr Haar. Es war vom Blut verfärbt, doch ansonsten zeigte es keinerlei Spuren einer Tönung. »War sie natürlich brünett?«

Die beiden schienen kurz in ihrem Gedächtnis zu kramen.

»Ich glaube schon«, sagte Lind.

Niklas stand auf, hielt den Lichtstrahl aber immer noch auf die Tote. Sie hatte den einen Arm vor sich abgespreizt, als hätte sie sich im Augenblick des Todes nach etwas ausgestreckt. Doch auch abgesehen von ihrem Arm hatte ihre Haltung etwas Unnatürliches an sich, ohne dass er hätte sagen können, woran es lag. Und dann das Kleid. Er war wahrlich kein Experte, aber nach dem, was er sah, handelte es sich um ein einfaches Kleid mit dunkleren Schattierungen im Stoff. Er meinte sich zu erinnern, dass das Kleid der Puppe wesentlich liebevoller gestaltet gewesen war, und machte sich im Hinterkopf eine Notiz, dass er sich das später noch einmal ansehen wollte. Wenn es sich so verhielt, wie er dachte, deutete dieser Umstand darauf hin, dass der Täter es eilig gehabt hatte.

Eine Welle von Aftershave wallte Brocks voraus, bevor er neben Niklas trat. »Wir brauchen Spuren«, sagte er. »Wir können nicht immer einfach nur hinterherhecheln. Bis jetzt haben wir die ganze Zeit bloß Tatsachen festgestellt, sonst nichts. Unsere Befragungen sind ergebnislos geblieben. Die Wahrheit ist, dass wir nicht die geringste Ahnung haben, was hier eigentlich passiert. Und obendrein sieht es mir ganz so aus, als würde jemand die Tatsache nutzen, dass wir alle Hände voll zu tun haben. Heute Morgen sind zwei weitere Einbrüche gemeldet worden.«

Niklas nickte. Sie tappten im Dunkeln. Die Ereignisse waren wie isolierte Bruchstücke von etwas, wovon sie nicht mal ansatzweise die Konturen erkennen konnten. Außerdem stellte diese tote Frau eine Abweichung vom Muster dar, ohne dass er hätte erklären können, worin und warum. Doch irgendetwas sagte ihm, dass der Täter schlampig gewesen war und sein eigenes Schema gebrochen hatte. »Wenn sie erschlagen worden ist...«

»Wenn?« Lind bürstete sich Hautschüppchen von den Schultern.

»Wenn wir uns vorstellen, dass er kräftig zugeschlagen hat – müsste man da nicht annehmen, dass sie in sich zusammengesackt wäre?«

»Worauf willst du hinaus?«

»Wenn der Mörder hingegen mehrmals zugeschlagen hätte, hätte sie dann nicht versucht, ihren Kopf zu schützen?«

Lind zeigte demonstrativ, dass er ihm nicht folgen konnte.

»Die ganze Art, wie sie daliegt«, fuhr Niklas fort. »Da stimmt doch was nicht. Hier gibt es keine Spur, die darauf hindeuten würde, dass sie versucht hat, vor ihrem Angreifer davonzukriechen. Trotzdem hat sie den einen Arm ausgestreckt, fast so, als wollte sie auf etwas deuten.«

»Und was willst du uns damit sagen?«

»Damit will ich sagen, dass diese Haltung arrangiert wirkt. Entweder will der Mörder uns auf eine falsche Fährte locken ... oder auf die richtige.«

»Die Antwort liegt in den Puppen.« Lind hob den Blick zum verdunkelten Horizont. »Und den Kleidern.«

Ein blauer Schein tauchte auf, doch es war keine Sirene zu hören. Wahrscheinlich hatte Brocks ihnen schon mitgeteilt, dass hier kein Leben mehr zu retten war. Niklas setzte sich wieder neben die Tote und strich mit der Hand vorsichtig über den Rücken des Kleides. Der Stoff wies längs verlaufende Risse auf, genau wie bei Ellen Steens Kleid. Er versuchte, einen auseinanderzuziehen, doch der Stoff war zu straff. Stattdessen steckte er vorsichtig einen Finger in einen Riss, hob das Kleid leicht von der Haut ab und leuchtete in den Spalt. Die Haut war blutig. Vor seinem inneren Auge sah er wieder das Tier aus seinem Traum, wie es diesmal von hinten angriff, wie die kräftigen Klauen durch Kleidung und Haut gingen und die Beute zeichneten.

»Hast du da was gefunden?« Lind beugte sich über ihn.

Niklas stand auf und trat einen Schritt zurück. Die Frau, die wie eine der Puppen gekleidet war, sah aus wie ein kleines Kind. Ein misshandeltes Kind. Ermordet von dem Monster, von dem es auch misshandelt worden war.

»Brocks hat recht«, sagte er. »Wir haben keine Ahnung, was hier eigentlich passiert.«

## 20

## Bodø

Es war schon fast zwei, als Rino vor der Wohnung von Even Haarstad stand. Nachdem er Thomas seine Überlegungen mitgeteilt hatte, meinte sein Kollege, dass aufgrund dieser Theorie ein Eingreifen nicht im Geringsten gerechtfertigt war. Nichtsdestoweniger hatte er zugeben müssen, dass er ihm bis auf Weiteres zustimmte. Der gemeinsame Nenner verwies auf das Sozialamt, und damit auch auf das Jugendamt, das direkt im Flur nebenan untergebracht war. Es gab natürlich nur einen Even, und Thomas hatte nicht mehr als zehn Minuten gebraucht, um den Nachnamen herauszufinden, und zwar über die Spinningpartnerin seiner Freundin, bei der es sich der Beschreibung nach wohl um das lächelnde Mädchen am Empfang handelte. Jetzt stand er also hier, obwohl Thomas ihm geraten hatte, noch abzuwarten. Er drückte auf die Klingel, hörte das Murren von drinnen, und dann ging die Tür auf. Even Haarstad musterte ihn skeptisch.

»Even Haarstad?« Rino, der zu diesem Anlass in Zivil gekommen war, reichte ihm die Hand und lächelte wie ein entfernter Onkel aus Amerika.

Zögernd erwiderte der Mann seine Höflichkeit. Tatsächlich war die Hand, die er Rino reichte, von Narben entstellt, vom Handrücken bis zum Ärmel. Als könnte der Mann seine Gedanken lesen, zog er rasch die Hand zurück, bevor er sich gegen den Türrahmen lehnte. »Worum geht's?« Seine Stimme verriet, dass er auf der Hut war, und seine Hand versteckte er mit einer gekünstelten Geste hinter dem Rücken.

»Ich bin Rino Carlsen.« Er hatte die Uniformjacke über die

Schulter geworfen und nahm sie nun herunter, so dass man seine Dienstmarke sehen konnte. »Ich habe neulich mal bei Ihnen im Büro vorbeigeschaut...«

Einen Augenblick glaubte Rino, den Fight-or-flight-Reflex in den Augen des Mannes aufflackern zu sehen, doch dann gelang es Haarstad doch noch, eine neutrale Maske aufzusetzen.

»Es geht um diese Fälle von Körperverletzung...« Er ließ die Fortsetzung bewusst in der Luft hängen. »Der Grund, warum ich das Sozialamt aufgesucht hatte, beziehungsweise das Jugendamt, war der, dass die Spuren in diese Richtung führen.«

Haarstad blieb immer noch stumm.

»Könnten wir das Gespräch vielleicht drinnen fortsetzen?«

»Ich war gerade auf dem Sprung. Wenn ich also nicht verdächtigt werde...« Haarstad versuchte es mit einem Grinsen.

»Renate Øverlid und Vigdis Zakariassen haben beide Tränen in Ihrem Büro vergossen.«

»Worauf wollen Sie hinaus?«

»Sowohl Tommy als auch Christer litten darunter, dass ihre Väter nicht für sie da waren. Und wir haben klare Hinweise darauf, dass der Täter diese Jungen rächt.«

Haarstads Blick verhärtete sich. »Wenn Sie auf Verbrecherjagd sind, sollten Sie Ihren Blick wohl in eine andere Richtung lenken.«

Rino setzte seinen gespielt fragenden Gesichtsausdruck auf.

»Und was als Verbrechen gilt, ist natürlich eine Definitionsfrage. Sie als Polizist sollten das wissen.«

Rino wurde immer sicherer, dass er den richtigen Mann gefunden hatte. Wahrscheinlich hatte Even Haarstad sie alle in seinen Karteien, sowohl die Opfer als auch ihre missachteten Kinder. Selten war sein Bauchgefühl stärker gewesen als in diesem Moment. Und deswegen war er auch hier, denn er hätte sich niemals träumen lassen, dass jemand, der über längere Zeit hinweg so genaue Pläne geschmiedet und in die Tat umgesetzt hatte, sofort zusammenbrechen und gestehen würde, sobald er witterte, dass man ihm auf die Spur kam.

»Ihre rechte Hand...« Rino deutete mit einer Kopfbewegung auf die Hand, die der Mann immer noch auf dem Rücken hielt. »...ist das eine alte Verbrennung?«

»Das wird mir langsam zu unschön. Ich schlage vor, wir beenden das Gespräch jetzt.« Haarstad trat einen Schritt zurück und schickte sich an, die Tür abzuschließen.

»Die Alternative wäre dann eben, dass wir bei Ihnen im Büro vorbeikommen. Wir können leider nicht die Augen davor verschließen, dass alle Spuren zu Ihrem Arbeitsplatz führen.«

»Wie gesagt, ich wollte gerade los, ich bin schon spät dran.«

»Entweder zwei Minuten hier oder zwanzig Minuten an Ihrem Arbeitsplatz. Wählen Sie selbst.« Rino setzte sein geübtes Lächeln auf. »Gut. Ich habe das Gefühl, dass Ihre Hand Sie in Verlegenheit bringt, und das war auch schon so, als ich Sie neulich im Amt kurz gesprochen habe. Sie haben sich die Arme mit Papieren beladen, bevor wir einander vorgestellt wurden, und ich glaube, dass Sie damit einen Händedruck vermeiden wollten. Und die Art, wie Sie diese Papiere trugen – so dass sie die Hand verdeckten, wie jetzt auch –, brachte mich zum Nachdenken, warum Sie das wohl gemacht hatten. Wir leben in einer Zeit, in der nichts unnormal ist, in der die Leute ihre Gebrechen mit der größten Selbstverständlichkeit offen zeigen. Und eine Verbrennung wie Ihre – entschuldigen Sie, wenn ich das so sage, aber die ist wirklich nicht der Rede wert, und ich glaube, dass Ihre... nennen wir es mal Verlegenheit, ein Resultat dieser Misshandlungsfälle ist. Es ist bekannt, dass der Täter seinem zweiten Opfer schwere Verbrennungen gerade an der rechten Hand zufügte.«

»Was wollen Sie eigentlich andeuten?«

»Ich zähle hier nur unbestreitbare Tatsachen auf. Wir wissen, dass derjenige, der hinter diesen Untaten steckt, die Kinder der Opfer rächt, und wenn ein Angestellter des Sozialamts mit einer Verbrennung herumläuft, die er tunlichst vor uns verbergen will, da stutzt man natürlich. Mit anderen Worten: Ich deute gar nichts an. Nennen Sie es einfach Ausschlussverfahren; wir arbeiten oft so. Ich bin also dabei, dieses oder jenes auszuschließen.«

»Und soll ich das hier als offizielles Verhör betrachten? So mitten auf dem Flur?«

»Sie wollten mich ja nicht hereinbitten. Und nein, Sie sollen das hier nicht als offizielles Verhör betrachten.«

Haarstad schien sich wieder unter Kontrolle zu haben. »Gerade Sie sollten wissen, dass meine Arbeit eine Schweigepflicht mit sich bringt.«

»Schweigen ist Gold. Aber nicht immer. Tja, entschuldigen Sie die Störung. Schönen Spaziergang wünsche ich dann.«

Haarstad starrte ihn an wie ein Fragezeichen.

»Sie waren doch auf dem Sprung, oder?«

Eine halbe Stunde später hatte er sowohl mit Thomas als auch einem Kollegen von der Bergener Polizei gesprochen. Beide erklärten sich bereit, ihre Sonntagsruhe zu opfern, und Letzterer rief als Erster zurück.

»Das ging ja schnell«, sagte Rino, der weniger als eine Viertelstunde gewartet hatte.

»Die Wachhabende hat sofort nachgesehen. Vielleicht weil wir hier die letzten Tage mehr oder weniger gewohnt haben.«

»Und was hat sie rausgefunden?«

»Sie bestätigt Ihre Annahmen. Even Haarstad war als Zwölfjähriger im Krankenhaus Haukeland, genauer gesagt 1995. Verbrennungen dritten Grades am rechten Unterarm.«

Rino, der den Mitarbeiter des Jugendamtes älter geschätzt hätte, spürte ein Prickeln am Rücken, als er sich bestätigt sah.

»Gab es Angaben zu den Ursachen?«

»Das ist das Komische an der Geschichte. Ein Unfall mit einer Lötlampe. Der Junge behauptete, er hätte gerade seine Ski imprägniert, als sein Arm plötzlich Feuer fing.«

»Mit anderen Worten, er hat seinen Arm also selbst gebraten?«

»Er sagte, er hätte vorher mit einem Lösungsmittel alte Wachsspuren entfernt. Das sind natürlich alles sehr feuergefährliche Substanzen.«

»Sonst nichts?«

»Das war die Geschichte in groben Zügen, aber der operierende Arzt hat festgehalten, dass er die Angaben des Jungen anzweifelt.«

»Und Ottemo? Können sie seine Arme retten?«

»Nach dem, was ich zuletzt gehört habe, wird eine Amputation wohl unausweichlich sein.«

Ein paar Sekunden später rief Thomas an. »Verdammt noch mal!«

»Das ist nicht der richtige Zeitpunkt für Flüche«, erwiderte Rino trocken.

»Und auch nicht für Lügen und Manipulation. Ich habe einen treuen Arbeiter mehr oder weniger angelogen, damit er für uns nachschaut.«

»So ein kleiner Schwindel schadet keinem.«

»Diese Lüge lag wohl eher irgendwo zwischen Grau und Schwarz.«

»Was hast du rausgefunden?«

»Even Haarstad hat keine Kinder.«

»Okay. Das muss aber auch noch nicht viel bedeuten. Was sonst noch?«

»Er ist vor acht Jahren hergezogen, wahrscheinlich um an

der Hochschule anzufangen. Seit ungefähr fünf Jahren ist er beim Jugendamt angestellt.«

»Woher kommt er?«

»Aus Bergland. Irgendein Dorf im Norden.«

## 21

## Bergland

Niklas Hultin parkte vor dem Haus, das er ungern als Zuhause bezeichnete, mit dem sie aber vorliebnehmen mussten, bis sich etwas Besseres ergab. Es war fast acht Uhr. Die Ermittler des Landeskriminalamts hatten die Regie übernommen, und Brocks hatte Lind und Bøe losgeschickt, damit sie von Tür zu Tür gingen und die Nachbarn des Opfers befragten. Er selbst wollte der Tochter die Todesnachricht überbringen. Hultin wurde nach Hause geschickt, weil Brocks es für nötig hielt, dass sie sich alle auch mal wieder erholen konnten. Dafür sollte Niklas am nächsten Tag als Erster anfangen.

Der Geruch von Malerfarbe schlug ihm entgegen, als er die Haustür öffnete, und tatsächlich fand er Karianne in der Küche, wo sie gerade die Fensterrahmen strich. Auf dem Boden lag ein Malerspatel in einem Haufen abgeschabter Farbe. »Ich mache nur das Beste aus dem Elend«, sagte sie, ohne den Blick von ihrem Pinsel zu nehmen, den sie mit fester Hand am Rand der Glasscheibe entlangführte. Er musste einfach lächeln. Karianne sah in allem Herausforderungen, die es zu meistern galt. Reinhard hatte ihm einmal zugeflüstert, dass die Jahre ihrer Krankheit einen übertriebenen Drang zur Selbstständigkeit in ihr hervorgebracht hatten, und ihn darauf vorbereitet, dass in ihrem Heim sie diejenige sein würde, die die Malerhosen anhatte. »Da wir nun mal nichts Besseres finden«, fügte sie mit neckendem Unterton hinzu. Der Zustand des Hauses setzte ihr mehr zu als ihm. Verständlicherweise, sie war ja auch von morgens bis abends zu Hause. »Ich hab dir das Essen warmgestellt.«

Sie aßen zusammen – besser gesagt, er aß, und sie stocherte auf ihrem Teller herum. »Geht es dir gut?«, fragte er, obwohl er sie selten blasser gesehen hatte und einen Geruch wahrnahm, bei dem ihm das Essen schwerfiel.

»Niklas«, sagte sie, ohne den Blick vom Tisch zu nehmen.

»Ja?«

»Liebst du mich?«

Er schluckte. »Natürlich.«

»So sehr, dass ... du einen Teil von dir weggeben würdest?« Sie legte die Hand, mit der sie die Gabel immer noch fest umklammerte, an die Stirn, und ihr Gesicht verzog sich zu einer Grimasse, als sie zu weinen begann.

»Das würde ich.« Er hörte, dass die Stimme nicht wie seine klang.

»Ich glaube, dass ... ich einen neuen Spender brauche, und wenn ...«

»Ich werde es machen.« Übelkeit überkam ihn, und er spürte einen stechenden Schmerz unter den Rippen, als würde sich seine Niere schon jetzt vor Angst zusammenkrampfen angesichts dessen, was sie erwartete.

»Es ist nicht gesagt, dass die Merkmale unserer Gewebeproben übereinstimmen, es kann auch gut sein, dass ich wieder auf die Warteliste komme.«

Er hasste sich selbst dafür, dass eine Hoffnung in ihm aufkeimte. Als er seine Hand auf ihre legte, spürte er ihren kalten Schweiß. Diese Wolke hatte schon eine geraume Weile über ihnen gehangen, aber jetzt war es zum ersten Mal ausgesprochen worden, zum ersten Mal hatte sie ihn direkt gefragt.

»Okay. Dann reden wir jetzt nicht mehr davon.« Sie trocknete sich Tränen und Rotz am Hemdsärmel ab – ein altes Hemd von ihm, das schon über und über mit Farbe bekleckert war. »Hier passiert aber auch alles auf einmal. Du armer Mann, du musst Bergland ja jetzt gründlich satthaben.«

Er hatte sie vorher schon angerufen und von der ermordet aufgefundenen Frau erzählt.

»Das Ganze hat so was krankhaft Kontrolliertes.«

»Inwiefern?«

»Meistens wird im Affekt getötet, nur in wenigen Fällen ist es wirklich ein geplanter Mord. Dieser gehört definitiv in die letzte Kategorie, hat aber trotzdem eine ganz andere Dimension als alles andere, was mir bisher untergekommen ist. Als wäre der ganze Ort plötzlich ein riesiges Puppenhaus, in dem einer ganz nach eigenem Gutdünken Szenen schafft oder Figuren herausnimmt. Wir tappen im Dunkeln seit dem ersten Tag, so sieht es aus.«

»Setzt du immer noch auf die Puppen?«

»Die Antwort liegt in den Puppen, auf jeden Fall.«

»Aber die sind doch schon so alt.«

»Alte Puppen, alte Sünden.«

Sie schwiegen. Er hielt immer noch ihre Hand.

»Irgendjemand ist auf der Suche. Und ist zu einer letzten Reise aufgebrochen.«

Sie sah ihn fragend an.

»Das waren die Worte der Frau, die die Puppen gefunden hat. Da steckt etwas dahinter.«

»Aber auf der Suche wonach?«

»Das ist die Frage. Ich weiß es nicht.«

»Es könnte doch auch sein, dass diese Puppen euch auf eine falsche Fährte lenken sollen...«

Er schüttelte den Kopf. »Die Flöße waren hervorragende Handarbeit. Die Puppen haben etwas zu bedeuten.«

»Woran denkst du?«, fragte sie, als er seinen Gedanken nachhing.

»An die Schwester des Wanderers. Ich hab so das Gefühl, dass diese Geschichte mit dem Tag ihres Verschwindens begann.«

Sie legte den Kopf schräg, um zu signalisieren, dass sie ihm nicht ganz folgen konnte.

»Er hat die Puppen wiedererkannt, Karianne. Konrad hat jede einzelne wiedererkannt.«

Eine Dreiviertelstunde später parkte er vor dem Haus des Wanderers. Eine dünne Rauchsäule stieg aus dem Schornstein und wurde vom Wind abgelenkt. Der Geruch von verbrannter Kohle schlug ihm entgegen, als er die Autotür öffnete. Der Spaten lehnte an der Wand. Am Schaft klebten noch die eingetrockneten Reste der heutigen Grabungsarbeiten. Direkt daneben stand eine Hacke, die wahrscheinlich für den morgigen Tag gedacht war, denn sie zeigte keine Gebrauchsspuren.

Er machte die Tür auf und trat ein. Der Gestank von altem Schweiß schlug ihm entgegen. Niklas blieb stehen und lauschte. Konnte es sein, dass der Wanderer sich hingelegt hatte? Ein Mann, der kaum etwas anderes tat, als den ganzen Tag Erde umzugraben, musste am Abend ja einfach müde sein. Niklas sah auf die Uhr. Halb zehn. Er klopfte an die Tür zum Wohnzimmer. Die Stille klang irgendwie falsch, und irgendetwas sagte ihm, dass der Wanderer abwartend auf der anderen Seite der Tür stand. Er klopfte erneut und hörte ein gedämpftes Geräusch, als hätte jemand sein Körpergewicht von einer Diele auf eine andere verlagert. Als er gerade einen neuen Anlauf nehmen wollte, ging die Tür auf. Der Wanderer starrte ihn durch einen schmalen Türspalt an. Sein Blick war nahezu ausdruckslos, wahrscheinlich wollte er zeigen, dass es ihm gleichgültig war, wer ihn besuchte.

»Ja?« Es roch sauer, als hätte er von der Erde gegessen, in der er unablässig grub. Vielleicht war seine Sehnsucht mittlerweile schon in Wahnsinn umgeschlagen.

»Niklas Hultin. Ich war gestern schon mal bei Ihnen. Darf ich reinkommen?«

Die Miene des Mannes zeigte keine Regung.

»Ich habe eine Frage zu den Bergen hier. Niemand kennt sie besser als Sie.«

Der Wanderer öffnete die Tür. Unter den Augen sah man Tränenspuren, und um die Nasenlöcher hatte er einen weißen Belag, als hätte er vor Eifer geschäumt. Sein Haar war zu einem unförmigen Bausch getrocknet, geformt von Regen und Wind. Er machte immer noch keine Anstalten, seinen Besucher einzulassen.

»Ich möchte wissen, was für Raubtiere es hier in der Gegend gibt. Große Raubtiere.«

Der Wanderer senkte den Blick. »Das größte überhaupt.«

»Haben Sie ... es gesehen?« Niklas spürte die eiskalte Zugluft.

»Keiner will helfen.«

»Wir hoffen alle, dass Sie sie eines Tages finden.«

»Nicht alle.«

»Wer denn nicht?«, erkundigte sich Niklas, als der Satz nicht fortgesetzt wurde.

»Der, der sie begraben hat.«

»Sie glauben also, dass jemand sie getötet hat?«

Die Knöchel an der sehnigen Hand wurden weiß, dann hörte man die Klinke gefährlich knacken. »Ich werde Linea finden.« Jetzt klang seine Stimme gar nicht mehr so monoton.

»Dieses Raubtier ...«, versuchte Niklas es noch einmal. Er begann zu frieren und dachte, dass es dem Mann, der nur in Unterhemd und Unterhose vor ihm stand, genauso gehen musste.

»Er hat Linea ermordet.«

»Wer hat Ihre Schwester ermordet?«

»Das Tier.«

»Sie haben es also gesehen?«

Der Wanderer atmete immer noch schwer. Schließlich schüttelte er den Kopf.

»Aber Sie sind sich sicher, dass es ein Tier ist?«

»Der, der Linea ermordet hat, ist ein Tier.« Der Wanderer drehte sich um und ging in sein Zimmer. Niklas folgte ihm zögernd und fand ihn im Wohnzimmer auf demselben Stuhl, auf dem er auch beim letzten Mal gesessen hatte.

»Es kann ein Tier gewesen sein, das Ihre Schwester getötet hat, ein Raubtier.«

Der Wanderer blieb unbeweglich.

»Ist Ihnen der Gedanke schon einmal gekommen? Dass es ein Tier gewesen sein könnte? Dass sie deswegen auch nicht... irgendwo begraben liegt?« Er brachte es nicht über sich, die Tatsache rundherum auszusprechen, dass sie mit Haut und Haar aufgefressen worden sein könnte.

»Ich bin jeden Quadratmeter abgegangen. Keine Knochenreste.«

»Vielleicht...«

»Nicht mal ihre Ohrringe. Ich hätte ihre Ohrringe finden müssen...«

Es dauerte ein paar Sekunden, bis Niklas die ganze Bedeutung dieser Worte erfasste, und in dem Augenblick begriff er erst wirklich, wie schrecklich sich der Wanderer nach seiner Schwester sehnte. Und wie mühselig seine Suche gewesen war. Wahrscheinlich hatte er jeden Grashalm zur Seite geschoben, jedes Heidekrautbüschel durchsucht, bis er mit Sicherheit wusste, dass er nichts mehr von ihr finden würde. Und daraufhin begann er unter der Erde weiterzusuchen.

»Aber Sie haben kein Raubtier gesehen?« Er versuchte es abermals.

»Gesehen nicht.«

»Gehört?«

Der Wanderer massierte sich den Oberarm. »Ich gehe heim, wenn es dunkel wird.«

Erneutes Schweigen.

»Da ist irgendwas.«

Die Kälte erreichte seine Beine. »Was? Was ist da?«

Der Wanderer krümmte sich zusammen, als ob ihn die Furcht noch in seinem Haus einholen würde. »Im Dunkeln kommt es näher gekrochen. Dann halte ich den Spaten so, dass ich jederzeit zuschlagen kann.«

»Aber Sie haben nie irgendwas gesehen?«

Der abgearbeitete Mann schüttelte den Kopf.

Niklas hatte dasselbe gespürt – dass da draußen irgendwo ein Monster herumlief, das sich als Tier ausgab. »Okay. Dann will ich Sie nicht länger stören. Wissen Sie...« Er hielt inne. Sie hatten die Informationen mit den Klauenspuren noch nicht an die Öffentlichkeit gegeben, doch der Wanderer war ein Mann ohne jedes Netzwerk, ein Mann, der nichts anderes im Sinn hatte, als seine Schwester zu finden. »Die Frau, die am Strand gefunden wurde, hatte Kratzspuren von Klauen auf der Haut. Wir glauben, dass diese Krallen zu einem Raubtier gehören.«

Da geschah etwas. Nervös, als wollte er einen Ausbruch unterdrücken, strich sich der Wanderer mit den Händen über die Oberschenkel, wobei er die Finger krallenartig krümmte.

»Niemand ist häufiger in den Bergen unterwegs als Sie.«

»Ich hab das Tier nie gesehen.« Es klang eher so, als wünschte er sich, es niemals zu sehen.

Niklas sah vor sich, wie sich der Wanderer in regelmäßigen Abständen aufrichtete, um den schmerzenden Rücken durchzustrecken, den Spaten abstellte und lauschte. Die ganze Zeit witterte er das Böse, das ihn umgab, das Böse, das seine Schwester getötet hatte. »Die ermordete Frau war so gekleidet wie eine der Puppen, die ich Ihnen gezeigt habe.« Ein letzter Vorstoß.

Man hatte ihm den Wanderer als schlichtes Gemüt beschrieben. Doch inzwischen war Niklas vom Gegenteil überzeugt. Dieser Mann verbarg ein tiefsinniges Wesen hinter seiner schlichten Fassade.

Niklas blieb noch eine Weile stehen, bis er sich schließlich wortlos verabschiedete. Auf der Treppe kam ihm schon die Sintflut entgegen. So einen Regen hatte er noch nie erlebt, und in den paar Sekunden, die er bis zum Auto brauchte, wurde er völlig durchnässt. Kaskaden von herabpeitschendem Regenwasser nahmen ihm jede Sicht, und zu guter Letzt verfuhr er sich auch noch. Seine Gedanken waren vom Weg abgekommen, und er gleich mit. Er blieb an einer kleinen Abfahrt stehen, holte sein Handy heraus und wählte Linds Nummer.

»Bei diesem Fall geht es um Nähe«, sagte er.

»Das haben wir wohl die ganze Zeit geahnt. Wir haben angefangen zu überprüfen, ob es irgendwelche Berührungspunkte zwischen ihnen gab.«

»Ich glaube, sie standen einander nahe.«

»Ich glaube, du brauchst selbst ein bisschen Nähe. Nutz deinen freien Abend, es kann eine Weile dauern, bis du wieder einen hast. Fahr heim zu Karianne.«

Das hätte er natürlich tun sollen. Stattdessen blieb er jedoch im Auto sitzen und hatte das Gefühl, dass er langsam zu verstehen begann. Denn das letzte Opfer bedeutete eine Richtungsänderung. Der Täter wollte ihnen etwas mitteilen.

Die deutende Hand.

Nach wie vor verwirrten ihn allerdings die Klauenspuren. Sollten sie symbolisieren, dass die Opfer vom Tier gezeichnet waren? Denn ein normales Raubtier hätte sich nicht mit einem Kratzer begnügt, um dann zu verschwinden.

Glaubte er jedenfalls.

Und die Assoziation, die die tote Frau in ihm geweckt hatte, wurde er auch nicht los. Sie hatte ausgesehen wie ein misshandeltes Kind. Vielleicht ein Kind, das Trost bei Puppen suchte?

Es ging hier definitiv um Nähe. Und um mehrere Jahrzehnte alte Puppen.

Zehn Minuten später war Niklas bei Lilly Marie, nur um zu entdecken, dass sich der Weg zu ihrem Haus in einen Fluss verwandelt hatte. Er fuhr zurück zu einer kleinen Abfahrt, stellte das Auto ab und marschierte in den Sturzregen hinaus. Er hatte noch nie unter einem Wasserfall gestanden, doch er nahm an, dass es sich wohl so ähnlich anfühlen musste. Der Regen peitschte durch die Luft, hämmerte gegen Kopf und Kleider, spritzte in kleinen Fontänen vom Boden auf. Bald rann ihm das Regenwasser in den Kragen, und er war mehr oder weniger komplett durchgeweicht, als er das Haus erreichte. Er blieb vor der Tür stehen, denn plötzlich zweifelte er, ob es eigentlich passend war, so spät am Abend noch bei ihr aufzutauchen. Außerdem saß Karianne zu Hause und wartete auf ihn, an dem wahrscheinlich einzigen freien Abend, den er in nächster Zeit haben würde. Während er dort stand und den Kopf mit der halb hochgezogenen Jacke vor dem Regen schützte, flüsterte ihm sein Unterbewusstsein zu, dass er beobachtet wurde. Er fuhr herum und meinte in kurzer Entfernung einen unförmigen Schatten zu erkennen, der sich über den Boden bewegte. Doch die Sicht war zu schlecht, und nachdem er sich die Regentropfen aus den Augen geblinzelt hatte, war der Schatten auch wieder verschwunden. Er ging die letzten Meter bis zur Tür und klopfte. Das Gefühl, von hinten angestarrt zu werden, hielt jedoch an. Er klopfte kräftiger, und Sekunden später ging die Tür auf. Lilly Marie lächelte ihn an. »Ich hatte schon damit gerechnet, dass Sie wiederkommen würden. Wenn auch nicht unbedingt um diese Zeit.«

# 22

## Bodø / Bergland

Nachdem er Joakim an der Schule abgesetzt und ihm mit schlechtem Gewissen Versprechungen für das nächste Wochenende gemacht hatte, nahm Rino Kurs Richtung Norden. Sieben Stunden und drei Fähren später erreichte er Bergland, ein kleines Dorf, das sich an der Küste geradezu festklammerte. Hier würde es nicht viel globale Erwärmung brauchen, bis die Dörfer im Meer verschwanden. Ein kleiner Streifen urbaren Landes hier und dort, doch meistens kroch der Fuß des Berges zum Meer und zwang die Straße, entsprechende Kurven zu schlagen. Hier war also der Kerl aufgewachsen, der eine Ausbildung in der Kinderfürsorge gemacht hatte, aber lieber als Kinderrächer unterwegs war. Denn für Rino gab es keinen Zweifel mehr, obwohl er nach seinem Alleingang vom Wochenende gebeten worden war, doch erst mal ein paar Gleittage zu nehmen. Vor allem als er von seinem Besuch bei Even Haarstad hörte, hatte der Lensmann rot gesehen. Mit der Beschattung der Frauen und dem Einbruch in die Schreinerei konnte man leben, aber nicht mit etwas, was der Lensmann als persönlichen Angriff betrachtete, und das auch noch basierend auf hauchdünnen Indizien.

Sie hatten sich auf drei Tage Gleitzeit geeinigt. Streng genommen hätte er diese Zeit mit Joakim verbringen sollen oder zumindest einmal mit der Schule sprechen können, um zu hören, wie schwerwiegend die Konzentrationsprobleme eigentlich waren – doch nachdem er herausgefunden hatte, wer hinter den Verbrechen steckte, wollte er auch wissen, warum. Darum hatte er sich für Bergland statt für Joakim entschieden.

Er stillte seinen größten Hunger mit einer schlaffen Grillwurst an einer heruntergekommenen Shell-Tankstelle, bevor er in das Büro des hiesigen Lensmanns ging, wo ihn ein älterer Polizist in Empfang nahm. Der Mann stellte sich als Norvald Bøe vor, und seine Stimme kündete von einem aktiven Beitrag zum Erhalt der Tabakindustrie. »Even Haarstad«, wiederholte er mit betrübter Miene. »Warum bin ich nicht überrascht, dass sein Name in so einem Zusammenhang auftaucht? Was hat er denn gemacht?«

»Wenn man ihm glauben soll, nichts. Aber gewisse Parallelen zwischen zwei Fällen von schwerer Körperverletzung weisen in seine Richtung.«

»Sittlichkeitsverbrechen?«

»Verbrennungen und Erfrierungen. Einem wurden die Hände im Eiswasser festgekettet, einem anderen wurde der Arm an einen Heizstrahler gebunden.«

»Du liebe Zeit! War das Even?« Die Sache war durch die Zeitungen gegangen und den meisten selbstverständlich ein Begriff. Der Polizist setzte sich mit einem resignierten Seufzer. »Ja, das könnte er schon gewesen sein. Und vielleicht hätte ich den Zusammenhang schon längst sehen müssen.«

Rino wartete gespannt darauf, dass Bøe weitersprach.

»Wenn ich glauben soll, was man mir erzählt hat, dann war Evens Kindheit die reinste Hölle. Aber wie so oft in solchen Fällen blieb das Verbrechen unentdeckt. Die wenigsten hier wussten, was in diesem Haus geschah, zumindest was das Ausmaß der Qualen anging.«

»Wieso meinen Sie, dass er gut hinter diesen Fällen von Körperverletzung stecken könnte?«

Der Polizist massierte seinen zurückgewichenen Haaransatz. »Ich kann Ihnen einen Namen sagen«, erklärte er und schrieb HALVARD HENNINGSEN auf einen Post-it-Zettel. »Der wohnt hier im Altenheim, einem weißen Backsteinbau, das einer psychiatrischen Einrichtung zum Verwechseln ähnlich sieht. Halvard war der nächste Nachbar. Er weiß Bescheid. Außerdem ist er immer noch gut in Form, zumindest geistig. Unterhalten Sie sich mal mit ihm. Ich hänge mit meiner Arbeit nämlich ziemlich hinterher.«

»Keine Eltern oder Geschwister?«

Der Polizist schüttelte entschieden den Kopf.

»Ist er hier in der Nähe aufgewachsen?«

»In einem grässlichen Haus nicht weit von hier.« Der Gesichtsausdruck des Mannes verriet, dass er sich lieber nicht näher dazu äußern wollte. »Ein Kollege von mir wohnt vorübergehend dort. Fahren Sie ungefähr drei Kilometer weiter, und wenn das Schild nach Hamrene kommt, biegen Sie rechts ab. Der Weg steigt ungefähr fünfhundert Meter gleichmäßig an. Sie kommen mehr oder weniger direkt an zwei Häusern vorbei, unter anderem auch an dem Haus, in dem Halvard gewohnt hat. Am Ende der Straße steht noch einmal ein einzelnes Haus. Sie können es gar nicht verfehlen.«

Zehn Minuten später stellte er das Auto vor dem Haus ab. Als er ausstieg, ging die Tür auf, und eine Frau lächelte ihn an. Sie trocknete sich die Finger an einem schmutzigen Hemd ab. »Ich bin Karianne«, sagte sie und lächelte noch breiter, wenn das überhaupt möglich war.

# 23

## Andreas Geschichte

*Der Teufel Alkohol hatte Edmund im Laufe der Jahre immer fester im Griff. Meistens betrank er sich so, dass er sowieso keinem anderen mehr zur Last fiel als sich selbst, und wenn er sich von seinen Besäufnissen erholte, wenn er sich im Selbstmitleid gesuhlt und sich in einen Eimer übergeben hatte, fanden Andrea und die Kinder ihren Frieden. Sie wussten, dass Edmund sich für eine Weile selbst ausgeschaltet hatte, und hielten die Geräusche seiner Abstinenz gerne aus.*

*Andrea sah ihn sich an, heimlich natürlich, sah sich an, wie der Alkohol und die Verachtung fürs Leben ihn hatten altern lassen, seine Haut fahl und bleich gemacht hatten, seine Falten zahlreicher und tiefer. Doch dann wurde ihr plötzlich klar, dass sie ihm Unrecht getan hatte, dass nicht allein die Nachwirkungen des Alkohols für den Verfall seines Körpers verantwortlich waren. Seine Finger wuchsen krumm und schief, und sie sah ganz deutlich, dass er Schmerzen hatte.*

*Die Gicht, die mit den ständigen Wetterwechseln einherging, war der Grund dafür, dass er immer seltener fischen ging. Weniger Fisch bedeutete weniger Einkünfte. Und die sinkenden Einkünfte verursachten neue Risse in seinem wankenden Selbstbild und eine Scham, die sich am besten im Alkohol ertränken ließ. Eine böse Spirale, die die Familie in die tiefste Armut trieb.*

*Dass es so etwas wie feste Ausgaben gab, schien Edmund immer wieder zu überraschen. Oft saß er einfach wie gelähmt am Tisch und starrte auf die Rechnungen, als ob sich jemand über ihn lustig machen oder – noch schlimmer – ihm etwas Böses tun wollte. Es kam, wie es kommen musste: Eines kalten Herbstmor-*

*gens wurde ihnen der Strom abgestellt. Andrea saß gerade am Küchentisch und flickte eine von Konrads Hosen, als es plötzlich dunkel wurde. Zunächst glaubte sie, dass nur eine Sicherung durchgebrannt sei, bis sie merkte, dass Leute vor dem Haus standen. Sie ging hinaus, sah die Männer in den Blaumännern mit dem Logo der Elektrizitätswerke auf der Brust und dachte in ihrer Verwirrung, dass sie wohl gekommen waren, um irgendetwas auszutauschen, doch dann fing sie den Blick eines der Männer auf und bemerkte seinen Gesichtsausdruck, und da begriff sie, dass sie ihr das Licht abgedreht hatten. Sie sahen sich ein paar Sekunden an, ohne ein Wort zu sagen – er schämte sich, seinen Job zu machen, sie schämte sich, in so einer Situation zu sein. Er hob resigniert die Hände, als wollte er sich entschuldigen, bevor er etwas sagte, was sie nie wieder vergessen sollte: »Ich hoffe, es macht Ihnen nicht zu viel Unannehmlichkeiten.«*

*Das war die Untertreibung des Jahres, aber sie wusste, dass er sich auf seine tollpatschige Art entschuldigen wollte, während er gleichzeitig unmöglich begreifen konnte, welche Konsequenzen das für sie hatte.*

*Ein paar Stunden später klopfte derselbe Mann wieder an die Tür. Sie dankte ihrem Herrgott, dass Edmund gerade beim Fischen war, und dachte mit Grauen daran, wie eifersüchtig er geworden wäre, wenn er hiervon gewusst hätte.*

*»Wir haben keinen Bescheid erhalten, dass wir den Strom wieder anschalten sollen«, erklärte er.*

*»Nein«, sagte sie. Ihr fiel nichts ein, was sie sonst noch hätte sagen können.*

*Sie blieben so stehen. Es schien eine halbe Ewigkeit zu vergehen, bis er schließlich sagte: »So sollte keiner leben müssen. Für heute Nacht sind Minusgrade angekündigt. Da sollten alle Strom haben.«*

*Ohne jede Vorwarnung brach sie in Tränen aus. Mit gebeugtem Rücken und ineinander verkrampften Händen ließ sie ihrer*

*Verzweiflung freien Lauf. Er legte ihr die Hand auf die Schulter, woraufhin sie so zurückfuhr, dass sie sich den Ellbogen am Türrahmen anschlug. Panisch sah sie sich um.*

*»Verzeihen Sie ... so war es nicht gemeint.«*

*Stotternd versuchte sie ihre Reaktion zu entschuldigen.*

*»Ich schalte den Strom trotzdem wieder an.«*

*Sie blickte zu ihm auf, in das netteste Gesicht, das sie je gesehen hatte, und spürte, dass ihre Knie unter ihr nachzugeben drohten.*

*»Außerdem möchte ich, dass Sie sich mit dieser Dame hier unterhalten.« Er reichte ihr einen Zettel mit einem Namen und einer Telefonnummer. »Ich habe ihr die Situation erklärt. Sie arbeitet im Sozialamt und hat schon dafür gebürgt, dass die Stromrechnung bezahlt wird. Aber aus formalen Gründen muss sie mit Ihnen sprechen. Wenn Sie wollen, kann ich Sie jetzt hinfahren, ich habe denselben Weg.«*

*Sie hörte die Worte, aber konnte sie kaum richtig aufnehmen.*

*»Ich kann nicht ...«*

*»Ich fahre Sie auch wieder nach Hause. Sie sind in einer Stunde wieder zurück, rechtzeitig vor Einbruch der Dunkelheit.« Und sie tat das Undenkbare, nahm Linea auf den Arm und fuhr mit ihm mit.*

*Andrea war nicht mehr so froh und glücklich gewesen, seit Thea das Glück in ihr Leben gebracht hatte. Die Stromrechnung war bezahlt, und dazu hatte sie noch einmal dreitausend Kronen in der Tasche. Dreitausend! Obwohl sie wusste, dass sie sowohl das Geld als auch die Sache mit der Stromrechnung würde erklären müssen, konnte sie ihren freudigen Jubel nicht unterdrücken. Sie versprach den Kindern neue Puppen, wenn sie dem Vater nichts von ihrem Ausflug erzählten. Was die Stromrechnung anging, hatte sie einige Hoffnung, ungeschoren davonzukommen, denn der Brief kam an einem Tag, an dem Edmund betrunken war. Sollte er eines Tages fragen, würde sie einfach* behaupten, die Rechnung sei von Edmund Antonsen bezahlt worden, der sich um seine Familie kümmerte, so gut es nur ging. Und was das Geld betraf, hatte sie vor, es zu verstecken, heimlich einen oder zwei Hundertkronenscheine mitzunehmen, wenn er sie zum Einkaufen schickte, und ansonsten einfach zu behaupten, sie sei eben eine gute Wirtschafterin. Doch das Einzige, was Edmund stutzen ließ, war der Umstand, dass die Puppen mehr geworden waren. Sie bestritt es, und die erschrockenen Kinder bestätigten ihre Aussage. Doch wenn er den Puppen mehr Interesse entgegengebracht hätte, wäre ihm bald aufgefallen, dass sie kamen und gingen, als führten sie ein Eigenleben.

Die Puppen, die sie gekauft hatte, waren alle sorgfältig ausgewählt worden. Konrad bekam Michio, den Starken, Aufrechten, Heidi bekam Fumiko, die Lebensfrohe, und Linea bekam Fujika, die Schönste aller Schönen. Denn Linea hatte überhaupt nichts von Edmund an sich. Vielleicht hatte Andrea deswegen besonders viel Angst um Linea. In ihr war alles Schöne vereint.

Es machte ihr zu schaffen, dass Heidi sich so sehr nach einer gleichaltrigen Spielkameradin sehnte, wobei es gleichzeitig rührend war zu sehen, wie fürsorglich sie sich um ihre kleine Schwester kümmerte. Denn obwohl Heidi etwas zurückgeblieben war, besaß sie einen Beschützerinstinkt, der für ihr Alter deutlich überentwickelt war. Und Linea hatte es sehr bald heraus, dass sie eine große Schwester hatte, die sie vergötterte. Aber das ging vielleicht noch tiefer, denn Heidi hatte ein geradezu telepathisches Verhältnis zu ihrer Schwester entwickelt und kam ihr oft zuvor, wenn sie irgendetwas wollte, ob sie nun Hunger hatte oder ein bestimmtes Spielzeug wollte. Und wenn sie getrennt waren, wusste Heidi, was ihre Schwester ihr später erzählen würde, als hätte sie über sie gewacht wie ein unsichtbarer Schatten. Es war, als würden ihre mangelnden geistigen Fähigkeiten durch ihre Intuition ausgeglichen, mit der sie am Leben ihrer Schwester teilnahm.

*Das Weihnachtsfest in diesem Jahr stand im Zeichen der Kontraste. Andrea putzte und schmückte das Haus, spürte die brodelnde Vorfreude der Kinder und freute sich mit ihnen. Was Edmunds gewalttätige Tendenzen anging, war im letzten halben Jahr kaum mehr etwas vorgefallen, sie glaubte vielmehr, eine verschämte Beklommenheit an ihm zu bemerken, wenn er sich mit den Dämonen seines Katers herumschlug. Sie sah, dass er sich für seine Erbärmlichkeit schämte. Und vielleicht, so hoffte sie, vielleicht gab es ja ein Gewissen irgendwo in diesem dunklen Gemüt, ein Gewissen, dass ihr und den Kindern eigentlich nur Gutes wollte.*

*Am 24. Dezember bemerkte sie, dass es weder Geld fürs Weihnachtsessen noch für die Geschenke der Kinder gab. Sie brachte es nicht über sich, ihn zu fragen, denn sie wollte es ihm nicht noch schwerer machen. Deswegen ging sie ihren eigenen Geschäften nach, während er mit jeder Stunde stiller und verschlossener dasaß. Die Niederlage, der er entgegenblickte, hätte kaum größer sein können. Er sah die freudige Erwartung aus den Augen seiner Kinder leuchten, eine Erwartung, die er in den nächsten Stunden unausweichlich zerschmettern musste, und zwar einzig und allein deswegen, weil sein Selbstmitleid über das Verantwortungsgefühl gesiegt und er sein weniges Geld versoffen hatte.*

*Sie hatte den Kindern bereits neue Puppen gekauft, aber sie hatten mehr verdient als das. Noch hatte sie ein wenig Geld zu Hause versteckt, Geld, das sie nicht auszugeben wagte, weil sie befürchtete, Rechenschaft ablegen zu müssen. Sie kümmerte sich um ihre Angelegenheiten, anscheinend in unbekümmerter Vorfreude, doch in Wirklichkeit war jeder Muskel in ihr angespannt, weil sie wusste, dass die Tragödie nur noch Stunden entfernt war. Am Weihnachtsvorabend beschloss sie dann, um der Kinder willen zu handeln, von ihrem eigenen Geld einzukaufen und einfach darauf zu vertrauen, dass er mit ihrer Bestrafung bis nach Weihnachten warten würde. Sie besorgte also Geschenke, richtig schöne Geschenke, nur für Edmund nicht, denn sie wollte nicht sein letztes bisschen Selbstachtung zerstören. Und dann kaufte sie Essen für Weihnachten, nicht im Überfluss, dafür reichte das Geld nicht, aber doch so, dass Weihnachten für alle ein Fest wurde.*

*Als sie in die Küche kam, hatte sie sich immer noch keine glaubwürdige Erklärung dafür zurechtgelegt, woher das ganze Geld gekommen war, und sie fühlte sich, als würde sie neben sich selbst stehen und sich zusehen, wie sie die Waren auspackte, wie sie die Süßigkeiten auf dem Küchentisch stapelte und die Kinder vor Begeisterung aufheulten. Aus dem Augenwinkel sah sie ihn immer noch stumm dasitzen, mit einem Blick, den sie nicht zu deuten wusste. In einen Moment glaubte sie einen glänzenden Schimmer in seinen Augen zu sehen und dachte, dass er vielleicht die kindliche Freude der drei teilte, doch im nächsten Moment verfinsterte sich sein Blick, und sie befürchtete schon das Schlimmste. Aber er sagte nichts.*

*»Da müsst ihr euch schön bei Papa bedanken«, sagte sie, als alles ausgepackt war und sich der erste Lärm gelegt hatte. »Der ist schließlich bei Wind und Wasser draußen auf dem Meer, um das Geld dafür zu verdienen.«*

*Die Kinder umarmten ihn steif. Von ihm kam nur ein gequältes, vorsichtiges Lächeln, aber er schwieg weiter.*

*Konrad und Heidi spielten so lange, bis sie vor Müdigkeit einschliefen. Ihre Angst vor seinem bleischweren Schweigen wuchs, doch dann kam er zu ihr ins Wohnzimmer und stellte ihr einen Schuhkarton auf den Schoß.*

*»Das ist für dich«, sagte er und drehte sich um. »Ich gehe ins Bett.«*

*»Aber willst du denn nicht warten, bis ich es aufgemacht habe…«*

*»Nein!« Sie spürte einen Hauch seiner alten Entschlossenheit.*

»Ich will, dass du wartest, bis ich mich hingelegt habe. Ich fühl mich heute nicht so gut...« Er blieb noch einen Moment stehen und schien plötzlich ganz verlegen. Dann verließ er das Zimmer.

Der Karton war nicht verpackt und wog auch nicht viel. Sie spürte einen Knoten im Bauch, als sie vorsichtig den Deckel hob. Umschläge. Gebündelte Umschläge. Ihr Name und ihre Adresse standen darauf, aber sie erkannte die Schrift nicht. Alle Umschläge waren geöffnet worden. Sie nahm den ersten Brief heraus, blätterte zur letzten der dicht beschriebenen Seiten und begann zu zittern, als sie die Unterschrift sah: »Deine Thea«. Die Briefe von ihrer einzigen wahren Freundin. Die Briefe, die sie ihr immer weitergeschrieben hatte, obwohl die Antwort ausgeblieben war. Jahr um Jahr hatte sie ihr geschrieben – in der Schachtel mussten um die fünfzig, sechzig Briefe liegen. Es kam ihr vor, als würde sich das ganze Zimmer bewegen, Engel und Wichtel tanzten um sie herum und teilten ihre berauschende Freude, ohne von der unsagbaren Traurigkeit zu wissen, die Andrea gleichzeitig fühlte. Der Geruch von Apfelsinen und Weihrauch, der Anblick der Kinder, die vergnügt ins Bett krochen – all das wurde einfach zu viel für sie, und ihr Körper wurde von Schluchzern erschüttert. Sie hatte noch keine einzige Zeile von dem gelesen, was Thea ihr geschrieben hatte, trotzdem weinte sie, sie spürte die Nähe ihrer verlorenen Freundin, einfach indem sie ihre Briefe in der Hand hielt. Schließlich fing sie sich und begann die Briefe nach Datumsstempel zu sortieren. Dann begann sie zu lesen. Zwei Stunden lang las sie, trocknete ihre Tränen und lächelte, bevor sie den Stapel umdrehte und noch einmal von vorne anfing. Der letzte Brief war neun Monate alt. Das deutete sie so, dass Thea es zum Schluss wohl aufgegeben hatte, doch dann überfiel sie die Angst, dass ihre Freundin krank oder tot sein könnte. Plötzlich hatte sie es furchtbar eilig, holte ihren Block und einen Stift hervor und begann zu schreiben. Erst um halb sechs am Weihnachtsmorgen war sie endlich fertig.

*Edmund sagte kein Wort, doch er war immer noch verschlossen und schwermütig. Konrad, der Empfindsamste von allen, war wie ein Barometer, das die Stimmungsumschwünge seines Vaters registrierte, lange bevor sie für die anderen sichtbar wurden. Da der Junge ihn so sorgfältig mied, machte sie sich auch darauf gefasst, dass der Weihnachtsfrieden bald sein jähes Ende finden würde. Doch diesmal war es eher eine Unruhe, ein Drang, der befriedigt werden musste, und schon bald ging Edmund zur Tür. Ein paar Stunden später kam er zurück und war voll wie eine Haubitze. Auf seinem Weg zum Schlafzimmer riss er Möbel um und beschädigte die Weihnachtsdekoration und hinterließ eine Spur aus Lametta und Pappherzen. Nachdem er eingeschlafen war, setzte sie sich mit den Kindern zusammen, und sie lachten herzlich. Sogar Heidi, die noch nie viel gelacht hatte, lächelte, als hätte sie etwas ganz Neues entdeckt. Sie lächelten immer noch, als sie den Weihnachtsschmuck zum zweiten Mal aufhängten. Und Andrea wusste, sie lachten nicht, weil sie die Verwüstungen so komisch fanden, die ihr Vater hinterlassen hatte, sondern weil er nicht mehr dieselbe latente Bedrohung darstellte wie früher.*

*Edmunds Gichtschmerzen und seine zunehmende Alkoholsucht bedeuteten eine Art Umschwung. Es war schon fast ein Jahr her, dass er sie zum letzten Mal geschlagen hatte, und – noch wichtiger – mehrere Monate, seitdem er ihr »den Blick« zugeworfen hatte, diesen ganz speziellen Blick, der ihr sagte, was sie zu erwarten hatte. Neben dem neuen Edmund fühlte sie sich mehr oder weniger ruhig, sie begann zu glauben, dass diese Veränderung anhalten würde, doch dann kam er eines Tages Ende März plötzlich in rasender Wut zur Tür hereingestürmt. Sie stand mit dem Rücken zu ihm, vor allem, um ihm die Verlegenheit zu ersparen, doch als sie die plötzliche Stille bemerkte, hielt sie den Atem an und erstarrte. Als sie sich umdrehte, sah sie den Blick wieder, diesmal schwärzer und hasserfüllter denn je. So standen sie sich eine gefühlte Ewigkeit gegenüber, und sie wusste, dass er diesen Augenblick genoss, dass er sah, wie Angst und Panik in ihr hochstiegen. Die Angst weckte Gedanken an das Undenkbare, doch als er schließlich etwas sagte, war es schlimmer als alles, was sie sich hätte ausmalen können.*

»Ich habe gehört, dass du mit einem Kerl vom Elektrizitätswerk herumziehst.«

## 24

Rino hatte der freundlichen Bewohnerin eine geschönte Version der Wahrheit unterbreitet. Er sagte, dass er nur gerne das Haus hatte sehen wollen, in dem ein Bekannter von ihm aufgewachsen war. Die Frau bot ihm an hereinzukommen, wenn ihm die Unordnung nichts ausmachte, doch er lehnte höflich ab. Sie hatte etwas Verzweifeltes an sich, und im ersten Moment dachte er, dass sie ein einsamer Mensch sein musste. Erst hinterher wurde ihm klar, dass es sicher tiefer ging. Irgendetwas bedrückte sie, und vielleicht renovierte sie das Haus, um quälende Gedanken auf Abstand zu halten.

Das Gebäude des Altenheims war, wie der Polizist schon angedeutet hatte, auf den ersten Blick kein ästhetischer Genuss, doch glücklicherweise war der Eindruck gleich ein ganz anderer, als er eintrat. Eine Pflegerin führte ihn durch die Flure und blieb vor einer Tür stehen, an der ein Zettel mit dem Namen des Bewohners hing. Nachdem sie den Kopf in das Zimmer gesteckt und dem Alten etwas zugeflüstert hatte, führte sie Rino hinein.

Halvard Henningsen saß in Ruhestellung auf einem Lehnstuhl. Eine Decke wärmte ihm Beine und Rumpf. »Besuch für mich? Du liebe Zeit.« Er drückte auf ein kleines Ding an der Armstütze, und die Stuhllehne fuhr langsam nach oben.

»Ich heiße…«

»Setzen Sie sich doch erst mal. Ich werde nervös, wenn Leute so auf mich runtergucken, dann denke ich jedes Mal, ich werde gleich wieder umgezogen, gewaschen oder eingecremt. Aber so was haben Sie wohl nicht vor, oder?«

Rino setzte sich auf einen abgewetzten Sessel neben einem alten, kleinen Tischchen. »So, ich versuche es noch mal: Ich bin Rino Carlsen, Kommissar der Polizei Bodø.«

»Aber jetzt sind Sie privat hier, oder was?« Der Alte, der irgendwas zwischen achtzig und neunzig sein musste, hob eine Hand. Die Finger waren dünn und lang und ließen Rino unwillkürlich an die Horrorfilme denken, für die Joakim so eine Vorliebe hatte.

»Ja und nein.« Rino nahm an, dass der Mann auf seine Zivilkleidung anspielte. »Es geht um einen Fall, an dem ich gerade arbeite. Da ist ein Name aufgetaucht... von einer Person, die Sie mal gekannt haben.«

»Even?« Der Alte grinste verschlagen, denn er war sich schon jetzt sicher, ins Schwarze getroffen zu haben.

»Even Haarstad, genau.«

»Warum wundert mich das nicht?«

»Das ist im Grunde genau das, was ich von Ihnen wissen will. Sie sind heute schon der Zweite, der nicht überrascht scheint.«

Der Alte setzte eine fragende Miene auf.

»Der Erste war einer von der Polizeistation. Der hat mich auch an Sie verwiesen, weil er meinte, Sie waren eine Weile der nächste Nachbar.«

»Ja, leider. Und ich sag das gar nicht wegen Even, sondern wegen Lorents, dieser Bestie von einem Pflegevater. Und das Schicksal meint es ganz schön böse mit einem alten Kerl wie mir – dieser Drecksack ist nämlich heute noch mein Nachbar. Der wohnt gleich hier auf diesem Flur.« Der Alte bemerkte Rinos Miene und beeilte sich hinzuzufügen. »Aber von den Schultern aufwärts hat sich bei ihm schon alles von der Welt verabschiedet. Es ging ganz schnell, und wenn Sie mich fragen, das kam keinen Tag zu früh. Die Zeit, die der auf demselben Planeten wie Sie und ich verbracht hat, nutzte er ausschließlich dazu, Böses zu tun. Ein ausgewachsener Sadist, dem es wie den meisten Psychopathen gelang, seine schlimmsten Seiten vor seiner Umgebung zu verbergen und sie stattdessen nur seiner Familie zu offenbaren. Wenn auch nicht ganz – ich hab schon bald gesehen, dass da was nicht stimmte, obwohl mir nicht klar war, wie schlimm es stand.« Der Ausbruch hauchte seinen runzligen Wangen etwas Leben ein. »Aber warum fragen Sie nach Even? Was hat er denn gemacht?«

»Wir haben den *Verdacht*, dass er hinter zwei Fällen von schwerer Körperverletzung steht.«

»Körperverletzung? Tragödien neigen doch immer dazu, sich zu wiederholen.« Der Alte trocknete sich den Mund mit dem Handrücken. »Aber nicht gegen Kinder gerichtet, oder?«

»Gegen zwei erwachsene Männer, aber wir glauben, dass es dabei trotzdem um Kinder geht.«

»Sie müssen berücksichtigen, dass ich gerade erst aufgewacht bin, ich bin noch ein bisschen benommen. Ich glaube, ich komme nicht ganz mit.«

»Das ist eine lange Geschichte, und in Teilen unterliege ich hier immer noch der Schweigepflicht. Ich kann aber so viel sagen, dass die Opfer Väter waren, die ihre Rolle nicht besonders wichtig genommen haben. Man hat am Tatort jeweils Zeichnungen gefunden, die klar darauf hindeuten, dass die Misshandlung der Opfer eine Strafe für die Vernachlässigung ihrer Kinder war.«

Der Alte dachte nach. »Ich erinnere mich an Even als einen scheuen, grüblerischen Jungen. Ich glaube, dass er im Laufe der Zeit schon kapierte, mit was für einem Wahnsinn er es da zu tun hatte – ja, vielleicht verstand er es nur allzu gut. Doch statt Widerstand zu leisten oder jemandem zu erzählen, was bei ihm zu Hause passierte, übernahm er die Rolle des Beschützers seiner Pflegemutter. Ich glaube, er redete sich ein, dass es die beste Alternative sei, wenn er die Prügel und

Demütigungen einsteckte, so dass dieser Scheißkerl seine Wut an ihm abreagieren konnte und die Frau nicht anrührte. Das wusste ich damals selbstverständlich noch nicht, sonst hätte ich gehandelt, und wenn ich diesem sadistischen Schwein eine Ladung Schrot verpasst hätte. Wissen Sie...«, der Alte riss sich die Decke von den Beinen und warf sie auf den Boden, als hätte jemand sie ihm aufgezwungen, »... damals konnte so gut wie jeder ein Pflegekind bekommen, wenn sich die nächsten Verwandten nicht um ein Kind kümmern konnten oder wollten. Evens Mutter starb bei der Geburt, und bis heute weiß keiner, wer der Vater war. Da er keine anderen Angehörigen hatte, waren die meisten wohl zufrieden, als Alvilde und Lorents sich als Pflegeeltern meldeten. Heute weiß man es besser...«

»Wann ging Ihnen auf, dass da was nicht in Ordnung war?«

»Dass da was nicht in Ordnung war, wusste ich die ganze Zeit. Alvilde war eine arme unterdrückte Frau, die so gut sie konnte in Lorents' Netz aus ungeschriebenen Gesetzen lebte. Ich habe schon bald gemerkt, dass diese Ehe eine lieblose Beziehung war, die Lorents mit eiserner Hand regierte. Man sah das an den Blicken, die er ihr zuwarf, an den Kommentaren, mit denen er ihr das Wort abschnitt. Man spürte geradezu, dass Lorents das, was er sich in Gegenwart anderer Leute verbiss, in den vier Wänden seines Heims voll auslebte. Mit dem Jungen war es genauso, obwohl er ihn selten herausforderte. Even lernte schon früh die Kunst der Unterwerfung.« Der Alte sah sich im Zimmer um, während er leise Schmatzlaute von sich gab. »Ich krieg so einen trockenen Mund. Das müssen diese Aufstehtabletten sein. Oder vielleicht die Schlaftabletten, die ich davor gekriegt habe. Wären Sie so nett, mir ein Glas Wasser zu holen? Draußen steht so ein Wasserspeicher, der alle möglichen Algen anzieht.«

Eine halbe Minute später reichte Rino ihm einen Plastikbecher.

»Schmeckt widerlich, aber es hilft gegen die Trockenheit. Sie sagten vorhin Körperverletzung – können Sie das genauer erklären?«

»Der Erste wurde mit den Händen einen halben Meter unter dem Meer angekettet, dem anderen wurde der Arm in fünf Zentimeter Entfernung vor einen Heizstrahler gebunden. Wir reden von Verbrennungen dritten Grades und einer möglichen Amputation.«

»Um Gottes willen!«

»Der Polizist, der mich hergeschickt hat, deutete an, dass die Art, wie diese Männer misshandelt wurden, sehr deutlich auf Even verweist.«

»Ja, um Gottes willen!«

»Was?«

»Nichts. Ich missbrauche den Namen des Herrn einfach, so oft es geht. Das ist mein persönlicher Protest dagegen, dass ich meinem Ende entgegensehe.« Der Alte schien sich plötzlich unwohl zu fühlen, und Rino argwöhnte, dass sich sein schlechtes Gewissen meldete, weil er nie eingegriffen hatte. »Es gab da so Gerüchte«, sagte er und rutschte auf seinem Stuhl hin und her. »Jemand meinte einmal, er hätte Even unten am See schreien hören. Als der Junge kurz darauf mit Lorents zurückkam, zitterte er, als hätte er gerade auf der Hochspannungsleitung geschaukelt. Die meisten dachten damals, dass da irgendwas vorgefallen sein musste. Jetzt ist mir klar, was es war. Lorents muss dasselbe mit ihm gemacht haben, er hat ihn gezwungen, mit den Händen im Meerwasser zu sitzen. Aber ich wusste damals nur wenig, auch wenn ich mich vielleicht mehr hätte bemühen müssen, etwas herauszufinden. Denn man erzählte sich, dass man die Schreie des Jungen danach noch öfter hörte, und immer vom Bootsanleger.«

»Lorents wohnt also hier, im selben Flügel?«

»Zweite Tür links.« Der Alte deutete in die Luft. »Ich bin

nicht besonders religiös veranlagt, aber Zimmer 216 kommt für meine Begriffe dem Vorhof der Hölle verdammt nah.«

»Ist es Alzheimer?«

»Der hat nicht viel zwischen den Ohren. Hatte er übrigens sein Leben lang nie so wirklich.«

»Und wenn ich jetzt versuchen würde, mit ihm zu reden?«

»Wenn es Ihnen Spaß macht, Selbstgespräche zu führen, während Sie jemandem beim Sabbern zuschauen, dann nur zu. Der ist völlig weggetreten.«

»Ist Even mal hier gewesen?«

Der Alte grunzte wegwerfend. »Das kann ich mir nicht vorstellen. Was sollte er hier? Es sei denn, er wollte dem Kerl ein Kissen auf die gemeine Fresse drücken und so lange festhalten, bis das Leben aus diesem Drecksack gewichen ist.«

In diesem Moment kam Rino der Gedanke, dass die Krankheit des Pflegevaters Even vielleicht davon abgehalten hatte, sich an ihm zu rächen. Wo keine Kommunikation mehr möglich war, gab es auch keine Reue oder Furcht.

»Tja, dann will ich Sie mal nicht länger stören.« Er hatte die Bestätigung erhalten, wegen der er gekommen war. Jetzt musste er nur noch das gesamte Bild verstehen.

»Ich habe gehört, dass wieder jemand in das Haus gezogen ist.«

»Eine nette Frau. Ich war kurz dort, bevor ich hergekommen bin.«

»Das Haus hätten sie mal lieber gleich dem Erdboden gleichmachen sollen. Ein Teufelsnest, wenn Sie mich fragen.« Sein Gesichtsausdruck verriet, dass der Alte nur zu gern bei den Abrissarbeiten geholfen hätte. »Der Keller auch. Irgendwas sagt mir, dass der Junge da unten den Großteil seiner Kindheit verbracht hat. Damit er Lorents nicht unter die Augen kam.«

## 25

Der Regen hämmerte auf die Erde, unaufhörlich und mit ständig wachsender Stärke. Bald konnte die nasse Erde nichts mehr aufnehmen, und es bildeten sich Flüsse, gewaltige Ströme, die alles mitrissen, was ihnen im Weg stand, und die Landschaft neu formten. Wo die Erosion den Boden Millimeter für Millimeter ausgewaschen hatte, bröckelten jetzt große Stücke einfach weg, um mit den Wassermassen in die schäumenden Wellen gezogen zu werden. Noch nie waren mehr Wolken am Himmel, noch nie war es dunkler gewesen. Als könnte nur die Dunkelheit selbst die dunkelste Tat ans Licht bringen.

In der Stille nach dem Unwetter graute der Morgen. Kleine Rinnsale rannen kreuz und quer, um schließlich auszutrocknen, so dass die neue Landschaft in der Form erstarrte, in der die Nacht sie zurückgelassen hatte. Wo der Wind im Laufe der Jahre weißen Sand über die Grasflächen verteilte, waren neue Erhebungen und Vertiefungen aus dem Lehm gewachsen. Aber noch etwas. Kleine Knochenreste, die auf den ersten Blick so aussahen, als könnten sie von irgendeinem Tier stammen, bei näherem Hinsehen aber eher den Knöcheln einer menschlichen Hand ähnelten. Ein Stückchen weiter längs, wo die Wassermassen eine kleine Schlucht ausgewaschen hatten, war etwas aus der Erde gewachsen, und der Boden teilte sich über einem Totenschädel, der aus leeren Augenhöhlen dem ersten Tageslicht entgegenstarrte.

Niklas Hultin fror. Obwohl der Wind zu einer fast unmerklichen Brise abgeflaut war und er sich dick angezogen hatte, war ihm eine eisige Kälte unter die Haut gekrochen. In der Nacht war er aus einem Alptraum hochgeschreckt, dem, kaum dass er wieder eingeschlafen war, der nächste folgte. Die Merkmale ihrer Gewebeproben hatten übereingestimmt. Ohne ihm die Möglichkeit zu geben, selbst zu entscheiden, hatte man ihn zum OP-Tisch geführt, wo er zusah, wie man ihm seine Niere entnahm. Sie wurde ihm entrissen wie ein toter Fötus. Den ganzen Morgen über hatte ihn dieser Traum nicht losgelassen und sich zu einer unangenehmen Vorahnung ausgewachsen. Und jetzt stand er also hier und starrte über die Wiesen auf das, was die Erosion – mit Unterstützung des nächtlichen Unwetters – zutage gefördert hatte.

Er stieg hinunter bis zu der Grasebene. Die letzten Meter waren in einem Schlammmeer implodiert, und er spürte, wie ihm der Matsch in die Schuhe lief. Die Ermittler des Landeskriminalamts standen bereits vor dem Fund, flankiert von Lind und Brocks, und beugten sich über eine Vertiefung. Eine Schulklasse hatte die Überreste gefunden, und ein gelinde gesagt schlotternder Aushilfslehrer hatte sich vor einer knappen halben Stunde bei der Polizei gemeldet.

Der Totenschädel, immer noch halb im Schlamm begraben, war kleiner, als Niklas ihn sich vorgestellt hatte, und er fühlte aufrichtige Trauer für den Wanderer, obwohl der jetzt den Spaten für immer ruhen lassen konnte. Denn dieser Schädel konnte unmöglich jemand anderem gehören als seiner Schwester.

»Ironie des Schicksals.« Das war Brocks, der wie üblich Wohlgerüche um sich verbreitete, diesmal über übelriechendem Moorboden. »Wenn das nicht passiert wäre, hätte er sie mit einem seiner letzten Spatenstiche gefunden. Mit fünfundsechzig oder so.«

»Ich glaube, das hätte er vorgezogen. Ich meine, dass er sie selbst findet.« Niklas sah ihn vor seinem inneren Auge, wie er behutsam die Knochenreste freilegte, während ihm die Tränen über die hohlen Wangen liefen.

Lind nickte zustimmend, bevor er sich an den Ermittlungsleiter des Landeskriminalamts wandte. »Ich gehörte zu denen, die glaubten, dass sie ihr eigenes Verschwinden inszeniert hat. Aber dass sie tatsächlich irgendwo hier begraben liegt...«

»Nach allem, was ich gehört habe, ist hier in neuerer Zeit nur eine Person vermisst gemeldet worden, oder?« Die Stimme des Ermittlungsleiters war ein dröhnender Bariton. »Das bedeutet, wir müssen uns auf das konzentrieren, wovon wir mit Sicherheit wissen, dass es Mord war. Sicherheitshalber möchte ich trotzdem, dass die Kriminaltechniker beim Ausgraben der Knochen helfen. Sie müssten jeden Augenblick hier sein.«

Eine Viertelstunde später wurde die erste Erde weggeschaufelt, zunächst in einigem Abstand vom Schädel. Niklas half, und es dauerte nicht lang, bis ihm die Hände wehtaten. Bald schmerzten auch Rücken und Genick, und sein Spaten ging langsamer. Er stand auf, wischte sich den Schweiß von der Stirn und versuchte, wieder zu Atem zu kommen. Der Wanderer war älter als er, und der stand jeden Tag draußen und grub in der festen Erde. Wieder traf Niklas die Erkenntnis, wie heftig die Sehnsucht dieses Mannes nach seiner Schwester sein musste. Und wie viel es ihm bedeutete, sie zu finden.

»Ich schätze, wir müssen jemanden zu ihm schicken. Wäre doch zu dumm, wenn er einen ganzen Tag umsonst graben würde.« Lind hatte sich ebenfalls einen Spaten genommen. »Obwohl... ein Tag hin oder her...«

»Wir müssen ihn holen.« Niklas richtete den Blick auf den Schädel, der jetzt aus dem Schlamm freigelegt war, ebenso Teile eines Kleidungsstücks, das sich in der Erde verfärbt hatte. »Wenn sie es ist, wird er die Kleider wiedererkennen.«

Lind beriet sich mit Brocks, bevor er um die Aufmerksamkeit aller Anwesenden bat. »Ich schätze, wir glauben alle dasselbe«, sagte er und legte eine kurze Pause ein, bevor er fortfuhr. »Dass hier nämlich Konrads Schwester liegt. Jetzt, wo wir schon Teile der Kleidung freigelegt haben, sollte es eigentlich möglich sein, dass er eine vorläufige Identifizierung vornimmt. Wir wissen alle von seiner Besessenheit, wenn ich ein solches Wort gebrauchen darf. Ich habe keinen Zweifel daran, dass er sich an die Kleidung erinnert, die sie am Tag ihres Verschwindens trug. Ich schlage vor, wir holen ihn gleich her.«

Kurz darauf war ein Mann mit dieser Aufgabe betraut, während die anderen weitergruben und schrittweise das Skelett freilegten – in einer Position, die darauf hindeutete, dass sie in hockender Stellung begraben worden war, als hätte sich der, der sie zur Ruhe bettete, nicht die Mühe gemacht, das Grab groß genug auszuheben. Er hatte einfach nur ein Loch gegraben und sie hineingestopft. In all seiner Grausamkeit bestätigte dieser Umstand nur, wovon der Wanderer immer fest überzeugt gewesen war: Seine Schwester war ermordet worden.

»Eine erste Annahme.« Das war der zweite Ermittler, der sich jetzt über die Überreste beugte. »Das ist zwar nicht ganz mein Revier, aber wenn ich mich nicht völlig täusche, sehen wir hier einen Schädelbruch.«

Aus seinem Blickwinkel sah Niklas nur den Rücken des Ermittlers, doch er spürte, wie ihn wieder das Unbehagen befiel. Irgendjemand hatte einem vierzehnjährigen Mädchen den Schädel zerschmettert, der vergötterten kleinen Schwester in einer gestörten Familie. Doch ihr Verschwinden sollte niemals vergessen werden, dank einem großen Bruder, der es sich zur Lebensaufgabe gemacht hatte, sie zu finden.

Nachdem feststand, dass hier wirklich ein Verbrechen vorlag, gruben sie noch vorsichtiger, und bald waren der Großteil des Skeletts sowie zwei Kleidungsstücke freigelegt.

»Ein Rock. Kariert, würde ich sagen.« Der Ermittler hob behutsam einen schlammigen Stoffballen an. »Ich glaube, die Grundfarbe war dunkel, vielleicht braun oder dunkelgrün. Beim Oberteil bin ich mir nicht ganz so sicher. Eine hellere Strickjacke oder so was.«

Niklas konnte sich nur schwer von den Geschehnissen distanzieren. Lilly Marie war immer noch nicht fertig mit ihrer Geschichte von Andrea und Edmund, aber dass es eine Geschichte war, die nur mit einer Tragödie enden konnte, davon zeugten diese dünnen Knochen überdeutlich.

Wenig später hatten sie die Strickjacke von den Knochen gelöst und mit dem Rock und den Resten dessen, was einmal ein Schuh gewesen war, beiseitegelegt. Noch hatte keiner von ihnen die Knochen angerührt. Brocks hatte sie angewiesen, damit noch zu warten. Der Wanderer sollte einen würdigen Abschied nehmen dürfen.

Eine knappe Stunde später parkte ein Polizeiauto hinter dem Cherokee des Lensmanns, und der Wanderer stieg aus. Ein paar Sekunden blieb er oben stehen und starrte zu den Männern hinunter, dann warf er die Tür hinter sich zu. Fünfundzwanzig Jahre lang hatte er Tag für Tag den Spaten in die Erde gerammt, in dem unerschütterlichen Glauben, eines Tages die sterblichen Überreste seiner Schwester zu finden. Jetzt war der Moment gekommen. Er ging auf die Männer zu, zuerst in energischem Tempo, doch dann verlangsamte er seine Schritte und zögerte. Als er sich dem schlammigen Bereich näherte, setzte er seine Füße mit Bedacht, als fürchtete er, dass ihm ein Fehltritt die Möglichkeit rauben könnte, sie zu sehen. Niklas begriff, dass er den Augenblick hinauszögern wollte. Ein Mann, der kaum mehr etwas anderes getan hatte, als täglich durch solchen Matsch zu stapfen, hätte dieses Schlammfeld eigentlich durchqueren können, ohne nur einmal die Augen auf den Boden zu richten. Knapp zehn Meter vor der

Vertiefung blieb er stehen. Seine abgetragene Hose hatte nasse dunkle Flecken unter den Knien, und an seinen Stiefeln klebte der getrocknete Lehm. Seine Pulloverärmel waren dunkel vom Dreck. Niklas begriff, was das zu bedeuten hatte: Er hatte die Erde mit bloßen Händen beiseitegeschaufelt. Den Blick fest auf die Stelle gerichtet und das Gesicht zu einer schmerzlichen Grimasse verzerrt, so legte Konrad die letzten Meter zurück. Es schien, als würde er die Menschen um sich herum gar nicht wahrnehmen, in diesem Moment gab es nur ihn und seine Schwester, wie er es sich die ganze Zeit ausgemalt hatte. Es sah aus, als würde dieser Augenblick ihn zusammenschrumpfen lassen: Seine Schultern wurden schmaler, sein Kopf zog sich zwischen die Schultern zurück, der Rücken verlor seine Spannkraft. Dann sank er auf die Knie. Die Nachwirkungen der fünfundzwanzigjährigen Anstrengung waren so heftig, dass ihn seine Beine nicht mehr trugen. Er streckte die Arme aus, während er die Hände hielt, als würde er einen unsichtbaren Ball halten, und Niklas begriff, dass der Mann ihr Gesicht zwischen den Händen hielt, ihre Haut vorsichtig mit den rauen Fingern berührte. »Linea.« Die Stimme war der des Wanderers ganz unähnlich, und Niklas dachte sich, dass er so wahrscheinlich mit ihr geredet hatte – mit verstellter Stimme, aber trotzdem unverhohlen zärtlich.

Der Mann ließ die Hände sinken und begann sanft hin und her zu schaukeln, während er in regelmäßigen Abständen ihren Namen murmelte. Doch kein Weinen, kein hysterisches Schluchzen.

Der Ermittlungsleiter räusperte sich. »Erkennen Sie die Kleider wieder?«

Der Wanderer blieb unbeweglich sitzen, als hätte er die Frage nicht registriert, doch schließlich nickte er.

»Sie gehörten also Ihrer Schwester?«

Wieder dauerte es eine Weile, bis eine Reaktion kam. »An

dem Tag, als Linea von zu Hause wegging, hatte sie eine graue Strickjacke und einen rot-grün-karierten Rock an. Und graue Samtschuhe.«

Der Ermittlungsleiter tauschte einen Blick mit Brocks und Lind, die bestätigend nickten. Der Wanderer wusste Bescheid.

»Es wird ein paar Tage dauern, bis Sie ein Grab haben, das Sie besuchen können«, meinte Brocks.

»Ich will Heidi herholen, bevor Sie weitergraben.«

Das würde die Grabungsarbeiten noch weiter verzögern, doch Brocks nickte nur und führte den Wanderer zurück zum Auto.

»Wie paradox, dass am Ende ausgerechnet der Regen sie freigewaschen hat.« Lind folgte dem Auto mit den Blicken. »Nach dem ganzen Gegrabe.«

Eine halbe Stunde später war der Wanderer wieder zurück. Die Männer an der Fundstelle hatten sich in der Zwischenzeit warmgehalten und sahen jetzt zu, wie der Mann, der sich über Jahre hinweg in unerschütterlicher Treue abgeschunden hatte, seiner Schwester die Tür aufmachte und ihr aus dem Auto half. Sie ging mit kleinen Schritten, gestützt von ihrem Bruder, und Niklas konnte erkennen, dass ihr unsicherer Gang nicht nur dem rutschigen Untergrund geschuldet war. Schwankend und in leicht schiefer Körperhaltung kam sie den Abhang herunter, während ihr Bruder sie über den günstigsten Weg führte. Als sie zum letzten, schlammigeren Stück kamen, watete er durch den tiefen Matsch, um sie sicher hindurchgeleiten zu können. Doch selbst da überragte er sie noch um einen Kopf. Wie ihr Bruder trug auch Heidi einen erschöpften Ausdruck zur Schau. Niklas hatte Lilly Maries Erzählung entnommen, dass sie von Kindesbeinen an kränklich gewesen war, und Lind hatte schon mehrfach auf ihre geistige Zurückgebliebenheit angespielt. Wie zuvor blieb der Wanderer ungefähr zehn Meter vor der Senke stehen. Er legte seiner Schwester den Arm um die Schulter, bevor sie die letzten Meter zur Fundstelle zurücklegten. Dort blieben sie stehen, der große Bruder und die große Schwester, um mit gesenktem Kopf Abschied zu nehmen. Ein stärkeres Bild dieser Tragödie hätte sich Niklas kaum ausdenken können. Er sah, wie der Wanderer mit den Tränen kämpfte, während seine Schwester eher wirkte, als wäre das alles nur noch die traurige Bestätigung einer Tatsache, als hätte sie sich längst mit dem Gedanken ausgesöhnt, das ihre Schwester an einem unbekannten Ort ruhte. Nach ein paar Minuten zogen sie sich zurück, und mit einem kurzen Nicken gab der Wanderer dem Lensmann zu verstehen, dass sie die Grabung fortsetzen konnten.

Niklas blieb stehen und betrachtete das ungleiche Paar, Bruder und Schwester, mit denen das Schicksal so gnadenlos und unbarmherzig umgesprungen war. Die beiden sahen sich nicht besonders ähnlich, abgesehen von ihren markanten Gesichtszügen, die sie älter aussehen ließen, als sie waren.

Sie blieben noch eine Weile stehen und verfolgten die Ausgrabungsarbeiten, dann führte der Wanderer seine Schwester zurück zum Auto. Niklas hatte erst geglaubt, dass er zurückkommen würde, doch als sie nach ein paar Stunden mit der Arbeit fertig waren, war er immer noch nicht wieder aufgetaucht.

»Machen wir Schluss?« Niklas hatte schon ganz vergessen, wie er fror.

»Wir haben alles ausgegraben. Jeden einzelnen Knochen.« Der Ermittlungsleiter war ebenfalls reichlich zerzaust vom kalten Wind.

Als Niklas auf das hinabstarrte, was fünfundzwanzig Jahre lang Lineas Grab gewesen war, kam ihm ein Gedanke. »Wäre es okay, wenn ich noch weitergrabe?«

»Wonach denn?«

Er zuckte mit den Schultern und ließ durchblicken, dass es sich nur um ein vages Gefühl handelte.

»Graben Sie, solange Sie wollen. Wir sind hier fertig.«

Lind blieb neben ihm stehen und beobachtete skeptisch seine ersten Spatenstiche. »Wir brauchen nicht noch mehr Beweise. Du hast doch Konrad gesehen – das ist sie.« Seine Stimme verriet aufkeimende Gereiztheit.

Niklas trieb den Spaten tiefer in die übelriechende blauschwarze Erde, denn er war überzeugt, dass hier noch etwas mit ihr begraben worden war, etwas, das der Erdrutsch noch nicht zutage gefördert hatte. Es dauerte nicht viel länger als zehn Minuten, bis er etwas fand, was auf den ersten Blick an ein Netz aus hauchdünnen Wurzeln erinnerte. Haare, stellte er fest. Nach ein paar Spatenstichen hatte er die Puppe freigelegt.

# 26

Niklas blieb unter der Dusche stehen, bis der Boiler leer war, doch als er sich anzog und in die Küche ging, fror er immer noch. Die Puppe lag auf dem Küchentisch. Sie steckte in einer Tüte und war immer noch ganz dreckig und verfärbt von der Erde, in der sie gelegen hatte. Eine weitere asiatische Schönheit, diesmal trug sie aber ein Kleid, das seiner Einschätzung nach einmal grün gewesen sein mochte. Hinter den fleckigen Verfärbungen des Porzellans entdeckte er ein hintergründiges Lächeln, das der Puppe einen Ausdruck von Schüchternheit und Unschuld verlieh.

Er war allein. Karianne hatte ihm eine SMS geschickt, sie arbeitete bereits in der Bank und würde eventuell etwas später kommen. Als er durch den Spalt zwischen den Gardinen die Scheinwerfer eines Autos sah, ging er davon aus, dass sie es war. Umso überraschter stellte er fest, dass es sich bei dem Auto um einen alten Volvo handelte. Der Mann, der ausstieg, trug eine verwaschene Jeansjacke, ausgetretene Holzclogs und mochte so um die vierzig sein. Er blieb breitbeinig stehen und betrachtete das Haus, bevor er sich mit der Hand durch die Überreste eines einstmals prächtigen Vokuhila fuhr und auf die Tür zusteuerte.

Niklas ging ihm entgegen und öffnete die Tür, bevor er klopfen konnte. »Kann ich Ihnen helfen?«

»Mein Name ist Rino Carlsen, ich bin von der Polizei Bodø.«

In der leicht schäbigen Gestalt hätte man sicherlich keinen Polizisten vermutet, obwohl Niklas schon alle Mögliche zu sehen bekommen hatte. »Was führt Sie zu mir?«

»Es geht um einen Fall, an dem ich arbeite.«

»Und zwar?«

»Das ist leider eine traurige Geschichte.« Der Mann ließ den Blick über die Fassade schweifen. »Sie haben vielleicht von dem Fall von Körperverletzung auf Landegode gehört, oder?«

Obwohl sie im Grunde genommen vollauf mit ihren eigenen Problemen beschäftigt waren, war auch dieser makabre Fall unvermeidlich Gesprächsthema auf dem Revier gewesen. »Scheußlich, ja.«

»Dann haben Sie sicher auch mitbekommen, dass es vor ein paar Tagen eine Fortsetzung gab.«

»Die Sache mit der Verbrennung?«

Der Polizist nickte.

»Und diese Misshandlungen führen Sie ... hierher?«

»Ich versuche zu verstehen, warum das alles passiert ist. Unser Mann ist hier aufgewachsen. In diesem Haus.«

Wieder packte ihn das Gefühl, als stünde alles Kopf, als würden ihn die Geschehnisse verfolgen. »Das Haus stand aber schon mehrere Jahre leer.«

»Er ist vor zehn, zwölf Jahren weggezogen.«

»Und jetzt möchten Sie also hier rein, um zu verstehen, warum das alles passiert ist?« Einer seiner Kollegen hatte tatsächlich die Bemerkung fallen lassen, dass kein Einheimischer dieses Haus mieten würde, und als Niklas ihn nach dem Grund fragte, hatte er angedeutet, dass der frühere Besitzer besonders unbeliebt gewesen sei.

»Nur fünf Minuten, wenn ich nicht zu sehr störe.«

Niklas, der die ganze Situation reichlich unwirklich fand, machte eine einladende Handbewegung. »Bitte sehr.«

Rino Carlsen trat vorsichtig ein, als wollte er jeden kleinsten Eindruck in sich aufsaugen. Er zog die Holzschuhe im Gang aus, offenbar ohne sich für die großen Löcher in seinen

Socken zu genieren. In der Küche fiel sein Blick auf die Tüte mit der Puppe.

»Sie beschäftigen sich mit ...«

»Mit dem Puppenfall, genau. Nachdem wir es jetzt mit einem Mordfall zu tun haben, wird es wohl langsam Zeit, dass die Zeitungen den Namen korrigieren.«

Rino trat an den Tisch. »Ich hatte sie mir größer vorgestellt.«

»Zeitungsfotos lügen.«

»Komisch.«

»Was?«

»Dieses Zusammentreffen.«

Niklas fand es eher unangenehm. »Die Welt ist klein, besonders dann, wenn man am wenigsten damit rechnet.«

»Das kann man wohl sagen.«

»Wenn Sie die Farbeimer und das Zeitungspapier beiseiteräumen, finden Sie da drunter einen Stuhl. Ich würde gern mehr von Ihrem Fall hören.«

Zwanzig Minuten später hatte Rino ihm eine Kurzfassung der beiden Fälle von Körperverletzung gegeben, von den Kinderzeichnungen und vom mutmaßlichen Rachemotiv berichtet, von der Wahl der Tatorte und ihrem Zusammenhang mit historischen Ereignissen. Er hatte ihm auch von den Frauen erzählt und dem Club, den sie gegründet hatten, und dass sie anscheinend nicht wussten, wer der unbekannte Wohltäter war – ein Wohltäter, der die Väter ihrer Kinder aufs Gröbste misshandelte. Und er hatte auch vom Verdacht gegen Even Haarstad erzählt, der bei einem sadistischen Pflegevater aufgewachsen war und jetzt im Jugendamt von Bodø arbeitete.

»Sie meinen, er wurde als Kind misshandelt?«, fragte Niklas.

»Das ist wohl eine Tatsache, wenn ich den alten Mann, der

damals sein Nachbar war, recht verstanden habe. Ich glaube, dass ihn heute noch sein Gewissen quält, weil er nicht eingegriffen hat. Ich befürchte, durch meine Geschichte hab ich es ihm auch nicht unbedingt leichter gemacht.«

»Ich habe mich hier im Grunde noch nie richtig wohlgefühlt.« Niklas sah sich um. »Karianne auch nicht – das ist meine Frau. Sie ist ständig auf der Suche nach etwas Besserem.«

»Ich glaube, am meisten quält den Alten, dass er die Augen vor dem verschlossen hat, was unten am Meer passiert ist.«

Niklas krümmte sich innerlich, während er auf die Fortsetzung wartete.

»Sein Pflegevater nahm ihn mit dorthin, und die Schmerzensschreie, die die Leute dann hörten, ließen wenig Zweifel daran, dass da nichts Gutes passierte. Irgendetwas sagt mir, dass er wiederholt, was er selbst einmal erlebt hat. Nur, dass er diesmal selbst der Henker ist.«

Niklas lief es kalt den Rücken herunter.

»Ich habe die Brandverletzungen auf seinem Unterarm gesehen. So verbrennt sich niemand bei einem Unfall. Ich glaube, dass sein Pflegevater ihm die Hände unter Wasser festgekettet hat, um ihn zu bestrafen. Und ich glaube, er hat ihn vor einen Heizstrahler gebunden und dort sitzen lassen, bis seine Haut brutzelte wie die Pommes im Frittieröl.«

»Ich glaube, dass wir in vielerlei Hinsicht unsere Fälle aus der gleichen Perspektive angehen«, stellte Niklas fest. Er schauderte bei dem Gedanken, dass diese Misshandlungen höchstwahrscheinlich in den vier Wänden stattgefunden hatten, in denen er jetzt wohnte. »In beiden Fällen dreht es sich letztlich um alte Sünden«, fügte er hinzu, bevor er seinem Kollegen von der neuesten Entwicklung in einem Fall erzählte, den er aufgrund der Zeitungsberichte als bekannt voraussetzte.

»Keine Verdächtigen?«, fragte Rino, als Niklas mit seiner Geschichte bei der Puppe angekommen war, die in diesem Moment auf dem Küchentisch lag.

»Keine Verdächtigen und keine Motive, aber ich ahne, dass die Geschichte mit Linea anfängt und aufhört. Beziehungsweise mit der Puppe.« Niklas nahm die Porzellanpuppe behutsam in die Hand. »Die Schönste aller Schönen. Lineas Mutter konnte nicht ahnen, dass die Puppe über fünfundzwanzig Jahre lang mit ihrer Tochter vergraben sein würde.«

»Man muss ergründen, warum die Dinge so passiert sind. Wir haben es beide mit Tätern zu tun, die viel Energie in die Inszenierung und in die Ausführung des Verbrechens an sich gesteckt haben. Rino stand auf, weil er wusste, dass der andere eigentlich nur für eine kurze Stippvisite nach Hause gekommen war. »Und in so einem Fall muss man eigene Gedanken und Normen beiseitelassen, die haben in solchen Fällen keine Gültigkeit. Wo wir meinen, Wahnsinn im Zwangsjackenstadium zu sehen, findet sich immer noch eine gewisse Logik.« Er blieb stehen, als würde er über irgendetwas nachdenken. »Sie sind kürzlich erst eingezogen, richtig?«

»Wir wohnen erst ein paar Wochen hier.«

»Dann ist der Keller vielleicht immer noch unberührt?«

Niklas runzelte die Stirn.

»Der Alte hat da so was gesagt... dass der Junge den Großteil seiner Kindheit im Keller verbracht hätte.«

»Ich habe ein paar Kartons runtergestellt, aber das war alles. Das war übrigens die einzige besondere Klausel im Mietvertrag, dass im Keller alles so bleiben muss, wie es ist. Die Vermieterin hatte wohl eine Menge da unten verstaut, aber ich konnte sie schließlich doch überreden, dass wir den Keller benutzen dürfen. Ich hab nämlich auch so einiges an überflüssigem Krempel.«

»Wäre es in Ordnung, wenn ich mir das mal anschaue?«

Niklas führte ihn zu einem engen Gang, von dem eine schmale Treppe nach oben führte und eine schiefe Tür in den Keller. »Sie müssen die Unordnung entschuldigen«, sagte er, während er die Tür öffnete und den Lichtschalter betätigte. Die Stufen sahen aus, als wären sie für Kinderfüße gedacht, man konnte gerade eben mit der halben Fußsohle auftreten. Am Fuß der Treppe hatte Karianne zwei Farbeimer abgestellt, die er vorsichtig zur Seite schob. Es roch, wie alte Keller eben riechen: Staub und Moder in trautem Nebeneinander. Die Decke war so niedrig, dass sie mit knapper Not aufrecht gehen konnten. Niklas spürte, wie er mit dem Haar die Deckenbalken streifte, während er im Slalom zwischen Kartons mit neuerem und älterem Gerümpel hindurchlief.

Eine Trennwand mit je einer Tür an den beiden Enden unterteilte den Keller. Die erste war angelehnt, die andere mit mehreren Brettern kreuz und quer vernagelt. Sie warfen einen Blick durch die offene Tür. Eine baufällige Hobelbank und zwei Paar Ski in einer Halterung an der Wand.

»Und Sie waren noch nie in dem anderen Raum?«

»So weit bin ich noch nicht gekommen.«

»Haben Sie ein Brecheisen oder einen Hammer?«

Niklas hatte nur das, was der Vorbesitzer zurückgelassen hatte.

»Dann muss das eben reichen.« Rino griff sich eine alte Axt. »Wollen wir es damit probieren?«

Niklas nickte.

Rino schälte sich aus seiner Jeansjacke, schob sich die Pulloverärmel bis über die Ellbogen hoch und holte mit der Axt aus. Er musste nicht oft zuschlagen, damit sich die halbverfaulten Bretter lösten.

»Was hoffen Sie da zu finden?«

Rino zuckte mit den Achseln. »Ich will es verstehen«, sagte er und öffnete die Tür.

Der Raum lag im Dunkeln. Rino tastete mit den Händen an der Wand entlang, fand aber keinen Schalter. »Haben Sie eine Taschenlampe?«

»Oben im Gang müsste eine liegen.«

Eine halbe Minute später richtete Niklas einen dünnen Lichtstrahl in den Raum. Bevor er erkennen konnte, was sich im Lichtkegel zeigte, zwängte Rino sich schon an ihm vorbei. »Wir haben unseren Mann«, sagte er.

# 27

»Alles ist in Entwicklung. Auch der Tod. Dinge, die vor fünfzehn Jahren noch Wahrheiten waren, sind es heute nicht mehr unbedingt.« Der längst pensionierte Arzt war gebeten worden, eine erste Einschätzung der Knochenreste vorzunehmen, da er damals als Pathologe am Universitätskrankenhaus in Tromsø gearbeitet hatte. Das Skelett sollte anschließend zur weiteren Untersuchung ans Rechtsmedizinische Institut geschickt werden, doch Brocks, der sich dafür verbürgte, dass der Alte ein Meister seines Faches war, wollte gern etwas Zeit gewinnen, für den Fall, dass diese Knochen wirklich die Antwort bargen. »Ich rede dabei von der technischen Entwicklung, nicht zuletzt dem blinden Glauben an ihre Vorteile. Immer wieder ein neues raffiniertes Dingsbums zur Paraffinierung von Gewebe und was weiß ich nicht noch alles. Darüber vergessen diese Instrumentenjunkies allerdings eines: dass das Fach der Pathologie immer noch dasselbe ist.« Er warf den Männern, die um den Stahltisch herumstanden, einen festen Blick zu. »Wofür ich nicht garantieren kann, ist das hier.« Er deutete sich mit Zeige- und Mittelfinger auf die eigenen Augen. »Sie haben mich um eine schnelle Einschätzung gebeten, und ich werde Ihnen eine schnelle geben.« Der Mann, der gegen Ende siebzig sein mochte, war so dünn, dass kaum noch Fleisch zwischen Knochen und Haut zu sitzen schien. »Wie man sehr gut mit bloßem Auge erkennen kann ...«, er sah die Umstehenden nochmals an, diesmal um sie aufzufordern, näher an den Tisch heranzutreten, »... haben wir hier einen Riss in der Nähe des Bregmas, weder besonders lang noch besonders tief. Man müsste schon ziemlich erpicht darauf sein, unbedingt ein Indiz für ein Verbrechen zu finden, wenn man behaupten wollte, dass er von einer vorsätzlich ausgeführten Tat stammt.«

»Aber...?«, hakte Brocks nach, als ob er meinte, dass der Mann ihm zumindest eine Andeutung schuldig war.

»Aber?« Der Arzt zuckte mit den Schultern. »Ich habe keine Kristallkugel, also bitten Sie mich nicht zu raten, was hier passiert ist. Aber wie Sie sehen, ist der Riss ziemlich mittig, und das macht es wenig wahrscheinlich, dass er von einem Sturz stammt. Und ein Sturz wäre wiederum die einzig vorstellbare Art, wie sich jemand so verletzen kann. Man müsste schon auf eine besondere Weise fallen, um sich haargenau an dieser Stelle einen Bruch zuzuziehen.«

»Also hat jemand sie geschlagen.«

»Das war Ihre Schlussfolgerung. Nicht meine.«

»Ich dachte, das hätten Sie mit Ihren Worten andeuten wollen?«

»Richtig. Aber die Schlussfolgerung stammt immer noch von Ihnen. Ich mache meine Arbeit, Sie Ihre.« Der Arzt nahm den Schädel zwischen beide Hände und betrachtete ihn, als wäre er ein Kristallkugelersatz. »Der Schlag kann nicht besonders heftig gewesen sein«, stellte er fest. »Vielleicht hat er sie auch bloß gestreift.«

»Sie aber trotzdem umgebracht?« Brocks klang hoffnungsvoll.

»Das ist die Frage. Nichts ist zerbrechlicher als der menschliche Körper. Und nichts ist zäher. Es kommt immer drauf an. Ein Wespenstich kann töten. Andere Menschen überleben jahrelange Folter. Mit anderen Worten: Der Schlag kann das Mädchen umgebracht haben, aber höchstwahrscheinlich war es nicht so.« Der Alte legte den Schädel wieder auf den Tisch. »Was eine ganze Reihe von möglichen Szenarien eröffnet. Wenn der Schlag sie nicht getötet hat, warum ist sie dann nicht noch öfter geschlagen worden? Wäre es logisch, dass ein eventueller Mörder nur einmal zuschlägt? Ich frage nur. Der nächste Schlag hätte natürlich auch einen anderen Körperteil treffen können, aber ansonsten kann ich am Skelett keine Verletzungen finden.«

»Sie könnte erstochen worden sein.« Diesmal wagte Niklas einen Vorstoß.

»Kann sein. Aber wie Sie sehen, haben wir leider keinen Körper aus Fleisch und Blut mehr. Wir haben nur Knochen. Wenn Sie also nicht plötzlich eine neue Wundermaschine der Rechtsmedizin produzieren, befürchte ich, dass Ihnen diese Frage nie beantwortet werden kann.«

Es vergingen ein paar Sekunden in nachdenklicher Stille.

»Ein anderes Szenario wäre, dass sie bewusstlos geworden ist und dann lebendig begraben wurde.«

Plötzlich schien die Luft im Krankenhauskeller klamm und erstickend. Es war eine ungeheuerliche Andeutung, aber der alte Arzt war eben nur brutal ehrlich.

»Können Sie etwas darüber sagen, wie lange sie begraben war?« Auch Lind schien die Vermutung des Arztes schwer mitzunehmen, denn seine Haut verfärbte sich vom Hals bis zum Haaransatz fleckig rot.

»Ich würde schätzen, sie lag dort, seit sie als vermisst gemeldet wurde, aber auf diese Frage können Sie eine ganz klare Antwort bekommen. Nur nicht von mir. Sie haben mich um eine schnelle Einschätzung gebeten, und die haben Sie bekommen. Ein Schlag, mehr kann ich Ihnen auch nicht sagen. Ein Schlag, der nicht sonderlich gut getroffen hat. Oder nicht besonders heftig war.«

Obwohl es bei der nächsten Ermittlungsbesprechung mehr Fragen als Antworten gab, spürte Niklas, dass Brocks wieder etwas freier atmete, nachdem die Verantwortung offiziell den Leuten vom Landeskriminalamt übertragen worden war. Der Fund der Knochenreste, die wahrscheinlich der Schwester des Wanderers gehörten, deutete auf ein neues Verbrechen hin, und bevor die Obduktion abgeschlossen war, behandelten sie den Fall, als könnte es sich um Mord oder einen Mordversuch handeln, und setzten ihre Prioritäten entsprechend. Niklas fand, dass es an Verantwortungslosigkeit grenzte, Lineas Fall von den anderen auszuklammern, die Augen davor zu verschließen, dass ihr Schicksal etwas mit den Ereignissen der letzten Tage zu tun haben könnte. Denn die Puppen sprachen eine deutliche Sprache, auch wenn man kaum hatte vorhersehen können, dass Regen und abrutschende Erdmassen das Mädchen ausgerechnet jetzt freilegen würden.

Ellen Steens Zustand war unverändert, und keine der kürzlich durchgeführten Befragungen hatte ein neues Licht auf die Sache werfen können. Was Sara Halvorsen betraf, standen immer noch ein paar Vernehmungen aus, um das Bild von ihr zu vervollständigen, doch sie war definitiv der Paradiesvogel des Dorfes gewesen, eine Aussteigerin aus dem Rennen ums Geldverdienen, die sich entschlossen hatte, im Einklang mit der Natur zu leben. Doch nichts deutete darauf hin, dass sie Feinde gehabt hatte. Sandsbakk, der Ermittlungsleiter, behauptete jedoch hartnäckig, dass mangelnde Erkenntnisse in dieser Richtung nur darauf zurückzuführen waren, dass man nicht tief genug gegraben hatte. Denn niemand wurde nur gemocht.

Als die neuen Aufgaben verteilt wurden, wurde Lind auf die Gestalt aufmerksam, die gerade die Straße überquerte und Kurs auf das Polizeipräsidium nahm. Als er aufstand, um der zerrupften Erscheinung entgegenzugehen, schloss Niklas sich ihm an.

Der Wanderer klopfte kaum hörbar an die Tür, als kostete ihn die Bewegung mehr Kraft, als er eigentlich hatte.

Er trug noch immer denselben Pullover, doch er war jetzt noch dreckiger als vor ein paar Stunden, und wieder hatte er seinen treuesten Begleiter, den Spaten, dabei. Er musterte ihn nachdenklich, als wollte er einschätzen, ob er zu schmutzig war, um ihn mit hineinzunehmen, dann stellte er ihn vor der Tür ab.

»Haben Sie wieder gegraben?« Lind deutete mit einer einladenden Geste auf einen der Besucherstühle.

»Ich habe wieder gegraben.«

Die Polizisten wechselten einen Blick. »Auf der Wiese?«

»Oben am Berg. Ich hatte gerade sieben, acht Quadratmeter geschafft, als ich geholt wurde. Ich musste die Unordnung doch wieder aufräumen.«

»Das hätten Sie doch nicht zu tun brauchen...«

»Ich wusste, dass sie in der Erde liegt.«

»Ich hoffe, Sie finden jetzt Frieden, Konrad.« Lind versuchte sich an einem unbeholfenen Schulterklopfen.

Der Wanderer senkte den Kopf und ließ die Arme hängen. »Das Untier hat sie getötet.«

Wieder tauschten Niklas und Lind einen Blick. »Wenn sich herausstellen sollte, dass sie ermordet wurde, werden wir alles tun, was in unserer Macht steht, um den Täter zu finden.«

»Sie haben mir nie geholfen.« Seine Stimme veränderte sich. »Nie.«

»Wir hatten meistens alle Hände voll zu tun...«

»Sie auch nicht.« Der Wanderer warf einen Blick auf den Aushilfspolizisten.

»Tut mir leid.« Eigentlich hatte Niklas nichts getan, was ihm hätte leidtun müssen, doch irgendwie setzte ihm die Sache doch zu.

»Es hätte auch nicht dazu beigetragen, sie schneller zu finden«, sagte Lind mit ruhiger Stimme.

»Jemand hätte ja am anderen Ende anfangen können.«

»Ich glaube, Linea hätte gewollt, dass Sie Ihren Frieden finden, Konrad. Es nützt nichts, sich mit Dingen zu quälen, die man anders hätte machen können.«

»Ich bin krank.« Das erschöpfte Gesicht verzerrte sich, er musste weinen.

»Ruhen Sie sich jetzt aus, Konrad.«

Der Wanderer legte sich eine Hand auf die eigene Schulter. »Das tut so weh, jetzt merke ich jeden einzelnen Spatenstich der letzten Jahre.«

Niklas spürte, wie sich ihm der Magen zusammenkrampfte.

»Sie sollten zum Arzt gehen und ihm die Schulter zeigen«, meinte Lind. »Ich könnte Ihnen einen …«

Der Wanderer schüttelte den Kopf. »Glauben Sie, dass Linea leiden musste?« Seine hellen, erschöpften Augen füllten sich mit Tränen.

»Sie hat nichts gespürt«, mischte sich Niklas ein, nicht weil er es zu wissen glaubte, sondern weil er alles gesagt hätte, um diesen armen Kerl zu trösten.

»Ich hab so Angst, dass sie Schmerzen hatte.«

»Sie ist ohnmächtig geworden und einen schmerzlosen Tod gestorben, Konrad. Glauben Sie mir.« Lind tätschelte ihm abermals linkisch die Schulter. »Soll ich Sie heimfahren?«

Der Wanderer nickte langsam. Er war am Ende seiner Kräfte. Mit schweren, schlurfenden Schritten drehte er sich um und ging hinaus.

Niklas glaubte zu riechen, dass sich unter den Gestank von Schweiß und Dreck noch eine andere Duftnote geschlichen hatte.

Lind griff sich seine Autoschlüssel. »Tragisch.«

»Wie alt war er damals eigentlich?«, wollte Niklas wissen.

»Sechzehn oder siebzehn. Ich glaube, er hat danach nie so wirklich gelebt.«

Als sie gefahren waren, fiel Niklas ein, woran ihn der Geruch erinnert hatte. Es war der Geruch eines alten Menschen. Alt und dem Tode nahe.

Karianne saß am Küchentisch, umgeben von Zeitungspapier und halbvollen Farbeimern. Neben ihr lag ein eingetrockneter Pinsel. Niklas sah, dass sie geweint hatte und sich Mühe gab, es zu verbergen.

»Es ist spät geworden.« Er hatte sie angerufen und über die neueste Wendung in seinem Fall informiert.

»Bei mir auch. Der Monatsabschluss steht vor der Tür.«
»Und, geht es auf?«
Sie grinste schief. »Immer.«

Niklas fror und war müde. Am liebsten wäre er nach einer kurzen Dusche ins Bett gegangen, doch dann setzte er sich zu ihr. »Fühlst du dich wohl in der Bank?«

Es dauerte eine Weile, bis sie antwortete. »Ich mache eben das, was ich gelernt habe. Die Kollegen wirken ganz okay, aber die Stimmung ist verständlicherweise nicht die beste.«

»Reden sie viel von ihr?«

»Von Ellen Steen? Natürlich. Vielleicht nicht so sehr mit mir, weil sie ja wissen, dass ich mit dir verheiratet bin.«

»Was für einen Eindruck hast du von ihr?«

Sie musterte ihn. »Bin ich jetzt deine Außendienstmitarbeiterin? Sie reden mehr über das, was ihr passiert ist, als über sie als Person. Aber ich habe nichts über irgendwelche dunkleren Seiten an ihr gehört, wenn es das ist, was du meinst.«

»Ja, das meinte ich.«

Sie schob den Stuhl zurück und stand auf.

»Niklas?«

Er blieb stehen und hörte an ihrem Ton, dass er jetzt erfahren würde, warum sie geweint hatte.

»Wir müssen die Gewebeproben bald machen lassen. Wenn sie nicht passen, brauche ich Zeit, um einen Spender zu finden. Nach Weihnachten werde ich wohl zur Dialyse müssen, und bis zum Sommer...«

Plötzlich schämte er sich. Schämte sich, weil er sich so sträubte, eine Niere für seine Liebe zu opfern, und weil sie es spürte. Er setzte sich. »Wir können die Proben jederzeit machen lassen.«

»Ich hab morgen einen Termin.«

Das hatte er ganz vergessen. »Dann komme ich mit.«

»Und die Ermittlung?«

»Die kommt auch mal ohne mich aus.«

»Sicher?«

»Sicher.«

Sie lächelte vorsichtig. »Ich wollte eigentlich weiterstreichen, aber... ich bin nicht ganz in Form.«

Er stand auf, zog sie vom Stuhl hoch und drückte sie an sich. Und als sie so dastanden, spürte er, dass er bereit war. Bereit, einen Teil seiner selbst für sie zu opfern.

Karianne ging zuerst ins Bad, und er beschloss, sich noch einmal den Keller anzuschauen. Er hatte ihr noch nichts von dem Jungen erzählt, der hier aufgewachsen war, und von dem Verdacht, der gegen ihn bestand. Sie hatte genug Sorgen. Er ging auf Strumpfsocken hinunter, weil er nicht wollte, dass sie fragte, was er plötzlich im Keller zu suchen hatte. Er öffnete die Tür des Raumes, zu dem sie sich heute Zugang verschafft hatten, und meinte, ein Wimmern aus den Wänden kriechen zu hören. Hier hatte der Junge also gesessen, isoliert und einsam, und sich die Zeit damit vertrieben, kleine Strichmännchen in die Wand zu ritzen. Die Art, wie diese Tür vernagelt worden war, deutete darauf hin, dass es entweder im Zorn geschehen war oder mit der Absicht, sie für immer zu verschließen. Hatte vielleicht der Junge selbst die Bretter angenagelt? Er war schon fast wieder oben, als sein Handy klingelte. Es war Lind.

»Das Krankenhaus Tromsø hat angerufen.« Seine Stimme verriet, dass er gestresst war. »Manches deutet wohl darauf hin, dass Ellen Steen langsam doch aus ihrem Dämmerschlaf aufwacht. Sie murmelt unverständliche Sachen, aber eine Krankenschwester meint, ein paar Worte verstehen zu können. Sie ist sich ganz sicher, dass sie da etwas von *kratzenden Klauen* herausgehört hat.«

## 28

## Andreas Geschichte

*Er schlug sie, wie er sie noch nie zuvor geschlagen hatte, voller Hass und mit dem bewussten Wunsch, sie zu verletzen. Vielleicht eine halbe Minute, vielleicht auch fünf, sie wusste es nicht, aber plötzlich war der Wahnsinn vorüber, und das Einzige, was ihren eigenen hämmernden Herzschlag übertönte, war sein schwerer, pfeifender Atem. »Luder«, sagte er, als er ging, doch sie hörte seiner Stimme an, dass sein Zorn sich gelegt hatte.*

*Die Schmerzen waren unerträglich, und sie schaffte es mit Mühe und Not, sich in die Badewanne zu hieven. Das Wasser färbte sich rot von dem Blut aus einer Platzwunde an der Stirn, und als sie sich selbst so im blutig-hellroten Wasser sitzen sah, fing sie an unkontrolliert zu zittern, und ihr bitterliches Weinen hallte dumpf von den Fliesen wider.*

*»Mama?« Das war Konrad. Er hatte mitbekommen, was passiert war, und die nachfolgende Stille machte ihm Angst.*

*Sie wusste, dass sie sich um des Kindes willen zusammenreißen musste, aber ihr Körper zuckte weiter.*

*»Mama, bist du da drin?«*

*»Mama badet.« Ihre Worte kamen in abgerissenen Schluchzern.*

*»Tut es weh?«*

*Seine Fürsorge und sein Versuch, sie zu trösten, ließ sie noch viel heftiger weinen. Sie weinte, weil sie Kinder in eine Welt voller Angst und Not geboren hatte. Und sie weinte, weil sie sie mit einem Vater wie Edmund leben ließ.*

*Konrad ging, er begriff, dass sie Zeit für sich selbst brauchte, und nach und nach konnte sie sich wieder fangen und rational überlegen.*

*Sie ließ das Wasser ablaufen. Ihr war bewusst, dass Edmund jederzeit wieder die Beherrschung verlieren konnte, wenn er entdeckte, dass der Boiler leer war. Sie streckte sich nach einem Handtuch aus, doch die Schmerzen in den Rippen waren so heftig, dass sie nach Luft schnappen und sich wieder hinsetzen musste. Nach mehreren Aufstehversuchen wurden die Schmerzen immer stärker, und sie blieb sitzen. Nur der Gedanke, dass ihre Kinder mittlerweile fast eine Stunde ganz ohne Aufsicht waren, gab ihr die Kraft, einen letzten verzweifelten Anlauf zu nehmen, und mit einem Schmerzensschrei schaffte sie es, sich aus der Wanne zu stemmen. Gekrümmt blieb sie stehen, während der Schmerz heftig pochte. Mehrere Rippen mussten gebrochen sein, und ihr war klar, dass sie tagelang nicht imstande sein würde, sich um die Kinder zu kümmern. Die Verzweiflung überwältigte sie, und sie stürzte zu Boden. Im Fallen meinte sie zu hören, wie die Tür aufging und sich jemand vor dem Eintreten den Schnee von den Füßen klopfte. Dann rief Edmunds Stimme ihren Namen. Bevor sie endgültig die Besinnung verlor, hörte sie, dass sein Tonfall sanft und schmeichelnd war. Darüber war sie froh. Wegen der Kinder.*

*Was Edmund von dem Herbsttag wusste, an dem der Strom abgestellt wurde, erfuhr sie nie, und sie wagte auch nie zu fragen. Sie hatte ihre Strafe bekommen, und ohnehin hätte sie durch keine Erklärung Reue bei ihm hervorrufen oder das Ganze ungeschehen machen können.*

*Sie schrieb einen Brief an Thea, erklärte ihr, dass Edmund die Briefe vor ihr versteckt hatte, und bat sie, ihre Antwort postlagernd zum Kaufmann am Ort zu schicken, mit dem sie sich abgesprochen hatte. Ohne Zögern hatte er sich bereit erklärt, den Mittelsmann für sie zu spielen.*

*Es schien, als wüsste das ganze Dorf Bescheid.*

*Fröhlich erledigte sie ihre Einkäufe, aber die erste Woche verging ohne eine Antwort, die nächste ebenso, und ihr wurde klar, dass Thea verloren war, aus welchem Grund auch immer. Erst vier Wochen nach ihrem Brief hielt der Kaufmann sie auf, als sie bei ihm vorbeikam. Mit einem breiten Grinsen stand er in der Tür und winkte ihr mit einem weißen Kuvert. Sie konnte nicht warten, bis sie zu Hause war, daher ging sie in die Bäckerei, wo sie sich auf die Toilette setzte und die sieben dicht beschriebenen Seiten las. Der Brief war nicht in Theas Handschrift abgefasst, sondern von einer Krankenschwester. Es war ein warmherziges Lebwohl an Andrea und an das Leben. Denn Thea war krebskrank und lag im Sterben. Es hieß, dass es sich – bestenfalls – noch um Wochen handeln konnte, und als Andrea auf der Toilettenschüssel der Bäckerei Bergland saß, wusste sie intuitiv, dass Thea ihren letzten Atemzug bereits getan hatte. Sie weinte und konnte den Strom ihrer Tränen gar nicht mehr aufhalten. Sie fasste sich erst, als jemand an der Tür rüttelte. Ein letztes Mal las sie den Brief, bevor sie ihn zerriss und hinunterspülte. Diese Worte sollte Edmund nie zu sehen bekommen.*

*Mehr denn je wurde ihr Leben zur reinen Selbsterhaltung. Sie stand auf für die Kinder, lief von morgens bis abends auf Autopilot und sog die wenigen spontanen Augenblicke des Glücks in sich auf. Sei es, dass Heidi mal wieder einen kleinen Fortschritt machte, dass Konrad ihr seine hintergründigen Auffassungen von der Welt der Erwachsenen mitteilte oder dass sie mit einer neuen Puppe – verborgen unter ihren Kleidern – nach Hause kam. Obwohl sie mittlerweile eine ganze Menge Puppen besaßen, merkte es keiner, wenn Andrea eine neue besorgt hatte. Ab und zu kam es freilich vor, dass die Kinder eine Puppe vermissten. Sie ließ die Kinder suchen und streiten, bis sie eine neue Puppe hinter einen Stuhl oder eine Bank legte.*

*Edmunds neuester Broterwerb war die Jagd, vielleicht weil seine gichtkranken Finger mit den Fallen noch zurechtkamen, vielleicht aber auch nur, weil es ihm gefiel. Und sie musste die Tiere weiterhin häuten. Manchmal dachte sie, dass es in den Bergen rund um Bergland bald keine Vögel und Raubtiere mehr geben konnte, doch immer wieder spazierten welche in Edmunds selbstgebastelte Fallen, was die Kinder und sie schier zur Verzweiflung brachte. Vor allem Konrad. Der Junge war ein empfindsames Kind, das über einen erschlagenen Vogel Tränen vergießen konnte und es sich zur Aufgabe machte, alles vor der brutalen, gefährlichen Welt zu retten, was kriechen oder laufen konnte, bis hin zum Insekt. Konrad, der Kämpfer für die Schwachen, der sich schon rührend um Heidi und Linea kümmerte, vor allem um Linea, für die er wahrscheinlich durchs Feuer gegangen wäre. Er wusste natürlich, dass sein Vater jagte, und auch, dass seine Mutter die Tiere häutete und zerlegte, doch sie achtete immer darauf, dass er nicht unverhofft in so einem Moment dazukam, denn sie hatte Angst, dass diese Eindrücke unauslöschliche Spuren in ihm hinterlassen würden. Als er eines Tages eifrig zu ihr gerannt kam und ihr stotternd etwas ins Ohr flüsterte, damit sein Vater es nicht hörte, ahnte sie schon, dass diese Geschichte nur in einer Tragödie enden konnte. Er hatte ein verlassenes, verletztes Fuchsjunges gefunden, das nicht weit entfernt in einer Höhle an einem Hang lag. Sie erklärte ihm, dass der Fuchs in die Natur gehörte, und bat ihn, das Jungtier dorthin zurückzutragen, wo er es gefunden hatte, doch Konrad gab nicht nach, nicht mal, als sie versuchte, zornig zu werden. So hatte sie ihn noch nie gesehen, es sah aus, als hätten sich alle guten Kräfte in diesem kleinen Körper vereint, um sich dagegen zu stemmen, dass er gegen seine Natur handelte. Und Andrea, die schon allzu viele tote Tieraugen gesehen hatte, ließ sich erweichen. Fast zwei Wochen lang ging es gut, bis sie eines Morgens mit dem Gefühl erwachte, dass ein dumpfer Knall sie aus ihrem Traum gerissen hatte. Es war still im Haus. Zu still. Sie drehte sich im Bett um, sah, dass Edmund nicht neben ihr lag, und begriff im selben Moment, was geschehen war. Sie rief seinen Namen, brüllte wie eine Verrückte, als sie die Bettdecke zur Seite schlug und die Treppe hinunterlief. Das Fuchsjunge lag in einer Blutlache auf dem Boden. Daneben stand Edmund mit einem zufriedenen Grinsen auf dem Gesicht. »Was hast du gemacht?« Sie heulte es heraus, doch seine selbstzufriedene Stimmung war nicht zu erschüttern. Sie lief auf das blutige Bündel zu, aber als sie nur noch ein paar Meter entfernt war, blieb sie plötzlich stehen. Der kleine Fuchs war unwiderruflich tot, aber zurückgehalten hatte sie etwas anderes. Sie spürte einen ungläubigen Blick im Rücken und drehte sich um. Konrad stand wie gelähmt auf der Türschwelle. Es kam kein Schrei, kein hysterischer Ausbruch, er stand einfach nur so da, mit einem versteinerten Ausdruck auf seinem blutleeren Gesicht. Es war, als würde die Zeit stillstehen. Niemand sagte etwas, niemand tat etwas. Sie setzte sich vor ihn hin und achtete darauf, ihm mit ihrem Körper den Blick auf das Fuchsjunge zu versperren. Sie bat Heidi und Linea, wieder ins Haus zu gehen. Die beiden starrten den toten Fuchs an, ohne zu verstehen, was an ihm so besonders sein sollte, denn Konrad hatte auch ihnen kein Sterbenswörtchen davon erzählt. Andrea führte ihn nach drinnen, setzte sich mit ihm aufs Sofa und drückte ihn fest an sich. Doch sosehr sie sich auch bemühte, ihn zu trösten, es kam keine Reaktion. Konrad war geflohen, und sie war mit ihm geflohen, in eine leere Dunkelheit, in der nichts mehr einen Sinn hatte. Sie merkte, wie Heidi die Veränderung spürte, sie bemerkte die Verunsicherung ihrer Tochter, als sie ihre Mutter so sah, doch Andrea hatte keine Kraft mehr zum Trösten. Sie wünschte sich nur noch Frieden, wollte nur noch einschlafen und nie wieder aufwachen. Und sie schlief, einen Tag und eine Nacht, und erwachte erst wieder am nächsten Vormittag. Von unten hörte man gedämpfte Stimmen. Edmund und Heidi. Sie blieb liegen und nahm diese Geräusche häuslichen Friedens in sich auf. Vielleicht war er nicht echt, aber in diesem Moment fühlte es sich befreiend an, und als sie sich wenig später hochrappelte, hatte sie das Gefühl, dass die Tragödie des vorigen Tages ihren Schrecken schon wieder verlor. Allerdings wusste Andrea nicht, dass Edmund in wenigen Wochen einen schicksalhaften Beschluss fassen sollte.*

## 29

Niklas saß allein am Küchentisch. Er hatte den Tag im Krankenhaus von Tromsø verbracht, wo man ihm und Karianne Gewebeproben entnommen hatte. Sie hatten schon die Rückmeldung, dass sie dieselbe Blutgruppe besaßen, jetzt mussten sie noch ein paar Tage gespannt abwarten, bevor sie erfuhren, ob Niklas' Gewebetyp passend war. Bei dem Gedanken, eine Niere zu opfern, war ihm die ganze Zeit unwohl gewesen, aber bis jetzt hatte er sich innerlich davon distanzieren können, als wäre das Szenario zu erschreckend, als dass es jemals Realität werden könnte. Doch nach dem Krankenhausbesuch war es auf einen Schlag eine Wirklichkeit, der er sich nicht länger verschließen konnte. Ihm wurde schlecht bei dem Gedanken. Und ihm wurde schlecht davon, dass er so reagierte. Karianne, die ihre Krankheit mit solcher Würde trug und ihn so lange wie irgend möglich überhaupt nicht in ihr Leiden mit hineingezogen hatte, verdiente es einfach nicht, dass er sich weigerte, sie verdiente es, ohne schlechtes Gewissen einer besseren Zukunft entgegenzugehen. Sie war den ganzen Tag über bester Laune gewesen, wahrscheinlich weil das Gefühl so befreiend war, dass sich endlich etwas tat. Sie kamen gerade nach Hause, als die nächste frohe Botschaft eintraf. Ihr Vater rief an und teilte ihr mit, er habe ein kleines Lazaruserlebnis gehabt, weil er es nämlich geschafft hatte, aufzustehen und ein wenig im Wohnzimmer umherzugehen. Niklas teilte die Freude, aber sie hatte einen gewissen unguten Beigeschmack. Er mochte Reinhard, er hatte ihn immer gemocht, aber irgendetwas sagte ihm, dass hier die Opferbereitschaft zum Kontrollzwang geworden war, und wo man ihn früher noch hätte verteidigen können, konnte man ihn jetzt nicht mehr in Schutz nehmen. Die Geschichte, wie er seinen Einfluss geltend gemacht hatte, um ihr einen Platz an der Handelsschule zu verschaffen, war unschuldig und rührend, und wahrscheinlich hatte es ihn nicht mal allzu viel Überredungskünste gekostet. Alle haben Mitleid mit einem schwerkranken Kind. Doch Reinhard konnte nicht loslassen, auch nicht, als Karianne gesund und erwachsen war. Broschüren, in denen ihr Heimatort angepriesen wurde, Anrufer, die ihr ein passendes Haus zum Kauf anboten, und die Annonce mit der freien Stelle im Polizeipräsidium – das alles war Reinhards Werk. Vielleicht auch seine plötzliche Erkrankung. Eine letzte krampfhafte Zuckung, um die Tochter in den Norden zu locken, und je mehr es so aussah, als würden sie hierbleiben, umso mehr besserte sich sein Zustand. Es war kein schöner Gedanke, und vielleicht tat er Reinhard sogar Unrecht. Trotzdem nagte die positive Nachricht an ihm – sie passte einfach gar zu gut in seine Theorie.

Im Laufe des Tages hatte er mehrfach mit Lind telefoniert und sich das Neueste von Ellen Steen berichten lassen, die leider doch noch keine Anstalten machte aufzuwachen. Die Theorie mit dem Tier hatte freilich neue Nahrung erhalten, obwohl sie nicht besonders logisch klang. Denn ein Raubtier mit Klauen solcher Größe hätte sich niemals damit zufriedengegeben, sie testweise anzuritzen, um sich dann wieder zurückzuziehen. Also herrschte die Auffassung, dass die Kratzer die Unterschrift des Täters waren. Auch Niklas teilte diese Theorie, obwohl sie ihn letztlich nicht ganz befriedigte. Denn Konrad hatte das Tier ja ganz deutlich gehört.

Er konnte den Gedanken nicht abschütteln, dass das Tier irgendeinen Platz in diesen grausamen Geschehnissen hatte. Da klingelte das Telefon. Eine unbekannte Nummer.

Es war der Polizist aus Bodø.

»Ich sitze gerade am Meer, sieben-, achthundert Meter von Ihrem Haus entfernt. Wenn Sie Zeit und Interesse haben, würde ich Ihnen gern etwas zeigen.«

»Geht es um den Jungen?«

»Ja.«

»Ich komme«, sagte er, obwohl er sich eigentlich bei Brocks hätte melden sollen.

»Ich gehe die Klippen hoch und schwenke meine Taschenlampe.«

»Bin in fünf Minuten da.«

Hinter dem dünnen Lichtstrahl, der sich in Halbkreisen hin und her bewegte, sah das Gesicht des Polizisten aus wie eine Maske. Als Niklas sich näherte, senkte Rino die Lampe, um ihm den Weg zu leuchten.

»Ich wollte nicht stören, aber nachdem ich Sie da sowieso schon mit reingezogen hatte ...«

»Ich habe schon noch einen freien Willen. Das ist vielleicht mehr, als man von Ihrem armen Kerl behaupten kann.«

»Befürchte ich auch. Die Perversion übersteigt alles, was ich mir vorgestellt hatte.«

Der Anlegeplatz lag in einer kleinen Bucht, in der die Klippen natürlichen Schutz vor Wind und Wetter boten. Jetzt war hier weit und breit kein Boot zu sehen, doch die Holzplanken waren immer noch da, glitschig von Algen und Seewasser. Rino kletterte hinunter bis ans Wasser. Niklas folgte ihm, wobei er bei jedem Schritt sorgfältig darauf achtete, dass er sicher stand, bevor er das Körpergewicht verlagerte. Rino ließ den Lichtstrahl ein Stück vorausschweifen, bis er an einem dicken Metallring hängen blieb, der einen Meter unter dem Wasserspiegel am Felsen befestigt war.

»Ich glaube, hier saß er angekettet und schaukelte auf den Wellen.«

Niklas hatte schon früher beobachtet, wie Gewalt wieder

neue Gewalt erzeugte, doch so etwas hatte er noch nie gesehen. Das Opfer war immerhin ein kleiner Junge gewesen.

»Er muss ganz schön gekämpft haben.«

»Ist nicht so leicht zu kämpfen, wenn einem die Hände festgekettet sind.« Niklas sah ihn vor sich, wie der glitschige Fels dem Jungen jeden Halt versagte und ihn in die Knie zwang, wie er strampeln musste, um den Kopf über Wasser zu halten.

»Irgendjemand muss doch gewusst haben, was hier passierte. Ich weigere mich, etwas anderes zu glauben.« Rino senkte die Taschenlampe. »Warum schauen die Leute bei so was weg?«

Niklas überlegte kurz. Die fünf, sechs Meter hohen Klippen versperrten den Blick auf die Häuser.

»Sie leugnen es einfach.« Auch das hatte er schon beobachtet – wie Mütter taub waren für die Geräusche aus dem Kinderzimmer und es ertrugen, ein paar Minuten später das Bett mit dem Täter zu teilen. »Verstehen Sie jetzt, was Sie verstehen wollten?«, fragte er.

»Es dämmert mir.« Rino stand auf und balancierte geschickt zurück auf festen Untergrund. »Können Sie sich vorstellen, was das für ein Kontrast war?« Ein kurzer Windstoß zeigte, dass unter dem pudellockigen Vokuhila nicht mehr allzu viel steckte. »Diesem Mann wurde die Kindheit genommen.«

Niklas konnte ihm nicht ganz folgen und runzelte die Stirn.

»Die Puppen«, fuhr Rino fort. »Meiner Meinung nach sollen die Puppen die Spiele symbolisieren. Sie wissen schon, Puppen und Matchbox-Autos, Mädchenspiele und Jungenspiele.«

Die Puppen.

Ursprünglich hatten sie einmal die Liebe einer Mutter zu ihren Kindern symbolisiert.

*Zu ihren Kindern.*

Er dachte an Reinhard, wie er die Regie über Kariannes Leben übernommen hatte und wie sich seine wohlmeinende Liebe zur totalen Kontrolle auswuchs. Hatte Andrea damals auch die Kontrolle übernommen? So wie ihm die Geschichte erzählt worden war, schien Edmund kein Mann gewesen zu sein, der sich kontrollieren ließ. Außer man überlistete ihn. Nach Bergland zu ziehen war doch ihr Vorschlag gewesen, oder?

Die Puppen.

Ihre heimlichen Abstecher, als sie sicher war, dass Edmund sie nicht mehr ertappen konnte. Die Puppen, die kamen und gingen. Auf einmal begriff er alles. Die Geschichte hinter der Geschichte.

# 30

Diesmal trat Niklas ein, ohne anzuklopfen. An der Küchentür blieb er stehen und lauschte. Von innen hörte man leises Gemurmel. Vielleicht zeigte sie irgendeiner verwirrten Seele gerade einen rettenden Weg auf. Schließlich verstummte das Murmeln, das ungefähr fünfzig Kronen pro Minute kostete, und er öffnete die Tür. »Hallo?«

Er hörte Papier rascheln, und Sekunden später stand sie vor ihm. »Oh, hallo, Sie sind's?« Ihr Lächeln war echt, aber nicht ganz bei der Sache. Anscheinend war er mitten in ihre Telefonsprechstunde geplatzt.

»Ich muss mit Ihnen reden.«

Ein Hauch von Verunsicherung und ein kurzes Zögern. »Okay. Kommen Sie rein.« Lautlos, mit weichen Bewegungen ging sie zum Telefon und schaltete den Anrufbeantworter an.

»Was ist so eilig?«

Er setzte sich auf seinen gewohnten Platz im Ledersessel, auf dem er gebannt der Geschichte von Edmund und Andrea gelauscht hatte. Jetzt richtete er den Blick auf die Frau, die vergeblich versuchte, eine entspannte Haltung einzunehmen. Sie verdiente ihren Lebensunterhalt damit, anderen die Zukunft vorherzusagen. Vielleicht weil ihr eigenes Leben von Sehnsucht und unerfüllten Träumen geprägt war. »Sie sind Andreas erstgeborene Tochter«, sagte er.

Sie senkte den Blick und rührte sich nicht. Dann steckte sie die Hand hinter das Kissen und holte eine Schachtel Marlboro hervor. Mit zitternden Händen steckte sie sich eine Zigarette an. Er hatte sie vorher nie rauchen sehen.

»Wie kommen Sie darauf?«, fragte sie.

»Haben Sie Bilder von Andrea?«

Sie inhalierte immer noch tief und lang, und irgendwann schien sie endlich ruhig zu werden. Wortlos ging sie zu einer alten Schatulle und zog eine Schublade auf. Dann legte sie das Bild vor ihn hin. Die Frau auf dem verblassten Foto mochte ungefähr Mitte zwanzig sein. Ein reserviertes Lächeln und ein Blick, der sich kaum traute, der Linse zu begegnen. Sie wirkte zerbrechlich. Die Ähnlichkeit war nicht zu übersehen, das war Lilly Maries Mutter. »Sie hat die Puppen rein- und rausgeschmuggelt.«

Sie sah ihm in die Augen. »Das war ihre Art, uns zu vereinen. Außerdem hatte ich noch Puppen, die mir allein gehörten.«

Niklas betrachtete Lilly Marie und meinte an ihr dieselbe Verletzlichkeit zu entdecken wie auf dem Bild ihrer Mutter.

»Edmund hat dafür gesorgt, dass ich weggegeben wurde. Ich war Andreas Hurenkind, das Ergebnis einer naiven Liebe vor Edmunds Zeit. Ich war erst zwei Jahre alt, als sie mich zu ihrer Tante schickte. Erst wohnten wir in einem Nachbardorf, aber als ich acht war, zogen wir hierher.«

»Warum?«

»Warum? Hat meine Geschichte Ihnen denn kein deutliches Bild von Edmund vermittelt? Er hat mich vom ersten Tag an gehasst. Ich kann mich natürlich an nichts erinnern, aber sie versicherte mir jedes Mal, dass sie tat, was das Beste für mich war. Sie sah die Verachtung und den Hass in seinen Augen. Ich war eine lebende Erinnerung an ihre Liederlichkeit, und sie befürchtete, dass er mir eines Tages etwas antun und mich fürs Leben entstellen würde. Sie ließ mich nie aus den Augen, ließ mich keine Sekunde allein mit ihm. Deswegen leistete sie auch keinen Widerstand, als Edmund sich weigerte, Heidi neben einem Hurenkind aufwachsen zu lassen.

Doch ihr Gewissen machte ihr zeit ihres Lebens zu schaffen, und manchmal stahl sie sich einen Augenblick und kam zu mir. Dann war sie die beste Mutter der Welt, in den wenigen Stunden, die uns zur Verfügung standen.«

»Haben Sie ihr verziehen?« Vor seinem inneren Auge sah er Lineas Totenschädel. Der Schlag war nicht besonders hart gewesen, aber vielleicht hatte ihn doch jemand mit aller Kraft ausgeführt. Eine heißgeliebte Schwester.

»Ich habe meine Mutter geliebt und weiß, dass sie getan hat, was sie konnte, und zwar aus Liebe zu mir. Wir haben uns nicht oft gesehen, aber die Stunden, in denen wir zusammen sein konnten, waren uns heilig.«

»Warum die Puppen? Und warum sind die Opfer so gekleidet, dass sie den Puppen ähneln?«

Diesmal wich sie seinem Blick aus. »Ich weiß nicht. Ich kann nicht glauben, dass es da einen Zusammenhang geben soll.«

Noch immer konnte er es nicht glauben. Das waren einfach alles ein paar Zufälle zu viel. »Dann fangen wir doch mit den Puppen an. Wenn ich das richtig verstanden habe, standen die für eine Art Zusammengehörigkeit zwischen Ihnen und Ihren Halbgeschwistern, und deswegen waren sie wichtig für Sie alle. Aber warum sollte jemand die Puppen auf dem Meer aussetzen, um die bevorstehenden Überfälle auf Ellen Steen und Sara Halvorsen anzukündigen?«

»Ich weiß nicht.« Wieder zog sie so heftig an ihrer Zigarette, als wäre sie ein Inhalator, von dem das liebe Leben abhing.

»Sie wissen es nicht?«

Sie schüttelte den Kopf.

»Sie verstehen sicher, dass das für meine Ohren nicht besonders überzeugend klingt.«

Sie stand auf und verschwand in der Küche. Eine halbe

Minute später kam sie mit einem Pappkarton zurück, den sie auf den Tisch stellte. »In diesem Karton liegen acht Puppen. Alles meine. Heidi, Konrad und Linea durften sie nie ausleihen, ich bekam immer nur ihre Puppen, und die drei wussten ganz einfach nichts von meiner Existenz. Und nichts auf der Welt hätte mich dazu bringen können, diese Puppen auf dem Meer auszusetzen. Sie sind die einzige Erinnerung, die ich an meine Mutter habe. Sie starb im Winter, wissen Sie. Und danach liefen die Dinge so richtig aus dem Ruder.« Lilly Marie atmete tief durch und erzählte.

*Es geschah an einem der kältesten Tage des Jahres, und vielleicht hatte Andrea sich gerade deswegen getraut, über den zugefrorenen kleinen Bergsee zu gehen, in dem Glauben, das Eis müsse meterdick sein. Sie war auf dem Weg zu einem der Nachbardörfer, um dicke Wollsocken und -schuhe zu verkaufen, die sie selbstgestrickt hatte. Es war Samstag und schulfrei, und sie zog Heidi auf einem Schlitten hinter sich her. Konrad setzte sich auch ab und zu auf den Schlitten, wenn das Gehen gar zu beschwerlich wurde, aber er blieb nie lange sitzen, weil er nicht gerne sah, dass seine Mutter sich abmühte.*

*Edmund hatte die Fischerei komplett aufgegeben, und die Jagd brachte immer weniger Beute. Zu Anfang war er gereizt, zog sich in sich selbst zurück, war weit weg und unzugänglich. Da hatte sie einmal die Andeutung fallen lassen, sie könne doch Strickarbeiten verkaufen, dicke Socken und Hüttenschuhe waren doch immer gefragt bei dieser Kälte, und da kein Protest von ihm kam, machte sie sich ans Werk. Nachdem sie zwei Wochen lang Tag und Nacht gestrickt hatte, zog sie mit einem ganzen Sack voll los.*

*Der See war nicht groß, eher ein größerer Weiher, und obwohl sie sich ganz sicher war, dass das Eis tragen würde, beschleunigte sie ihre Schritte, als hätte ihr Unterbewusstsein ihr schon eine Warnung eingeflüstert. Und das Eis trug auch. Bis sie nur noch knapp zehn Meter vom Ufer entfernt waren. Andrea wusste nicht, dass genau an dieser Stelle ein Fluss in den See einmündete und dass das Eis hier unter dem alles einebnenden Schnee ausgehöhlt war und nicht dicker als eine harte Brotrinde. Sie hörte einen Knall, gefolgt von einem tiefen Echo, und erstarrte – ein Zögern, das sie das Leben kosten sollte. Denn als ihr klar wurde, dass sie sich mit schnellem Ausweichen retten musste, war es schon zu spät. Das Eis gab unter ihren Beinen nach, und sie brach ein. Was ihr jedoch die schiere Panik durch jede Faser ihres Körpers jagte, war nicht das eisige Wasser, sondern die Schreie von Konrad und Heidi. Sie sah es geradezu vor ihrem inneren Auge, wie ihre Kinder alleine mit Edmund aufwachsen mussten, und sie fand Kräfte in sich, die sie nicht für möglich gehalten hätte. Der Sack zog sie nach vorn, und sie strampelte wild, um sich von ihm zu befreien und den Kopf über Wasser zu bekommen. Schließlich konnte sie sich losmachen, doch in den paar Sekunden, die sie dieser Kampf gekostet hatte, war sie schon von der Strömung erfasst worden. Sie war gefangen unter der Eisfläche, einer weißen Wand aus Stille. Verzweifelt schlug sie von unten gegen das Eis, doch ihre Hand schien ihr nur wie in Zeitlupe zu gehorchen. Daher lag hinter dem Schlag auch nicht viel Kraft, doch die Strömung hatte das Eis dünn gemacht, und bald konnte sie die Oberfläche wieder durchbrechen. Konrad und Heidi kamen angelaufen, und sie rief ihnen zu, dass sie sich in Sicherheit bringen sollten, doch ihr Sohn legte sich stattdessen auf die Eisfläche und streckte ihr seine dünne Kinderhand entgegen. Sie schaffte es noch, die Arme über die Eisoberfläche zu bringen, aber sie waren taub und kraftlos, und die Strömung riss an ihren Beinen. Heidi starrte sie ungläubig an. Mittlerweile schrie Andrea auch nicht mehr. Konrad hielt sie immer noch krampfhaft fest, aber er presste das Gesicht auf das Eis und traute sich nicht länger hinzusehen. Sie dachte daran, wie sie es nach Hause schaffen sollten, ob Konrad stark genug war, Heidi den ganzen Weg zu ziehen, oder ob sie am Eisloch sitzen bleiben würden, in der Hoffnung, dass ihr Vater sie holen kam. Edmund wusste, wohin sie hatte gehen wollen. Wenn sie bis Anbruch der Dunkelheit nicht zurück war, musste ihm klar werden, dass irgendetwas nicht stimmte. Heidi stand immer noch wie gelähmt da, und Konrads Finger umklammerten unverdrossen ihre Hand wie dünne Krallen. Andrea beschloss, dass das einfach nicht so enden durfte, sie durfte nicht vor den Augen ihrer Kinder sterben. Also versuchte sie, ihren Oberkörper mit schlängelnden Bewegungen aufs Eis zu hieven, doch ihre Kräfte waren aufgebraucht, und sie hatte schon mehr als genug damit zu tun, überhaupt den Kopf über Wasser zu halten. In diesem Moment wurde ihr klar, dass sie sterben würde, und ihre zwei Kinder die Tragödie miterleben würden. Sie registrierte die Umgebung wie die Kulisse in einem Film, in dem die Schlussszene langsam ausgeblendet wird. Sie sah auch Heidis Gesichtsausdruck nicht mehr, nur noch die rote Steppjacke und das lange blonde Haar, das unter der selbstgestrickten Mütze hervorschaute. Konrad lag auf dem Eis, als wäre er dort eingeschlafen, das Gesicht nach unten und den Arm ausgestreckt. Als sich eine befreiende und schmelzende Wärme in ihrem Körper ausbreitete und alle Sorgen sich auflösten, hörte sie plötzlich eine Stimme. Sie bemerkte, dass Konrad den Kopf hob, dann zogen sie plötzlich starke Hände aus dem Wasser. An alles Weitere erinnerte sie sich nur noch in Bruchstücken: wie man ihr die Kleider vom Leib riss, wie jemand sie auf den Arm nahm und durch die weiße Landschaft trug. Sie glitt davon, aber der Schmerz holte sie zurück ins Bewusstsein, und sie registrierte Hände, die ihr gegen Oberschenkel und Waden klopften, sanfte und freundliche Gesichter, die sich über sie beugten, weiße Laken, ein Gefühl der Geborgenheit, wie sie es fast noch nie erfahren hatte.*

*Sie starb an einem Mittwochabend und schlief mit einem*

*neutralen Gesichtsausdruck ein. Bloß Konrad, der fast die ganze Zeit an ihrem Bett gesessen hatte, glaubte sie lächeln zu sehen, nur ganz leicht und mit einem Anflug von Traurigkeit, wie sie immer gelächelt hatte.*

*Edmund verarbeitete seine Trauer, indem er mehr denn je trank, und irgendwann wurde die Fürsorge informiert. Zu Anfang schickte man eine Haushaltshilfe und eine Familienhelferin, aber schon nach wenigen Wochen war klar, dass Edmund sich um seine Kinder weder kümmern konnte noch wollte, und sie wurden zeitweilig alle auf Pflegestellen untergebracht. Doch das Sorgerecht hatte man Edmund noch nicht genommen, und in seinem Rausch fasste er seinen fatalen Entschluss.*

Lilly Marie verbarg das Gesicht in den Händen. Mit tränenerstickter Stimme berichtete sie, wie ihre Mutter ihr vom Krankenhausbett eine Nachricht geschickt hatte, so dass sie Abschied von ihr nehmen konnte. Niklas blieb noch eine Weile sitzen, doch irgendwann sah er ein, dass die Fortsetzung der Geschichte heute nicht mehr zu erwarten war. Er war immer stärker davon überzeugt, dass ihm die Tragödie von Edmund und Andrea Antworten geben würde. So oder so. Mit einem linkischen Schulterklopfen verabschiedete er sich von Lilly Marie. Sie weinte immer noch hemmungslos. Dass sie die Puppen losgeschickt hatte, stand für ihn außer Zweifel. Die Frage war bloß, warum.

# 31

Auf dem Schild über der Tür stand FISCHERHEIM, doch der Inhaber betonte, dass er fast keinen einzigen Fischer mehr beherbergte und dass der Standard seines Hauses auch die Anforderungen wählerischer Touristen erfüllte. Vierhundert Kronen pro Tag inklusive Frühstück war immer noch ein Spottpreis, und Rino hatte keine Bedenken, sich über Nacht hier einzuquartieren. Er legte sich auf das Bett und holte sein Handy aus der Tasche. Joakim antwortete beim zweiten Klingeln.

»Der Vater.«

»Ich seh's schon.«

Entweder war der Witz schon zu abgedroschen, oder Joakim war nicht in der richtigen Stimmung. »Wie geht's?«

»Life sucks.«

»Erzähl.«

»Mutter dreht voll am Rad.«

»Dreht am Rad im Sinne von ›Sie hat die halbe Nachbarschaft mit dem Dosenöffner ermordet‹, oder ist sie einfach nur sauer?«

»Scheißsauer. Ich hab Hausarrest.«

»Aha. Hast du irgendetwas getan oder nicht getan?«

»Der Rektor hat sie angerufen.«

»Ich bin immer noch dran«, sagte Rino irgendwann, weil Joakim zu vergessen schien, dass noch jemand am anderen Ende der Leitung war.

»Es ging um den Feuerlöscher.«

»Den du ... benutzt hast?«

»Ich wollte bloß aufs Klo.«

»Und da hat's gebrannt?«

Joakims Stimme klang etwas weiter entfernt, als er seiner Mutter kurz zurief, mit wem er telefonierte.

»Handy darf ich auch nicht benutzen.«

Rino merkte, wie er langsam wütend wurde. Wenn es neuerdings zu den Hausregeln der Mutter gehörte, Joakim die Möglichkeit zu nehmen, mit seinem Vater zu sprechen, dann ging sie einen Schritt zu weit.

»Ich wollte ihn bloß ausprobieren, und da hab ich ein bisschen was auf die Wand gesprüht.«

»Und?« Rino konnte sich schon gut vorstellen, wie die Geschichte weiterging.

»Mehr hab ich nicht gemacht. Ein paar Sekunden, das war alles. Ich kann nicht fassen, dass es deswegen so ein Theater gibt.«

»Was ist passiert?«

»Der Rektor ging von Klasse zu Klasse und hat verlangt, dass der Schuldige sich meldet.«

»Und das hast du gemacht?«

Das Schweigen, das auf diese Frage folgte, war Antwort genug. »Der Lehrer flüsterte dem Rektor was ins Ohr, und dann wurde ich rausgerufen.«

»Okay. Wenn du mich fragst, Joakim – das ist jetzt weiß Gott kein Weltuntergang, aber du musst schon einsehen, dass das bescheuert war.«

»Zwei verfickte Sekunden, Mann.«

»Nicht ›verfickt‹, Joakim. Einfach zwei Sekunden.« Es gefiel ihm nicht, wie der Umgangston in letzter Zeit ausgeartet war.

»Mama muss es bezahlen. Das heißt, sie sagt, dass du es bezahlen sollst. Der ganze Korridor muss gereinigt werden, obwohl ich bloß ein bisschen was in eine Ecke gesprüht habe.«

Es vergingen ein paar Sekunden, bis er begriff. Er sollte also bezahlen, weil er indirekt für das Zerstörungswerk verantwortlich war, denn er weigerte sich ja, seinen Sohn unter Beruhigungsmittel setzen zu lassen. »Okay. Wir reden dann drüber, wenn ich heimkomme.«

»Wo bist du eigentlich?«

»In Bergland. Ein kleiner Ort im Norden. Wahrscheinlich bin ich morgen Nachmittag wieder zu Hause. Ich schau dann bei euch vorbei. Vielleicht reden wir alle drei mal wieder.«

»O-oh. Here comes trouble.«

»Wir müssen miteinander reden, Joakim, das ist dir doch wohl klar?«

»Mann, ich hab bloß ein bisschen von dem Zeug in eine Ecke gesprüht.«

»Ich hab's kapiert, ja. Trotzdem. Wir reden morgen. Okay?«

»Okay.«

Er blieb in dem weißen, steifen Bettzeug liegen, das nach Weichspüler roch, und starrte an die Decke mit den groben Holzbalken. Vielleicht irrte er sich ja doch. Vielleicht schlug sich Joakim wirklich mit Millionen von kleinen Teufelchen herum, die ihm keinen Frieden ließen. Verrannte er sich zu sehr in die Vorstellung, dass Ritalin eine Droge war? Erwies er Joakim nur einen Bärendienst, wenn er ihn um jeden Preis so akzeptieren wollte, wie er war? Tat er seinem Sohn ein ähnliches Unrecht, wie es Even Haarstad widerfahren war, nur dass in Joakims Fall das Gefängnis sein eigener Körper war?

Ihm dämmerte die Erkenntnis, dass Helene vielleicht recht hatte, doch er schob den Gedanken beiseite. Stattdessen schrieb er eine SMS an einen Privatdetektiv, wählte anschließend gleich die Nummer des Altenheims Bergland und bat, mit Halvard Henningsen sprechen zu dürfen. Er hörte klappernde Sandalen und das Öffnen und Schließen von Türen, bis sich schließlich eine erschöpfte Stimme meldete.

»Ja? Wer ist da?«

»Rino Carlson. Ich war bei Ihnen und hab Ihnen ein paar Fragen zu Even Haarstad gestellt.«

»Es hätte gereicht, wenn Sie gesagt hätten, dass Sie bei mir waren. Ich hab das letzte halbe Jahr keinen Besuch mehr gehabt. Warum rufen Sie diesmal an, statt vorbeizukommen? Riecht es hier zu sehr nach altem Mann?«

»Ich habe eigentlich schon alle Antworten von Ihnen bekommen, die ich brauchte. Mir ist da bloß noch mal was eingefallen, was Sie gesagt hatten.«

»Ja, das ist schon so eine Geschichte, über die man länger nachdenken kann. Was ist Ihnen eingefallen?«

»Sie haben gesagt, dass Evens Mutter bei der Entbindung starb und…«

»Das habe ich nicht gesagt. Sie müssen lernen, ein bisschen besser zuzuhören, mein Junge. Ich habe gesagt, dass sie bei der Geburt starb.«

»Ich dachte, das kommt aufs Gleiche raus.«

»Ist es nicht Ihr Job, nicht alles als gegeben hinzunehmen?«

»Das versuche ich eigentlich auch.«

»Na gut. Es war so, dass Evens Mutter zwei Wochen vor seinem Geburtstermin einen Unfall hatte.«

»Was ist passiert?«

»Sie ist vom Rad gestürzt, oder besser gesagt: Sie ist mit dem Rad von der Straße abgekommen und in einen Graben gefahren, und dabei hat sie sich den Kopf an einem Felsen aufgeschlagen. Sie wurde von einem vorbeikommenden Autofahrer gefunden und ins Krankenhaus gebracht, wo sie noch am selben Abend starb. Even konnte allerdings gerettet werden.«

Eine sonderbare Geschichte. So sonderbar wie fast alles im Fall Even Haarstad. »Sie sagen, sie ist mit dem Rad gefahren. Zwei Wochen bevor sie entbinden sollte. Ist das nicht ein bisschen gewagt?«

»Gute Frage.« Der Alte bekam einen Hustenanfall. »Das dachten sich hier wohl die meisten. Diejenigen, die besonders schnell mit ihrem Urteil bei der Hand waren, fanden sogar, dass es ihr recht geschah – sich einfach aufs Fahrrad zu setzen, ein paar Tage vor der Entbindung. Aber sie hat es nun mal gemacht. Man könnte fast glauben, dass Evens brutales Schicksal schon vorgezeichnet war, bevor er zur Welt kam. Man kann mit Fug und Recht behaupten, dass dieser Fahrradausflug ihn seine Kindheit gekostet hat.«

»Gut. Dann möchte ich Sie jetzt nicht länger stören.«

»Ich weiß, was Sie denken, junger Mann, und die Götter wissen, dass ich und viele andere dasselbe dachten. Und auf Umwegen ist mir auch zu Ohren gekommen, dass der Arzt, der Even auf die Welt holte, hinterher einen Kommentar dazu abgab. Sie wissen schon ... dass ihm der Unfallhergang schon sehr seltsam vorkam. Darüber wurde dann aber nicht mehr gesprochen, und vielleicht war das auch gut so.«

»Der Arzt ...«

»Hab ich's mir nicht gedacht.« Das gurgelnde Lachen klang gekünstelt. »Er ist längst pensioniert. Torkil Bruun heißt er, wohnt auch in Bergland. Von wo rufen Sie überhaupt an?«

»Auf dem Schild meiner Herberge steht FISCHERHEIM.«

»Dann können Sie sein Haus sogar von Ihrem Fenster aus sehen. Wenn Ihr Zimmer auf der Südseite liegt, wohlgemerkt.«

Es war schon kurz vor zehn, als Rino an der Tür klingelte. Keine Reaktion. Er widerstand der Versuchung, es gleich ein zweites Mal zu versuchen, blieb stattdessen aber geduldig stehen und wartete, bis die Tür schließlich aufging. Torkil Bruun sah gut aus für sein Alter, aber es sah auch so aus, als würde er etwas dafür tun. Sein Gesicht war sonnengebräunt und frisch, seine Haare auf ein gut aussehendes Minimum gestutzt. Die Hose mit der messerscharfen Bügelfalte wurde von breiten

Hosenträgern gehalten, und das frisch gebügelte weiße Hemd zeugte von Stil und wirkte kein bisschen altmodisch.

»Womit kann ich Ihnen helfen?« Die Stimme war weder entgegenkommend noch abweisend.

Rino stellte sich vor und entschuldigte sich, dass er um diese Tageszeit noch störte. Dann gab er eine Kurzversion des Anliegens, das ihn hergeführt hatte.

»Sie sind also Polizist?« Ein strenger Blick musterte ihn skeptisch.

Rino versuchte es mit einem entwaffnenden Lächeln und griff in die Jackentasche.

»Schon gut. Wer würde schon von sich behaupten, so einen Beruf auszuüben, wenn es nicht stimmen würde?«

Rino zog die Holzclogs aus, bevor er eintrat, und eigentlich hätte er Jacke und Hose auch gleich mit ausziehen müssen, denn Torkil Bruuns Haus zeigte deutlich, dass sein Besitzer Geld hatte.

Er wurde in ein überraschend kleines Wohnzimmer geführt, in dem ein Feuer munter im Kamin prasselte. Wahrscheinlich gab es noch ein zweites, größeres Wohnzimmer, das feineren Anlässen vorbehalten war.

»Warum überrascht mich das nicht?« Bruun setzte sich in einen ochsenblutroten Chesterfield-Sessel und deutete mit einer einladenden Bewegung auf einen ähnlichen Koloss von Stuhl. »Sie wühlen alten Bodensatz auf, dabei kommt selten was Gutes raus. Aber wenn mir jemand bei meiner Pensionierung gesagt hätte, dass eines Tages ein Polizist auf meiner Schwelle stehen wird, hätte ich sofort schwören können, dass der mir eine Frage zu Solveig Elvenes stellen würde.«

»Ist das die mit dem Fahrradunfall?«

Bruun bedachte ihn mit einem strengen Blick. »Mein Status als Rentner entbindet mich nicht von meiner Schweigepflicht. Die währt ein Leben lang, nur dass wir uns da recht verstehen.

Aber für einen Mann mit einer gesunden Skepsis gegenüber bestimmten Zufällen, die über Leben und Tod entscheiden, gab es da schon Grund zum Aufmerken. Das ging Ihnen fünfundzwanzig Jahre später ja nicht anders.«

»Sie wollen darauf hinaus, dass sie zwei Wochen vor ihrem Entbindungstermin noch Fahrrad fuhr, oder?«

»Das auch, aber nicht nur. Ich werde nie aufhören, mich über das starke Geschlecht zu wundern, und das sind in meinen Augen die Frauen. Ich kann mich noch an eine erinnern, die stand auf dem Kartoffelfeld, als ihr das Fruchtwasser abging. So eine Person hat einfach die Ruhe weg.«

Oder sie war ungewöhnlich verrückt nach Kartoffeln, dachte Rino, sprach es aber nicht aus.

»Nein, der Fahrradausflug an sich brachte mich nicht ins Grübeln, doch sowohl die Schwere als auch die Art ihrer Verletzungen ließen meinen Kollegen und mich stutzen.« Bruun hob eine Tasse zum Mund und nippte vorsichtig. Tee, schätzte Rino. »Sie hatte einen ziemlich tiefen Schnitt mitten auf dem Kopf. Es wurde niemals eine Obduktion durchgeführt, dazu gab es keinen Grund. Ich kann nur sagen, dass sie sich einen oder mehrere Brüche am Schädel zugezogen hat.« Der pensionierte Arzt starrte nachdenklich ins Kaminfeuer. »Sie muss direkt gegen die Felswand gefahren sein.« Er sah seinem Besucher in die Augen. »Ohne den Sturz irgendwie mit den Armen abzufangen«, fügte er hinzu.

Rino spürte, wie sich seine Kopfhaut zusammenzog. »Sie sagen also, dass der Unfall auf eine andere Art abgelaufen sein könnte, als es schien?«

Torkil Bruun atmete tief durch. »In späteren Jahren hat mich der Gedanke in regelmäßigen Abständen gestreift, besonders als offenbar wurde, dass der Pflegevater für seine Rolle so gar nicht geeignet war. Eine traurige Geschichte mit einem traurigen Ausgangspunkt. Mehr will ich nicht andeuten.«

»Und der eigentliche Vater?«

Bruun runzelte die sorgfältig gebürsteten Augenbrauen. »Ein gut gehütetes Geheimnis, wenn ich das damals richtig verstanden habe. Aber er hatte wohl nicht denselben Vater wie seine Schwester, beziehungsweise seine Halbschwester.«

»Seine Schwester?«

»Die ist schon lange weggezogen. Solveig Elvenes ist sehr jung Mutter geworden, wissen Sie.« Bruun stand mit der Geschmeidigkeit einer Katze auf und trat an ein Sprossenfenster, das vom Boden bis zur Decke ging. »Ein Psychiater könnte sicher eine Verbindung von den Kindheitstraumata bis zu den Verbrechen ziehen, derer Even heute verdächtigt wird. Aber es ist zwecklos, darin zu wühlen. Ich habe schon mehr angedeutet, als ich sollte, aber vergessen Sie nicht, dass ich tatsächlich nur vage Andeutungen gemacht habe. Denn es hätte ja wirklich sein können, dass ihr auf einmal schlecht geworden und sie direkt gegen den Felsen gefahren ist. Und Herlofsen, mein Kollege, der sie bei der Einlieferung untersuchte, und der deswegen am ehesten berufen wäre, irgendetwas anzudeuten, ist vor ein paar Jahren gestorben. Ich habe damals auf der Entbindungsstation gearbeitet, ich habe Kinder auf die Welt geholt. Leider war die Belastung zu stark für sie, und sie starb nur Stunden nach der Geburt.«

»Ich frage das, weil ich es nicht besser weiß: Muss ich das so verstehen, dass sie hätte überleben können, wenn sie nicht schwanger gewesen wäre?«

»Sie müssen sich wirklich nicht ausweisen, nur ein Polizist kann so viel nachbohren und fragen und bekommt nie genug.« Auf seinem sonnengebräunten Gesicht zeigte sich ein Zug von Distanz. »Um Ihre Frage zu beantworten: Wir werden es nie erfahren. Aber eine Geburt ist eine große Belastung für den Körper, ob man nun im Koma liegt oder nicht. Vielleicht war es so, vielleicht nicht. Sicher ist nur, dass Solveig

Elvenes gestorben ist und dass ihr Tod letztlich doch noch etwas Gutes hatte.«

Der Satz wurde nicht fortgesetzt, und Rino hob einen Finger. »Keine Sorge, gleich habe ich genug, nur noch eine letzte Frage: In welcher Hinsicht hatte ihr Tod etwas Gutes?«

Torkil Bruun hakte die Daumen hinter seine Hosenträger. »Das«, sagte er und setzte eine strenge Miene auf, »unterliegt meiner lebenslangen Schweigepflicht.«

# 32

Als Karianne nach Hause kam, wirkte sie unbeschwerter denn je. Sie setzte sich an den Küchentisch und legte ein totes Tier auf die Tischplatte. »Guck mal!« Sie lächelte stolz. »Den hat er mir mehr oder weniger hinterhergeschmissen. Und wenn er es nicht getan hätte, hätte ich ihn gestohlen.«

Niklas hatte keinen Sinn für ausgestopfte Tiere, doch er wusste, dass er sich wohl an einen ins Leere starrenden Luchs im Wohnzimmer würde gewöhnen müssen. »Er hat sich also wirklich erholt?«

»Er kann aufstehen und gehen. Ist das nicht toll?«

»Ja.« Irgendwie konnte er ihre Freude nicht ganz teilen.

»Was ist los, Niklas? Du bist irgendwie so geistesabwesend.«

Er setzte sich zu ihr und nahm die Hand, die sie ihm reichte. »Ich glaube, ich komme der Sache jetzt näher.«

»Weißt du, wer es war?« Selbst wenn sie so eifrig war wie jetzt, blieben ihre Wangen blass und leblos. In ihr starb etwas.

Er schüttelte den Kopf. »Aber bald. Ich spüre das.«

»Du warst…«

»Bei Lilly Marie.«

»Und du glaubst nicht, dass… dass sie es war?«

Wieder schüttelte er den Kopf. »Ich weiß nicht, Karianne, ich weiß nicht. Allerdings zeichnen sich so langsam gewisse Zusammenhänge ab.«

»Aber du hast auf jeden Fall ein Bauchgefühl?«

In seinen heimischen vier Wänden hatte er sich nie an die Schweigepflicht gehalten, und es kam durchaus vor, dass sie über Details sprachen.

»Ja. Und das sagt mir, dass wir bald wissen werden, wer es war.«

»Es liegt aber nicht an der Operation, dass du so abwesend bist, oder?«, fragte sie plötzlich.

Er stand auf, rang sich ein Lächeln ab und fuhr mit dem Finger durch den rauen Tierpelz. Reinhard hatte den Luchs schon besessen, bevor Karianne auf die Welt kam, und mehrmals die barbarische Großartigkeit des Präparats gepriesen, trotz Niklas' offenkundigem Mangel an Interesse. »Wo willst du ihn hinstellen?«

»Ich dachte, du magst keine ausgestopften Tiere?«

»Was tut man nicht alles für seine Liebste.« An den Krallen hingen die Reste irgendeiner eingetrockneten Substanz, wahrscheinlich Erde und Matsch, wie er annahm. »Und für so was hättest du dich zur Diebin gemacht.«

»Der hat mir schon immer so gefallen.«

Er blieb stehen, irgendetwas rumorte in seinem Unterbewusstsein, und sie merkte es. »Was ist denn, Niklas?«

»Mir ist da bloß gerade was eingefallen. Ich muss mal eben Lind anrufen.«

Er hatte sich nach ihrem Termin im Krankenhaus nicht zum Dienst zurückgemeldet und deswegen ein leicht schlechtes Gewissen, als er die Nummer seines Kollegen wählte. »Mir ist da was eingefallen«, sagte er, nachdem Lind sich erkundigt hatte, ob die Untersuchungen gut gelaufen waren. »Es geht um diese Einbrüche.«

»Sieht doch so aus, als wäre das vorerst wieder überstanden.« Lind schien nicht weiter interessiert.

»Ich dachte an die Einbrüche, die schon mehrere Jahre zurückliegen.«

»Was ist damit? Damals ist wenig bis gar nichts gestohlen worden.«

»Kannst du dich erinnern, wann das war?«

»Nein, wer erinnert sich schon an so was. Das ist so lange her, zwanzig Jahre mindestens.«

»Könnte es noch länger her sein?«

»Schon möglich. Warum fragst du?«

»Mir ist da nur was eingefallen. Könntest du mir den Gefallen tun und nachsehen, ob das mit der Zeit von Lineas Verschwinden zusammenfiel?«

Ein paar Sekunden blieb es still in der Leitung. »Das war wohl zu der Zeit, ja, aber ob es davor oder danach war, müsste ich nachschauen. Glaubst du, dass es da einen Zusammenhang gibt?«

»Wahrscheinlich nicht.«

»Ich muss zugeben, es klingt ein bisschen weit hergeholt, aber ich brauche nur ein paar Minuten. Ich melde mich dann.«

Es dauerte fünf. »Du Schlitzohr.« Man hörte Lind an, dass er etwas auf Lager hatte.

»Lass mich raten. Die Einbrüche waren direkt danach.«

»Der erste wurde fünf Tage nach Lineas Verschwinden gemeldet. Komm, Niklas, raus mit der Sprache. Wie bist du darauf gekommen?«

»Um ehrlich zu sein, das weiß ich selbst kaum. Aber mir kam der Gedanke, dass diese Einbrüche vielleicht nichts weiter waren als eine Suchaktion. Die Frage ist, *was* der Einbrecher gesucht hat, dann ergibt sich auch die eventuelle Verbindung zu Linea.«

»Und worum ging es bei den neuen Einbrüchen?«

Niklas blieb ihm die Antwort schuldig, obwohl ihm eine innere Stimme zuflüsterte: *Um die Puppen.*


Er blieb am Küchentisch sitzen und hatte das Gefühl, dass der Durchbruch in diesem Fall ganz nah war. Karianne hatte sich ein wenig hingelegt, denn sie brauchte im Moment mehr Ruhe als je zuvor. Doch am dringendsten brauchte sie eine neue

Niere. Und zwar bald. Wieder spürte er einen stechenden Schmerz im Bauch, als würde sich sein Körper krümmen bei dem Gedanken an das, was ihn erwartete. Er schob die Bilder von seiner bevorstehenden Verstümmelung beiseite und konzentrierte sich stattdessen wieder auf die Sache. Lineas Verschwinden war eine systematische Einbruchserie gefolgt. Wonach hatte der Einbrecher gesucht? Und war es jemand, der ihr nahegestanden hatte? Vielleicht der Täter? Lilly Marie war Lineas heimliche große Schwester, doch er konnte sich nicht vorstellen, dass sie ihr wirklich hätte schaden wollen. Andererseits hatte sie die Puppen losgeschickt, die ihr Grab sicher nicht auf dem Meer hatten finden sollen. Die Flöße sorgten für eine sichere Reise, und die Strömung hatte sie schließlich an Land getrieben. Der Absender konnte sich schützen, doch für die Empfänger sollten die Puppe eine Bedeutung haben. Also für einen von ihnen, Konrad oder Lilly Marie. Oder vielleicht Heidi? Er rief sich die Szene ins Gedächtnis, wie sie mit Unterstützung ihres Bruders zur Fundstelle gekommen war. Ihr Gesichtsausdruck war so neutral gewesen, als würde man ihr nur noch eine Tatsache bestätigen, die bereits feststand. Er hatte nicht weiter darüber nachgedacht, sondern es unbewusst ihrer geistigen Zurückgebliebenheit zugeschrieben. Aber vielleicht war der Grund ein anderer. Vielleicht wusste sie schon Bescheid. Man hatte ihm erzählt, dass Heidi zurückgeblieben war, und er hatte sie im selben Moment abgehakt. Doch Lilly Maries Geschichte zeichnete ein ganz anderes Bild von Heidi. Es war ein Fehler gewesen, sie aus den Überlegungen auszuschließen.

Niklas wollte Konrad nicht beunruhigen, daher rief er Reinhard an, um sich zu erkundigen, wo Heidi wohnte. Als er die Antwort hörte, fand wieder ein Puzzleteilchen an seinen Platz. Kleivan. Er hatte am Strand an der Stelle gesessen, an der die

Puppen seiner Meinung nach ihre Reise begonnen hatten, und in der Nähe ungefähr zehn Häuser gezählt. In einem dieser Häuser wohnte also Heidi. Sie war zwar nicht gut zu Fuß, aber sie hätte einen kurzen Weg gehabt.

Es war nach neun, als er das Auto abstellte und den Pfad betrachtete, der vom Parkplatz nach oben führte. Der Wind kam stoßweise, und er schmeckte Salz in dem feinen Sprühregen, der ihm auf der Haut prickelte.

Ein kleines gelbes Haus ganz nah am Meer, hatte Reinhard gesagt. Sein Schwiegervater war nach seiner plötzlichen Genesung voller Überschwang. Niklas hingegen spürte immer noch ein krampfhaftes Unbehagen im Bauch. Angst, wie er annahm. Andere hätten es vielleicht Feigheit genannt.

Der schwache Lichtschimmer, den die erleuchteten Fenster und Außenbeleuchtungen verbreiteten, gab nicht viel her, und er konnte nur gerade eben den schmalen Pfad erkennen. Wie er überrascht zur Kenntnis genommen hatte, wohnte sie alleine. Vielleicht war ihre Behinderung ja doch nicht so ausgeprägt.

Ihr Haus war tatsächlich gelb und klein, aber anscheinend gut gepflegt. Da er keine Klingel fand, machte er einfach die Haustür auf. Ein seltsamer Geruch schlug ihm entgegen, süß und sauer zugleich. Zwei Türen führten weiter ins Hausinnere. An der einen hing ein Messingbild von einem Jungen, der in einen Topf pinkelte, was ihm die Wahl leicht machte. Er blieb stehen und lauschte. Kein Geräusch von drinnen. Ob sie sich am Ende schon schlafen gelegt hatte? Wenn sie ganz in ihrer eigenen Welt lebte, hatte sie vielleicht auch einen anderen Tagesrhythmus. Er klopfte an und hörte kurz darauf ein gedämpftes »Herein«. Die Tür führte in eine kleine Küche, in der ein Klapptisch und zwei Stühle den Großteil des Raumes einnahmen. Der Geruch verstärkte sich. Eine Falttür aus nachgedunkeltem Laminat trennte die Küche vom Wohnzimmer, und durch einen kleinen Spalt konnte er einen Teil der Wohnzimmerwand erkennen. Sie war verdeckt von Porzellanpuppen.

Mit einem Geräusch, das nach schlecht geölten Angeln klang, wurde die Falttür aufgeschoben. Heidi betrachtete ihn mit einer neutralen Miene, als würde der Besuch sie weder freuen noch wundern. Er sah an ihr vorbei in das mit Puppen vollgestellte Wohnzimmer und zählte drei Regale an der Wand, die alle mit kleidchentragenden Porzellanpuppen besetzt waren. Sie folgte seinem Blick und drehte sich halb um.

»Wir müssen uns unterhalten«, sagte er.

Mit dem gleichbleibenden neutralen Gesichtsausdruck wandte sie sich um und trottete ins Wohnzimmer. Zögernd folgte er ihr. Das ganze Zimmer war voller Puppen – die einen saßen auf Regalen und Tischen, andere an der Wand. Und in der Mitte, auf einem abgestoßenen Wohnzimmertisch, zählte er ungefähr zehn Schönheiten, die ölig glänzten. Auf dem Boden lag ein Lappen und eine Flasche mit urinfarbenem Inhalt. Er brauchte ein paar Sekunden, bis er begriff: Sie ölte die Puppen ein, pflegte sie wie eigene Kinder. Er brachte kein Wort heraus.

Behutsam nahm sie ein paar Puppen von einem Stuhl, um ihm Platz zu machen. Er setzte sich, ohne zu wissen, wie er sich in dieser seltsamen Situation verhalten sollte. Sie selbst ließ sich in einen abgenutzten Stressless-Sessel sinken, klemmte die Hände zwischen die Knie und starrte auf den Boden. Sogar in dieser krummen Haltung waren ihre Schultern noch auffallend breit. Vielleicht gehörte es ja zu ihrer Krankheit, dass manche Gliedmaßen kränklich und schwach blieben, während andere enorm gewachsen waren.

»Sie haben die Puppen geschickt«, sagte er.

Sie rührte sich nicht. Ihr Atem ging schwer, als würde das

Luftholen sie Kraft kosten. Schließlich legte sie die Hände auf die Armlehne und stand auf. Leicht schwankend ging sie in die Küche, wo er sie in einem Schrank wühlen hörte. Hier mussten zwischen hundert und dreihundert Puppen stehen. Die konnte ihre Mutter unmöglich alle gekauft haben. Wahrscheinlich hatte Heidi einfach weitergesammelt, als sie ihre Pension bekam und sich selbst versorgen konnte. Niklas bemerkte eine männliche Puppe, die die Hände ausgestreckt hatte, als wollte sie jemanden umarmen. Doch ihr Gegenüber fehlte.

Heidi kam mit einem Bastfloß in der Hand zurück. Er spürte einen unangenehmen Schauder im Nacken, obwohl ihre ganze Erscheinung überhaupt nichts Bedrohliches hatte. Sie blieb vor ihm stehen und reichte ihm das Floß. Als er ihren Blick aufzufangen suchte, wich sie ihm aus.

»Warum?«, fragte er.

Mit ruhigen, bedächtigen Bewegungen setzte sie sich wieder in ihren Sessel. Ihm kam ein Gedanke – vielleicht war sie ja stumm? Und vielleicht war sie deswegen immer als zurückgeblieben eingestuft worden? Er blickte auf das Bastfloß, das immer noch auf seinem Schoß lag. An den Seiten ragten lose Enden heraus, wahrscheinlich war sie noch nicht fertig.

»Wollten Sie die auch schicken?«

Sie nickte.

Eine Puppe für jeden Mord? »Warum?«, wiederholte er. »Was passiert, wenn dieses Floß fertig ist?«

»Nichts.« Ihre Stimme war nasal und grob.

»Nichts?«

Sie schüttelte den Kopf.

»Sie schicken sie also nicht mehr aufs Meer?«

Wieder Kopfschütteln.

»Sie wollten sie schicken, haben es sich dann aber anders überlegt, stimmt's?«

»Linea ist gefunden worden.« Wieder klemmte sie die Handflächen zwischen den Knien ein, als wollte sie unerwünschte Reflexe unterdrücken.

»Sie meinen, Sie wollten sie schicken, aber dann haben Sie es doch nicht getan, weil Linea gefunden wurde?«

Sie nickte.

»Und wenn sie nicht gefunden worden wäre, dann hätten Sie weiter Puppen rausgeschickt?«

Neuerliches Nicken.

»Das verstehe ich nicht, das müssen Sie mir erklären.«

»Ich habe niemanden umgebracht.« Endlich sah sie ihn an. Ihre hellen Augen, durch die sich spinnwebartige rote Linien zogen, glänzten von Tränen. »Ich habe nur die Puppen geschickt.«

»Warum?«

»Linea.« Sie flüsterte den Namen mit zitternder Stimme, als würde sie etwas Heiliges, Unaussprechliches nennen. Lilly Maries Worte fielen ihm wieder ein: Sie vergötterte ihre kleine Schwester.

»Warum haben Sie die Puppen gerade jetzt geschickt?«

»Ich wusste, dass sie bald auftauchen würde.«

»Sie wussten es?«

»Ich habe es gespürt.« Sie wand sich auf ihrem Sessel. »Ich wusste nur, dass es bald passieren würde. So war es immer. Ich wusste es, wenn Linea mal wieder alles satthatte, ich wusste es auch, wenn wir gar nicht zusammen waren. Als wir bei Pflegeeltern untergebracht waren, wusste ich, wann sie zu Besuch kommt. Sie brauchte gar nicht anzurufen. Ich wusste es einfach.«

Obwohl sie ihre Worte halb verschluckte, drückte sie sich einwandfrei aus. Wieder fiel ihm auf, dass sie unmöglich so zurückgeblieben sein konnte, wie ihre Umgebung behauptete.

»Warum haben Sie nichts gesagt?«

»Ich habe Konrad erzählt, dass es bald so weit ist. Deswegen hat er auch mehr gegraben denn je. Aber an der falschen Stelle.«

»Und warum haben Sie der Polizei nichts gesagt?«

»Die hätten mir doch nicht geglaubt.«

Niklas musste einsehen, dass sie recht hatte.

»Linea ist ermordet worden. Ich bin zwar schlecht zu Fuß, aber ich habe auch gesucht, nicht nur Konrad. Eines Tages habe ich etwas gefunden, und da wusste ich Bescheid.«

»Was wussten Sie?«

»Dass das, was ich gefunden hatte, von ihrem Mörder stammte. Ein schwarzes Gefühl. Deswegen wusste ich es.«

Niklas begann den Faden zu verlieren und hegte langsam den Verdacht, dass sie vielleicht einfach in einer Fantasiewelt lebte. Vielleicht musste man alles, was sie sagte, als Bruchstücke einer eingebildeten Wirklichkeit verstehen.

Wieder stand sie auf und verschwand in der Küche. Er rechnete mit einem weiteren Bastfloß, doch sie hielt ihm etwas hin, was auf den ersten Blick wie ein totes Tier aussah, sich bei genauerem Hinsehen jedoch als Pelzkragen entpuppte.

»Den hab ich im Gras gefunden.« Ihre nasale Aussprache verzerrte die Worte.

»Wo?«

»In der anderen Bucht.«

»Und Sie meinen, das gehörte demjenigen, der Ihre Schwester umgebracht hat?«

Sie nickte.

Niklas wusste kaum mehr, wie er das, was er hier hörte und sah, deuten sollte. Heidi sprach ruhig und mit Bedacht, aber er neigte zu der Auffassung, dass ihr Bericht eine Mischung aus Fakten und Fantasie war.

»Konrad rief an dem Abend an, als sie verschwand, und fragte mich, ob Linea bei mir ist. Ich wohnte damals bei Elvar und Dorthea Ingebrigtsen. Von dort, wo ich wohnte, konnte man die Bucht sehen. Später rief er noch mal an. Und dann noch ein paar Mal im Laufe der Nacht. Irgendwann hatte ich das Gefühl, dass sie tot war. Da fing ich auch an zu suchen, aber ich konnte nicht so viel laufen. Zwei Tage später fand ich den Pelz und wusste sofort, dass er Lineas Mörder gehört hatte.« Sie legte die Hand an den Mund und schauderte. »Erst ein paar Tage später wurde mir klar, dass er sie begraben hatte. Ich bin mitten in der Nacht aufgewacht und wusste es einfach. Deswegen fing ich wieder an zu suchen, aber ich fand die Stelle nie. Es hatte zwei Tage am Stück geregnet, da waren alle Spuren verwischt.«

»Der Pelz könnte doch auch irgendjemand anderem gehört haben.«

Sie schüttelte entschieden den Kopf.

»Sie haben es also gespürt?«

Sie nickte.

»Warum haben Sie Konrad nicht gesagt, dass er hier beginnen sollte, wenn Sie doch sicher waren, dass sie hier irgendwo begraben lag?«

»Ich habe es versucht.« Ihre Stimme drohte wegzukippen. »Er hat mir nicht geglaubt. Das hat er nie. Eines Morgens stand er bei mir vor der Tür und meinte, er könnte hier mit dem Graben anfangen und ich sollte ihm zeigen, wo Linea meiner Meinung nach lag.«

»Und?«, hakte er nach, da die Fortsetzung ausblieb.

»Ich wusste nicht wo. Ich fühlte nur, dass es in Meeresnähe war, irgendwo auf einer Wiese. Er meinte, er hätte sieben Kilometer vor sich und er könnte es sich nicht erlauben, aufs Geratewohl ein bisschen hier und ein bisschen da zu graben.«

Niklas wollte das Gespräch wieder auf die Puppen bringen. »Sie hatten also ... so ein Gefühl diesen Sommer, stimmt's?«

Sie trocknete sich die Tränen mit dem grobschlächtigen Handrücken ab. »Das Meer wäscht die Erde aus, es hat seit damals viele Meter abgetragen. Ich wusste, dass die Zeit gekommen war und dass sie bald freigelegt werden würde. Deswegen schickte ich ihre Puppen mit der Strömung los, damit sie ihr entgegenfuhren. Keiner hat mehr von Linea geredet, nur noch Konrad. Und über den machten sich alle lustig. Ich wollte, dass die Leute von den Puppen reden, dass sie herausfinden, wem sie gehört haben. Und wenn Linea dann wirklich auftauchte, hätten sich alle an sie erinnert.«

Niklas tat sich immer noch schwer damit, das Gehörte zu verarbeiten. »Und die Frauen, die so gekleidet waren wie Ihre Puppen?«

»Das hat alles kaputtgemacht.« Sie schluchzte tief auf. »Plötzlich standen die Puppen für den Tod. Dabei sollten sie doch für was Schönes stehen. Das waren Lineas Puppen.«

»Tawana und Tabo?«

»Wir hatten viele Puppen, aber Tawana und Tabo waren besonders. Jede von uns bekam eine, und Linea und ich spielten jeden Tag mit den beiden. Als wir bei den Pflegefamilien waren, brachte sie ihre Puppe immer mit, wenn sie zu Besuch kam. So konnten die beiden zusammen sein, denn sie gehörten ja zusammen.«

»Sie wissen also nicht, wer den Frauen etwas antun wollte oder warum sie wie diese Puppen gekleidet waren?«

Wieder schüttelte sie den Kopf.

Niklas glaubte ihr, auch wenn das bedeutete, dass er alles wieder auf Null stellen musste und weiter denn je von einem Durchbruch entfernt war. Heidi schien sich wieder gefangen zu haben, und er gab ihr den Pelzkragen zurück, den sie fünfundzwanzig Jahre lang versteckt hatte.

»Ich habe versucht herauszufinden, wem der gehörte. Ich bin von Haus zu Haus gezogen.«

Da begann es ihm zu dämmern. »Sie steckten also hinter diesen Einbrüchen?«

»Ich habe nichts gestohlen.«

»Ich weiß. Es will Sie auch keiner dafür bestrafen.«

Sie nahm sich eine Puppe und drückte sie fest an sich.

»Und hinter den Einbrüchen dieses Jahr steckten Sie auch, oder?«

Ihr Schweigen war Bestätigung genug. Heidi, die wusste, dass der Pelzkragen dem Mörder gehörte, war trotz ihrer Gehbehinderung von Haus zu Haus gewandert, um die Jacke zu finden, die zu diesem Kragen gehörte. Und Heidi, die wusste, dass ihre Schwester bald vom Regen freigewaschen werden würde, hatte einen letzten verzweifelten Versuch unternommen, den Täter zu finden. Niklas musterte die Frau – in den Augen vieler Menschen ein jämmerliches Geschöpf, aber wie ihr Bruder trug sie in sich das Größte, was ein Mensch nur haben konnte: unerschütterliche Liebe. Er konnte von beiden noch etwas lernen.

Als er nach Hause kam, hatte Karianne in einer Ecke des Wohnzimmers bereits einen Platz für den Luchs gefunden.

»Na, was sagst du?« Der Jäger musste damals genauso stolz gelächelt haben wie sie jetzt, dachte er.

»Nicht so ganz mein Stil.«

»Er wird dir nie gefallen, hm?« Sie ging ein paar Schritte zurück und betrachtete zufrieden das ausgestopfte Tier. Sein Maul war nur halb offen, als sollte man nicht seine ganze Wildheit sehen. Die Jagdwaffe des Luchses war der blitzschnelle Biss in die Kehle. Ein kraftvoller Biss, der die Beute innerhalb von Sekunden tötete. Doch auch mit den Klauen konnte er einen Hasen oder einen Fuchs im Handumdrehen aufschlitzen. Niklas schauderte bei dem Gedanken und spürte wieder den intensiv stechenden Schmerz im Bauch.

»Geht's dir gut, Niklas?«

»Ich fühl mich nur ein bisschen mau.«

»Du bist ganz blass. Brütest du irgendwas aus?«

Er schüttelte den Kopf und hasste sich selbst dafür, seine Armseligkeit so offen zu zeigen. Seine Angst war schon zu einem körperlichen Schmerz geworden.

»Ich mach uns eine Tasse Tee.« Sie streichelte ihm im Vorübergehen tröstlich die Schulter, und er wusste, dass sie ihn durchschaute.

Er betrachtete das ausgestopfte Tier, erst mit Ekel, dann wurde sein Unbehagen zu etwas anderem, einem kriechenden, unheilverkündenden Gefühl. Die Klauen, fünf an jeder Tatze, waren länger, als er gedacht hätte. Vor seinem inneren Auge sah er, wie der Arzt das Betttuch beiseitegezogen und die Wunden in der Haut aufgedeckt hatte. Fünf Kratzer, mit je einer Fingerbreite Abstand. Sie waren mehr oder weniger zu dem Schluss gekommen, dass kein Tier sich damit begnügt hätte, einfach nur diese Spur zu hinterlassen, und dass diese Kratzer daher arrangiert sein mussten. Es gab keine großen Raubtiere in den Bergen rund um Bergland, behauptete man, aber ausgestopfte Trophäen gab es sehr wohl.

Er hörte Karianne in der Küche rumoren. Sie summte etwas vor sich hin, vergnügt wie schon lange nicht mehr, obwohl die Krankheit in ihrem Körper wütete. Sie freute sich für ihren Vater. Sie hatten verständlicherweise ein sehr enges Verhältnis. Während ihrer gesamten Kindheit war er ihr Vater und Mutter zugleich gewesen. Und die Krankheit hatte starke Bande zwischen ihnen geknüpft. Vor Reinhards aufopfernder Liebe konnte man nur den Hut ziehen, auch wenn er es in seinem Eifer übertrieben hatte. Reinhard. Wenn er nun wirklich der Versuchung erlegen war, die Dinge wieder in die Hand zu nehmen, und den Kranken gespielt hatte, damit sie in den Norden zogen…? Er schämte sich, diesem Gedanken überhaupt nachzugehen, trotzdem zog er einen verpackten Zahnstocher aus der Tasche. Jedes Mal, wenn er auswärts aß, klaute er sich ein paar. Er hob das ausgestopfte Tier etwas an und fuhr mit dem Zahnstocher über die Innenseite der Krallen. Eine dunkle, trockene Substanz blieb daran hängen. Er wollte die Probe zur Analyse einschicken, und wenn es nur dazu gut war, seine schlimmste Befürchtung auszuschließen.

## 33

Es war schon nach elf. Rino saß immer noch bei Torkil Bruun, dem Arzt, der damals Even Haarstad auf die Welt gebracht hatte und der jetzt mit leerem Blick in den Kamin starrte. Gerade hatte er seine lebenslange Schweigepflicht gebrochen, und seine Selbstachtung schien deutlich erschüttert zu sein.

»In solchen Fällen ist man in vielerlei Hinsicht noch stärker an die Schweigepflicht gebunden.« Bruun sah seinen Besucher mit autoritärem Blick an, als wollte er ihm zu verstehen geben, dass er ein ebenso schlechtes Gewissen haben sollte.

»Weiß Even davon?«

»Das kann ich mir nicht vorstellen.« Torkil Bruun rutschte unbehaglich in seinem Sessel herum und wirkte auf einmal gar nicht mehr so souverän. »Aber ich habe aufgehört, mich darüber zu wundern, was die Leute alles herauskriegen. Ich wurde oft mit Informationen konfrontiert, von denen ich gedacht hätte, dass sie das Krankenhaus niemals verlassen würden, aber in großen Organisationen gibt es eben immer das ein oder andere schwache Glied.«

»Die Krankenschwestern?«, schlug Rino vor.

»Das haben Sie jetzt gesagt. Ja, vielleicht. Wir Ärzte, die wir am nächsten dran sind, also die Chirurgen oder Geburtshelfer, fühlen die Pflicht der Geheimhaltung wohl stärker. Eine Krankenschwester hat da schon eine größere Distanz, ganz zu schweigen von der Sekretärin in der Schreibstube. Wenn die Schweigepflicht funktionieren soll, müssen sie alle gleichermaßen respektieren.« Torkil Bruun zitterte leicht, als er zum zweiten oder dritten Mal die leere Teetasse zum Mund führte.

Seine Moralpredigt entsprang wohl in erster Linie dem Bedürfnis, sich selbst zu rechtfertigen. »Trotzdem bin ich immer noch nicht sicher, ob es richtig war, Ihnen das zu erzählen.«

»Irgendetwas sagt mir, dass es sich als richtig und notwendig herausstellen wird.« Rino hätte das sagen können, um Bruuns Selbstbild wiederaufzubauen, aber er sagte es, weil er es tatsächlich meinte. »Und seine Halbschwester...«

»Was ist mir ihr?«

»Wissen Sie noch, wie sie hieß?«

»Ingeborg irgendwas.« Seine vage Geste zeigte, dass er sich noch nie mit solchen unbedeutenden Kleinigkeiten aufgehalten hatte. »Eine Weile wohnte sie auch dort, obwohl ich das Gefühl habe, sie ist besser davongekommen. Übrigens ist sie heute noch die Eigentümerin des Hauses, habe ich mir sagen lassen.«

Rino fragte nicht näher nach, denn er wusste, dass Bruun Frieden mit seinem Gewissen schließen wollte. Er selbst war immer noch erschüttert über das, was der alte Arzt ihm erzählt hatte.

# 34

Seine Krämpfe hielten während der gesamten Ermittlungsbesprechung an, und Niklas musste mehrmals kleine Pausen in seinem Bericht von Edmund und Andrea einlegen. Als er schließlich alles erzählt und auch noch seinen Besuch bei Heidi erwähnt hatte, tropfte ihm der Schweiß von der Stirn. Obwohl die anderen der Geschichte gebannt und verwundert gefolgt waren, bemerkte er, wie der eine oder andere rasche Blick getauscht wurde. Es kam nicht besonders gut an, dass er seine Kollegen nicht auf dem Laufenden gehalten hatte.

»Und sie wirkten glaubwürdig auf dich?« Bøe brach das Schweigen.

Wirkten sie glaubwürdig? Konnte er sich dafür verbürgen, dass Lilly Marie ihm die volle Wahrheit erzählt hatte? Genauso wie Heidi? Die äußerliche Erscheinung von Konrads Schwester bestätigte das Bild, das man ihm von ihr gezeichnet hatte, aber sein Eindruck nach ihrem Gespräch war eher der, dass sie bei weitem nicht so einfältig war, wie ihre Umgebung glauben wollte. »Ja«, sagte er. »Außerdem ist es sicher nur eine Formsache, die Bestätigung zu bekommen, dass Lilly Marie Andreas viertes Kind ist.«

»Ich kann mich erinnern, dass ich von der Frau gehört habe, die damals durchs Eis brach, aber ich weiß nicht mehr, wie sie aussah.« Bøe kniff die Augen leicht zusammen, als wollte er zeigen, dass er sie sich gerade vorzustellen versuchte. »Es gingen so einige Gerüchte um. Dass der Mann Alkoholiker war und dass es zu Hause gar nicht gut stand. Das muss nach dem Unfall gewesen sein, und das passt ja bis auf Weiteres auch gut mit deiner Geschichte zusammen, dass die Kinder bei Pflegeeltern untergebracht wurden.«

»Wenn sich die Geschichte bestätigen lässt – nicht zuletzt das, was Heidi zu sagen hat –, sind wir wieder auf Null.« Brocks setzte eine anklagende Miene auf. Langsam merkte man, wie die Sache an seinen Kräften zehrte, und er konnte es nur schwer verkraften, dass sich die wenigen Anhaltspunkte, die sie hatten, plötzlich wieder in Luft auflösten. »Ich würde gern selbst mit ihr sprechen, und Sandsbakk wird wahrscheinlich mitkommen wollen.« Der Ermittler des Landeskriminalamts sollte erst in einer halben Stunde eintreffen, und Niklas ahnte, wie es Brocks gegen den Strich gehen musste zuzugeben, dass einer aus seiner Mannschaft einen Alleingang hingelegt hatte.

»Du meinst also, dass die Puppen reine Nostalgie sind?« Lind schüttelte den Kopf. Entweder glaubte er nicht, was Heidi gesagt hatte, oder er begriff, dass der Mörder sich die Puppenkleider zunutze gemacht hatte, um die Polizei in die Irre zu führen. »Ich weiß nicht recht, was ich glauben soll, aber dass Heidi nach fünfundzwanzig Jahren plötzlich das Gefühl hat, dass demnächst die sterblichen Überreste ihrer Schwester auftauchen ... also, wenn du mich fragst, ist das doch ein bisschen viel.«

Niklas hätte das folgende Schweigen gern gebrochen, um noch einmal zu unterstreichen, dass sowohl Lilly Marie als auch Heidi glaubwürdig auf ihn gewirkt hatten, doch er ließ es bleiben. Er hatte gesagt, was er zu sagen hatte.

»Wir müssen sie zur Vernehmung bestellen. Ich glaube, wir brauchen eine zweite Meinung, also wird sich darum jemand anders kümmern als du, Niklas.« Brocks vermied jeden Blickkontakt, was deutlich zeigte, wie sauer er darüber war, dass Niklas sich solche Freiheiten herausgenommen hatte. Oder vielleicht war er auch nur gereizt, weil Niklas' Bericht den wenigen Theorien und Zusammenhängen, die sie bisher erarbeitet hatten, restlos den Boden unter den Füßen weggezogen hatte.

»Ich hab so das Gefühl, dass ich momentan nicht gerade der Liebling der Truppe bin.«

Sie tranken Kaffee in Linds Büro.

»Wenn deine Geschichte sich als stichhaltig herausstellt, kannst du das ganz schnell noch werden.«

»Aber?« Niklas ahnte, dass Lind zu den Skeptikern gehörte.

»Die Geschichte von Edmund und Andrea kann ich so glauben, die meisten von uns haben ja selbst mitbekommen, was da passierte. Aber Heidis überentwickelte Fähigkeiten bezweifle ich doch eher.«

»Sie wirkte nicht im Entferntesten so beschränkt, wie ihr alle glauben wollt.«

»Ich hätte ihre Erzählung eher als Bestätigung für ihre geistige Beschränktheit gesehen, aber bitte...« Lind hob beschwichtigend die Hand, um zu signalisieren, dass er für alle Alternativen offen war, auch wenn sein Gesichtsausdruck das Gegenteil besagte.

»Ich weiß nicht.« Niklas hielt die Luft an, als seine Eingeweide sich in einer neuen Krampfwelle zusammenzogen. »Ich hatte vom ersten Tag an das Gefühl, dass wir uns in die falsche Richtung orientieren. Dass bei diesem Fall alles anders ist, als es auf den ersten Blick scheint.«

»Was ist los mit dir, Niklas?« Lind setzte die Kaffeetasse ab und machte eine rasche Bewegung, als hätte ihn ein plötzlicher Juckreiz befallen.

»Ich glaub, ich hab mir irgendein Virus eingefangen. Ich hab solche Bauchschmerzen.«

»Du bist kreideweiß. Nimm dir den Rest des Tages lieber frei, ich werde Brocks sagen, wie schlecht du aussiehst.«

»Danke für das Kompliment.«
»Meine Liebenswürdigkeit kennt eben keine Grenzen.«

Erst schlug er Linds Angebot aus, aber da das Bauchweh anhielt, trat Niklas eine halbe Stunde später tatsächlich den Rückzug an. Als er nach Hause kam, fand er ein leeres Haus vor. Offenbar war Karianne wieder von der Bank angerufen worden. Dank eines grotesken Verbrechens.

Die Schmerzen kamen jetzt in regelmäßigen Abständen, waren aber nicht mehr so heftig. Er lag auf dem Sofa und starrte den Luchs an. Noch immer kam es ihm absurd vor, dass er den Zahnstocher zur Analyse eingeschickt hatte, und auch noch ohne Brocks' Wissen. Wenn Karianne das jemals erfuhr, würde sie ihn garantiert für vollkommen durchgedreht halten.

Seine Gedanken kreisten weiter um die Geschehnisse der letzten Tage, mit der ständig wachsenden Gewissheit, dass er irgendetwas übersehen hatte. Er versuchte, die Dinge noch einmal der Reihe nach durchzugehen, angefangen vom Auffinden der verletzten Ellen Steen bis hin zur verzagten Heidi. Immer wieder stellte er sich die Szenen bildlich vor, und er wurde immer sicherer, dass die Antwort in dem lag, was man mit bloßem Auge nicht sehen konnte, und dass sie es mittlerweile nicht mehr erkannten, weil sie schon so lange draufgestarrt hatten. Er sah die verletzten Frauen im Sand liegen, hergerichtet wie die Puppen. Hatte der Mörder vielleicht nur die Tatsache ausgenutzt, dass diese Puppen angespült worden waren, und die Opfer verkleidet, um eine falsche Spur zu legen? Wenn ja, hatte er nicht nur die Kleider besonders ausgewählt, denn Sara Halvorsens lebloser Körper war so platziert worden, dass sie mit der Hand in eine bestimmte Richtung zeigte. Er erinnerte sich, wie er den Blick gehoben und in diese Richtung geschaut hatte, zu einer Bergkette und einem Gipfel, den

Brocks »das Horn« genannt hatte. Das sagte ihm damals genauso wenig wie heute... aber vielleicht hatte Ellen Steen ja auch so dagelegen? Als Lind und er an den Tatort gekommen waren, hatten die Sanitäter schon Wiederbelebungsversuche unternommen, und es war gut möglich, dass die Unterschrift des Täters ihren Blicken auf diese Art entgangen war.

Er meinte sich zu entsinnen, dass das alte Ehepaar Ada und Julian hieß, doch ihr Nachname war ihm entfallen. Er holte ein Telefonbuch und begann zu suchen. Bergland umfasste nur sechs Seiten, und schon eine Minute später wählte er den einzigen Julian an, der für diesen Ort eingetragen war. Ada nahm ab. Niklas stellte sich vor und fragte, ob sie beschreiben könne, in welcher Position Ellen Steen dagelegen hatte, als sie sie fand.

»Sie lag auf dem Bauch«, sagte sie und fügte vorwurfsvoll hinzu: »Das hab ich aber alles schon erzählt.«

»Ich weiß. Ich wollte es nur noch ein bisschen genauer wissen, vor allem, wie ihre Hände lagen. Lagen sie am Körper oder etwas ausgestreckt?«

»Um es noch einmal zu wiederholen: Sie hatte den einen Arm ausgestreckt, als hätte sie versucht zu kriechen oder...«

Er merkte, dass ihr das Erlebnis immer noch naheging. »Wenn ich Sie bitte, sich vorzustellen, wie sie dalag, könnten Sie dann sagen, in welche Richtung ihre Hand deutete?«

»Mein Gott!« Sie seufzte, als wollte sie ihm zu verstehen geben, dass diese Frage wirklich besonders dumm war. »Julian! Juliaaaaaan!«

Er befürchtete schon das Schlimmste, als ihr Mann den Hörer nahm. Doch er wiederholte seine Frage und hörte, wie sich der alte Mann murmelnd mit seiner Frau besprach. »Wie Sie merken, geht meiner Frau diese Sache immer noch sehr nahe.«

»Das verstehe ich. Aber ich versichere Ihnen, dass ich nicht fragen würde, wenn es für die Ermittlungen nicht von Bedeutung wäre.«

»Tja, Ada war als Erste am Tatort, aber wir sind uns einig, dass die Frau einen Arm ausgestreckt hatte.«

»Und wo zeigte sie hin?«

»Aber mein Guter, woher sollen wir das denn wissen?«

»Zeigte Sie landeinwärts oder ...«

»Ja, ja, landeinwärts.«

Er hielt den Atem an, als ihn die nächste Schmerzwelle durchlief. »Ich muss Sie um einen Gefallen bitten. Könnten Sie jetzt sofort mit mir zum Strand fahren und versuchen, mir die Richtung anzugeben?«

»Ja, das ließe sich sicher einrichten.«

Er hörte das Zögern des Mannes und stellte sich vor, wie er seine Frau zu überzeugen versuchte.

»Jetzt gleich?«

»Es muss bei Tageslicht sein. Ich hole Sie ab.«

»Wir haben nichts Besonderes vor, also ...«

»Wo wohnen Sie?«

»Gleich bei der Schule. Ein rotes Haus mit weißen Fenstern.«

»Bin in zehn Minuten da.«


»Ungefähr so.« Sie war eine Weile hin und her gestapft, als versuchte sie, intuitiv noch einmal die richtige Stelle zu finden. Schließlich blieb sie stehen und blickte auf die Berge am Horizont.

Die Absperrung war schon lang entfernt worden, doch ein Metallstab markierte immer noch die Stelle, an der Ellen Steen gefunden worden war.

Ada Hermansen raffte ihren Mantel hoch und ging mit der fürsorglichen Hilfe ihres Mannes in die Knie. Sie blickte eine Weile auf den Sand, bevor sie aufsah. Dann rutschte sie ein

Stück weiter und wiederholte das Ritual. »Ja.« Sie nickte, als wollte sie sich selbst bestätigen, wie sicher sie sich war. »Ihr Arm zeigte in diese Richtung.«

Niklas kniete sich neben sie und ließ seinen Blick ihrer ausgestreckten Hand folgen. »Auf den Gipfel in der Mitte?«

Sie ließ den Arm sinken, als würde sie plötzlich von Zweifel übermannt werden. »Ich mag es nicht ganz sicher sagen, aber ich glaube schon.« Sie warf einen Blick über die Schulter. »Was meinst du, Julian?«

Ihr Mann, dem die ganze Situation reichlich unangenehm zu sein schien, schob den Kopf vor und musterte die Bergkette eingehend. »Der mittlere Ånestind? Ich weiß nicht mehr, in welche Richtung der Arm zeigte, ich weiß nur noch, dass sie die Hand ausgestreckt hatte. Aber kann gut sein, dass es diese Richtung war.«

»Doch, ich bin ganz sicher.« Die alte Dame signalisierte mit einem Handzeichen, dass sie gern wieder aufstehen wollte, und diesmal half ihr Niklas. »Glauben Sie, dass das etwas zu bedeuten hatte?«, fragte sie, während sie sich den Sand vom Mantel klopfte.

»Man muss jede Spur verfolgen.«

»Ich habe es die ganze Zeit gesagt: Diese Puppen waren ein Omen.«

Da kam Niklas ein Gedanke. »Sie haben nicht zufällig eine Karte von Bergland?«

»Mehrere.« Julian schien die Gedanken des Polizisten lesen zu wollen.

»Darf ich mir eine ausleihen?«

Eine halbe Stunde später war Niklas wieder zu Hause. Er hatte das Ehepaar nach Hause gefahren und eine Karte mitnehmen dürfen, die zwar aus den Siebzigern stammte, dafür aber den größten Maßstab hatte. Er zog den Küchentisch aus und breitete die Karte komplett aus. Der Strand, an dem

Sara Halvorsen gefunden worden war, lag nördlich von dem Strand, den er gerade besucht hatte. Sowohl der Ånestind als auch das Horn waren eingezeichnet, das hatte er überprüft, bevor er die Karte mitnahm. Die Körper der Frauen waren so arrangiert worden, dass sie in eine bestimmte Richtung zeigten, und er weigerte sich, das als Zufall zu betrachten. Da er kein Lineal zur Hand hatte, musste er sich mit einer abgesägten Leiste begnügen. Er markierte so sorgfältig wie möglich und unter Berücksichtigung einer gewissen Abweichung, wo die Frauen gefunden worden waren, und zog dann eine Linie von den Frauen zu den Gipfeln, auf die sie gezeigt hatten. Am Schnittpunkt der Linien lag der östliche Rand von Bergland, eine der vielen Buchten. Wenngleich er nicht mit allen umliegenden Dörfern vertraut war, erkannte er diese Bucht sofort wieder und wusste, dass dort nur ein einziges Haus stand – und das gehörte Kariannes Vater.

In diesem Moment wusste er, dass die Lösung direkt vor ihm lag, wie schon die ganze Zeit. Es ging um Karianne. Trotz der Krankheit, die ihr so übel mitgespielt und ihr jede Chance genommen hatte, das Leben eines normalen Teenagers zu führen, hatte sie immer Glück gehabt. Seinen Anfang nahm es mit dem Platz in der Handelsschule. Ab dem Tag hatte ihr Vater beschlossen, Kariannes Leben zwar nicht zu bestimmen, aber ihre Umgebung zu kontrollieren, damit immer alles so ausging, wie es am besten für sie war. Als sie von zu Hause auszog, hatte er die Dinge vorübergehend aus der Hand geben müssen, und seine zaghaften Versuche, sie zurückzulocken, waren misslungen. Sie musste ihrem Vater von den beginnenden Symptomen erzählt haben, wie irgendetwas in ihrem Körper wieder zu gären begann. Wahrscheinlich hatte Reinhard schon lange vor Niklas Bescheid gewusst. Da war sein Drang, ihr Leben zu behüten, wieder in ihm erwacht. Und das konnte er am besten, indem er sie nach Hause holte. Daher auch seine Krankheit. Hatte es sich so abgespielt? Niklas wurde fast schwindlig von den bizarren, unwirklichen Bildern, die vor seinem inneren Auge vorbeiflimmerten. Er weigerte sich, es zu glauben, konnte sich aber nicht ganz von dem Gedanken freimachen. Der Mangel an Motiven, die fehlende Verbindung zwischen den Opfern – war die Ursache am Ende das schreckliche Szenario, das ihm gerade über die Netzhaut flimmerte wie die Bilder aus einem wildgewordenen Projektor? Karianne war gerade in der Arbeit. Als Ersatz für Ellen Steen. Wieder krampfte sich sein Magen zusammen. Er dachte daran, wie Ellens Tante ihre Nichte pries und darauf beharrte, dass es sich bei diesem Überfall nur um blinde, sinnlose Gewalt handeln konnte. Denn es gab überhaupt keinen Grund, Ellen Steen etwas Böses zu wollen. Es sei denn, dass jemand ins Dorf gezogen war, der zufällig dieselben Kompetenzen hatte wie sie und arbeitslos war. In diesem Moment wuchs sich sein Magenkrampf zu akuter Übelkeit aus, und er stürzte ins Bad. Während er vor der Kloschüssel kniete und sich übergab, drängte sich ihm immer wieder das Bild von Karianne auf. Sie hatte ihn auf der Halbinsel herumgeführt, zu jeder Ecke und jedem Winkel. Und sie hatte ihm auch ihr Traumhaus gezeigt und gemeint, wenn sie so ein Haus hätte, würde sie nicht zögern hierzubleiben. Und dabei hatte sie auf das Haus von Sara Halvorsen gedeutet.

## 35

Er starrte aus dem Fenster. Die Wendung, die die Dinge auf einmal genommen hatten, lähmte ihn beinahe. Da zogen plötzlich die Scheinwerfer eines ankommenden Autos seine Aufmerksamkeit auf sich. Als er überlegte, was er Karianne sagen sollte, befiel ihn Panik. Umso erleichterter stellte er fest, dass der alte Volvo des Kommissars aus Bodø vor dem Haus vorfuhr.

»Kommen Sie rein«, sagte er und faltete die Karte zusammen.

Rino steckte den Kopf durch die Tür. »Sie sind aber gern zu Hause, was?«

Wieder fand Niklas es bemerkenswert, wie wenig diese zerstrubbelte Erscheinung an einen Polizisten erinnerte. Sein Haar lag immer noch so, als wäre er gerade aus dem Bett gekommen: auf der einen Seite flach an den Kopf gedrückt, während sich auf der anderen Seite wilde Büschel sträubten. Der wochenlang nicht mehr rasierte Bart hatte jede ästhetische Grenze überschritten, und die Jeansjacke wirkte sowohl für die Jahreszeit als auch für dieses Jahrhundert lächerlich.

»Bin nicht ganz in Form.«

»Ich wollte nur kurz auf Wiedersehen sagen.«

»Haben Sie die Antworten gefunden, nach denen Sie gesucht haben?«

Rino, der immer noch am Türrahmen lehnte, zog eine Grimasse, die nur mäßige Zufriedenheit ausdrückte. »Ich weiß nicht so recht, was ich da sehe, aber irgendwie beginnt sich langsam so eine Art Bild vor mir abzuzeichnen, doch. Ich habe zumindest ein paar Antworten bekommen. Zum Beispiel, dass Ingeborg, von der Sie dieses Haus gemietet haben, Evens Schwester ist. Vielleicht wollte sie deswegen, dass der Keller abgesperrt bleibt. Sie wusste, was dort unten passiert ist, wahrscheinlich hatte sie es selbst zu spüren bekommen.«

So musste es sein. Ein dunkles Kapitel ihres Lebens, das sie einfach abschließen wollte. Oder vielleicht hatte ja auch Even darauf bestanden? Denn sie hatte lange gezögert, bis sie sich darauf einließ, dass Niklas und Karianne den Keller benutzen durften, wenn auch nur, um ein paar Dinge unterzustellen.

»Gewalt erzeugt neue Gewalt«, sagte er.

»Das auch. Aber ich glaube, dass Even der Abwesenheit eines biologischen Vaters die Schuld für das gab, was mit ihm geschah. Seine Mutter starb nach einem... sagen wir mal, nach einem höchst dubiosen Unfall, und ihr Sohn wurde nur wenige Stunden vor ihrem Tod auf die Welt geholt. Es gibt anscheinend keinen Menschen, der weiß, wer der Vater ist, und so landet Even beim Sadisten Lorents. Ich glaube, der Junge hatte einfach den größten Hass auf seinen tatsächlichen Vater, der sich nie meldete, der seinen Sohn geradewegs in diese Hölle marschieren ließ. Dass er später eine Ausbildung für die Jugendarbeit machte, war wohl kaum Zufall.« Rino stellte ein Bein vor das andere und ließ seinen Holzclog von der Fußspitze baumeln. »Ich glaube, deswegen erteilt er jetzt Lektionen der brutalsten Art und lässt gleichgültige Väter dasselbe erleiden, was er ertragen musste.«

»Ein Rächer mit sympathischen Zügen sozusagen?«

»Ich finde, die Grenze hat er schon überschritten. Ich habe gerade erfahren, dass seinem letzten Opfer der Arm amputiert werden muss.«

»Du liebe Güte!«

»Erlösung gibt es nicht, weder in der Kindheit des Jungen, aber auch nicht in der Gnade, die er heute bei seinen Taten walten lässt.«

Niklas drehte sich auf dem Stuhl herum. »Sie haben gesagt, es sei ein dubioser Unfall gewesen?«

In dem Moment klingelte das Handy. Er sah Kariannes Nummer, und seine Gedanken überschlugen sich, aber er konnte sie nicht sortieren, bevor er antwortete.

»Hallo, ich bin's!« Sie wirkte glücklich und fröhlich. »Wie geht's dir?«

»Ich hab mir wohl irgendein Virus eingefangen.«

»Geht es dir immer noch so schlecht?«

»Ich glaube, langsam wird es besser.«

»Ich wollte nur sagen, dass das Krankenhaus angerufen hat.« Sie hielt kurz inne. »Die Merkmale unserer Gewebeproben stimmen überein. Du kannst eine Niere spenden.«

Er hörte die Worte und registrierte auch ihre Bedeutung, aber es fühlte sich an, als würde ihm der Augenblick entgleiten, als würde seine Umgebung in einen schmalen Tunnel eingesaugt werden und vor seinen Augen verschwinden. »Prima«, hörte er sich antworten, doch mit einem Ton, der verriet, dass seine Freude gespielt war.

»Ich verstehe dich gut, Niklas. Mir graust es auch, aber ich habe keine Wahl.«

»Es graust mir doch gar nicht ...«

Sie lachte. »Jedes Mal, wenn wir davon reden, bist du auf einmal ganz seltsam und weit weg. Du musst mir nichts vorspielen. Niemand macht so was, ohne einen Hauch von Unbehagen zu spüren. Immerhin ist es ein schwerer Eingriff.«

Eingriff. Ihm wurde wieder schlecht. »Wann ... wann glaubst du, wird das aktuell?«

Neues Gelächter. Sie lachte ihn nicht aus, sie lachte, weil sie so glücklich und erleichtert war. »Diesmal bin ich nicht von Zufällen und Glück abhängig. Ich fahre jetzt jede Woche zur Kontrolle ins Krankenhaus, dann werden wir weitersehen. In den nächsten Wochen passiert sicher noch gar nichts. Aber vielleicht habe ich dir vor Weihnachten noch ein bisschen mehr gestohlen.«

Das Zimmer bewegte sich immer noch. »Ein bisschen mehr?«

»Na, dein Herz hab ich doch schon, oder?«

»Hä?«

»Mann, Niklas, ich glaube wirklich, du brauchst ein paar Sekunden, bis du das verdaut hast. Ich muss der Geschäftsführung gleich noch ein paar Berichte vorlegen, wie wär's, wenn ich dich nachher noch mal anrufe?«

»Ich will das wirklich, Karianne, bitte glaub mir das…«

»Ich glaube dir auch, Niklas. Aber ich glaube auch, du solltest nicht leugnen, dass du noch Zeit brauchst, um dich an den Gedanken zu gewöhnen. Keiner sagt einfach schulterzuckend Ja und Amen zu so etwas.«

»Okay.«

»Bis später.«

Niklas hörte ein dumpfes Geräusch hinter sich, und plötzlich nahm er seine Umgebung wieder richtig wahr, auch seinen Besucher, den er in der Zwischenzeit ganz vergessen hatte. Der Polizist angelte mit einem Bein nach dem Holzschuh, der ihm vom Fuß gefallen war.

»Das war Karianne, meine Frau. Ich habe gerade erfahren, dass ich ihr eine Niere spenden werde.«

Wieder das dumpfe Plumpsen. Diesmal war der Holzschuh auf dem Küchenboden gelandet.

Rino starrte ihn an, als hätte man ihn vor den Kopf geschlagen. »Eine Niere spenden?«

»Hey, ich bin derjenige, dem sie das Ding rausschneiden, nicht Sie.«

»Ist sie wieder krank?« Rino humpelte einen Schritt vor und steckte seinen Fuß wieder in den Schuh.

»Nierenversagen. Sie… was meinen Sie denn mit ›wieder

krank‹? Ich wusste gar nicht, dass ich Ihnen das schon erzählt hatte... aber was soll's. Eine angeborene Nierenschwäche. Und jetzt bildet sie sich ein, dass ich Angst habe.« Er hielt das Handy hoch, um das Gespräch zu erklären, das gerade stattgefunden hatte. »Im Moment passiert einfach so furchtbar viel auf einmal...«

Rino blieb mitten in der Küche stehen. Auf einmal schien ihm schrecklich unwohl zu sein. »Ich wollte das wirklich nicht erzählen...«

Niklas wusste sofort, dass jetzt nur etwas Unschönes kommen konnte. »*Was* erzählen?«

»Evens Mutter... verdammt! Ich habe dem Arzt mein Wort gegeben, dass ich es nicht weitererzähle, und jetzt ist noch keine Stunde vergangen und ich plappere es schon aus.«

In der folgenden Redepause wünschte sich Niklas inständig, er könnte der Sache einfach noch entkommen. Er spürte, dass das, was Rino ihm erzählen wollte, ihn zutiefst erschüttern würde.

»Evens Mutter hat ein Organ gespendet...« Rino starrte auf den Küchenboden, während er sprach.

»Oh Gott!«

»Ein krankes Mädchen hier aus dem Ort hatte nur noch wenige Wochen zu leben. Sie bekam die Niere. Evens Mutter war ja sowieso tot...«

Niklas spürte, dass er sich gleich übergeben musste, aber es fühlte sich an, als säße sein gesamtes Körpergewicht unterhalb der Knie, und er war unfähig aufzustehen.

»Ich habe mit dem Arzt gesprochen, der Even auf die Welt geholt hat. Die Mutter wurde ins Krankenhaus gebracht...«

Schließlich gehorchten ihm seine Beine, doch Niklas blieb unbeweglich stehen.

»Die Welt ist klein...«

Die ganze Zeit hatte er gespürt, dass die Lösung näher war,

als ihm gefiel. Der Zeitpunkt der beiden Überfälle war kein Zufall. Diese Verbrechen waren geschehen, weil Karianne und er hier waren. Und sie sollten dafür sorgen, dass sie auch hierblieben.

»Wie war das mit diesem dubiosen Unfall?« Er ließ sich wieder auf den Stuhl sinken.

»Die Umstände waren sehr seltsam.« Endlich setzte sich Rino auch. »Sie ist mit dem Fahrrad von der Straße abgekommen und direkt gegen eine Felswand gefahren.«

»Von der Straße abgekommen.« Im Grunde brauchte er kaum noch eine nähere Erklärung.

»Zwei Wochen vor der Entbindung. Nicht viele würden sich in dem Zustand überhaupt noch aufs Fahrrad setzen. Der Arzt hat zugegeben, dass er sich damals auch schon gewundert hat. Eine Wunde mitten auf dem Kopf, das war's.«

*Mitten auf dem Kopf.*

»Wenn Sie gegen eine Felswand fahren, wäre es ein ganz natürlicher Reflex, den Kopf zu schützen, indem Sie die Arme vorstrecken und den Sturz so abfangen. Evens Mutter hatte aber nicht die kleinste Abschürfung an den Händen.«

Niklas dachte an den Spaziergang, den er mit Karianne gemacht hatte, den Abhang hinter dem Haus hinauf. Sie hatte wieder von der Krankheit erzählt, die ihre Kindheit so geprägt hatte. Er hatte das alles schon einmal gehört, doch jetzt verstand er viel besser. Sie hatte von der Wartezeit vor ihrer Operation erzählt. *Dann war ich endlich auf Platz eins der Warteliste*, hatte sie gesagt. Und plötzlich ging alles ganz schnell. Ein Vater, der die Sache selbst in die Hand nahm, ein Vater, der in seiner Verzweiflung zu allem bereit war. Zu absolut allem. Sogar dazu, seiner Tochter den Organspender zu verschaffen, auf den sie wartete. Irgendwie musste er herausgefunden haben, dass Evens Mutter sich als Organspenderin gemeldet hatte, vielleicht hatte er sie auch dahingehend beeinflusst. Konnte es so gewesen sein? Hatte er die Situation ausgenutzt – ein krankes Mädchen, das dem Tod entgegensah, eine Kampagne, um ein paar Leute davon zu überzeugen, sich einen Organspenderausweis zu besorgen – und dann der Unfall? War es so gewesen?

»Das sind natürlich alles nur Spekulationen. Evens Mutter starb und schenkte Ihrer Frau damit ein neues Leben. Ich hätte Ihnen das nicht erzählt, wenn Sie nicht ...«

»Ich mache Ihnen überhaupt keine Vorwürfe.« Niklas hob die Hand, als wollte er seinem Besucher signalisieren, dass eine Entschuldigung völlig überflüssig war, doch in Wirklichkeit versuchte er, einen Gedanken festzuhalten. »Diese Kopfverletzung ...«

»Mitten auf dem Kopf. Wahrscheinlich flog sie über den Lenker und direkt gegen den Felsen.«

*Mitten auf dem Kopf.*

»Und sie war noch am Leben, als sie ins Krankenhaus kam?«

»Sie starb, ein paar Stunden nachdem sie von Even entbunden worden war.«

Ein Organ kann nur eine begrenzte Zeit nach Eintreten des Todes transplantiert werden. Es muss schnell gehen. Ideal ist es, wenn der Organspender schon im Krankenhaus ist, bevor der Tod eintrifft. Der perfekte Unfall. Nachdem der erste Versuch misslungen war?

»Wann war das? Wann ist dieser Unfall passiert?«

»Sie meinen genau?«

»Ich meine Datum und Jahr.«

»Am 20. September 1983.«

Eine Woche nach Lineas Verschwinden. Denn Linea war die erste anvisierte Organspenderin gewesen. Doch irgendetwas war schiefgegangen. Wahrscheinlich war sie in einer Verfassung gewesen, die Verdacht geweckt hätte, oder der

Schlag hatte irrtümlicherweise doch zum plötzlichen Tod geführt. Hatte es sich so zugetragen?

»Sie haben recht, die Welt ist klein. Alles hängt zusammen.«

»Was meinen Sie damit?«

»Dieser Fahrradunfall stinkt zum Himmel.«

»Allerdings.«

»Ich glaube, dass dieses Ereignis mit den Knochenresten zusammenhängt, die wir gefunden haben. Ich glaube, dass dem Mörder mit Evens Mutter das gelang, was ihm bei Linea missglückt war.«

Rino setzte sich auf dem Stuhl zurecht. »Ich befürchte, jetzt kann ich Ihnen nicht ganz folgen.«

»Ich glaube – und ich muss betonen: Ich *glaube* ...«, er hielt inne, um den Mut zusammenzunehmen, den Verdacht in Worte zu fassen, der in ihm aufgekeimt war, »dass es so geplant war – dass die Niere jemandem zugutekommen sollte.«

»Hä?«

Niklas stand auf und ging in der Küche auf und ab. »Ich glaube, dass der Unfall inszeniert wurde, weil sie sich zu einer Organspende bereit erklärt hatte. Wissen Sie, wie viel Prozent der Bevölkerung einen Organspenderausweis hat?«

»Nicht viele.«

»Fast keiner. Statistisch gesehen würde das bedeuten, dass es auf Bergland gar keinen gab, bestenfalls einen. Und diese eine Person stirbt zufällig auf eine Art, die erlaubt, dass ein Organ entnommen werden kann? Außerdem war Karianne damals schon in einer kritischen Phase. Sie brauchte eine neue Niere. Und sie war auf Platz eins der Warteliste.«

»Oh Gott.«

»Können Sie mir einen Gefallen tun?«

»Selbstverständlich.«

»Wenn ich genauer drüber nachdenke, sind es eigentlich

zwei. Ich möchte bitte, dass diese Theorie vorerst unter uns bleibt.«

Rino nickte.

»Außerdem möchte ich gerne wissen, wer sie gefunden und ins Krankenhaus gebracht hat.«

»Da braucht es keinen Zusammenhang zu geben.«

»Nein, den braucht es nicht. Aber derjenige, der diesen Unfall inszeniert hat, war auch darauf angewiesen, dass sie so schnell wie möglich ins Krankenhaus kam. Sehr schnell. Also hat er es entweder selbst getan, oder er hat dafür gesorgt, dass jemand anders sie fand.«

»Ich bin nicht sicher, ob mein pensionierter Arzt mir noch mal die Tür aufmacht. Wahrscheinlich sitzt er gerade zu Hause und windet sich in Gewissensqualen, weil er mir schon so viel erzählt hat.«

»Wenn es so ist, wie wir glauben, muss er es erzählen, ob er will oder nicht.«

»Ich werde die Unfallkarte voll ausspielen.«

»Ich weiß, dass Sie schon wieder halb auf dem Heimweg sind...«

Rino angelte sich einen Juicy-Fruit-Kaugummi aus der Brusttasche. »Vergessen Sie's. Ich fahre nicht ab, bevor ich dieser Sache nicht auf den Grund gegangen bin.«

Fünf Minuten später saß Niklas allein in der Küche. Er dachte an Karianne und die Niere, die dazu beigetragen hatte, dass sie über fünfundzwanzig Jahre hatte weiterleben können. Wenn das Szenario so war, wie er befürchtete, hätte es auch Lineas sein können. Er brauchte Gewissheit, er musste herausfinden, wie das alles zusammenhing. Im Schlafzimmer ging er mit einem ISDN-Anschluss ins Internet, der jede Suche zu einer Geduldsprobe machte. Den Nachnamen von Lilly Marie wusste er nicht, daher suchte er einfach unter Wahrsagern. Die Trefferzahl war erschreckend hoch, aber er brauchte nur wenige Minuten, bis er sie gefunden hatte. *Lilly Marie – sieht Ihre Vergangenheit und sagt Ihre Zukunft voraus. Garantiert seriös.*

Natürlich keine Privatnummer. Also wählte er die Nummer mit der teuren Vorwahl. Eine sanfte Frauenstimme teilte ihm mit, dass er der Zweite in der Warteschleife sei. Es dauerte eine halbe Ewigkeit, und er bereute schon, dass er sich nicht ins Auto gesetzt und schnell zu ihr gefahren war, doch dann hörte er endlich ihre Stimme am anderen Ende der Leitung: »Hier ist die hellsichtige Lilly Marie. Wie kann ich Ihnen helfen?«

»Hier ist Niklas Hultin. Ich muss wissen, worin Edmunds schicksalhafter Beschluss bestand. Und zwar jetzt sofort!«

»Wie bitte?«

»Ich bin es, Niklas Hultin. Ich habe auf die Schnelle nur diese Telefonnummer gefunden.«

»Niklas? Der Polizist?«

»Genau der.«

»Mein Gott, was ist denn passiert?«

»Hat Edmund zugestimmt, dass seine Kinder einen Organspenderausweis bekommen?«

Er hörte, wie sie nach Luft schnappte, als wollte sie aufsteigende Tränen zurückkämpfen. »Irgendjemand hat ihm eingeredet, Andrea hätte so gerettet werden können. Als ob ein Organ hätte verhindern können, dass sie erfror.«

»Wer war dieser Jemand?«

»Ich weiß nicht. Ich weiß nur, dass Edmund Linea einen Organspenderausweis ausstellen ließ, und er achtete streng darauf, dass sie ihn immer einsteckte. Ich glaube, er bezog alles auf Andrea. Deswegen fiel die Wahl auch auf Linea. Konrad nicht, der war ja ein Junge. Und Heidi hielt er für dumm und unbrauchbar, wahrscheinlich glaubte er, dass deswegen auch ihre Organe ungeeignet waren. Ich könnte den Grund nicht nennen, aber bei dieser Sache mit diesem Organspenderausweis war mir immer irgendwie mulmig. Ein Vater, der zwischen Trauer und Vollrausch sein Kind als Organspender meldet und dafür sorgt, dass es den Ausweis ständig mit sich führt ... ich weiß nicht, vielleicht war das eine Art Bußübung, und er versuchte auf diese Art, irgendetwas wiedergutzumachen. Vielleicht dachte er auch, dass das Geld bringen könnte, aber höchstwahrscheinlich war es einfach nur Wahnsinn. Und Lineas Tod machte alles noch schlimmer. Irgendetwas sagt mir, dass das schlechte Gewissen Edmund Antonsen am Ende umgebracht hat. Ich glaube, er machte sich Vorwürfe wegen Andreas Tod, vielleicht auch wegen der Art von Leben, das er ihr bereitet hatte. Und ich glaube, er gab sich die Schuld an Lineas Verschwinden.«

»Inwiefern gab er sich denn die Schuld an Lineas Verschwinden?«

Lilly Marie seufzte. »Ich glaube, irgendetwas flüsterte ihm ein, dass Lineas Verschwinden seine Schuld war.«

»Ich frage mich immer noch warum.«

»Linea verschwand, weniger als eine Woche nachdem er ihr den Organspenderausweis aufgezwungen hatte.«

Niklas begriff, dass Edmunds verquere Logik Konrad und Heidi das Leben gerettet hatte. Nach dem Misserfolg mit Linea hätte sich der Mörder logischerweise den Nächsten aus der Geschwisterschar herauspicken müssen. Doch Edmund hatte sich kein zweites Mal überreden lassen. »Gut, ich werde Sie nicht länger bemühen. Außerdem wird mir das ein bisschen zu teuer.«

»Oh, entschuldigen Sie, daran hab ich gar nicht mehr gedacht. Sie können selbstverständlich meine Privatnummer haben.«

»Schon in Ordnung. Wenn Sie mir einmal kostenlos wahrsagen, sind wir quitt.«

# 36

»Ich hab den Namen.« Rino klang, als wäre er äußerst zufrieden mit sich selbst. »Aber erst nachdem ich ihm gesagt hatte, dass der Unfall von damals mit den aktuellen Überfällen zusammenhängen könnte.«

»Das geht schon klar.« Niklas saß im Auto. Er fuhr besonders langsam, um den Augenblick hinauszuzögern.

»Im Grunde ist es unglaublich, an wie viele Details von diesem Unfall er sich erinnert. Das Ereignis muss auf jeden Fall tiefen Eindruck bei ihm hinterlassen haben.«

»Der Name«, erinnerte ihn Niklas ungeduldig.

»Der Mann, der sie gefunden hat, hieß Sund. Reinhard Sund. Wohnt wohl immer noch hier. Kennen Sie ihn?«

*Endlich hatte er die Bestätigung.* Und sie machte Niklas traurig, weil er wusste, dass sie Karianne zerschmettern würde. »Ich bin gerade unterwegs zu ihm.«

# 37

Niklas warf einen Blick zum Küchenfenster, als er parkte, und meinte einen Schatten hinter der Gardine zu erkennen. Reinhard war definitiv auf dem Weg der Besserung. Normalerweise war Niklas immer in einer sehr aufgeräumten Stimmung, wenn er in einem Fall so kurz vor dem Durchbruch stand, wenn er nach Wochen und Monaten die Befriedigung hatte, einen Verdächtigen mit den Ergebnissen seiner Ermittlung zu konfrontieren. Diesmal fühlte er jedoch nichts als Trauer. Er bezweifelte nicht, dass das alles ausschließlich mit Reinhards Liebe angefangen hatte, dem verzweifelten Wunsch, das Leben seiner Tochter zu retten, koste es, was es wolle. Und es kostete einiges. Erst musste Linea mit dem Leben bezahlen, dann die Frau, die sich als Even Haarstads Mutter herausgestellt hatte. Vielleicht hatte Reinhard schon von dieser Frau gewusst, als er Linea umbrachte, sich erst gegen sie entschieden, weil sie hochschwanger war, und sich stattdessen auf das lebensfrohe junge Mädchen konzentriert. Doch nach seinem Fehlschlag gab es keinen Weg mehr zurück. Karianne brauchte eine Niere, und jede Woche zählte. Vielleicht hing es so zusammen, aber Niklas konnte sich seinen Schwiegervater immer noch nicht als brutalen Mörder vorstellen.

Er klopfte, obwohl er nicht sicher war, ob er das unter normalen Umständen auch gemacht hätte, trat aber ein, bevor ihn die brüchige Stimme dazu auffordern konnte. Reinhard saß in einem Schaukelstuhl im Wohnzimmer auf einem Schaffell, das eher schmutzig grau als weiß war.

»Niklas! So eine Überraschung.« Reinhard hob die Hand

und winkte ihn ins Wohnzimmer. Sein Lächeln wirkte unangestrengt und echt.

Er war in einer völlig anderen Verfassung als noch vor ein paar Tagen, als jeder Furz ein Kraftakt gewesen war.

Das Wohnzimmer sah genauso aus, wie Niklas es von seinem ersten Besuch mit Karianne in Erinnerung hatte. Altmodisch und ohne weibliche Einflüsse. Die Bilder waren dieselben – ein magerer Elch, der zufrieden aus einem kleinen Teich schlürfte, während der Sonnenaufgang einen goldenen Schein über die Szenerie breitete. Und Fotos von Karianne. Ungefähr zehn Bilder, von der Taufe bis zur Konfirmation. Er hatte damals schon darauf reagiert, und heute ging es ihm nicht anders. In den meisten Haushalten hängen Kinderfotos an der Wand, aber es gibt eine Grenze. Zu viele Bilder erschlagen. Und viel zu viele lassen auf Besessenheit schließen.

»Heute früher aus der Arbeit gekommen?«

»Ich fühl mich nicht ganz fit.«

»Die Herbstgrippe. Auf die kann man sich jedes Jahr verlassen, wie auf den Regen zum Nationalfeiertag.«

»Eher ein Magenvirus.«

»Das gehört auch dazu.« Der Alte machte eine wegwerfende Handbewegung, als wäre er Experte für Krankheiten.

»Du hast dich erholt, hab ich gehört.«

»Nicht so sehr, wie ich erst dachte. Ich bin heute ein bisschen übermütig geworden und hab den Abwasch erledigt, der sich seit Tagen hier auftürmt. Im Moment fühle ich mich, als hätte ich versucht, das Horn zu besteigen.«

*Das Horn.*

»Ich glaube, wir werden hierbleiben, Reinhard. Das heißt, wir haben uns mehr oder weniger entschieden, egal was sich an Jobmöglichkeiten bietet. Für uns bleibt es jetzt bei Bergland.«

»Das ist ja wunderbar.« Sein breites Lächeln ließ die Wangen noch hohler aussehen, wenn das überhaupt noch möglich war. »Habt ihr das so plötzlich entschieden?«

Niklas nickte.

»Was Schöneres könnte ich mir nicht vorstellen. Ich habe Karianne vermisst, das ist sicher kein Geheimnis. Ja, dich auch, Niklas, aber du weißt schon. Die Krankheit hat ein starkes Band geknüpft.«

»Das habe ich gemerkt.«

»Und ihre Stelle...« Er deutete mit einer wedelnden Handbewegung auf den Sessel. »Setz dich, Niklas, bitte setz dich doch.«

Niklas nahm Platz. Wahrscheinlich war der Sessel unter der braungemusterten Decke so gut wie neu. »Ellen Steens Stelle?«

»Steen? Uff, ja, die Frau, die da so schwer verletzt wurde. Schade, dass es auf die Art was geworden ist, aber darüber sollte sich Karianne keine Gedanken machen. Wenn sie den Job nicht genommen hätte, hätte es jemand anders gemacht.«

»Trotzdem. Fühlt sich schon ein bisschen komisch an.«

»Ja, natürlich, keiner wünscht sich, auf Kosten anderer glücklich zu werden, aber sie muss einfach so denken, dass diese Frau irgendwann zurückkommt, und dann freut sie sich sicher auch, dass jemand in der Zwischenzeit ihre Aufgaben erfüllt hat.«

»Stimmt.«

Der Alte blickte träumerisch vor sich hin. »Hast du Lust auf einen Kaffee?«

»Nein, danke.« Niklas legte sich die Hand auf den Bauch und zog eine Grimasse. »Ich möchte nur ein bisschen mit dir reden.«

»Es ist mir immer ein Vergnügen. Vor allem, wenn du mit so guten Neuigkeiten zu mir kommst wie heute.«

»Dein Name ist übrigens in Verbindung mit einer etwas...«

sagen wir mal, mit einer außergewöhnlichen Sache aufgetaucht.«

»Ach ja?«

»Es ging da um einen Jahre zurückliegenden Todesfall, eine hochschwangere Frau, die mit dem Rad von der Straße abkam und gegen eine Felswand fuhr.«

Ein paar wenige dünne Adern waren alles, was auf diesen hohlen Wangen von Leben zeugte, doch jetzt bekam die gelblich fahle Haut plötzlich Farbe. »Was ist mit ihr?« Seine Stimme war auf einmal eine andere. Der wahre Reinhard.

»Du hast sie damals gefunden.«

»Und?«

»Nichts ›und‹. Mein Kollege sagt immer, dass die Welt klein ist. Ich musste ihm zustimmen, als ich hörte, dass mein eigener Schwiegervater diese Frau gefunden hat.« Er zuckte mit den Schultern, um den unterschwelligen Andeutungen die Schärfe zu nehmen. »Kannst du dich noch erinnern, was damals passierte?«

Reinhand musterte ihn, bevor er antwortete: »Ich fuhr vorbei, weil ich gerade auf dem Weg ins Krankenhaus war. Karianne...« Er machte eine Handbewegung, zu diesem Thema gab es ja nicht mehr viel zu erklären. »Ich sah das Hinterrad aus dem Graben ragen, und erst dachte ich, die Frau sei tot. Sie war ganz voller Blut, und ich konnte auch keinen Puls fühlen. Natürlich hatte sie noch Puls, aber ich hab so gezittert... ich hatte so lange mit schweren Krankheiten in meiner unmittelbaren Nähe leben müssen. Aber schließlich bekam ich sie ins Auto gehievt. Erst da entdeckte ich, dass sie schwanger war, und das machte die Situation nicht unbedingt einfacher.«

Niklas musterte den Mann – den er zu kennen meinte, der ihm aber in diesem Moment völlig fremd war. Während seiner Erzählung wirkte Reinhard sehr bewegt, was er ja vielleicht auch war. Aber nicht wegen der toten Frau.

»Hast du es ihr erzählt?«

Sein Schwiegervater rührte sich nicht, doch Niklas sah ganz deutlich, wie sich alle Muskeln in ihm spannten. »Warum kommst du jetzt mit dieser Geschichte?«, fragte er schließlich. Er flüsterte, doch seine Stimme bebte trotzdem vor Zorn. »Jetzt, wo endlich alles gut für sie wird. Karianne hat genug Kummer gehabt. Das verdient sie nicht.«

»Ich komme mit dieser Geschichte, weil ich glaube, dass deine Vaterliebe mit dir durchgegangen ist.«

Der Schreck wirkte aufrichtig. »Was willst du damit sagen?«

»Nur das, was ich weiß: dass du alles getan hast, um ihr zu helfen, und die Ehre sei dir auch unbenommen. Ich deute an, dass du weiterhin alles getan hast, um für Kariannes Wohlergehen zu sorgen, nachdem sie schon eine neue Niere bekommen hatte.«

Reinhard schüttelte erschöpft den Kopf.

»In manchen Warteschlangen hat sich schon mal jemand vorgedrängelt.«

»Mein Gott, Niklas, verwende das nicht gegen mich. Nicht jetzt. Ich bereue nichts. Ich bin stolz auf das, was ich getan habe.«

Seine Worte klangen kalt.

»Du *bist* gar nicht krank, stimmt's?«

»Was? Was *redest* du da eigentlich, Niklas? Was willst du mir unterstellen?«

»Ich glaube, dass du alles getan hast, was in deiner Macht stand, um sie wieder heimzuholen, und ebenso viel, um sie zum Bleiben zu bewegen. Ich glaube, dass die Broschüren und die Inserate von dir kamen, und da das nicht genug Heimweh erzeugt hat, glaube ich, dass du deine Krankheit inszeniert hast.«

»Um Himmels willen, Niklas...«

»Und ich glaube, dass deine Krankheit sich schrittweise bessert, nun, wo es so aussieht, als würden wir bleiben.«

»Niklas, das …«

»Hast du Karianne erzählt, von wem sie ihre Niere bekommen hat? Hast du ihr erzählt, dass du selbst über die Organspenderin gestolpert bist, eine Frau, die so schwer verletzt war, dass man sie nicht mehr retten konnte? Hast du ihr das erzählt, Reinhard?«

»Verdammt, Niklas. Wage es nicht, so etwas anzudeuten.«

»Ich deute nur an, dass dein Wunsch, ihr zu helfen, übermächtig geworden ist. Karianne vergöttert dich, aber auch sie glaubt, dass du ihr bei mehreren Gelegenheiten den Weg freigeräumt hast, manchmal sogar mehr, als sie gewollt hätte. Ich hoffe bei Gott, dass da nicht noch mehr war. Dieser Fahrradunfall stinkt zehn Meter gegen den Wind nach einer Inszenierung, und eben dieser Unfall ist letztlich der Grund dafür, dass Karianne heute lebt und atmet. Ich lebe auch damit, Reinhard. Und dann höre ich, wer diese Frau gefunden hat …«

»Ich schwöre dir, Niklas …«

»Bei Zufällen merke ich grundsätzlich auf. Aber bei Zufällen wie diesem hier bekomme ich das große Zähneklappern.«

Reinhard schnitt eine schmerzliche Grimasse und schloss die Augen. Sein Atem ging schwer.

»Geht's?«

»Ich muss mich ein bisschen hinlegen.«

Noch immer hatte Niklas seine Zweifel. Reinhard ließ seine Maske immer noch nicht fallen. Nachdem er fast dreißig Jahre lang die Rolle des Wohltäters gespielt und jede Tat damit gerechtfertigt hatte, dass es zum Besten für seine Tochter war, konnte Reinhard nur schwer einsehen, dass im Laufe der Zeit irgendetwas doch aus dem Ruder gelaufen war.

»Könntest du mir wohl ein bisschen Schwarzen Johannisbeersaft holen?« Reinhard wirkte auf einmal zerbrechlich und hilflos.

»Natürlich.«

»Er steht auf der Arbeitsplatte in der Küche. Ich kann gar nicht mehr ohne. Die letzte Flasche ist mir einfach aus der Hand gefallen. Gott sei Dank kaufe ich immer gleich ein paar auf Vorrat.«

Niklas ließ das Wasser laufen, bis es eiskalt aus der Leitung kam, und goss den Sirup auf, bis er hellrot war.

Reinhard trank gierig und leerte das ganze Glas. »Ich wollte nur das Beste für sie, genauso wie mit den Briefen, von denen sie dir bestimmt mal erzählt hat. Und Solveig Elvenes...« Seine Augen wurden glasig. »Ich saß an Kariannes Bett, wie fast jeden Tag und jede Nacht. Es war derselbe Abend, an dem ich Solveig ins Krankenhaus gefahren hatte. Ich befand mich in einem schrecklichen Gefühlschaos. Bald war klar, dass man ihr Leben nicht mehr retten konnte, und ich war darauf gefasst, dass einer der Ärzte kommen und mich bitten würde, mit ihm auf den Gang zu kommen. Ich war schockiert, als er mir eröffnete, dass die Frau sich als Organspenderin gemeldet hatte und dass ein paar Flure weiter eine frische Spenderniere wartete. Natürlich hieß es, dass sie erst noch Gewebeproben nehmen mussten, dass auch die Blutgruppe stimmen musste, aber ich wusste instinktiv, dass das die Rettung war. Ich war nie ein besonders religiöser Mensch, aber an dem Abend kniete ich in Kariannes Zimmer und dankte dem Gott, an den ich kaum glaubte. Und ich glaube heute noch, dass Gott ihr durch Solveig Elvenes das Leben schenken wollte. Und dieser Gott war nicht ich.«

Sein Handy klingelte, als er die Haustür aufsperrte. Unbekannter Teilnehmer.

»Hier ist Vidén von der Kriminaltechnik. Es geht um die Blutanalyse.«

Niklas hatte über das Krankenhaus Blutproben von Ellen Steen einschicken lassen, die mit der Substanz verglichen werden sollten, die er von den Luchsklauen gekratzt hatte. Er hatte seine private Handynummer angegeben, weil niemand im Büro über seinen Verdacht gegen Reinhard informiert war. Er wollte abwarten, bis die Beweise eindeutig waren.

»Das war ein Volltreffer. Das Blut stammt von derselben Person.«

Er bedankte sich und legte auf, bevor ihm der Mann am anderen Ende der Leitung Fragen zu einem Fall stellen konnte, der allmählich immer mehr Aufmerksamkeit erregte. Die Analyse ließ keinen Raum mehr für Zweifel, und er befürchtete, dass Karianne zusammenbrechen würde, wenn sie die Wahrheit erfuhr. Es war ihm ein Rätsel, warum Reinhard die Tierklauen benutzt hatte. Die Kratzer sollten die Polizei sicher auf eine falsche Spur locken, aber das Ganze war reichlich amateurhaft ausgeführt. Symbolische Krallen auf der Haut. In diesem Moment ging ihm die Bedeutung auf. Ellen Steen hatte die Kratzer unter den Rippen, Sara Halvorsen etwas tiefer am Rücken, aber in beiden Fällen saßen sie in der Nierengegend. Waren die Überfälle in Wirklichkeit neue Versuche, Organspender zu beschaffen? War Ellen Steens Komazustand also als Fehlschlag zu werten, ebenso wie Sara Halvorsens Tod? War der Zusammenhang zwischen Ellen Steens Job und Kariannes Kompetenzen reiner Zufall? Karianne stand ja nicht mal an oberster Stelle der Warteliste, was die Theorie deutlich schwächte. Oder war es möglich, dass sie ihm das verschwiegen hatte? Wusste nur Reinhard Bescheid?

Er wählte Linds Nummer und spürte sein Herz pochen, während er darauf wartete, dass sein Kollege abnahm.

»Niklas? Geht's dir besser?«

»So weit ja. Mir ist da noch was eingefallen.«

»Aha, das Gehirn arbeitet also, auch wenn der Magen Mätzchen macht.«

»Weißt du, ob Ellen Steen und Sara Halvorsen als Organspender gemeldet waren?«

Am anderen Ende der Leitung wurde es still. »Als Organspender? Kann ich mir nicht vorstellen, aber ich habe auch nichts davon gehört. Worüber denkst du da gerade nach?«

»Um ehrlich zu sein, ich weiß nicht...«

»Hey, Niklas. Man teilt alle Ideen mit seinem Partner, weißt du.«

»Bald. Bis später.«

Er legte auf, wählte die Nummer des Krankenhauses und fragte nach dem Arzt, der bei Ellen Steens Einlieferung Dienst gehabt hatte. Zwei Minuten später war Dr. Bergstuen in der Leitung.

»Es geht um Ellen Steen«, sagte er und gab dem Arzt ein paar Sekunden, um geistig zurückzuspulen. »Haben Sie überprüft, ob sie als Organspender gemeldet ist?«

Der Arzt schien sich über die Frage zu wundern. »Im Todesfall machen wir das routinemäßig. In Ellen Steens Fall war das aber nie aktuell.«

»Und Sara Halvorsen?«

»In meiner Laufbahn als Arzt habe ich es nur ein einziges Mal erlebt, dass ein Patient einen Organspenderausweis hatte. Und das ist bestimmt zehn Jahre her. Nein, Sara Halvorsen hat keine Organe gespendet.«

Also musste es so sein, wie er zuerst gedacht hatte: Reinhard hatte kalt und zynisch beide aus dem Weg geräumt, damit Karianne hierblieb. Er konnte es ihr nicht länger verheimlichen. Er musste ihr sagen, dass ihr Vater ein kranker Mörder war.

Eine halbe Stunde später kam sie zurück und fand ihn im Wohnzimmer.

»Na, du großer Grübler?« Sie lachte neckend.

Er lächelte zurück, erwiderte den Scherz jedoch nicht.

»Geht's dir gut?«

Er zuckte mit den Schultern.

Sie stellte die Einkaufstüte ab und kniete sich vor ihn. »Das setzt dir ganz schön zu, oder?«

»Karianne...« Er legte seine Hand auf die ihre und sah die Angst in ihren Augen aufflackern. »Es geht nicht um die Operation.«

»Sondern?«

»Um dich.«

»Um mich?«

»Ja, Karianne. Es geht von A bis Z um dich.«

Sie runzelte die Stirn. »Soll heißen, im Moment dreht sich alles nur um meine Person?«

»Das ist so und war so.«

»Das versteh ich nicht, Niklas.« Jetzt war ihr Ton schon schärfer.

»Der Mord an Sara Halvorsen, der Überfall auf Ellen Steen – da beginnen sich Zusammenhänge abzuzeichnen... die ich zuerst versucht habe zu ignorieren und zu leugnen, aber das geht jetzt einfach nicht mehr.«

»Du weißt also, wer der Täter ist?«

Er nickte.

»Aber warum bist du dann so niedergeschlagen?... Es ist jemand, den wir kennen, stimmt's?«

Er nickte wieder.

»Oh Gott, ich will es gar nicht wissen... Wer ist es, Niklas?«

»Dein Vater.«

Kein bestürzter Blick, kein Schock. Ihr Gesichtsausdruck blieb unverändert. Sie wartete darauf, dass er es zurücknahm. Als das nicht geschah, begann sie den Kopf zu schütteln. »Nein, nicht Papa. Nicht Papa.«

»Karianne?«

»Nicht Papa.«

»Karianne?«

»Nicht er.« Sie riss ihre Hand zurück, als könnte sie es nach dieser ungeheuerlichen Behauptung nicht mehr ertragen, ihn zu berühren.

»Ich glaube, er hatte einen gewissen Punkt erreicht.«

»Einen gewissen Punkt? Was um Himmels willen soll das, Niklas? Warum sollte Papa Ellen Steen oder Sara Halvorsen etwas antun wollen?«

Er schüttelte den Kopf. »Das ist bloß die Fortsetzung. Angefangen hat es schon viel früher.«

Sie starrte ihn mit einem Blick an, der ihn anflehte aufzuhören. »Linea?«

»Karianne... wenn ich dir jetzt sage, dass ich zu fünfundneunzig Prozent sicher bin, aber deine Hilfe brauche, um die letzten fünf Prozent herauszufinden... die ihn entweder freisprechen oder den letzten Zweifel beseitigen...«

Sie stieß sich vom Sessel ab und stand auf. »Du bist nicht du selbst, Niklas. Ich glaube, diese... Organspende...« Sie fasste sich an die Stelle unterhalb der Rippen, wo eine kranke Niere im Todeskampf lag. »Du brauchst nicht... ich will deine verdammte Niere nicht haben.« Sie brach in Tränen aus und schluchzte wild und verzweifelt.

Er setzte sich neben sie auf den Boden und umarmte sie. »Du hast es selbst gesagt: Immer wurde plötzlich doch noch alles gut, wenn du in einer richtig prekären Lage warst. Du warst und bist sein Leben, Karianne. Wenn du gestorben wärst, wäre er mit dir gestorben. Du warst die Mission seines Lebens, eine Aufgabe, die bis heute anhält.«

»Hörst du eigentlich, was du da sagst, Niklas? Das ist doch völlig verrückt. Linea war in meinem Alter. Er hätte ihr niemals etwas antun können.«

»Ich glaube auch nicht, dass er das gern getan hat. Aber dein Leben stand auf dem Spiel.«

»Was willst du damit andeuten?« Sie nahm sein Gesicht zwischen die Hände und starrte ihn mit tränennassen Augen an. Er legte die Hand vorsichtig auf ihren Bauch. »Ich glaube, es ging um das, was da in dir starb, um eine Wartezeit, die für einen liebenden Vater die reinste Folter gewesen sein muss. Und als du endlich die Erste auf der Warteliste warst... passierte einfach nichts. Du warst die Nächste, aber es wollte kein Organspender auftauchen.«

»Niklas.«

»Ich glaube... ich *glaube* es. Aber ich brauche deine Hilfe, Karianne.«

Sie schüttelte den Kopf. »So etwas hätte er niemals tun können.«

»Dann könnte deine Hilfe ihn freisprechen.«

»Aber was für einen konkreten Verdacht hast du denn nun überhaupt? Und warum Ellen Steen und warum...«

»Pschhhht.« Er hielt einen Finger an die Lippen. »Du sollst alles erfahren, Karianne, aber ich befürchte, es eilt.«

»Es eilt?«

»Du hast mir doch von diesem Jungen erzählt, der sich das Bein brach und das Interesse verlor.«

»Herrgott, Niklas, wir waren doch nur ein bisschen verschossen.«

»Wie hieß er?«

»Du bist auf der falschen Fährte, Niklas. Teilen die anderen denn deine Theorie?« Das folgende Schweigen blamierte ihn bis auf die Knochen.

»Das hast du allein ausgebrütet, stimmt's? Diesen kranken Gedanken, dass Papas Opferbereitschaft ihn verrückt gemacht hat. Die Theorie ist einfach so wild, dass du sie nicht mal deinen Kollegen unterbreiten wolltest, stimmt's?«

»Wegen dir, Karianne.«

»Verdammt, das war nicht wegen mir!« Sie trommelte ihm

mit den Fäusten gegen die Brust. »Das war nicht wegen mir!«, wiederholte sie.

»Wie hieß er?«

»Oskar.« Sie vergrub das Gesicht in den Händen und weinte.

»Oskar wie?«

»Niklas, ich erkenn dich überhaupt nicht wieder, ich erkenne den Mann nicht mehr, den ich liebe.«

»Bitte, Karianne.«

»Nilssen. Mit zwei S. Bist du jetzt zufrieden?«

»Wo wohnt er?«

»Was hast du vor? Willst du zu ihm fahren und ihn fragen, ob er für eine fünfundzwanzig Jahre alte Liebe rücksichtslos gemordet hat?«

»Nein, das will ich nicht. Versprochen.«

»Das ist doch Irrsinn. Du musst die anderen auf dem Revier informieren, auch wenn du meinst, dass du mich beschützen musst.«

»Wo, Karianne?«

»In Rishamn, einem Nachbardorf. Eine Dreiviertelstunde mit dem Auto.«

Er hatte Oskar Nilssen angerufen und sich mit ihm im Café vor Ort verabredet. Nilssen war nicht nur verdutzt über die Anfrage, er war sogar richtiggehend abweisend, doch er ließ sich überzeugen, als er erfuhr, dass die Alternative ein Hausbesuch von einem Polizisten war.

Es war schon nach acht Uhr abends, und abgesehen von ein paar abgerissenen Kerlen, die offenbar nur flüssige Nahrung zu sich nahmen, war das Lokal leer. Niklas bestellte sich einen Kaffee und wartete. Nilssen hatte sich bereit erklärt, eine Viertelstunde zu opfern, aber zugleich mitgeteilt, dass er erst nach acht Uhr Zeit hatte. Es war Viertel nach, als er eintraf. Obwohl

Niklas keine Beschreibung von ihm bekommen hatte, ließen der flackernde Blick und der Ausdruck von Unwohlsein keinen Zweifel. Niklas hob die Hand und zeigte auf den Stuhl gegenüber. Nilssen nickte wortlos zum Gruß und setzte sich.

»Das ist total surrealistisch«, sagte er und faltete die Hände auf dem Tisch. »Eine Vierzehnjährige, in die ich vor einem halben Leben mal verliebt war. Graben Sie immer so tief bei Ihren Ermittlungen?«

Niklas hatte ihm erzählt, dass es um Karianne Sund ging.

»Ich möchte noch einmal betonen, dass Sie unter keinerlei Verdacht stehen. Ich brauche nur Ihre Hilfe, um ein paar Dinge richtig einzuordnen.«

Nilssen warf einen Blick auf die anderen Männer im Lokal und schien erleichtert, dass kein Bekannter darunter war.

»Ich weiß, dass Sie sie sehr mochten, aber darüber will ich gar nicht mit Ihnen reden. Es geht vielmehr um Ihren Unfall.«

Nilssen musterte ihn skeptisch. »Ich hab mir das Bein gebrochen.«

»Können Sie ein bisschen mehr dazu sagen?«

»Verdammt, das kann doch wohl nicht wahr sein.«

»Was kann nicht wahr sein?«

»Dass das jetzt wieder neu aufgewärmt werden muss.«

Niklas betrachtete den Mann, der so unverhohlen um Karianne geworben hatte. Wenn sie heute die Wahl gehabt hätte, wäre Niklas sich seiner Sache gar nicht so sicher gewesen, denn Nilssen war ein überdurchschnittlich gut aussehender Mann, der noch nicht viel Speck angesetzt hatte.

»Mir ist das Bein gebrochen worden. Mit einer Brechstange wahrscheinlich.«

Ein ungutes Gefühl durchzuckte Niklas vom Genick bis zum Magen. Es war so, wie er befürchtet hatte. Ein unerwünschter Freund war aus dem Weg geräumt worden. »Was ist da passiert?«

»Jemand hat mir ein Bein gestellt. Ich war auf dem Weg zu einer Wiese, auf der wir immer Fußball gespielt haben. Es war im Spätherbst, deswegen war es schon dunkel. Bevor ich wusste, wie mir geschah, krachte es. Ich hörte richtig, wie der Knochen brach.« Er ballte die Faust. »Das geschah alles innerhalb von Sekunden. Da geht man so ganz in seine Gedanken versunken, und plötzlich hat einem irgend so ein verrückter Arsch das Bein gebrochen. Ich war total schockiert und dachte kurz, dass ich sterben würde.«

»Haben Sie ihn gesehen?«

Nilssen schüttelte den Kopf. »Er trug dunkle Kleidung und eine Skimaske. Sah aus wie so ein Scheißninjakämpfer.«

»Haben Sie sonst irgendetwas von Ihrem Angreifer in Erinnerung? War er groß oder klein, dünn oder dick?«

»Ich hab nur seine Umrisse gesehen, aber das hat schon gereicht, um das Bild bis heute nicht aus dem Kopf zu bekommen. Das war so ein schockierendes Erlebnis. Und ich habe weiß Gott spekuliert, wer es gewesen sein könnte. Wie die meisten Jungs hatte ich sowohl Freunde als auch Feinde, aber kein Ärger wäre groß genug gewesen, dass er so eine Tat gerechtfertigt hätte. Außerdem ging es um Karianne.«

»Woher wollen Sie das wissen?«

»Weil er mir befahl, mich von ihr fernzuhalten, sonst würde er mir beide Beine zerschmettern, so dass ich mein Leben lang lahm bleibe.«

Bei diesen Worten lief es Niklas eiskalt den Rücken herunter.

»Und lange habe ich auch genau das befürchtet. Im Dunkeln hab ich mich kaum noch aus dem Haus getraut. Und wenn ich Karianne zufällig mal begegnet bin, in einem Laden oder so, kriegte ich fast Panik und konnte gar nicht schnell genug davonlaufen. Ich hatte eine Todesangst, dass er uns zusammen sehen könnte.«

»Haben Sie das nie jemandem erzählt?«

»Er hatte mir dieselben Konsequenzen angedroht, falls ich jemals jemandem davon berichten würde. Sie sind erst der Zweite, dem ich das anvertraue. Ansonsten weiß nur meine Frau Bescheid.«

»Als er mit Ihnen sprach ...«

»Er brummte irgendwie, das klang total gekünstelt.«

»Eine junge Stimme oder eine alte?«

Nilssen schien gründlich nachzudenken. »Erwachsen, glaube ich, aber ich bin nicht sicher.«

»Dann habe ich eigentlich alle Antworten bekommen, die ich wollte.«

»Wissen Sie was? Es ist zwar nur ein Bauchgefühl, aber ich hab die ganzen Jahre geglaubt, dass es ihr Vater war.«

Vor Niklas' Augen lösten sich die letzten fünf Prozent Zweifel in Luft auf. »Warum?«

»Weil er irgendwie was ... was Krankes hatte. Der hat sie ja abgeschirmt, als wäre sie eine Heilige Jungfrau.«

Niklas schluckte.

»Bei dem Mann lief's mir immer kalt den Rücken runter. Wie er sie beschützte ... sie war zwar schwer krank, aber trotzdem.«

»Haben Sie ihn später noch mal getroffen?«

»Es ließ sich nicht vermeiden, aber ich ging ihm aus dem Weg. Sogar jetzt, als Erwachsener, sehe ich zu, dass ich einen Bogen um ihn mache, wenn ich mal in Bergland bin.«

»Aber Sie haben nie etwas zu ihm gesagt.«

»Niemals.«

»Gut. Ich danke Ihnen für Ihre Hilfsbereitschaft.«

»Geht es Karianne denn gut?«

Ging es ihr gut? »Sie ist glücklich verheiratet«, lächelte Niklas. »Mit einem prächtigen, aufopfernden Mann.«

Als er wieder im Auto saß, warf er einen Blick auf sein

Handy. Vier Anrufe in Abwesenheit, drei davon von Lind. Dazu noch eine SMS, in der sich sein Kollege erkundigte, warum zum Teufel er nicht ans Telefon ging. Tja, weil er es auf stumm geschaltet hatte, und so sollte es auch noch bleiben. Bis er die letzte Konfrontation hinter sich hatte.

Auf dem Heimweg ging er mental noch einmal die Jahre seiner Bekanntschaft mit Reinhard durch. Im Licht der Ereignisse der letzten Tage sah er deutlicher, wie extrem er sich auf Kariannes Wohlergehen konzentriert hatte. All die Kontrollanrufe, um sich zu vergewissern, dass der Schwiegersohn auch wirklich treu und zuverlässig die Stafette übernommen hatte. Doch lange davor, irgendwann in der allertiefsten Verzweiflung, war Reinhard über das Ziel hinausgeschossen, hatte das Schicksal selbst in die Hand genommen und verwirklicht, was durch Gebete nicht wahr werden wollte. Er hatte Leben genommen, um Leben zu retten, aber dabei hatte er es nicht bewenden lassen. Er hatte sich in den Kopf gesetzt, dass seine Tochter ein glückliches Leben haben sollte, koste es, was es wolle, und räumte deshalb alles aus dem Weg, was ihr dabei hinderlich sein mochte. Erst jetzt dämmerte Niklas, dass auch er selbst vom ersten Tage an einer gründlichen Analyse unterzogen worden war. Dass Karianne seinen Heiratsantrag angenommen hatte, war einzig und allein Reinhards Einverständnis geschuldet. Wenn er irgendwo einen Fehler begangen und Karianne nicht so glücklich gemacht hätte, wie sie es nach Meinung ihres Vaters verdiente, hätte ihn das Unheil wohl auch ereilt. Auf die eine oder andere Art.

Bei dem Gedanken, wie Reinhard ihn kalt und zynisch aus dem Weg geräumt hätte, wenn er der Überzeugung gewesen wäre, Karianne damit einen Dienst zu erweisen, wurde er fuchsteufelswild.

Als er zum zweiten Mal an diesem Abend vor dem Haus, in dem Karianne aufgewachsen war, vorfuhr, war ihm sein

Schwiegervater fremd geworden, ein kalter, psychopathischer Mörder, der die Strafe und die Erniedrigung verdiente, die ihn erwarteten.

Er machte die Scheinwerfer aus, als er auf den Hof bog, und ließ das Auto bis vor den nicht mehr genutzten Viehstall rollen, wo er den Wagen so abstellen konnte, dass er vom Wohnhaus aus nicht zu sehen war. Der erste Schnee ließ noch immer auf sich warten, und der schwache Schein aus den erleuchteten Fenstern wurde wenige Meter vor dem Haus von der Dunkelheit geschluckt. Niklas war schon auf halbem Weg zum Haus, als ihm ein Gedanke kam. Reinhard war alles andere als kränklich und schwach, und sobald er wusste, dass sich die Indizien zu unwiderlegbaren Beweisen gewandelt hatten, würde er kaum zögern, zum Gegenangriff überzugehen. Seine Dienstwaffe hatte Niklas nicht eingesteckt, also musste der Schraubenschlüssel aus der Werkzeugtasche herhalten. Es kam ihm unwirklich vor, sich gegen seinen eigenen Schwiegervater zu bewaffnen, trotzdem schob er den Schraubenschlüssel in die Hosentasche. Denn es gab keine ungeklärten Details mehr, alles deutete nur noch auf Reinhard hin. Er hatte einem sechzehnjährigen Jungen, der Karianne sein Interesse allzu unverblümt gezeigt hatte, das Bein gebrochen. Wahrscheinlich hatte sie eine Bemerkung fallen lassen, dass sie nicht interessiert sei und dass der Junge es nicht kapierte. Und in der Zeit davor hatte er ihr geschrieben, hatte sich als anonymer Verehrer ausgegeben und sie mit Komplimenten überschüttet. Niklas wurde ganz schlecht bei dem Gedanken, dass sein Schwiegervater Briefe mit der eigenen Tochter gewechselt hatte, dass Karianne ihre Jungmädchenträume auf etwas aufgebaut hatte, was in Wirklichkeit von ihrem eigenen verrückten Vater kam.

Niklas schlich sich von hinten an das Haus heran und warf einen Blick durch das erleuchtete Wohnzimmerfenster. Reinhard saß ruhig wippend in seinem Schaukelstuhl und hatte etwas auf dem Schoß liegen, was wie eine Fernbedienung aussah. Aus irgendeinem Grund hatte Niklas erwartet, ihn in voller Aktivität vorzufinden, doch andererseits brauchte er ja keinen Beweis mehr dafür, dass die ganze Krankheit nur inszeniert gewesen war. Er hatte es schließlich mit Reinhard zu tun.

Niklas machte die Haustür auf und betrat lautlos den Flur. Sein Puls hämmerte so heftig gegen das Trommelfell, dass er einen wahnwitzigen Moment lang glaubte, das Geräusch müsse bis ins Wohnzimmer dringen und ihn verraten. Vor der Küchentür blieb er stehen. Er spürte ein leichtes Vibrieren in seiner Hosentasche – eine neue SMS war gekommen. Wieder Lind, der ihn fragte, wo er sich aufhielt und was eigentlich los war. Was los war? Er war dabei, einen verrückten Mörder zu überführen, der drei Menschenleben auf dem Gewissen hatte, einen Mörder, der zufällig sein eigener Schwiegervater war und der mit seinen barbarischen Taten dafür gesorgt hatte, dass Karianne heute lebte und atmete und seine Frau war. Er riss die Tür auf, ohne anzuklopfen, und blickte in das Wohnzimmer, wo nur noch ein leerer Schaukelstuhl vor und zurück wippte. Niklas erstarrte und stierte auf den Stuhl, bis er aufgehört hatte zu schaukeln. Dann schob er die Hand in die Tasche, schloss sie um den Schraubenschlüssel und ging in die Küche. Hatte das Wohnzimmer einen zweiten Ausgang, so dass Reinhard ihn am Ende von hinten überraschen konnte? Er glaubte es nicht, es sei denn, sein Schwiegervater war aus dem Fenster geklettert. Das angstvolle Hämmern in Kopf und Brust wuchs sich zu einem regelrechten Getöse aus. Trotzdem blieb er wie gelähmt stehen, während seine Gedanken auf Hochtouren liefen.

Plötzlich stand Reinhard vor ihm und hielt ihm ein Messer an die Kehle.

# 38

Karianne zuckte zusammen. Ihre vage Besorgnis wurde langsam zu der Gewissheit, dass hier irgendetwas faul war. Sie warf einen Blick über die Schulter – ein geradezu absurder Reflex, denn sie war schließlich in ihrem eigenen Zuhause. Trotzdem kam es ihr vor, als säße sie in beißend kalter Zugluft, die sie aufrütteln und vor irgendetwas warnen sollte. Sie stand auf, holte sich eine Tasse Kaffee, auf die sie eigentlich gar keine Lust hatte, und starrte dann aus dem Küchenfenster. Niklas' Andeutungen waren ebenso ungeheuerlich wie kränkend, und sie hatte sie insgeheim seiner offensichtlichen Furcht vor dem bevorstehenden Eingriff zugeschrieben. Sie befürchtete, dass Niklas' Unterstellungen mehr über seinen eigenen Geisteszustand aussagten, als sie sich eingestehen wollte. Da brauchte er kaum ein paar Wochen, um einen fünfundzwanzig Jahre alten Fall eines verschwundenen Mädchens zu lösen: Seine eigene Frau war das Motiv und sein Schwiegervater der Täter, ein Schwiegervater, zu dem er jahrelang ein eher angestrengtes Verhältnis gehabt hatte. Sie versuchte, das Unbehagen abzuschütteln, doch sie kam nicht zur Ruhe. Sie blieb noch eine Weile sitzen – ihr kam es vor wie eine Viertelstunde, es hätte aber genauso gut eine halbe Minute sein können –, doch dann befiel sie wieder dieselbe Unruhe. Und diesmal hatte sie das konkrete Gefühl, dass etwas sie umgab, näher auf sie zukroch – und sie begriff, dass sie in Gefahr war.

## 39

Niklas spürte, dass es ein kleines Messer war. Er sah Reinhard in die aufgerissenen Augen. Der ferne, erschöpfte Blick war wie weggeblasen, und die Hand, die das Messer hielt, alles andere als kraftlos und schwach. »Niklas? Verdammt, was hast du mich erschreckt!« Reinhard ließ die Hand sinken und schnaufte tief wie nach einer großen Kraftanstrengung. »Mach so was bloß nicht noch mal.« Er warf das Messer auf die Küchenplatte und schlurfte schweren Schrittes auf seinen Schaukelstuhl zu. »Ich dachte, ich hätte ein Geräusch gehört. Da hab ich gelauscht und gemerkt, dass tatsächlich jemand da ist und dass derjenige versucht, sich in mein Haus zu schleichen.« Er atmete immer noch schwer. »Du hast mir vielleicht einen Schreck eingejagt, als du drinnen warst, weißt du. Am Anfang war ich wütend über deine ungeheuren Anschuldigungen, aber dann kam ich ins Nachdenken…«

Niklas stand immer noch mitten im Zimmer. Er hatte sich noch nicht wieder richtig gefangen.

»Setz dich, Niklas. Allein der Versuch, furchteinflößend auszusehen, hat mir alle Kräfte geraubt, ganz zu schweigen von der Anstrengung, die ganze Zeit dieses blöde Obstmesser mit ausgestrecktem Arm hochzuhalten.«

Reinhard sah wirklich aus, als wäre er völlig entkräftet. »Was du mir da vorwirfst, habe ich nicht getan, Niklas.«

»Oskar Nilssen«, sagte Niklas, der erst jetzt merkte, dass er immer noch seinen Schraubenschlüssel umklammerte.

»Der Name sagt mir nichts.«

»Das war einer von Kariannes Verehrern. Bis du der Sache einen Riegel vorgeschoben hast.«

Reinhard unternahm einen schwachen Versuch, den Kopf zu schütteln. »Ich kann mich an keinen Oskar Nilssen erinnern.«

»Du hast ihre Briefe gelesen. Du wusstest fast alles über sie.«

»Ein paar wenige, ganz zu Anfang. Ich war nicht sicher, was ich da ins Rollen gebracht hatte, und ich dachte mir, wenn am Ende einer aus purer Gemeinheit schreibt – du weißt schon, einer, der sie einen schwächlichen Krüppel nennt oder so … das wollte ich ihr ersparen. Aber alle haben ganz respektvoll geschrieben, deswegen habe ich aufgehört, die Briefe zu lesen. Ich schwöre es dir, Niklas. Ein paar Briefe in den ersten paar Wochen. Danach habe ich nie wieder einen von Kariannes Briefen aufgemacht.«

»Und der ausgestopfte Luchs, den du ihr geschenkt hast …«
»Was ist mit dem?«
»Warum hast du ihr den gerade jetzt gegeben?«
»Wieso gerade jetzt? Den hat sie einen Tag nach eurem Einzug bekommen. Ich wollte ihr eine Freude machen, ich wusste, sie würde sich sehr darüber freuen.«

Also war der Luchs schon in Niklas' eigenem Haus gewesen, als Ellen Steen überfallen wurde. Das passte doch hinten und vorne nicht zusammen.

»Ich will die Briefe sehen«, sagte er. Er wusste nicht, wie er die Information deuten sollte, die er gerade bekommen hatte.

Reinhard sah ihn an. »Weiß Karianne hiervon?«
»Ich wollte es ihr ersparen.«
»Bis du ganz sicher bist?«
»Bis ich einen Weg gefunden habe, es ihr zu erzählen.«
Reinhard senkte den Blick und strich sich mit dem Handrücken etwas von der Wange. »Ich bin eine arme Seele.«

Niklas wartete auf ein Geständnis.

»Wenn das denn der einzige Weg ist, dich wieder zur Vernunft zu bringen...« Reinhards dünne, sehnige Finger umklammerten die Armlehnen. »Ich habe mich gewisser Fehleinschätzungen schuldig gemacht, Niklas, ganz ohne Zweifel. Aber meine Entscheidungen traf ich immer nur aus Liebe zu Karianne.«

Niklas schluckte.

»Von mir aus kannst du die Briefe sehen. Ich will, dass das hier ein Ende nimmt.«

Er ließ Reinhard auf der schmalen Treppe zur Mansarde vorangehen, um ihn die ganze Zeit im Auge behalten zu können. Sein Schwiegervater bewegte die Beine, als hätte er Gewichte an den Füßen, und legte auf jeder Stufe eine kurze Pause ein. Wenn er das alles nur spielte, dann spielte er es gut, doch Niklas erlaubte sich keine Zweifel. Reinhard hatte ein halbes Leben lang seine Umgebung manipuliert und war ein Meister seines Faches.

Es roch nicht ungelüftet und staubig, wie es in Mansarden sonst gerne riecht, und Niklas ahnte, dass der Alte sich so verhielt, als würde seine Tochter immer noch hier oben wohnen. Karianne hatte ihm den Raum schon einmal gezeigt, und alles war so, wie er es in Erinnerung hatte, sogar der Bettüberwurf war derselbe. Außerdem roch es frisch und sauber. Wahrscheinlich wischte sein Schwiegervater hier regelmäßig Staub, wusch das Bettzeug und lebte in dem Glauben, dass seine Tochter jederzeit zurückkommen würde. Reinhard blieb mit gerötetem Gesicht schwer atmend vor der Tür stehen. Wieder ganz der Gebrechliche. »Ich sage es dir noch einmal«, sagte er. »Ich bin ein jämmerlicher alter Mann. Ich zeige dir die Briefe nur, damit deine Unterstellungen ein Ende finden. Egal, was du da findest, es war genauso, wie ich dir gesagt habe. Ich habe ein paar davon gelesen, vielleicht drei. Mehr nicht.«

»Wo sind sie?«

Reinhard musterte ihn streng. »Tu, was du tun musst, aber mehr bitte nicht. Ich ertrage den Gedanken nicht, dass jemand ihre Sachen angrapscht...«

»Ich bin ihr Mann. Ich habe nicht vor zu grapschen.«

Mit betrübtem Blick öffnete Reinhard eine Schranktür. »Die Dose steht ganz oben hinten, an die Rückwand geschoben. Hochklettern musst du da schon selber.« Er zog einen Sprossenstuhl vor den Schrank. Als er Niklas' Zögern sah, trat er ein paar Schritte zurück. Niklas kletterte auf den Stuhl und entdeckte sofort die alte Margarinedose. Sie war schwerer, als er gedacht hätte.

»Willst du alleine sein?«

Niklas schüttelte den Kopf und stellte die Dose auf das Bett. Dann schob er seinem Schwiegervater, der von Minute zu Minute schwächer wirkte, den Stuhl hin. Er selbst spürte auch noch die stechenden Magenschmerzen, aber das Schlimmste war glücklicherweise vorüber. Er ging um das Bett herum, so dass die Dose zwischen ihm und dem alten Mann stand. Darin steckten Unmengen von Briefen, die zu kleinen Bündeln zusammengefasst waren. »Karianne hat von einem erzählt, dessen Briefe gelinde gesagt ein bisschen speziell waren. Der hat sich ganz extrem für sie interessiert.« Wenn der Mann auf dem Stuhl der Verfasser war, hoffte er, dass ihn die Beschreibung traf.

»Die rosa Briefe. Ganz unten.«

Rosa. Das sprach ja schon mal Bände. Er fand die Briefe ganz unten in einer Ecke. »So viele?«

»Sie hat viel mit ihm geschrieben.«

Niklas stutzte. »Ich dachte, sie hätte bloß ein paar von seinen Briefen beantwortet.«

»Natürlich nicht. Sie hat alle beantwortet, bis ihr die Sache allmählich unangenehm wurde.«

Das hatte sie ihm anders erzählt. »Bist du sicher?«

»Das will ich meinen. Sie hat ihm oft noch am selben Tag geantwortet. Vergiss nicht, dass ich ihre Post immer abgeholt und weggebracht habe.«

Und vielleicht auch schrieb.

Er nahm das erste Bündel und blätterte die Umschläge kurz durch.

*An Karianne Sund.*

Ganz kurz streifte ihn das Gefühl, dass er etwas übersah, bevor er willkürlich einen Brief auswählte. Als würde ihm die Identität des Mörders entgegenleuchten, aber er konnte sie nicht erkennen. Er ließ den Blick über den Text schweifen, ohne auf den Inhalt zu achten. Stattdessen betrachtete er nur, wie die Worte geformt waren, wie der erste Buchstabe jedes Mal in schön geschwungener Schreibschrift gestaltet war, gefolgt von den lose aneinandergereihten restlichen Buchstaben. Die Briefe waren unterschrieben mit »Dein Verehrer«. Die Schrift verriet ihm, um wen es sich handelte.

Niklas war so erschüttert über seine Entdeckung, dass ihm der Brief aus der Hand fiel.

»Was ist los, Niklas?«

Ein neuerliches Stechen im Magen führte ihn zur nächsten Erkenntnis. »Trinkst du diesen Johannisbeersaft eigentlich jeden Tag, Reinhard?«

»Was hat das denn jetzt mit dem Johannisbeersaft zu tun?«

»Antworte mir einfach.«

»Was Gesünderes gibt es kaum.«

»Und du hast neulich eine Flasche umgeworfen, oder?«

»Und musste mir eine neue aufmachen, genau.«

Er hatte angenommen, dass die Verbesserung von Reinhards Zustand mit dem Glauben zusammenhing, dass Karianne hierblieb. Doch wahrscheinlich war sie eher eingetreten, weil er versehentlich das Gift ausgeschüttet hatte, das er sonst jeden Tag mit großem Appetit in sich hineinschüttete.

»Hast du diese Flasche noch?«

»Was geht hier eigentlich vor, Niklas?«

»Hast du die Flasche noch, die du umgeworfen hast?«

»Die muss wohl im Müll sein.«

»Hol sie wieder raus und verstecke sie. Und trink keinen Johannisbeersaft mehr, bis du von mir gehört hast.«

»Aber um Gottes...«

Niklas war bereits auf dem Weg aus dem Schlafzimmer. »Und schließ die Tür ab, Reinhard.«

Kaum dass er die Stufen betrat, rannte er schon die Treppe hinunter. Eine wachsende Angst sagte ihm, dass er die Wahrheit zu spät entdeckt hatte.

Im Laufen versuchte er ihre Nummer zu wählen, doch er verwählte sich und musste noch einmal anfangen. Er war gerade am Auto, als er das Freizeichen hörte, und er wünschte sich verzweifelt, ihre Stimme zu hören. Doch stattdessen teilte ihm nur eine andere Frauenstimme mit, dass der gewünschte Teilnehmer sich in einem Gebiet ohne Netz aufhalte. Er weigerte sich, diesen Gedanken zu Ende zu denken, er zwang sich, an einen Zufall zu glauben, und redete sich ein, wenn er sie immer und immer wieder anrief, würde er ihre Stimme schon irgendwann hören. Er fuhr mit Vollgas vom Hof, wählte die Nummer erneut und hielt sich das Handy jedes Mal wieder schnell ans Ohr, wenn er den nächsthöheren Gang eingelegt hatte. Die Straße verengte sich, und sein Auto kam ins Schleudern, als wäre der Asphalt vereist. Er musste rasch gegenlenken, während ihm aus dem Handy wieder dieselbe Fehlermeldung entgegentönte. In all dem Chaos flüsterte ihm die Vernunft zu, dass er sein Tempo drosseln musste, und er zwang sich zur Zurückhaltung, bis er die Bundesstraße erreichte. Die Straßenlaternen schossen ihm entgegen wie Leuchtspurmunition, streiften ihn am Rande, während er krampfhaft das Lenkrad umklammerte. Karianne hatte das Ganze also selbst ins Rollen gebracht. Sie hatte die Briefe beantwortet und sich in ihrer Unschuld und ihrem kindlichen Eifer von der Aufmerksamkeit dieses Jungen verführen lassen, hatte ihn zu dem ermuntert, was wenig später eine ungute Wendung nahm, bis sie irgendwann das Gefühl hatte, der Sache ein Ende setzen zu müssen. Aber so sollte es nicht sein. Hier war gar nichts beendet.

Er sah jetzt alles ganz deutlich vor sich, das gigantische Spiel, bei dem sich alles um sie drehte, damals wie heute. Die lebhafte Karianne, mit ihrer Sanftheit und Verletzlichkeit, die ihn die ganze Zeit faszinierte. Es hatte Monate gedauert, bis sie ihm von ihrer Krankheit erzählte, erst vorsichtig und reserviert, ohne dass er den ganzen Ernst der Lage erfassen konnte. Dann hatte sie sich ihm schrittweise geöffnet und erzählt, wie knapp sie dem Tod entgangen war und wie alles sich immer zum Besten für sie gewendet hatte, als würde ein Glücksstern über ihr wachen. Aber ihr Glücksstern war niemand anderes als der Briefeschreiber, den sie abgewiesen hatte.

Die Abfahrt zum Haus kam so plötzlich, dass er zunächst daran vorbeischlingerte. Er setzte zurück und sah, dass ihr Auto vor der Tür stand. Trotzdem trat er das Gaspedal durch und fuhr auf den Hof. Er sprang aus dem Auto, bevor es ganz zum Stehen gekommen war, riss die Haustür auf und heulte ihren Namen heraus. Ein leeres Echo antwortete ihm. Er lief von Zimmer zu Zimmer, aber sie sahen alle nackter und unbewohnter aus denn je. Wieder wählte er ihre Nummer, da bemerkte er das Icon, das ihm anzeigte, dass er eine neue SMS bekommen hatte. In diesem Moment fiel ihm wieder ein, dass sein Handy immer noch auf stumm geschaltet war, und mit zitternden Händen öffnete er die Mitteilung.

Sie war von ihm. *Ruf mich sofort an.*

Das war alles. Er suchte sich die Nummer aus seinem Adressbuch und drückte auf ANRUFEN. Das Herz schlug ihm bis zum Hals, und er war immer noch nicht wieder zu Atem gekommen, als die Stimme am anderen Ende der Leitung ertönte.

»Wo ist Karianne?«, keuchte Niklas.

Der andere ließ sich Zeit mit seiner Antwort, er genoss es, die Situation vollkommen in der Hand zu haben. »Bei mir natürlich.«

»Ich will mit ihr sprechen.«

Wieder Stille. »Du kannst mit ihr reden, wenn – falls – ich es dir erlaube.«

»Sie ist krank, schwer krank.«

»Das weiß ich.«

Natürlich wusste er das.

»Es ist vorbei. Du kommst da nicht mehr raus.«

»Ich habe ihren Gatten wohl unterschätzt.« Er klang neckend. »Ich wusste doch, dass du mit ihr hier hochziehen würdest – ja, du kannst dich sogar bei mir bedanken, dass so prompt eine Vertretungsstelle frei geworden ist.«

Die Übelkeit schüttelte Niklas, und er bildete sich ein zu spüren, wie das Gift Löcher in seine Gedärme ätzte, ihn Stück für Stück auffraß. »Du Wichser hast mich vergiftet.«

Trockenes Gackern. »Das war nicht mal eine halbe Dosis, du Feigling. Ich wollte dich nur ein bisschen ausbremsen.«

»Wie...?« Neuerliche Krämpfe.

»Ganz einfach, mit Kaffee.«

»Und Korneliussen hast du auch vergiftet.«

»Am Ende wirst auch du einsehen, dass das – genau wie alles andere – nötig war, um deine Frau am Leben zu halten. Sag doch mal, hast du in diesem Augenblick nicht Angst um sie? Spürst du, wie die Angst in jeder Faser deines Körpers pocht, beim bloßen Gedanken, dass du nicht weißt, wie es ihr überhaupt geht? Vielleicht hat sich ihr Zustand verschlechtert, vielleicht habe ich sie brutal geknebelt. Wenn sie dann noch irgendwo sitzt, wo die Luft verbraucht und stickig ist, könnte sie langsam ersticken.«

»Du verdammtes...«

»Spürst du es, Niklas? Spürst du, wie die Verzweiflung dich in diesem Augenblick dazu treiben könnte, buchstäblich alles für sie zu tun? Spürst du das?«

»Du...«

»Ich habe gefragt: Spürst du das, Niklas?«

»Wenn du ihr etwas antust, wenn du ihr auch nur ein einziges Haar krümmst...«

»Dann bringst du mich um? Sieh' mal einer an, ein Mord für ein einziges gekrümmtes Haar. So was habe ich nie gemacht, Niklas. Aber ich habe Leben genommen, um Leben zu retten. Das finde ich doch ein klein wenig anständiger.«

»Du bist wahnsinnig.«

»In diesem Moment bist du nicht in der Lage, es zuzugeben, aber zum Schluss wirst du verstehen, dass alles – ich wiederhole: alles – dazu beigetragen hat, deine Frau am Leben zu erhalten. Für die du dich jetzt und hier zum Mörder gemacht hättest, nur um sie wiederzusehen. Ich habe es nur raffinierter angestellt als du. Wo du der Bulldozer-Methode den Vorzug gegeben hättest, habe ich geschickt und klug eliminiert.«

Die Übelkeit kam immer noch in Wellen. »Ich will mit ihr sprechen.«

»Wenn ich es dir erlaube.«

»Du bist erledigt. Ich werde meine Kollegen alarmieren, ich...«

»Niklas, Niklas, jetzt enttäuschst du mich aber wirklich. Glaubst du, ich würde erlauben, dass du hier irgendwie das Ruder in die Hand nimmst? Du hast keinen alarmiert, und du wirst auch niemanden alarmieren. Ich habe fünfundzwanzig Jahre an diesem Puzzle gearbeitet, und niemand beherrscht es besser als ich. Ich verteile hier die Karten, und ich habe die Asse auf der Hand. Du wirst also niemanden alarmieren.«

Niklas schwankte der Boden unter den Füßen. »Du hast Reinhards Saft vergiftet.«

»Der hat diese Zuckerplörre sein ganzes Leben in sich hineingeschüttet. War kein großes Ding. Reingehen, Flaschen austauschen.«

»Reinhard hat Evens Mutter damals gefunden. Wie ...«

»Ja, nach dem konnte man echt die Uhr stellen. Er hat die Tage im Krankenhaus verbracht, war bloß mittags kurz zum Essen zu Hause. Ich wusste fast auf die Minute genau, wann er dort vorbeikommen würde. Die Verkehrsdichte vor fünfundzwanzig Jahren in Bergland ... da konnte eine halbe Stunde zwischen zwei Autos vergehen. Es war unvermeidlich, dass er sie fand.«

»Du hast ihn benutzt ...«

»Niemals. Ich habe nur dafür gesorgt, dass er derjenige sein durfte, der ihr das Leben rettete. Kannst du dir etwas Größeres vorstellen, Niklas? Ein Vater, der seinem eigenen Kind das Leben retten kann?«

»Was willst du mit ihr?«

Das Lachen war gekünstelt. »Das ist doch offensichtlich. Ich habe ihr das Leben geschenkt. Da ist es doch genauso meine Verantwortung, dafür zu sorgen, dass sie es behält. Oder es auf eine Art verlässt, die ich für sie als würdig erachte. Ich muss jetzt aufhören, sie braucht mich. Und du willst doch nicht, dass ihr ein Haar gekrümmt wird, nicht wahr? Oder dass sie nach Luft ringen muss, weil du meine Zeit in Anspruch genommen hast, um mir zu erzählen, dass ich wahnsinnig bin? Dachte ich's mir doch. Aber jetzt ist es leider so, dass ich ein bisschen Zeit brauche, um letzte Hand an mein Werk zu legen.

Ich nehme in einer Stunde wieder Kontakt mit dir auf. In der Zwischenzeit verhältst du dich ruhig. Ganz ruhig.«

Dann legte er auf.

Niklas starrte wie gelähmt auf sein Handy. Er hatte immer noch nicht recht begriffen, dass der Täter jemand aus seinem eigenen Umfeld war. Durch den Briefwechsel hatte Karianne ein Band zu einem kranken Menschen geknüpft, der sich vorgenommen hatte, ihr das Leben zu retten. Dieser verrückte Wohltäter wusste, dass dafür eine Organspende nötig war, und beschloss, die Regie zu übernehmen. Die Wahl war auf Linea gefallen, wahrscheinlich weil er sich Edmund Antonsen als passendes Opfer auserkoren hatte, einen Mann, der sich in die dunkelsten Abgründe des Gewissens soff. Doch die Dinge waren nicht gelaufen wie geplant, und er hatte sich jemand anders aussuchen müssen. Diesmal gelang es ihm, und die Niere der Frau trug dazu bei, Karianne am Leben zu erhalten.

Plötzlich bekamen die Worte des pensionierten Pathologen einen ganz neuen Sinn. Er hatte angedeutet, dass der Schlag, der Linea den Schädel gebrochen hatte, nicht besonders hart gewesen war. Wahrscheinlich wäre »kontrolliert« die bessere Wortwahl gewesen. Denn der Schlag sollte sie gar nicht auf der Stelle töten. Sie sollte noch ein paar Stunden am Leben bleiben, lange genug, um eine ihrer funktionierenden Nieren zu spenden.

Eine Stunde. So viel Zeit stand ihm zur Verfügung. Er warf einen Blick auf die Uhr. Er musste etwas unternehmen. Da kam ihm ein Gedanke. Vielleicht ein Schuss ins Blaue, aber es war der einzige Ort, der ihm einfiel, an dem Karianne gefangen gehalten werden könnte. Und deswegen würde er jetzt dort hinfahren.

Das Haus, das aussah, als wäre es in den fünfziger Jahren gebaut worden, lag abgelegen am Meer. Ein kompakter Bergrücken schirmte es von der Umwelt ab – als hätte er sich bei der Wahl des Grundstückes bewusst für die Einsamkeit entschieden. Er parkte an einer kleinen Abfahrt, kurz vor dem Weg, der zum Haus hinabführte, und kletterte die Klippen hinunter, die die Bucht wie versteinerte Monsterwellen säumten.

Das letzte Tageslicht verschwand gerade am Horizont, doch nach ein paar Fehltritten hatten sich seine Augen an die Dunkelheit gewöhnt, und er kletterte geschickt über die Felsen, wobei er Halt in den Rissen und Spalten des Gesteins fand. Schließlich kauerte er sich hinter der letzten kleinen Anhöhe zusammen und beobachtete von dort das Haus. Kein Rauch kam aus dem Schornstein, und aus den Fenstern drang nur gedämpftes Licht. Das bestärkte ihn in der Hoffnung, dass sie dort gefangen gehalten wurde. Niklas glaubte zu erkennen, dass eines der Fenster im Obergeschoss gekippt war. Das konnte ebenso gut eine Falle wie ein glücklicher Zufall sein, doch er hatte weder die Zeit, noch erlaubte es ihm seine Situation, sich übervorsichtig zu verhalten. Eine Lampe verbreitete über der Eingangstür ihren gelblichen Schein und machte ihm die Entscheidung leicht. Er musste über das Fenster einsteigen. Niklas kroch auf allen vieren an der Klippe entlang, die kurz darauf abfiel und in einen kleinen Rasenstreifen überging. Die Feuchtigkeit des Heidekrauts drang ihm sofort durch die Kleider, doch er spürte es kaum. Sein Herz hämmerte so heftig gegen den Brustkorb, dass es geradezu körperlich wehtat. Bei dem Gedanken, dass jemand in diesem Moment vielleicht jede seiner Bewegungen beobachtete, krampfte sich sein Magen wieder zusammen. Er blieb kurz sitzen, bis er seinen Atem wieder unter Kontrolle hatte, dann kletterte er vorsichtig auf die Veranda. Er fühlte, dass mehrere Bretter schon unter seinen Füßen nachgaben, aber er hörte kein Knarren. Das Holz war schon völlig durchgefault. Eine kräftige Balsampappel wuchs über die Veranda, und er dachte sich, dass die Zweige während der Herbststürme bestimmt gegen die Wand peitschten. Da nahm jemand das Zurückstutzen der Zweige offenbar nicht besonders ernst. Die Brüstung der Veranda war zwar wackelig, aber er kletterte trotzdem hinauf. Seine Knie führten im ersten Moment ein Eigenleben unter ihm, doch nach und nach bekam er sein Zittern unter Kontrolle. Als er nach oben blickte, sah er, dass das Fenster mit einem ganz gewöhnlichen Haken offen gehalten wurde. Er kletterte auf einen der Äste und grätschte von dort auf das kleine, schräge Brett, das als zusätzlicher Regenschutz über dem Fenster im Erdgeschoss angebracht war. Mit der nächsten Bewegung bekam er das Fenster im Obergeschoss zu fassen. Er angelte den Haken aus der Öse und machte das Fenster ganz auf. Noch einen kleinen Sprung, dann bekam er den Fensterrahmen mit beiden Händen zu fassen und zog sich hoch. Erst blieb er kurz hängen, aber da sein Schwerpunkt bereits innen war, konnte ihm nichts mehr passieren. In der Dunkelheit zeichneten sich ein Bett und ein Schrank ab. Geräuschlos ließ er sich auf den Boden fallen. Der Geruch des Hauses und seines Besitzers stieg ihm in die Nase. Er blieb unbeweglich liegen und spürte den kalten Boden unter Händen und Gesicht. Keine Geräusche von drinnen. Entweder war niemand da, oder der Hausbesitzer wartete lautlos darauf, dass seine Beute in die Falle ging.

Niklas stellte sich neben die Tür und probierte die Klinke. Mit einem trockenen Knarren glitt die Tür auf. Immer noch keine Geräusche. Er duckte sich und blickte in einen offenbar leeren Dielengang mit einem langen Flickenteppich. Eine Tür auf jeder Seite – die eine angelehnt, die andere verschlossen. Er schlüpfte aus seinen Schuhen und schlich sich bis zu den Türen. Da er befürchtete, dass die geschlossene Tür von innen aufgerissen werden würde, sobald er ins Nebenzimmer ging, versetzte er der angelehnten Tür einen Stoß mit dem Fuß, um sich in der nächsten Sekunde an die Wand zu pressen. Nichts geschah. Langsam kam er zu der Überzeugung, dass das Haus leer war. Noch ein Schlafzimmer, stellte er fest, aber keine Decke auf dem Bett – dieses Zimmer wurde also nicht genutzt. Als er die nächste Tür öffnete, war er schon ziemlich sicher, dass er allein im Haus war. Auch diese Tür schob er mit dem Fuß auf. Fünf Frauen starrten ihn an. Er brauchte ein paar Sekunden, bis er kapierte, dass es sich um Schaufensterpuppen auf kleinen Podesten handelte. Ihre Haltung war so arrangiert, dass sie aussahen, als wären sie in einer ganz natürlichen Bewegung erstarrt. Eine auf dem Boden stehende alte Tischlampe warf einen gespenstischen Schein auf die Puppen. Mit dem Gefühl, ein Kabinett des Wahnsinns zu erblicken, betrat er das Zimmer, das bis auf die Puppen und die blassbraune Lampe völlig leer war. Alle Puppen trugen altmodische Kleider, die mehrere Nummern zu groß waren und ihnen um die wohlgeformten Körper hingen. Niklas hatte das Gefühl, dass man sie eher angezogen hatte, um sie zu verdecken, als um sie zu schmücken.

Er trat näher und sah, dass alle Gesichter gleich geformt waren. Warum Schaufensterpuppen? Und warum fünf identische? Keine der Puppen hatte Haare, was er seltsam fand, da der Hersteller sich offenbar große Mühe gegeben hatte, naturgetreue Puppen zu produzieren. Niklas umrundete sie und blieb vor einer Figur stehen, der ein Schatten schräg über das Gesicht fiel. Er stutzte und fuhr ihr mit dem Finger über die Wange. Die Oberfläche war kalt und hart, wie glasiert. Trotzdem waren mitten auf dem Kopf Risse zu sehen. So gut konnte die Qualität der Puppen dann wohl doch nicht sein. Er drehte sich um und starrte direkt auf den Hinterkopf einer Figur in einem verwaschenen Kleid. Dieselben Risse, wie bei trockener, rissiger Haut. Mit einer schaudernden Vorahnung näherte er sich einer der Puppen, die die Hand gehoben hatte, als wollte sie jemand zum Abschied zuwinken. Die Risse waren nicht so zahlreich, breiteten sich aber ebenso von einer Verletzung mitten auf dem Kopf aus. *Mitten auf dem Kopf.* Er wusste, was er hier sah, doch er weigerte sich, es sich wirklich bewusst zu machen. Es war, als müssten sich seine Gedanken durch versülztes Öl kämpfen.

Er schwankte aus dem Zimmer und kümmerte sich nicht mehr darum, ob er zu laut war. Über die Treppe lief er nach unten und rief den Namen seines Kollegen. Keine Antwort. Er lief durch alle Zimmer und in den Keller, der leer war, bis auf einen kleinen Kartoffelvorrat und ein paar Gartengeräte. Sie waren nicht hier. Er war schon auf dem Weg aus der Tür, als ihn eine verspätete Wahrnehmung einholte. Langsam drehte er sich um. Er sah in imaginären Bildern, wie die Schläge in Stärke und Zielpunkt immer genauer eingestellt wurden. Der Täter hatte schon mal danebengetroffen und wollte nicht, dass ihm das noch einmal passierte. Niklas holte sein Handy aus der Tasche. Er konnte nicht mehr warten.

# 40

Reinhard, der aus Respekt vor seiner Tochter nie in ihrer Korrespondenz geschnüffelt hatte, hob behutsam den Brief auf, nach dessen Lektüre sein Schwiegersohn zur Tür hinausgelaufen war. Er wusste, dass Niklas irgendetwas wiedererkannt haben musste, obwohl der Absender anonym war. Er betrachtete Kariannes Namen auf dem rosa Kuvert und hatte das vage Gefühl, dass ihm diese Handschrift nicht ganz unbekannt vorkam. Dann las er den Brief, ohne den Inhalt zu erfassen. Das Gefühl, diese Schrift schon mal in einem anderen Zusammenhang gesehen zu haben, hielt an. Der Anfangsbuchstabe jedes Wortes war in schöner Schreibschrift geschrieben, als sollte er die nachfolgende Reihe von unverbundenen Buchstaben schmücken. Da die Margarinedose jahrelang unberührt im Schrank gestanden hatte, musste er die Schrift von irgendeinem Brief kennen, den er selbst bekommen hatte. Auf zittrigen Beinen kletterte er wieder ins Erdgeschoss hinunter. Sein Körper schrie nach Ruhe, und er dachte an Niklas' Worte: »Trink keinen Johannisbeersaft mehr.« Das war doch völliger Unfug, er kaufte sich den Saft im Konsumverein, es war unmöglich, dass sich irgendjemand daran zu schaffen gemacht hatte. Es sei denn, jemand war in sein Haus eingebrochen. Reinhard setzte sich in die Küche und holte einen Stapel mit Briefen und Kontoauszügen hervor, aus dem er die Briefe aus Bergland herausfischte. Er sammelte immer alle Schreiben von Januar bis Dezember, und am Ende des Jahres archivierte er die, die er aufbewahren wollte. Schließlich saß er vor einem Stapel von ungefähr zwanzig Briefen – keine große Ausbeute für fast zehn Monate. Er grinste schief, als er den ersten öffnete. Das Schreiben trug die Unterschrift von Karina Søderholm, der Vorsitzenden des Gemeinderats, die ihn mit schwülstigen Worten zum diesjährigen Sommerfest einlud. Gott sei Dank war es eine andere Schrift. So las er sich durch alle Briefe und wollte schon fast sein Bauchgefühl anzweifeln, als er den vorletzten Umschlag öffnete. Er hatte den Stapel umgedreht, also war es einer der Briefe, die er erst in letzter Zeit bekommen hatte. Da er seinen eigenen Schlussfolgerungen nicht mehr recht über den Weg traute, warf er nur einen flüchtigen Blick auf die Unterschrift, doch erst als er den Brief wieder in den Umschlag zurücksteckte, dämmerte ihm, dass er hier irgendetwas wiedererkannt hatte. Er starrte auf den Namen des Absenders, der in fetten Buchstaben in der Ecke oben links prangte. Das konnte doch nicht wahr sein. Es musste eine Schrift sein, die der aus Kariannes Briefen einfach nur ähnelte. Er begann zu zittern wie bei seinen schlimmsten Schmerzanfällen, als er das Schreiben noch einmal aus dem Kuvert zog. Es waren nur ein paar maschinengeschriebene Zeilen; es ging um seinen Reisepass, den er sich hatte verlängern lassen, als er sich vor Ausbruch seiner Krankheit von der ersten Frühlingsbrise mitreißen ließ. »Hiermit übersenden wir Ihnen ...« Reinhards Blick fiel auf die Unterschrift, und er zitterte noch heftiger. Das war doch absurd, das konnte unmöglich stimmen. Er legte den Brief auf den Tisch und starrte auf die Unterschrift. Die Schrift war identisch. Das war er. Der Text begann sich vor Reinhards Augen zu bewegen, tanzte von einer Seite auf die andere und schien sich vom Tisch zu heben, während Reinhard aus dem Papier das Wort LENSMANN entgegenwuchs.

# 41

»Verzweifelt?« Die Stimme klang desinteressiert.
»Du hast gesagt, du hättest alles für Karianne getan.«
»Alles.«
»Jetzt ist sie wieder krank.«
»Ja.«
»Es geht um Tage.«
»Ja, vielleicht.«
»Du warst der Erste. Das hat sie mir erzählt.«
»Der Erste?« Die Stimme verriet ehrliche Neugier.
»Ihre erste Liebe. Sie hat mir von den Briefen und ihrem anonymen Verehrer erzählt, der anders war als alle anderen. Sie hat deine Briefe versteckt und immer wieder gelesen. Alle anderen wurden weggeworfen. Sie wusste nie, wer du bist, aber du warst trotzdem der Erste. Du hast ihr das Leben gerettet. Ich kann niemals die Art gutheißen, wie du das getan hast, aber gleichzeitig weiß ich, ich muss dir dafür danken, dass sie heute atmet und lebt. Und du kannst sie wieder retten. Aber sie braucht ärztliche Hilfe... und zwar so bald wie möglich. Vielleicht überlebt sie noch einen Tag, vielleicht zwei, aber nicht viel länger. Sie muss zur Dialyse.«

Wieder Schweigen.

»Ich bin mittlerweile an einem gewissen Punkt angelangt, Niklas. Damals habe ich einen Pakt mit ihr geschlossen, den zu erfüllen ich mir zur Lebensaufgabe gemacht habe. Aber wenn ich ins Gefängnis komme, bleibt der Pakt unvollendet. Du verstehst sicher, dass ich in eine ungute Lage geraten bin. Nichts wünsche ich mir mehr, als ihr wieder das Leben zu retten, aber ich will auch meine eigene Haut retten. Allmählich kommt es mir so vor, als würden sich diese zwei Wünsche nicht mehr vereinbaren lassen.«

»Was hast du davon, wenn sie in deinen Armen stirbt?«

»Genau dafür versuche ich gerade eine Lösung zu finden. Ich war die ganze Zeit in der komfortablen Situation, dass ich den anderen immer ein paar Nasenlängen voraus war und alles bis ins kleinste Detail planen konnte. Deine Entdeckung zwang mich zu spontanem Handeln, und das hat mich in eine knifflige Lage gebracht. Eine wirklich unerträgliche Wahl – Karianne oder ich.«

Niklas spürte, wie ihm ganz kalt wurde.

»Ich kann sie gehen lassen und ihr so das Leben noch einmal retten. Oder sie kann der Schutzschild sein, mit dessen Hilfe ich mich aus dieser etwas ... prekären Situation befreie.«

»Nimm mich an Kariannes Stelle. Dann musst du diese Entscheidung nicht treffen.«

»Der Gedanke gefällt mir, aber ich befürchte, diese Lösung macht alles furchtbar kompliziert.«

»Im Gegenteil, damit lösen sich die Probleme. Du hast es doch selbst gesagt: Alles, was du getan hast, hast du für Karianne getan. Wenn wir tauschen, bleibt es so. Dann hast du wieder zu Kariannes Bestem gehandelt.«

»Dann stelle ich aber gewisse Bedingungen.«

Niklas fühlte, wie sich ein wenig Hoffnung in ihm regte. Sein Kollege ließ vielleicht doch mit sich reden.

»Wenn mir auch nur der geringste Verdacht kommt, dass du die Polizei eingeschaltet hast ...«

»Das habe ich nicht.«

»... dann stirbt sie. Und vergiss nicht: Ich bin generell ein sehr misstrauischer Mensch, Niklas. Zweitens ... Karianne ist krank und geschwächt, vielleicht mehr, als du in deinem Egoismus gemerkt hast. Du hast dich mit dieser Sache verrückt gemacht und dabei völlig übersehen, wie sehr deine Frau leidet. Wenn du mich fragst, hat sie etwas Besseres verdient.«

Niklas schluckte.

»Damit will ich sagen, dass Karianne nicht in der Lage sein wird, viel Widerstand zu leisten, wenn sie vor eine bestimmte Wahl gestellt wird.«

Sie schwiegen wieder.

»Hast du Handschellen im Auto?«

»Im Handschuhfach.«

»Das wäre eine Möglichkeit...«

»Was?«

»Du bewegst dich ab jetzt nur noch nach meinen Anweisungen, und sobald ich es dir sage, legst du dir die Handschellen an.«

»In Ordnung.«

»Und ich wiederhole. Ich bin generell ein misstrauischer Mensch – ja, manche würden vielleicht sogar behaupten, dass mein Misstrauen an Paranoia grenzt. Sollte ich also wittern, dass die Handschellen nicht so sitzen, wie sie sollen...«

»Sie werden sitzen.«

»Lass mich noch mal kurz drüber nachdenken, Niklas. Ruf mich in fünf Minuten wieder an.«

Fünfeinhalb Minuten später wählte er die Nummer noch einmal und bekam Angaben zum Treffpunkt.

# 42

Rino schob die Tür zu Zimmer 216 auf. Er blieb stehen und atmete einen trockenen, unbestimmten Duft ein. Dann betrat er den Raum. Lorents lag auf dem Rücken im Bett und starrte an die Decke. Sein Gesicht war schmal und knochig, und die Nase, die sich wie ein Bergrücken über das halbe Gesicht zog, fast schon missgestaltet. Seine Augen lagen tief in den Höhlen, und seine blutleeren Lippen waren von Runzeln umgeben.

Man hatte Rino erklärt, dass Lorents sich geistig schon aus dieser Welt verabschiedet hatte, doch er wollte dennoch den Menschen einmal sehen, der die Ursache dieses ganzen Hasses war, den sein Pflegesohn in Bodø verbreitete.

An der Wand stand ein Besucherstuhl, den sich Rino ans Bett holte. Lorents' Gesicht war zu einer grimmigen Miene versteinert. Und so wirst du auch sterben, dachte Rino, versteinert in deiner Wut.

»Ich musste Sie einfach sehen.«

Der Mund bewegte sich, als wollte Lorents ihn öffnen, doch er blieb stumm.

»Um Ihnen zu erzählen, wie Sie Ihren Hass in die Welt gesät haben.«

Die Augen bewegten sich.

»Obwohl Sie hier liegen wie eine lebende Mumie, und das schon seit geraumer Zeit, sind Sie bis heute die Ursache hasserfüllter Taten. Es muss Sie doch freuen, das zu hören, oder? Dass die Saat, die Sie mit solcher Inbrunst ausgesät haben, heute noch Früchte trägt. Ich war in dem Keller, in den Sie Even eingesperrt haben, und ich habe auch den Eisenring an der Klippe gesehen. Wissen Sie, das musste ich einfach vor meinen eigenen Augen haben. Sonst hätte ich es gar nicht glauben können, dass ein Mensch zu so einem ausgeklügelten Sadismus fähig ist.«

Lorents' Blick flackerte, als versuchte er mit den Augen einer aufgeregten Fliege zu folgen.

»Even war wenige Stunden nach seiner Geburt schon Vollwaise. Finden Sie nicht, er hätte etwas Besseres verdient? Wie haben Sie Ihren Hass auf ihn eigentlich gerechtfertigt? Und warum haben Sie ihn aufgenommen, wenn Sie nur hassen konnten?« Rino beugte sich zu ihm vor. »Ging es Ihnen etwa um Geld?«

Noch immer der flackernde Blick. Vielleicht spürte der Mann, dass er nicht allein im Zimmer war, obwohl die Worte ihn nicht erreichten.

»Sie sind das erbärmlichste Geschöpf, das ich je gesehen habe. Und glauben Sie mir, Sie sehen genauso erbärmlich aus, wie ich Sie mir vorgestellt habe. Leben Sie noch recht lange, Sie Untier, leben Sie um Gottes willen noch recht lange. Und ich wünsche Ihnen, dass sich jede weitere Minute Ihrer Existenz wie ein ewiger Zahnarzttermin anfühlt.«

Die Augen des Mannes wurden glasig. Eine Träne rann ihm über die Wange und folgte den Furchen in der Haut, bis sie von den Bartstoppeln aufgefangen wurde. Wahrscheinlich nahmen es die Pfleger nicht so genau damit, vielleicht pflegten sie ihn auch nur mit Widerwillen, und vielleicht ließen sie auch den einen oder anderen Kommentar fallen. Menschen wie Lorents waren allen verhasst.

»Entschuldigung.« Es war nur ein nasales Grunzen, trotzdem fuhr Rino erschrocken zusammen. Plötzlich schämte er sich. Was hatte er für ein Recht, als Wildfremder in das Heim eines anderen Menschen zu spazieren und ihn mit seinen Beleidigungen zu überhäufen?

Ewige Qual.

Obwohl dieser leblose und apathische Mann in vielerlei Hinsicht das genaue Gegenteil von Joakim war, schien er genauso im eigenen Körper gefangen zu sein wie der Junge. Joakim hatte Energie für zwei und Nervosität für drei, und sosehr er sich auch wünschte, den Normen seiner Umwelt zu entsprechen, würde er es doch nie schaffen. Es sei denn, er bekam Hilfe. Er würde gefangen bleiben, wie ein Schnellkochtopf, der ab und zu ein bisschen Dampf ablassen muss, um nicht zu explodieren.

Ewige Qual.

In diesem Moment fasste Rino einen Entschluss.

»Wer sind Sie?« Plötzlich war Lorents' Blick gar nicht mehr entfernt und leer, und Rino begriff, dass sich der Mann seine Stummheit selbst auferlegt hatte.

# 43

Niklas fuhr an dem Strand vorbei, an dem man die verletzte Ellen Steen gefunden hatte, und weiter zur Rückseite der Halbinsel, die Bergland bildete. Er war mehr oder weniger allein auf der Straße, nur ein paar Mal meinte er, Autoscheinwerfer im Rückspiegel zu sehen. Er erreichte die Viehsperre, die man ihm beschrieben hatte, machte die Scheinwerfer aus und ließ das Auto langsam weiterrollen, bis er den unbefestigten Weg erreichte. Die Schmutzfänger streiften über den Asphalt, als er abbog, und er musste sich stark konzentrieren, während er in den tiefen Spurrillen weiterfuhr. Der Birkenwald umschloss den Weg von beiden Seiten, so dass Niklas über den Wipfeln gerade noch die Bergkette erkennen konnte, die ihn umgab. Obwohl er auf das Tor vorbereitet war, stand es plötzlich vor ihm, als sei es aus dem Boden gewachsen, und um ein Haar wäre er hineingedonnert. Es war mit einer lose über den Holzpfosten hängenden Schlaufe verschlossen. Er öffnete das Tor, fuhr hindurch und schloss es wieder hinter sich, wie man ihm aufgetragen hatte. Die Straße verlief in einer langgezogenen Kurve, und er folgte ihr, bis sie nicht mehr befahrbar war. Dort holte er das Handy hervor und sah, dass er schon wieder eine SMS bekommen hatte, in der er gefragt wurde, wo er sich befand und was los sei. Er hätte nicht mal eine Minute gebraucht, um die anderen zu alarmieren, und vielleicht war es seine einzige Chance, seinen Kollegen zu enttarnen. Doch er ergriff sie nicht. Kariannes Leben hing davon ab, dass er schwieg. Stattdessen schickte er eine SMS an den Mann, der sie gefangen hielt, und teilte ihm mit, dass er den

Weg bis zum Ende gefahren sei. Es dauerte eine Weile, bis die Rückmeldung kam. Niklas nahm an, dass das zur Strategie des Täters gehörte.

*Fahr die Straße weiter. Nach knapp hundert Metern kommt ein kleiner Bach. Der Pfad geht am rechten Bachufer weiter. Fünfhundert Meter später liegt ein großer Stein auf der rechten Seite. Melde dich, wenn du dort bist.*

Er stieg aus dem Auto. Der Herbst war immer noch mild – vier, fünf Grad über Null, schätzte er. Er spürte weiterhin das Stechen im Bauch, aber das waren wohl nur noch die Nachwirkungen des Gifts, das seinen Körper nun hoffentlich langsam verließ. Bevor er die Tür zumachte, griff er noch einmal ins Auto, um das Handschuhfach zu öffnen und die Handschellen herauszunehmen. Er wollte die Anweisungen auf jeden Fall befolgen. Vor nicht allzu vielen Stunden hatte er sich noch gegen den Gedanken gesträubt, Karianne eine Niere zu spenden, jetzt war er bereit, sein Leben für sie zu geben.

Der Bach war gerade mal zwei, drei Meter breit, und er balancierte über ein paar große, vom Wasser geglättete Steine ans andere Ufer. Das Wasser war kaum tiefer als einen halben Meter, doch er wollte so lange wie möglich trockene Füße haben. Der Weg ging nicht nur nach rechts, es ging auch bergauf, erst ganz leicht, dann fühlbar steiler, und er musste sich mehrmals abstützen, weil er keinen festen Halt unter den Füßen fand. Wahrscheinlich handelte es sich um einen Schafspfad, der nur deswegen noch zu sehen war, weil ihn ab und zu ein Wanderer benutzte, und der matschige Boden zeugte davon, dass auch das Regenwasser gern diesen Weg nahm. Niklas blieb stehen, um ein wenig zu verschnaufen. Kein Laut außer seinem eigenen keuchenden Atem. Keine Autos in der Ferne, keine gedämpften Geräusche von irgendwelchen Siedlungen, nur leichtes Rauschen in den Bäumen. Er war allein.

Er hielt sich abseits des Pfades, wo der Untergrund weniger

rutschig war, und bald erreichte er den Stein, den man ihm zuvor beschrieben hatte. Wie eine dunkle Wand erhob er sich zu seiner Rechten. Niklas sah sich um. Die Vegetation war spärlicher geworden, die Bäume kaum mehr als Gestrüpp. Er versuchte, den Blick zu schärfen und irgendwelche Bewegungen in den Schatten auszumachen, doch wenn sein Kollege ihn wirklich beobachtete, dann gelang es ihm ganz ausgezeichnet, mit seiner Umgebung zu verschmelzen. Niklas schickte die vereinbarte SMS, und diesmal kam die Antwort schneller.

*Folge dem Pfad schräg nach links, über den Sumpf und überquere den Hügel auf der anderen Seite. Dort kommt wieder ein Pfad. Bieg rechts ab und geh weiter, bis du die Hütte erreichst. Bleib auf dem Platz vor der Hütte stehen. Keine Abstecher!*

Eine Hütte? Hatte sein Kollege eine Hütte in den Bergen? Wäre er anders vorgegangen, wenn er das gewusst hätte? Wohl kaum. Ihm war jetzt nur wichtig, den Platz mit Karianne zu tauschen. Danach mochte kommen, was wolle. Er konnte den Weg nicht sehen, der ihm beschrieben worden war, doch er tastete sich weiter und folgte einfach immer der Öffnung im Gestrüpp. Mehrmals musste er sich bücken, um sich keine Kratzer im Gesicht zu holen, und dann gab plötzlich der Boden unter ihm nach und schien seine Füße nach unten zu saugen. Kurz befiel ihn Panik, während er sich aus dem schlammigen Boden befreite, und ein paar Sekunden sah er schon Schreckensbilder vor seinem inneren Auge, wie er im bodenlosen Sumpf versank. Mittlerweile war er ganz durchnässt von dem moorigen Wasser, aber er folgte dem Pfad weiter. Er begann schon zu befürchten, dass er sich verlaufen hatte, da tauchte die Hütte endlich vor ihm auf. Als er stehen blieb, war er sich sicher, dass er beobachtet wurde. Die Hütte wirkte alt und hatte kaum mehr Grundfläche als eine durchschnittlich große Küche. Wahrscheinlich eine Jagdhütte, dachte er.

»Die Handschellen.« Die Stimme war bekannt, aber doch irgendwie anders.

Niklas hielt die Handschellen in die Höhe.

»Zieh die Jacke aus.«

Er tat, was ihm befohlen wurde, und schmiss die Jacke auf den Boden.

»Jetzt das Handy.«

Er warf das Handy hinterher.

»Krempel die Ärmel von deinem Hemd hoch.«

Noch immer konnte er seinen Kollegen nicht sehen, doch die Stimme kam irgendwo von der Hütte.

»Jetzt drehst du dich um neunzig Grad und legst die Handschellen an, und zwar langsam und gut sichtbar. Ich werde hören, ob sie wirklich einrasten.«

Plötzlich merkte Niklas, dass er fror. Seine Beine waren eiskalt, und der leichte Wind strich ihm über die nackte Haut. Er hob die Handschellen hoch und legte sie mit übertriebenen Gebärden an. Es überraschte ihn, dass er sich die Hände nicht auf dem Rücken fesseln musste.

»Tritt vor.«

Die Konturen von Kariannes Wächter wuchsen an der Ecke der Hütte aus der Dunkelheit hervor. Amund Lind trug dunkle, eng anliegende Kleidung und eine ebensolche Strickmütze.

Als Niklas ihn so sah, rutschten auf einmal alle Puzzleteilchen an ihren Platz – wie Lind überdeutlich durchblicken ließ, dass Korneliussen so schnell nicht wieder gesundgeschrieben würde, wie er sich mit geheuchelter Diskretion nach Kariannes Zustand erkundigte. Der Überfall auf Ellen Steen hatte eine Arbeitsstelle frei werden lassen, die Kariannes Fähigkeiten entsprach und ihr Spaß machte. Dann war das Los auf Sara Halvorsen gefallen, vielleicht weil Niklas eine Bemerkung gemacht hatte, dass sie sich nach einer neuen Behausung umsahen und Karianne sich in das ausgefallene Heim der Künstlerin verguckt hatte. Der Gedanke, dass Lind gemordet hatte, um Karianne ihr Traumhaus zu verschaffen, verriet deutlicher als alles andere, dass er völlig wahnsinnig war. Und dass er vor keinem Mittel zurückscheute, wenn er nur glaubte, ihr damit einen Gefallen tun zu können. Er hatte sogar versucht, Niklas außer Gefecht zu setzen, denn die Frage nach den Organspenderausweisen der Opfer hatte zu guter Letzt seinen Verdacht bestätigt, dass der Neue auf der richtigen Spur war. Daher auch die ganzen SMS, in denen er fragte, wo er steckte und was eigentlich los war.

»Da ist er ja, der große Held.«

Obwohl Niklas seinen Kollegen nicht sehen konnte, wusste er, dass Lind ein schiefes Grinsen auf den Lippen hatte.

»Wo ist Karianne?«

Linds Augen sahen aus wie madenzerfressene Löcher in einem bleichen Totenschädel.

»Um sie musst du dir keine Sorgen machen, da hab ich ein reines Gewissen. Ich hab besser auf sie aufgepasst, als du es jemals getan hast. Du bist ein Feigling, Niklas, und ehrlich gesagt, ich hatte sogar schon meine Zweifel, ob du dich traust herzukommen. Ich dachte, du würdest die Gelegenheit nutzen und ein ganzes Aufgebot an Polizisten mitbringen, was Kariannes sicheren Tod bedeutet hätte. Aber auf die Art hättest du dir deinen Scheißkörper bewahren können, schön unversehrt und makellos.«

Obwohl die Worte aus dem Munde eines Wahnsinnigen kamen, spürte Niklas, wie sie ihn trafen. Denn er hatte sich ja wirklich gegen den Gedanken einer Organspende gesträubt, obwohl er wusste, was Karianne durchgemacht hatte.

»Wie sieht dein Plan aus?«, fragte Lind.

»Was für ein Plan?«

»Na, dein Plan. Ich kann mir nicht vorstellen, dass du keinen Plan hast, den haben Helden doch immer.«

»Ich bin gekommen, um mit Karianne den Platz zu tauschen.«

Er sah, dass Lind leicht den Kopf schüttelte, als wollte er sagen, dass er sich eigentlich ein Geständnis erwartet hätte. »Dafür dass du ein Mann mit Erfahrung bist, enttäuschst du mich ganz schön, Niklas.«

»Im Endeffekt wollen wir beide dasselbe: das Beste für Karianne. Sie hat genug gelitten.«

»Und das sagst ausgerechnet du, Niklas Hultin? Hast dich ins gemachte Nest gesetzt, aber bei dem Gedanken, dass man dir um ihretwillen ins Fleisch schneiden müsste, fängst du an zu schlottern.«

Lind hatte ihn von Anfang an durchschaut.

»Wir alle lernen aus unseren Fehlern«, erwiderte Niklas.

Lind schwieg, als hätten ihn Zweifel befallen. »Sie darf gehen«, sagte er schließlich. »Und weißt du auch, warum?«

Niklas sah kurz zu den Fenstern, in der Hoffnung, einen Blick auf sie erhaschen zu können. Er spürte, wie verzweifelt er hoffte, dass Lind kein falsches Spiel mit ihm trieb. »Weil du ihr schon einmal das Leben gerettet hast und es noch mal tun willst?«

Lind lächelte höhnisch. »So was in der Richtung, ja.«

Wieder Schweigen.

»Und du hast wirklich keine Nachhut dabei?«

Niklas schüttelte den Kopf.

»Okay.«

Lind hob einen Stock auf und klopfte damit gegen die Hüttenwand. Niklas wusste nicht, worauf er sich gefasst machen sollte, und blieb angespannt stehen. Er glaubte, das Quietschen einer Tür zu hören, und versuchte, beide Hausecken gleichzeitig im Auge zu behalten, doch nichts geschah. Lind sah ihn unbeweglich an. Ein Schatten in ungefähr fünfzig Meter Entfernung von der Hütte zog seine Aufmerksamkeit auf sich. Er starrte angestrengt ins Dunkel und sah, dass dieser Schatten ein Mensch war, der sich langsam und gebückt von der Hütte entfernte. Es war Karianne.

»Willst du sie nicht rufen?«

Noch immer war er unschlüssig, ob ihre Freilassung nicht am Ende Teil eines raffinierten Plans war, und in seiner Verwirrung brauchte er eine Weile, bis er schließlich ihren Namen rief. Sie blieb sofort stehen, antwortete aber nicht. Erst beim zweiten Mal antwortete sie: »Ich bin's.« Dann senkte sie wieder den Kopf und ging weiter. Das war ohne jeden Zweifel Kariannes Stimme gewesen.

»Du zweifelst noch?« Lind kam auf ihn zu. Sein Gesicht tauchte aus der Dunkelheit auf, eine kalte, hasserfüllte Ausgabe des Kollegen, der ihn so freundlich aufgenommen und ihm kopfschüttelnd von dem armen Teufel erzählt hatte, der sein Leben der Suche nach seiner verschwundenen Schwester gewidmet hatte. Derselbe Kollege hatte aufrichtig erschüttert gewirkt, als sie Ellen Steen fanden, und sein Spiel die ganze Zeit meisterlich weiterinszeniert, bis Niklas ihn nach den Organspenderausweisen fragte. Das Undenkbare war geschehen: Der Neuankömmling war ihm auf die Spur gekommen, und dieser Neuankömmling war nicht irgendwer – er war der Mann der Frau, die im Mittelpunkt dieses ganzen Wahnsinns stand.

Niklas warf einen Blick über die Schulter und sah Karianne aus dem Blickfeld verschwinden.

»Ich hab ihr den Weg erklärt. Sie kann sich gar nicht verirren. Hast du die Autoschlüssel stecken lassen?«

Niklas nickte.

»Dann ist sie in zehn, fünfzehn Minuten unten und in einer guten halben Stunde zu Hause. Das bedeutet, dass wir nicht viel Zeit haben.«

Lind kam auf ihn zu, fasste ihn bei den Handschellen und

zog daran. »Wir zwei haben nämlich ein kleines Projekt vor uns.«

Er schleppte Niklas in die Hütte und bat ihn sogar, den Kopf einzuziehen, als sie durch die Tür traten, die eher für einen kleinwüchsigen Jäger gedacht war. Die Hütte bestand nur aus einem einzigen Zimmer, mit zwei Etagenbetten an jedem Ende und einem Holzofen. Dreißig Minuten, hatte Lind gesagt, aber da täuschte er sich. Niklas hatte ein zusätzliches Handy ins Auto gelegt, also würde es höchstens eine Viertelstunde dauern, bis Karianne Brocks alarmieren konnte. Innerhalb einer Stunde konnten sie hier sein, wenn der Polizist die Zeit nicht mit Zweifeln und unnötigen organisatorischen Maßnahmen vertrödelte.

»Weißt du was?« Lind schob ihn auf einen Stuhl und baute sich breitbeinig vor ihm auf. »Wir zwei sind uns gleichzeitig ähnlich und unähnlich.«

»Inwiefern?«, fragte Niklas, als er merkte, dass Lind eine Antwort von ihm erwartete.

»Du hast gesagt, du bist ohne jeden Plan hergekommen. Das gilt auch für mich. Ich habe keinen Plan für die nächste Stunde – ich hab mir ausgerechnet, dass wir eine Stunde Zeit haben werden. Ich nehme an, du hast ein Handy ins Auto gelegt? Natürlich, so dumm bist du ja nicht. Und weißt du, wo wir uns unähnlich sind? In der Planung. Denn die Minuten bis ...«, Lind warf einen Blick auf seine Uhr, »... bis Viertel vor zwölf sind bis ins letzte Detail durchdacht. Auch die Tatsache, dass du hier sitzt, während Karianne auf dem Weg zum Auto ist. Denn Karianne wollte ich nicht, Niklas, das hättest du dir doch denken können. Ich habe das alles nur gemacht, weil ich nicht wusste, wo du bist und wie viel du schon herausgefunden hast. Aber ich wusste, dass es um Stunden geht, und ich wusste, dass ich dich weit weglocken musste. Deswegen brauchte ich Karianne.«

Niklas konnte ihm nicht ganz folgen. Er begriff nur, dass Lind immer noch sein Spiel spielte, wie seit fünfundzwanzig Jahren. »Warum?«, fragte er.

»Warum? Liegt das denn nicht auf der Hand, Niklas? Ich kann Karianne diesmal nicht retten, das kannst nur du. Deine Niere passt, nicht meine. Nur durch dich kann sie weiterleben. Ich habe deinen Zweifel gesehen, weißt du, und ich wusste, du bist der Typ, der am Ende kneift. Aber das soll dir nicht gelingen. Deine Niere wirst du los, Niklas, koste es, was es wolle. Und deswegen bist du hier.«

# 44

In diesem Moment verschwand der letzte Rest von Menschlichkeit aus Linds Gesicht. Kalt und mechanisch, als wäre Niklas ein Stück Schlachtvieh, zog er ihn an den Handschellen hinter sich her. Bevor Niklas begriff, wie ihm geschah, hatte Lind die Handschellen über einen Haken in einem Deckenbalken gezogen. In gestreckter Haltung, mit den Händen über dem Kopf, blieb Niklas stehen. Aus dieser Lage konnte er sich unmöglich selbst befreien.

»Na, siehst du, das ging doch im Nu.«

Da begann Niklas zu dämmern, was hier eigentlich passierte. Lind hatte ihn hinters Licht geführt, wie er ein ganzes Dorf fünfundzwanzig Jahre lang hinters Licht geführt hatte. Er hatte nie die Absicht gehabt, mit Karianne durchzubrennen oder sie sonstwie in Gefahr zu bringen – er hatte diese Geiselnahme nur inszeniert, um den einzigen Menschen anzulocken, der sie retten konnte. Denn es wurde langsam dringend, und Organspender waren Mangelware. Also war ein freiwilliger Spender ihre einzige Chance. Und da die Merkmale von Niklas' Gewebeproben mit ihren übereinstimmten, war er ihre einzige Chance, und damit auch Linds einzige Chance.

»Das hättest du nicht zu tun brauchen. Ich war bereit.«

Lind sah ihn streng an. »Du warst alles andere als bereit, man sah dir deine Zweifel schon von weitem an. Ich hingegen bin seit zwanzig Jahren bereit. Weißt du, ich habe mir Zugang zu ihrer Krankenakte verschafft und auf eigene Initiative eine Gewebeprobe von mir machen lassen, nur zur Sicherheit. Das nenne ich bereit sein.«

Niklas weigerte sich zu glauben, was er da hörte.

»Leider konnte ich ihr keine Niere spenden, ihr Körper hätte sie abgestoßen.« Plötzlich schoss Linds Hand vor, und er packte Niklas am Kinn. »So was nennt sich echte Liebe – dass sich jemand ohne zu zögern die Hand für seine Liebste abschneiden würde, wenn es nötig wäre. Aber du, du hast nie gesehen, wie sie litt, hast nie gehört, wie sie ihr Leiden in Worte fasste, du hast dich gesträubt, ein paar lächerliche Stunden Narkose in Kauf zu nehmen. Stattdessen bist du im Selbstmitleid ertrunken und hast sie ihre ganze Angst allein tragen lassen.«

»So war es nicht...«

»Genau so war es!«, rief Lind und drückte so fest zu, dass Niklas die Kiefer knackten. »Also warst du auch nicht bereit. Bis jetzt.«

»Ich...«

»Halt die Klappe.« Lind blickte auf die Uhr. »Wir haben noch eine Dreiviertelstunde.« Er drehte sich um und klappte den Deckel einer Kiste auf. Man hörte das Geräusch von Metall auf Metall.

»Du hast versucht, den Verdacht auf Reinhard zu lenken«, sagte Niklas.

Lind schien sich ein wenig beruhigt zu haben. »Das war nur eine Vorsichtsmaßnahme. Im Grunde dachte ich nicht, dass mir jemals ein Mensch auf die Spur kommen würde, aber sicherheitshalber habe ich ein paar falsche Fährten gelegt. Für den Fall, dass tatsächlich jemand das Motiv entdecken sollte, wäre der Verdacht sofort auf Reinhard gefallen. Deswegen habe ich ein bisschen nachgeholfen. Die Puppen hab ich gratis dazugekriegt, und das mit den Kleidern war so gut, das konnte ich mir einfach nicht entgehen lassen. Als wären alle guten Mächte auf meiner Seite. Ist dir eigentlich aufgefallen, dass die Opfer in eine bestimmte Richtung zeigten?«

Niklas versuchte zu nicken.

»Respekt, nicht schlecht. Das hätte ich nicht gedacht. Dafür war ich so gut wie sicher, dass du das mit den Krallenspuren rausfindest.«

»Karianne hatte den Luchs schon im Haus, bevor du Ellen Steen überfallen hast.«

»Verschlossene Türen haben mich noch nie aufgehalten, auch nicht in baufälligen Schuppen.«

Lind war bei ihnen gewesen. Während Ellen Steen schwer verletzt am Strand lag, hatte er ihr Blut auf die Luchskrallen geschmiert.

»Aber warum hast du ihn vergiftet?«

»Nur um wirklich sicherzugehen, dass ihr nach Norden zieht. Korneliussen war schon mal unschädlich gemacht, die Stelle war frei, und ich wusste, wenn der Papa ernstlich krank wird, würde es kein Zögern mehr geben.«

»Und wenn er nun gestorben wäre? Oder wenn Korneliussen gestorben wäre? Wie viele hättest du denn noch ins Grab schicken wollen?«

Lind lächelte. »Wie viele hättest du ins Grab schicken wollen, um Karianne am Leben zu erhalten? Keinen? So wie ich dich kennengelernt habe, hättest du am Krankenbett gestanden und um sie geweint, aber gleichzeitig krampfhaft an deinem unversehrten Körper festgehalten. Korneliussen lebt, Reinhard lebt, und es war nie geplant, dass sie sterben. Ich verstehe also nicht ganz, wo das Problem liegt.«

»Linea ist tot.«

Lind entnahm der Kiste etwas, das wie ein Skalpell aussah. Die Stahlklinge glänzte auf. »Dafür, dass du so ein Feigling bist, spielst du ganz schön den Starken.« Lind betrachtete demonstrativ das scharfe Instrument. »Sag mal – und bitte, sei ehrlich, denn ich werde meine Pläne mit dir nicht mehr ändern, egal, was du sagst.«

Niklas, der sich bis jetzt kaum um etwas anderes als um Kariannes Sicherheit gesorgt hatte, merkte zum ersten Mal, dass er Angst hatte. Todesangst.

»Wenn du noch mal zurückspulen und der ganzen Geschichte eine andere Richtung geben könntest, hättest du dann Linea und Solveig Elvenes leben lassen und damit Karianne zum Tode verurteilt? Hättest du das getan?«

Hätte er das getan? »Es hätte immer noch ein Spender auftauchen können.«

Lind spuckte ihn an. »Scheiße, du hast nicht mal den Mut, mir eine ehrliche Antwort zu geben. Immer deine feigen Ausflüchte. Antworte mir! Hättest du es getan?«

»Ich hätte mir gewünscht, dass Linea groß werden darf.«

»Das hätte Karianne jetzt hören müssen. Und eines kann ich dir versprechen, diese Worte werde ich ihr überbringen.« Wieder warf er einen Blick auf seine Uhr. »Wir haben noch ein wenig Schreibarbeit vor uns. Bist du bereit?« Er lächelte neckend. »Wäre doch zu blöd, wenn die Geschichte dann doch kein glückliches Ende nehmen würde, da stimmst du mir doch sicher zu, oder?«

Lind setzte sich an den Tisch, auf dem bereits ein Schreibblock lag. »Wie fangen wir an? *Liebe Karianne* – klingt das gut?«

»Was willst du von mir?«

Lind drehte sich um. »Ich dachte, das wäre inzwischen klar: Karianne retten, dich opfern. Also, schreiben wir: *Liebe Karianne.*«

Niklas sah, wie Lind den Stift über das Papier führte. »*Während ich dies schreibe, weiß ich nicht, ob ich noch lebe oder schon tot bin, wenn du diese Zeilen liest.*« Ein rascher Blick, um sich zu vergewissern, dass Niklas ihm zuhörte. »*Trotz der Umstände, unter denen meine Niere entnommen wurde – nämlich alles andere als freiwillig –, ist es mein größter Wunsch, dass sie trotz-*

*dem dazu beiträgt, dich am Leben zu erhalten. Deswegen hoffe ich, Karianne, dass du dich nicht von Trauer oder Zorn blenden lässt, sondern einen Teil von mir für immer in deinen Körper aufnimmst. Lass nicht zu, dass das Verbrechen gegen mich auch dich trifft.* Und zum Schluss – wie wär's mit: *Dein Niklas?*«

Niklas schluckte. Langsam wurde ihm klar, was für ein Szenario ihn erwartete.

»Gut, so schreiben wir's. Ich dachte erst an so was wie *In ewiger Liebe*, aber das wäre zu dämlich gewesen, stimmt's? Denn eigentlich weißt du ja gar nicht, was echte Liebe ist, oder? Wenn du dich jetzt ein bisschen schämst, kann ich dich trösten, so erging es mir auch schon. So, dann fehlt nur noch deine Unterschrift. Bitte, ich halte das Papier für dich. Und nur zur Warnung – lass dir bloß nicht einfallen, nach mir zu treten, Niklas. Ich bestimme nämlich die Dosierung deiner Betäubung. Deiner *eventuellen* Betäubung. Okay?«

Der Schreibblock wurde ihm unter die Nase gehalten, und er überflog den Text. Er lautete Wort für Wort so, wie Lind es ihm vorgelesen hatte.

»Streng dich an. Wenn deine Unterschrift nicht eindeutig zu erkennen ist, weigert sie sich am Ende doch noch. Und das wollen wir doch nicht, oder?«

Lind machte die Kette los, und Niklas bekam einen Stift in die Hand gedrückt, um zu unterschreiben. Es fühlte sich an wie sein eigenes Todesurteil. Sofort im Anschluss wurde die Kette wieder am Haken befestigt.

»Tat doch gar nicht weh bis jetzt.« Lind grinste breit über seinen geistreichen Witz. »Dann hätten wir das also schon mal... Weißt du, was das hier ist?«

Lind hielt ihm eine kleine Karte hin, gerade so lange, dass Niklas die Worte lesen konnte. Dann steckte er sie wieder in die Hosentasche. »Den musst du immer bei dir tragen, es könnte dir ja mal ein Unfall passieren.«

»Du bist krank, Amund.«

»Spar dir deine Psycho-Spielchen, Niklas. Vergiss den ganzen Quatsch, den du in der Polizeischule gelernt hast. Du bist nicht hier, weil ich dich hasse. Du bist hier, weil ich einmal einen Einblick in die innersten Qualen und Todesängste eines jungen Mädchens bekommen habe. Das hat tiefe Spuren in mir hinterlassen, und schon damals habe ich beschlossen, dass ich sie beschützen werde, koste es, was es wolle. Im Grunde war das auch der Grund, warum ich zur Polizei gegangen bin. Du hast mich mal danach gefragt, kannst du dich erinnern? Um gut aufzupassen, habe ich damals geantwortet, und genau so ist es. Du meinst, ich bin verrückt... hm, bin ich das denn wirklich? Du vergisst, dass ich sie habe gehen lassen. Ich habe sie den finden lassen, den sie wollte. Ein anderer an meiner Stelle hätte vielleicht Besitzansprüche erhoben und sich selbst als den Auserwählten betrachtet. Das habe ich nie getan. Ich habe sie selbst wählen und ein Leben völlig ohne meine Einmischung leben lassen. Aber ich war da, ich war immer für sie da, bereit für den Tag, an dem sie mich brauchen würde. Weißt du noch, wie ich dir erzählt habe, dass ich früher immer Ferien in Norwegen gemacht habe, weiter im Süden? Das war mein regelmäßiger Kontakt zu Karianne, denn ich war da, verstehst du, irgendwo in der Menge. Ich habe ihr nie nachspioniert, habe mich nie im Gebüsch versteckt, um sie zu beobachten. Ich wollte nur sehen, ob sie glücklich und zufrieden ist.«

Niklas traute seinen Ohren kaum. »Und wann hast du herausgefunden, dass sie nicht glücklich und zufrieden war? Als du angefangen hast, Korneliussen zu vergiften, damit eine Stelle für mich frei wird?«

»Tja... das begann eigentlich ganz harmlos.« Lind ging wieder zu seiner Kiste. »Mit dieser Heimreportage. Ich lese keine Wochenzeitschriften, das ist nicht so mein Ding, aber über diese Reportage wurde im Dorf natürlich viel geredet, da musste ich mir das Blatt ja kaufen. Da geschah irgendwas mit mir. Nicht, weil ich sie da in deinem Arm sah, ihrem Ehemann, der mit ihr durch dick und dünn geht, dem sie ihr Leben verdankt, der sie anlächelt. Es war eher das, was sie sagte. Über das Leiden und die Unterstützung, mit der sie harte Zeiten überstanden hatte. In dem Moment wusste ich, dass sie mich meinte. Und als ich im Sommer erfuhr, dass sie wieder krank war, gab es im Grunde keinen Weg zurück.« Lind drehte sich zu ihm um. »Hast du meine Briefe gelesen?«

Niklas schüttelte den Kopf, so gut es ging.

»Dann tu das endlich ... falls du Glück haben solltest. Wenn du hinterher zu dem Schluss kommst, dass das die Worte eines kranken Jungen sind ... tja, ich war damals wohl eher schon ein junger Mann. Ich war fünf Jahre älter als Karianne und hatte die Schule bereits abgeschlossen. Reinhard hatte ja angeregt, dass die Mitschüler ihr schreiben könnten, und ich hab mich einfach als einer von ihnen ausgegeben. Sie machte es mir manchmal schwer, weil sie irgendwelche Klassenkameraden oder Ereignisse in der Schule kommentierte, aber im Großen und Ganzen klappte es gut. Denn wir waren ausschließlich miteinander beschäftigt. Wir hatten ein starkes Band geknüpft, verstehst du? Wo war ich stehen geblieben? Ach ja, wenn du zu dem Schluss kommst, dass ich damals ein kranker junger Mann war, dann habe ich da immer noch die dreiundfünfzig Briefe, die Karianne mir geschrieben hat. Ja, du hast richtig gehört. Dreiundfünfzig. Das hat sie dir nie erzählt, stimmt's? Und die Briefe zeigen ganz deutlich, dass wir einander nahestanden. Näher als du deiner Frau jemals gekommen bist.«

Der Schmerz in Schultern und Nacken wurde langsam unerträglich. »Wenn sie jetzt hier wäre, Amund, was meinst du, was sie dann von dir wollen würde?«

»Benutz sie nicht, du feiges Stück. Wenn du dich unbedingt hier rausreden willst, dann benutz sie nicht. Das ist definitiv die falsche Strategie. Wenn sie jetzt hier wäre, würde sie für dich betteln und weinen, darauf willst du doch hinaus, oder? Betteln und weinen, damit ich dich freilasse und der Eingriff unter geordneten Verhältnissen stattfinden kann. Und du würdest selbstverständlich dazu nicken, nur um dann doch zu kneifen, sobald du hier raus bist.«

»Ich habe nicht vor zu kneifen.«

»Ich weiß. Die Chance kriegst du nämlich gar nicht erst.«

»Die Schaufensterpuppen ... du hast ... die perfekte Schlagtechnik an ihnen geübt.«

Linds Blick verfinsterte sich.

»Ich war bei dir zu Hause, weil ich dachte, du hältst sie dort gefangen.«

»Eigentlich sollte das doch zu meinen Gunsten sprechen, findest du nicht? Dass ich genug Rücksicht besaß, es schonend zu machen – ein einziger Schlag, schmerzfrei wie eine Narkose.«

Ein Schlag. Ellen Steen war mehrfach geschlagen worden. Also hatte er sie nie als Organspenderin in Erwägung gezogen, er hatte sie nur aus dem Weg geräumt, damit Karianne sich hier noch wohler fühlte. »Du bist verrückt.«

»Schon blöd, da hab ich so geübt, und dann hat es doch alles nichts genützt. Die Merkmale deiner Gewebeprobe passten, das war ja fast zu schön, um wahr zu sein.« Lind wurde aufmerksam auf sein Handy, das kurz aufleuchtete, aber kein Geräusch von sich gab. »Brocks«, sagte er, doch seine Stimme verriet nicht die geringste Angst. »Sie sind also unterwegs.« Ein Blick auf die Uhr. »Jetzt wird's eng. Die Zeit vergeht immer so schnell in fröhlicher Gesellschaft. Wenn es dumm läuft, bleibt uns jetzt nur noch eine Viertelstunde. Ich glaube, wir legen besser gleich los.« Mit entschlossenen Schritten ging

Lind wieder zu seiner Kiste und holte mehrere glänzende Stahlinstrumente hervor. Niklas konnte gar nicht hinsehen, stattdessen hob er den Blick zu einem stummen Stoßgebet.

»Soll ich die Geräte vorher abkochen? Du weißt schon, wegen der Infektionsgefahr.«

Niklas hörte, wie eine Schranktür geöffnet und etwas Topfähnliches herausgenommen wurde, doch er blickte weiterhin an die Decke. Die ganze Zeit hatte er sich geweigert zu glauben, dass Lind so eine unmenschliche Tat durchführen könnte, doch langsam ging ihm auf, dass ihn nichts davon abhalten konnte. Er sah sich selbst wie ein Stück Schlachtvieh am Haken hängen und riss und zerrte an seinen Handschellen, aber damit bewirkte er nur, dass der Schmerz in den Handgelenken noch schlimmer wurde.

Er hörte, wie Lind Wasser in den Topf laufen ließ und ihn auf den Herd stellte. »Ich befürchte, wir haben nicht genug Zeit, um zu warten, bis das Wasser wirklich kocht, aber jetzt müssen wir eben das Beste draus machen.«

Niklas hörte, wie die Instrumente ins Wasser gekippt wurden, danach zischten die Wassertropfen auf dem heißen Herd. In seinem Mund machte sich ein metallischer Geschmack breit. Dann hörte er das Geräusch von näher kommenden Schritten. Er spürte Linds Atem am Hals.

»Verabschiede dich von deinem Körper«, sagte er. »So makellos wie jetzt wird er nie wieder sein.«

## 45

Brocks und die beiden Ermittler des Landeskriminalamts kletterten den Abhang von der anderen Seite hoch. Schwer atmend arbeiteten sie sich durch den matschigen Untergrund. Die Polizeistationen der beiden Nachbargemeinden waren ebenfalls alarmiert worden, doch Brocks hatte ziemlich schnell eingesehen, dass er es sich nicht leisten konnte, auf Verstärkung zu warten. Karianne hatte nicht lang gebraucht, um ihn zu überzeugen, es war eher so, als wären die Puzzleteilchen endlich an ihren richtigen Platz gerutscht – um sich zum Bild einer Schattenlandschaft zusammenzufügen, die ihm immer ein unbestimmtes Unbehagen eingeflößt hatte. Irgendetwas hatte Amund Lind gehabt, was er nie recht hatte benennen können. Bis jetzt.

Sie waren gezwungen, kurze Pausen einzulegen, um wieder zu Atem zu kommen, aber Brocks, der eigentlich am kurzatmigsten war, trieb seine Männer immer gleich weiter. Er wollte nicht zu spät kommen.

Die Hütte zeichnete sich in der Dunkelheit als noch dunklerer Schatten ab. Die Vegetation war spärlich, nur die eine oder andere Zwergbirke hielt sich hier, das Gelände bot also so gut wie keine Deckung. Daher mussten die Männer sich von der anderen Seite anschleichen, weil man sie sonst von der Hütte aus hätte entdecken können. Brocks, der die kleine Gruppe anführte, trabte leicht geduckt über das Gras. Seine Dienstwaffe fühlte sich in der Hand wie ein Fremdkörper an. Er hatte die Waffe noch nie eingesetzt, und der Gedanke, dass er heute vielleicht zum ersten Mal einen tödlichen Schuss abfeuern musste, und das obendrein auf einen langjährigen Kollegen, ließ die Situation noch unwirklicher erscheinen. Als sie bei der Hütte angekommen waren, kauerten sie sich gegen die Wand und keuchten dabei so heftig, dass Brocks schon befürchtete, das Geräusch könnte durch die Holzwand dringen und sie verraten.

»Es ist viel zu still da drin«, stellte Ermittlungsleiter Sandsbakk fest.

Sekunden später gab Brocks das Zeichen zum Zuschlagen. Sie mussten schnell handeln, nicht nur, weil es um Leben und Tod ging, sondern auch weil Brocks in erster Linie um sein eigenes Leben fürchtete – und er wusste, wenn er jetzt noch länger abwartete, würde die Angst in ihm die Oberhand gewinnen. Zusammen mit dem jüngeren Ermittler schlich er um die Ecke. Immer noch kein Geräusch von drinnen. Zitternd streckte Brocks die Hand aus und probierte die Klinke herunterzudrücken. Wie er angenommen hatte, war die Tür verschlossen. Eine innere Stimme flüsterte ihm zu, dass hier etwas faul war, und er fürchtete schon, sie könnten zu spät gekommen sein. Er zog den Ermittler ein paar Meter von der Hütte weg, damit sie Schwung holen konnten, dann spannten sie auf sein Signal hin alle Muskeln an und warfen sich gegen die Tür. Zu seiner Überraschung gab sie gleich beim ersten Versuch nach, und sie polterten mit ihr auf den Boden. In seiner Verwirrung verlor Brocks seine Waffe, sah sie auf einer Matte aufglänzen und kroch hektisch auf sie zu, während er auf den Knall und den intensiven Schmerz wartete, mit dem eine Kugel seine Eingeweide durchbohren würde. Er bekam den Kolben seiner Waffe zu fassen, drehte sich auf die Seite und versuchte, mit einem hektischen Blick alle Ecken und Winkel gleichzeitig abzuscannen. Obwohl er die Hütte bloß in hastigen Bruchstücken wahrnahm, brauchte er nur ein paar Sekunden, um festzustellen, dass sie leer war. Sie waren nicht hier.

# 46

Niklas meinte ein Geräusch von draußen zu hören und wünschte sich verzweifelt, dass seine Retter unterwegs waren. Damit sein Kollege es nicht auch hörte, begann er laut zu stöhnen.

»Die Angst ist im Grunde schlimmer als der körperliche Schmerz.« Lind stand immer noch direkt vor ihm. Vom Herd hörte man ein schwaches Brodeln. Das Wasser fing gerade an zu kochen.

»Noch sechs Minuten. Ich glaube, dann haben wir's überstanden.«

Niklas begann zu hyperventilieren. Das Rauschen schwoll an, er hörte das Geräusch von Stahl auf Stahl, dann wurde es schwarz um ihn. Er bäumte sich auf und wand sich, schnappte nach Luft, die es nicht mehr bis in seine Lungen schaffte, und er spürte, dass er gleich das Bewusstsein verlieren würde. Ein ohrenbetäubender Knall, gefolgt von einem intensiven Brennen auf seiner Wange, riss ihn zurück ins Bewusstsein.

»Nimm dich zusammen, Mann.«

Lind hatte ihn geschlagen. Endlich strömte die Luft wieder in seine Lungen, und er sog sie gierig ein.

»Spreiz die Beine!«

Bevor er reagieren konnte, trat Lind ihm zwischen die Beine, und ehe er wusste, wie ihm geschah, war sein linker Fuß gefesselt. Wenige Sekunden später hatte Lind auch den rechten festgezurrt. So blieb Niklas mit leicht gespreizten Beinen stehen, endgültig unfähig zu jeglicher Form von Widerstand.

Das Geräusch? Warum zum Teufel wurde das Geräusch nicht lauter? Natürlich. Sie bereiteten seine Befreiung vor, einen blitzschnellen Angriff, um vom Überraschungsmoment zu profitieren. Er rührte sich nicht und lauschte nur angestrengt. Dann zuckte er zusammen und versuchte fieberhaft, Linds Blick aufzufangen. Der stand mit einem Skalpell in der Hand vor ihm.

»Oh Gott, Amund, tu das nicht, ich flehe dich an.«

Lind hob das Skalpell und stieß rasch zu, woraufhin Niklas hörte, wie der Stoff seines Hemdes aufriss. Das Geräusch. Er wollte das Geräusch von draußen wieder hören, die Schritte auf der Treppe, er wollte sehen, wie seine Retter durch die Tür gestürmt kamen. Wieder hob Lind das Skalpell.

»Jetzt!!«, schrie Niklas. »Verdammt, kommt rein, sofort! Er bringt mich um!«

Seine Stimme wurde in einem dumpfen Echo von den Wänden zurückgeworfen.

»Ach so, das hab ich ganz vergessen zu erwähnen«, sagte Lind. »Meine Hütte liegt auf der anderen Seite des Berges. Das hier ist die Hütte von Thorsen vom Konsumverein. Karianne hab ich das glaub ich gar nicht gesagt. Sorry.«

# 47

»Weißt du, was Psychopathie ist?«

»Wieso ist das nicht deine Hütte? Du hast Karianne doch mit hierher genommen, ich hab sie gesehen und gehört.«

»Hast du auch. Deswegen ist das hier trotzdem nicht meine Hütte. Nach meinen Berechnungen...« Er warf einen demonstrativen Blick auf die Uhr. »...treten sie in dieser Sekunde die Tür meiner Hütte drüben ein. Gott sei Dank ist sie versichert.«

»Du bluffst doch nur.«

»Ach ja? Von mir aus schrei aus Leibeskräften. Wenn du möchtest, kann ich auch die Tür noch aufmachen.«

Die Erkenntnis, dass alle Hoffnung verloren war, dass er hier verbluten würde wie ein verletztes Tier, während Lind ihm eine Niere herausschnitt, traf ihn so heftig, dass seine Gliedmaßen vor Schreck gefühllos wurden.

»Psychopathie«, nahm Lind den Faden wieder auf, »äußert sich unter anderem in der mangelnden Fähigkeit, Liebe zu zeigen. Deswegen ist auch immer von Mutterinstinkt die Rede. *Instinkt*, denn eigentlich sollte das in der Natur jeder Mutter liegen – ihr Kind zu beschützen und ihm Liebe zu schenken. Aber ein paar wenige Frauen sind dazu nicht in der Lage. Sie lassen ihre Kinder in einem gefühllosen Vakuum aufwachsen und verwandeln sie in kalte Zombies. Manche bleiben so, wie sie aufgewachsen sind, kalt und gefühllos. Die können töten, ohne mit der Wimper zu zucken. Deswegen enden auch so viele von ihnen als Mörder. Andere suchen verzweifelt nach dem, was ihnen fehlt, vielleicht weil sie irgendwann einmal ein Zipfelchen von dieser utopischen Liebe erhaschen, und dann ist ihre Sehnsucht geweckt. Glücklicherweise gehöre ich zur letzten Kategorie. Meine Mutter war eine dieser Frauen, die nie Liebe zeigen konnten, ganz einfach weil sie nicht wusste, was Liebe ist. Sie war zweifellos eine Psychopathin, aber sie litt auch unter dem, was in der medizinischen Terminologie als Anhedonie bezeichnet wird – das gehört zum Gesamtbild. Erst als ich in die Schule kam, entdeckte ich, dass es eine Welt jenseits dieser Apathie gab. Am Anfang deutete ich alle Signale falsch, ich verstand überhaupt nichts, bekam Angst und zog mich zurück. Aber bald konnte ich gar nicht mehr genug kriegen, und ich wäre am liebsten den ganzen Tag in der Schule geblieben. Ich begann zu verstehen. Aber als ich später den Briefwechsel mit Karianne anfing, weckte das Gefühle in mir, von denen ich gar nicht wusste, dass ich sie hatte. Von Liebe war nie die Rede, ich bin ganz einfach nicht in der Lage zu lieben. Es war eher der intensive Wunsch, auf sie aufzupassen. Und das habe ich seit jenem Tag getan. Bis heute.«

Lind hielt ihm das Skalpell vor die Augen. »Ich habe diese Hütte schon ein paarmal gemietet, also werden sie uns wohl finden. Ich gebe ihnen eine Stunde. Ich weiß nicht, ob du dann immer noch am Leben bist, Niklas, aber glaub mir, ich würde es mir aufrichtig wünschen. Ich kann nur einfach nicht zulassen, dass du kneifst. Karianne soll weiterleben, koste es, was es wolle.«

»Amund, ich...«

»Pschhhht.«

»Amuuu...« Seine Stimme erstarb zu einem leeren Flüstern.

»Ich werde es so schonend machen wie irgend möglich, aber was ich da vorhin über die Betäubung gesagt habe...«

Linds Atem roch nach Metall.

»… das war eine kleine Lüge. Du wirst es wie ein Mann nehmen müssen.«

Lind griff nach den Ärmeln von Niklas' Hemd und riss sie ab.

»Wenn es dich irgendwie tröstet«, sagte er und begann sein eigenes Hemd aufzuknöpfen, »… schlimmer als so kann es kaum werden.« Lind öffnete sein Hemd und enthüllte einen Körper, der so abstoßend aussah, dass es fast schon unwirklich war. Seine Haut, besser gesagt das, was einmal seine Haut gewesen war, ähnelte der eines Fisches, geschuppte Bereiche wechselten mit glatten rosa Flächen, und das Ganze war übersät mit rosinengroßen schwarzen Flecken. »Was meinst du, wer würde in so einen Körper schlüpfen wollen? Dabei ist es heute gar nicht mehr so wild. In der Pubertät war ich ein wandelnder Mettkloß.« Ein Hauch von Traurigkeit zog über sein Gesicht, bevor er das Hemd wieder zuknöpfte. Dann holte er eine Kühltasche hervor, und bei diesem Anblick erwachte Niklas' Stimme wieder zum Leben. Er heulte aus Leibeskräften, einen letzten kräftigen Todesschrei, bevor Lind das Skalpell unter seinen Rippen ansetzte, durch die Haut und ins Fleisch drückte. Es ging so leicht, als würde er durch Butter schneiden. Erst kam Blut, jede Menge Blut, dann der Schmerz. Und dann ein ohrenbetäubendes Krachen.

# 48

Ein Regen aus Glaspartikeln, ein Stock, der auf Linds Gesicht landete, ihm die Haut der linken Gesichtshälfte aufschürfte und ihn zu Boden gehen ließ. Eine Schattengestalt war durchs Fenster geklettert und hatte sich auf Lind gestürzt. Das Gebrüll der beiden erfüllte die ganze Hütte, darunter mischte sich das knirschende Geräusch von zertretenem Glas. Niklas befand sich in einem Schockzustand, der Anblick seines verletzten Körpers lähmte ihn vollkommen. Er zwang sich wegzusehen und stattdessen zu den Männern zu blicken, die mit bloßen Fäusten aufeinander losgingen. Er wusste erst nicht, wer ihm da zu Hilfe gekommen war, doch dann meinte er in den herabregnenden Glasscherben einen Holzclog auszumachen. Rino.

Die Männer prügelten sich wie die Wahnsinnigen. Inzwischen kamen die Schreie nur noch von Lind, er klang verzweifelt und schwach, als würde er jede Beherrschung verlieren bei dem Gedanken, dass er so kurz vor dem Ziel doch noch scheitern könnte. Seine Kleider waren schon ganz blutig, manches stammte von Linds Gesicht, doch beide Männer fügten sich tiefe Schnitte zu, während sie sich in den Glasscherben wälzten. Schließlich gelang es Lind, Rino die Jeansjacke über den Kopf zu ziehen und so den Spieß umzudrehen. Jetzt gingen die Faustschläge auf Rinos Gesicht nieder.

Niklas spürte, wie er wieder Herr seiner selbst wurde, und wusste, dass er es um jeden Preis vermeiden musste, seinen eigenen blutigen Körper anzusehen. Vorsichtig ruckte er mit Armen und Beinen, nur um festzustellen, dass die Fesseln kein bisschen nachgaben. Die Anstrengung rief einen stechenden Schmerz im Bauch hervor, und er spürte, wie ihm warme Flüssigkeit über die nackte Haut rann.

Linds Gebrüll hielt weiter an, doch jetzt klang es eher nach einem Siegesschrei, denn Rino wirkte deutlich schwächer in seiner Gegenwehr. Er war am Ende seiner Kräfte. Niklas wurde klar, dass Rino Gefahr lief, als Nächster auf der Liste von Linds Opfern zu landen, und er riss wieder verzweifelt an seinen Fesseln. Der Schmerz, der von seinem Zwerchfell ausging, war so intensiv, dass ihn eine Welle von Übelkeit überrollte. Er hatte keine Chance, sich zu befreien. Resigniert hob er den Kopf, als wollte er in seiner Verzweiflung einen Gott anflehen, an den er nie geglaubt hatte. Er war fest entschlossen, Lind nicht mehr in die Augen zu sehen und ihm den freudigen Triumph zu versagen. Die Geräusche vom Boden erstarben langsam. Niklas starrte auf den Haken an der Decke. Er sah recht solide aus. Lind hatte an alles gedacht. Fast. Niklas ging auf die Zehenspitzen und spürte, wie sich die Stricke an seinen Füßen spannten, doch er hatte so viel Spielraum gewonnen, dass es ihm beinahe gelang, die Kette seiner Handschellen vom Haken zu lösen. Es handelte sich nur noch um ein paar Zentimeter. Abermals versuchte er es, trotz der reißenden Schmerzen in seiner Wunde. Er wusste, dass diese Kraftanstrengungen das Blut noch rascher aus dem Körper pumpten. Wieder wurde ihm schwarz vor Augen, und er ahnte, dass ihn demnächst die Kräfte verlassen würden. Ein letzter verzweifelter Versuch. Er ging leicht in die Knie, sprang nach oben, soweit es seine Fesseln zuließen, und schaffte es gerade eben, die Kette zwischen seinen Handschellen abzuhaken. Im ersten Moment blieb er schwankend auf gespreizten Beinen stehen. Lind saß immer noch über Rino, der inzwischen völlig leblos wirkte. Wenn Niklas sich nach vorne warf und ihm die Handschellen von hinten über den Hals legte, konnte er ihn herunterziehen. Doch das würde ihm wahrscheinlich nur einen Aufschub bringen, denn Rino schien nicht mehr imstande zu sein, ihm zu helfen. Da schoss ihm das Bild durch den Kopf, wie er vor ein paar Stunden – als er noch Reinhard für den Mörder hielt – zum Auto gegangen war, um sich irgendeine Waffe zu holen und das einzig Greifbare mitgenommen hatte: einen Schraubenschlüssel. Er bückte sich und stellte fest, dass das Werkzeug immer noch in seiner Hosentasche steckte. Er holte es hervor, umfasste es mit beiden Händen und warf sich dann nach vorn. Doch die Fesseln an seinen Beinen stoppten ihn jäh und unerwartet, so dass der Schraubenschlüssel Linds Hinterkopf nur streifte.

# 49

Stille.

Nur das Geräusch seines eigenen hämmernden Herzschlags.

Er blieb liegen und lauschte angestrengt. Keine Bewegung rundum. Hatte er ihn doch getroffen?

Noch wagte er nicht, sich zu bewegen, aus Angst, dass er mit der geringsten Bewegung Lind zum Leben erwecken könnte.

Erst nahm er die Übelkeit wahr, dann den Schmerz. Der Gedanke, dass er aus einer offenen Wunde blutete, verstärkte seine Übelkeit noch. Dann spürte er das Zittern, die krampfhaften Zuckungen an Händen und Füßen. Schließlich wagte er, den Kopf zur Seite zu drehen. Das Erste, was er registrierte, war seine eigene zitternde Hand, die auf ihn wirkte wie ein Fremdkörper. Er drehte den Kopf noch ein Stück und sah in Linds Augen. Sein Kollege hatte sich in halb sitzende Stellung hochgearbeitet und lächelte ihn an. »Guter Versuch, das muss man dir lassen«, sagte er, bevor er seine Faust in Niklas' Gesicht drosch.

Niklas glitt langsam in die Bewusstlosigkeit, und dabei wünschte er sich, nicht mehr in der Wirklichkeit aufwachen zu müssen, die er gerade verließ. Wie im Traum beobachtete er, wie Lind ihn wieder hochhievte, spürte den Schmerz, der im Takt seines Herzschlags pulsierte, und die Wärme seines eigenen Blutes. So wollte er sterben, weit weg von allen Sinneseindrücken.

Das Geräusch von Metall auf Metall holte ihn zurück.

»Fünfzehn Minuten.« Die Stimme kam wie mit leichter

Verzögerung. »Das wird reichen, meinst du nicht auch?« Wie eine eiskalte Dusche. Lind trat auf ihn zu, sah dabei aber seltsam surreal aus, wie eine Luftspiegelung. Rino lag auf dem Boden, die Hände auf dem Rücken gefesselt, was Niklas als Zeichen dafür nahm, dass er immer noch lebte.

»Zu Anfang war ich ja entschlossen, es so human wie möglich zu machen, aber diese Chance hast du dir verspielt. Dann eben so.«

Der Stahl schlitzte ihn auf wie ein Stück Schlachtvieh und schnitt durch Fleisch und Gedärme. Es fühlte sich an, als würde etwas in ihm explodieren und sämtliche inneren Organe zerreißen. Als er sich übergab, hatte er das Gefühl, seine eigenen blutigen Eingeweide zu erbrechen. Dann glitt er wieder in die Bewusstlosigkeit, fühlte sich ganz leicht und verließ anmutig und mühelos seinen entstellten Körper. Er betrachtete ihn von außen, nicht mit Ekel, sondern mit der Einsicht, dass es eben so hatte kommen müssen, dass nichts von dem, was in dieser Hütte passierte, gegen seinen Willen geschah. Er glitt immer weiter fort, während er die Gestalten unter sich beobachtete, von denen die eine wie in Embryonalstellung auf dem Boden lag. Er sah, wie sich der Bauch des Mannes bewegte, hörte seinen gleichmäßigen Atem. Er würde überleben. Auch die Gestalt, die mit den Armen an einem Haken in der Decke hing, lebte noch, obwohl der Schatten um ihren Kopf verriet, dass sie sich in schwerem Schock befand. Der Henker, der mit blutiger Hand durch Haut und Fleisch schnitt, sah aus wie eine Spiegelung, als stünde er außerhalb seines wahren Ichs. Das ganze Drama spielte sich in Zeitlupe ab, langsam und überdeutlich. Das Blut floss, der Schatten um den Kopf des Opfers wurde immer dunkler. Da fiel ein Lichtschein quer über den Boden und wurde langsam länger. Er kam von der Tür. Im nächsten Moment wurde sie auch schon aufgerissen, und drei Männer kamen hereingestürmt. Aber dann sah es plötzlich aus, als würden sie sich in Luft auflösen. Die gesamte Umgebung verschwand. Danach wurde es völlig dunkel.

## 50

Der Frost biss sie in Nase und Wangen, und der Schnee lag meterhoch, so dass sie sich auf der Suche nach dem Grabstein einen Weg bahnen mussten. Schließlich fanden sie ihn in einer Ecke des Friedhofs. Karianne schob bedächtig den Schnee mit der Hand zur Seite, so dass sie den Stein ganz sehen konnten. Sie fassten sich an den Händen und starrten auf die Gravierung. Dieser Moment gehörte definitiv Karianne, aber er war mit ihr hergekommen, weil er sich wünschte, künftig alle bedeutenden Augenblicke mit ihr zu teilen. Denn jetzt waren sie eins.

Seit der Operation waren fünf Wochen vergangen, die Rekonvaleszenz war unproblematisch verlaufen, und bis jetzt deutete nichts darauf hin, dass ihr Körper die Niere abstoßen würde. Sie wurde von Tag zu Tag kräftiger und hatte es sich zum Ziel gesetzt, gegen Ende des Monats wieder zur Arbeit zu gehen. Das war wahrscheinlich extrem optimistisch, aber die Entscheidung lag schließlich bei ihr. Die Bank hatte ihr bereits versprochen, sie weiter zu beschäftigen, obwohl Ellen Steen längst aus dem Koma aufgewacht und auf dem Weg der Besserung war.

Karianne ließ seine Hand los und kniete am Grab nieder. Niklas ließ sie mit ihren Gedanken allein und dachte stattdessen zurück an die Zeit vor drei Monaten, an die dramatischen Minuten, nachdem Brocks aufgetaucht war, um ihn zu retten. Ihm gefiel der Gedanke, dass es so vorherbestimmt gewesen war, dass alle Kräfte zusammenwirkten, um Karianne zu retten, und dass es niemals auf die Art hätte geschehen dürfen, wie Lind es geplant hatte. Und wieder einmal sollte Reinhard der Retter seiner Tochter sein. Er hatte begriffen, dass Niklas' Reaktion in den Briefen von Kariannes Verehrer begründet sein musste, und als er die Unterschrift auf dem Brief der Polizei sah, den Brief, den Amund Lind im Auftrag seines Vorgesetzten unterschrieben hatte, hatte er eins und eins zusammengezählt. Er hatte sofort Brocks alarmiert, ihm den Tipp mit der Hütte gegeben und war Karianne damit sogar noch zuvorgekommen. Das verschaffte ihnen einen zehnminütigen Vorsprung, ein Vorteil, der Niklas schließlich das Leben retten sollte.

Auch Rino hatte überlebt, offenbar ohne bleibende Schäden. Ein steifer Hals und wiederkehrende Kopfschmerzen, das war alles. Er hatte Even Haarstads Pflegevater im Altenheim aufgesucht, weil er den Mann sehen wollte, der fast zwei Jahre kein Wort gesprochen hatte und dessen Sadismus der Nährboden für so viel Hass gewesen war. Doch dann war etwas geschehen, der Alte hatte sein Schweigen gebrochen und das alte Gerücht bestätigt, wer Evens Vater war – nämlich kein Geringerer als der Polizist Amund Lind. In diesem Moment ging Rino auf, wie groß die äußerliche Ähnlichkeit war, vor allem in den markanten Gesichtszügen, die den beiden so etwas Altmodisches verlieh. Er war losgefahren, um Niklas darüber zu informieren, kam aber genau in dem Moment, als Niklas Hals über Kopf von zu Hause wegfuhr. Er war ihm gefolgt, was gar nicht so einfach war, weil er die Rücklichter immer nur kurz aufleuchten sah. Niklas war gefahren, als ginge es um Leben und Tod. Schließlich hatte Rino sein Auto gefunden, war dem Pfad gefolgt und hatte schließlich auch die Hütte entdeckt. Vom Fenster aus konnte er beobachten, was drinnen vorging, aber nachdem er entdeckt hatte, dass die Tür verschlossen war, musste er zu einem unorthodoxen Schlachtplan greifen. Unbewaffnet wie er war, setzte er ganz auf den Überraschungsmoment, zielte einfach auf Linds Kopf und stieß den Stock durch das geschlossene Fenster. Der Rest war Geschichte.

Even Haarstad gab den Ermittlern erst einen haarsträubenden Einblick in seine Kindheit unter der Gewalt des psychopathischen Lorents und gestand dann unumwunden, dass er für die drei Fälle von Körperverletzung verantwortlich sei. Er behauptete allerdings hartnäckig, dass der erste Fall vor drei Jahren eigentlich ein Einzelfall bleiben sollte. Erst als er erfuhr, dass seine Schwester das Haus vermietet und somit seine Kindheitstraumata zur Besichtigung freigegeben hatte, wurde die Wut in ihm neu entfacht – eine Wut auf alle Väter, die ihre Kinder im Stich ließen.

Wie sich zeigte, hatte Niklas seinen Kollegen mit dem Schraubenschlüssel nicht nur gestreift, sondern ihm ein Loch in den Schädel geschlagen, und nach seiner Verhaftung sprach Lind kein Wort mehr. Anscheinend hatte er sein Sprachvermögen verloren, aber am wahrscheinlichsten war wohl, dass es ihm ganz zweckmäßig vorkam zu schweigen.

Niklas schauderte. Manchmal spürte er immer noch ein stechendes Gefühl in seiner Operationsnarbe. Paradoxerweise hatten die Ärzte seine Wunde wieder öffnen müssen, kaum dass sie verheilt war –, denn knapp zwei Monate nachdem er halb verblutet bei ihnen eingeliefert worden war, wurde er zur Organentnahme wieder in den OP geschoben. Lind hatte seine Hausaufgaben wahrlich gut gemacht.

Karianne stand auf und bürstete sich den Schnee von den Knien. »Das war sie«, sagte sie. »Das war das Mädchen, das damals zu mir sagte, es würde gern in meinem Körper aufwachen. Irgendwie ist sie die ganzen fünfundzwanzig Jahre auch tatsächlich in meinem Körper gewesen.«

Sie starrte auf den Grabstein von Solveig Elvenes, der Frau, die Amund Linds Kind im Leib getragen hatte. Der Frau, die von Lind ermordet worden war. Seine Verzweiflung hatte ihn zu verzweifelten Taten getrieben.

»Jetzt bin ich auch ein bisschen in deinem Körper«, sagte Niklas und drückte ihre Hand.

# Epilog

Schon die Empfängnis war ein Übergriff, schmutzig und ekelerregend. Und dieses Gefühl von Verachtung und Ekel übertrug sich auch auf das, was in ihr heranwuchs, als könnte sie keine Liebe zu etwas fühlen, was ihr in hasserfülltem Begehren eingepflanzt worden war.

Ihr Körper hatte sich verändert, wuchs zu einer anderen Person heran, und sie mochte kaum noch ihr eigenes Spiegelbild betrachten. Später, als die Veränderungen für alle sichtbar waren, kamen die Kommentare – vom wohlmeinenden Glückwunsch bis zum kaum verhohlenen Vorwurf, aber sie distanzierte sich vom einen wie vom anderen.

Die Geburt war wie ein Déjà-vu, als ob sie die Empfängnis noch einmal durchleben musste, eine schmerzhafte Angelegenheit, auf die sie keinen Einfluss hatte. Und als man ihr das Kind in die Arme legte, konnte die Wärme dieses kleinen Körpers nur gerade eben das Gefühl der Distanz schmelzen lassen, doch für vorbehaltlose Mutterliebe reichte es nie.

Sie war keine gleichgültige Mutter. Sie sorgte pflichtbewusst dafür, dass das Kind trocken und gut gepflegt war, aber wenn sie es stillte, tat sie es in der traurigen Gewissheit, dass es ihr niemals gelingen würde, es zu lieben, auch wenn es ihr eigen Fleisch und Blut war. Beschämt wich sie dem Blick des Kindes aus und summte stattdessen abwesend vor sich hin.

Als es krabbeln lernte, begrenzte sich ihr Kontakt auf Nahrungsversorgung und Pflege. Ansonsten war der Kleine sich selbst überlassen, die Auswahl an Spielzeug war anständig, und er durfte sich bei seinen Entdeckungsreisen im Haus frei bewegen. Erst als manche scharfe Zungen im Dorf bemerkten, dass der Wortschatz des Kleinen für sein Alter arg begrenzt sei, begann sie mit dem kleinen Jungen zu reden. Wann immer sich eine passende Gelegenheit bot, betonte sie, dass er nur aus Schüchternheit so wenig sprach, sobald sie zu zweit seien, plapperte er wie ein Wasserfall. Und wenn sie prüfende Blicke spürte, nahm sie ihn bei der Hand, um die Zusammengehörigkeit von Mutter und Kind zu betonen. Doch dann musste sie ihn gut festhalten, denn die kleine Hand versuchte, sich ihr instinktiv zu entziehen.

Schon wenige Wochen nach seiner Einschulung musste der Junge getrennt unterrichtet werden, und die Schule drückte mehrmals ihre Besorgnis aus. Doch irgendwann im Spätherbst begann er tatsächlich, den Lernstoff in sich aufzunehmen, erst zögernd und unsicher, aber dann war er in Rekordzeit auf einer Höhe mit dem Rest der Klasse. Bald konnten sowohl Lehrer als auch Mitschüler Blickkontakt mit ihm aufnehmen, und die Aufmerksamkeit und Geborgenheit, die er dabei entdeckte, verstärkte noch – wenn das überhaupt möglich war – die Distanz zu seiner Mutter. So kam es, dass er Schule und Zuhause als zwei völlig verschiedene Welten erlebte. Doch erst als er in die Pubertät kam, begriff er, dass er ein ungeliebtes Kind war.

Er brachte sie an seinem fünfzehnten Geburtstag um. Er war gerade von der Schule nach Hause gekommen, hatte sich an den Tisch gesetzt, wo sie ihm ein Mittagessen hingestellt hatte. Sie selbst hatte schon gegessen. Wie so oft. Er hörte das Radio aus dem Wohnzimmer und wusste, dass sie jetzt in ihrem Ohrensessel saß. Fischklöße und Kartoffeln. Gut genug für ihn. Auf dem Tisch lag ein Päckchen. Keine Karte, kein Geschenkband – sie war eben doch eine schlichte Seele. Er setzte sich und kostete das lauwarme Essen, bevor er das Päckchen aufmachte. Ein Schlips. Immerhin, eine Abwechslung. Er aß noch ein bisschen, dann stand er auf und ging in das Wohnzimmer. Das leise metallische Geräusch ihrer Stricknadeln verriet ihm, dass sie wach war. »Danke für das Geschenk«, sagte er.

»Bitte schön.« Die Worte kamen wie ein abgenutztes Mantra. Keine Frage, ob ihm das Geschenk gefiel, kein Glückwunsch.

»Schöner Schlips.«

Nur das Geräusch der Stricknadeln mit dem Radio im Hintergrund. Er blieb noch kurz an der Tür stehen, als hoffte er, dass es an diesem Tag einmal anders laufen könnte als sonst, dass sie sich zu ihm umdrehen, ihm in die Augen sehen und mit ihm reden würde. Doch sie blieb sitzen, als ließe sich der Autopilot, der sie seit Jahren am Leben hielt, nicht abschalten. Ein leises Summen kam dazu, dieselbe monotone Melodie, die sie immer sang. Dieses Summen war der Gipfel der guten Laune, also gewissermaßen ein gutes Zeichen, aber in diesem Moment stand es für die alles verschlingende Leere, in die sie ihn mitzureißen drohte. Noch immer stand er mit der Krawatte in der Hand auf der Schwelle, aber sie kam gar nicht auf den Gedanken, sich zu ihm umzudrehen. Da wich auf einmal jede Farbe aus ihr, sie wurde zu einer Figur aus der Welt eines Schwarzweißfilms, ebenso wie die Umgebung. Er packte den Schlips mit beiden Händen, wobei er spürte, dass ihm die nässenden Wunden mittlerweile bis auf den Handrücken gekrochen waren. Dann straffte er die Krawatte. Die Stricknadeln klapperten unverdrossen weiter. Er stellte sich hinter sie. Ihr Summen wurde lauter. Die Melodielinie dauerte vielleicht knappe zehn Sekunden und wurde unablässig wiederholt. In seinem Kopf wurden die Geräusche immer lauter, wie in einem sich selbst verstärkenden Echo. Er wickelte sich die Schlipsenden jeweils einmal um die Hand und zog an. Das Gesumme war inzwischen zu lautstarkem Wahnsinn angeschwollen.

»Danke für das Geschenk.«

Keine Reaktion. Nur eine unmerkliche Bewegung ihres Kopfes, als sie im Takt mit den rhythmisch zuckenden Stricknadeln nickte. Er sah bloß Haar – graues, welkes Haar.

»Danke für das Geschenk«, wiederholte er. Summen. Das Geräusch von Stricknadel auf Stricknadel. Da hob er den Schlips über ihren Kopf, legte ihn ihr um den Hals und zog zu. Erst erstarrte sie, dann hob sie die Hände, die die Stricknadeln immer noch festhielten. Kein Laut, keine spastischen Bewegungen. Nur eine halbe Minute, dann sackte sie leise unter seinen Händen weg. Sie starb, wie sie gelebt hatte. Uninteressiert.

Er begrub sie im Garten, wo das Unkraut schon längst überhandgenommen hatte. Einen Tag später meldete er sie als vermisst. Nach einer Woche fand man eine Strickjacke von ihr im Watt, und man kam rasch zu dem Schluss, dass sie auf den Klippen ausgerutscht und von der Strömung fortgerissen worden war. Als er fünfzehn Jahre und eine Woche alt war, wurde Amund Lind offiziell zur Vollwaise erklärt.

# btb

## Monica Kristensen

### Suche
Roman. 336 Seiten
ISBN 978-3-442-74434-3

*Niemand verschwindet einfach so …*

*… auf Spitzbergen!*

Ein kleines Mädchen ist wie vom Erdboden verschluckt. Bald stellt sich heraus, dass sie nicht die Einzige ist, die auf seltsame Weise in dieser extremen Landschaft verloren ging. Was verbergen die Bewohner voreinander, die sich doch alle so gut zu kennen scheinen?

**EXKLUSIV IM TASCHENBUCH**

www.btb-verlag.de